D1381071

In retraite

Lees meer op

www.uitgeverijarchipel.nl
www.uitgeverijarchipel.be

www.carladejong.nl

Carla de Jong

In retraite

Roman

AMSTERDAM · ANTWERPEN

Alle namen en gebeurtenissen in deze roman zijn fictief. Elke gelijkenis met bestaande personen berust op toeval.

Eerste druk februari 2009
Tweede druk februari 2009

Omslagontwerp: Nico Richter
Omslagfoto: Clayton Bastiani/Trevillion Images

ISBN 978 90 6305 391 8/NUR 301

Voor cafebest

Dee

Als ik het stuur laat glippen, is het in een nanoseconde voorbij. Tijdens Dee Morrisons eerste en tegelijk laatste zelfstandige autorit baande deze gedachte zich brutaal een weg van haar hoofd naar haar handen, die de boodschap omzetten in glibberig angstzweet. Ze had ze krampachtig om het stuur gevouwen, het nog warme rijbewijs naast haar op de bijrijderstoel.

Zelfs nu, zo'n dertig jaar later, kon ze niet verklaren wat het verschil was tussen de eindeloze rijlessen met haar rijinstructeur en de paniekrit alleen.

Haar leven was weinig opwindend, altijd al, maar de laatste tijd was de stilstand beklemmend. Het monotone ritme van haar dagen, haar weken, de kleurloosheid van het Britse klimaat, de maaltijden met Jeff, nu zonder de kinderen. De eindeloze vergaderingen, het opstellen van weer een jaarlijkse begroting van het ziekenhuis, de yogales op zaterdagochtend, high tea bij haar moeder op zondagmiddag.

De enige onregelmatigheid was in feite haar menstruatie, die na vijfendertig jaar trouwe verschijning elke 28 dagen, zich het laatste jaar was gaan misdragen als een opdringerige gast die op de meest ongelegen momenten aan komt waaien en weken blijft, terwijl je hem al na drie dagen zo ongeveer de deur uitkijkt. Eenmaal opgerot blijft hij dan vervolgens maanden weg en net als je hoopt dat hij je vergeten is en een ander adres heeft gevonden, staat hij weer op de stoep en begint het gelazer opnieuw. Het was misschien te makkelijk, maar ook tamelijk geruststellend om de terugkeer van de panische angst die haar sinds enige maanden elke ochtend en avond in het treinstation opwachtte, aan haar hormonen toe te schrijven.

Dee keek op haar horloge: kwart over zeven, ze zou weer laat thuis zijn.

Het suizende geluid van de aanstormende trein vormde het startsein. Ze duwde haar rug hard tegen de koude tegels van de zijwanden van het perron en haalde diep adem. Ik ben nog nooit gesprongen, ik zal nooit springen, het is een irrationele angst, prentte ze zichzelf in.

De exprestrein bulderde voorbij.

'Rachel komt het weekend.' Jeff schudde de groente uit de wok in een porseleinen schaal.

'En Tom?' Dee hoorde zelf hoe lusteloos dat klonk. Meestal betekende onverwachts bezoek van haar dochter relatieshit.

'Ze komt alleen.' Jeff zuchtte gelaten en veegde zijn handen af aan zijn smoezelige schort. 'Ik heb de logeerkamer al klaar. Aardappels?'

'Klein beetje.'

Hij pakte het koekenpannetje van het fornuis, liet een paar gebakken aardappelschijfjes op haar bord glijden, de rest op het zijne en schikte er de moten zalm naast. In het tl-licht van de keuken zag ze de dieprode kleur op zijn gezicht, couperose die de laatste tijd beslist verergerd was. 'Heb je je pillen genomen?' vroeg ze in een automatische aanvulling op die observatie.

Hij knikte. 'Ja, dokter.'

Ze glimlachte, maar voelde zelfs geen vage vreugde. Hij noemde haar zo niet dagelijks, dan toch wel wekelijks dokter, refererend aan haar verleden in een witte jas, dat al zeker tien jaar achter haar lag.

Ze aten vrijwel zwijgend.

'Ik moet nog wat werken,' verontschuldigde Dee zich en ze schoof haar bord naar hem toe. Braaf veegde hij de restjes ervan af en legde de vette messen en vorken erop, ook zijn werkdag was nog niet klaar.

Als kind vond Dee Paddington Station een magische plek, met een literaire klank dankzij schrijvers die het een bescheiden maar onmiskenbare plek in hun verhalen hadden gegeven. In de jaren dat ze forensde, was de magie alledaags geworden, om ten slotte terug te keren als angst. Een bizarre angst. Ze was een weldenkend, gestudeerd mens, directeur van een ziekenhuis. Getrouwd, moeder van twee kinderen, misschien saai, zeker succesvol. Niet iemand die je zou verdenken van paniek tijdens het wachten op de trein.

'We hebben zeventien klachten van die psychopaat!' Ben Dawson wapperde waarschijnlijk dat precieze aantal vellen papier voor haar neus heen en weer. 'In één week tijd!' Ben was haar secretaris, een subliem jurist die het veel verder had kunnen schoppen, misschien zelfs tot rechter. Hij had echter een baan in de luwte verkozen omdat hij een *nine-to-five* job nodig had. Samen met zijn vriend voedde hij een pleegzoon op.

Beschikken over een secretaris van zijn kaliber was een onwaarschijnlijk geluk voor een bestuurder in de publieke sector. Ben was briljant en aimabel en op dit moment erg opgewonden.

'Wat zijn de laatste klachten?'

'Onbeschofte bejegening, te heet douchewater, seksuele intimidatie door een verpleegkundige, een gotspe!'

Het laatste was natuurlijk het meest alarmerend. 'Wat voor intimidatie?'

'Sek-su-ele,' spelde Ben.

Ongeduldig schudde ze haar hoofd.

'Door een leerling-verpleegkundige die hem gewassen heeft, blijkbaar iets te grondig.'

Ze zuchtte. Deze patiënt was een querulant van de ergste soort.

Het volgende uur zetten ze de feiten op een rij om te kijken waar ze juridisch stonden, zodat ze de juiste stappen konden bepalen. Hoezo, strategisch bezig zijn? Een groot deel van haar tijd was ze dit soort belachelijke brandjes aan het blussen.

'Je ziet bleek, Dee.' Ben schoof de brieven van zich af en keek haar vorsend aan. 'Eet je wel genoeg?'

Genoeg voor wat? Genoeg om het verlies van de hectoliters bloed van haar laatste ongesteldheid aan te vullen? Genoeg om vet te kweken op haar botten? De banden van haar broeken knelden de laatste tijd verontrustend genoeg. Of genoeg om de leegte op te vullen?

'Aan mijn eetgewoonten mankeert niks, Ben. Ik ben een beetje moe.'

'Je werkt te hard,' zei hij streng. 'Echt Dee, je hebt in geen jaren een fatsoenlijke vakantie gehad.'

Ze meed zijn blik. Bens bruine ogen waren gevoelig en confronterend, en in wankele momenten dacht ze soms dat hij haar angsten las. 'Ik heb in mei een week,' sputterde ze.

'Een week, Dee, word wakker! Een week is echt niet genoeg om die kringen onder je ogen weg te slapen, laat staan die frons in je voorhoofd.'

'Ik begrijp dat je een facelift adviseert?' probeerde ze.

Ben grinnikte. 'Dat zeker. Nee, serieus, Dee, geen mens kan zoveel werken als jij doet. Er is meer in het leven.'

'Het gaat prima met me, Ben.' Ze legde de besliste toon in haar stem die ze reserveerde voor de momenten dat ze moest laten merken wie de baas was. Het ging ook prima, afgezien dan van die twee keer vijf minuten per dag op een treinperron.

'Hoe creatief is uw werk?' kopte het werkkatern van de avondkrant. Mijn god, hoe creatief was het lezen en beantwoorden van e-mails, om vervolgens over de inhoud ervan te vergaderen? Was ze gek om geen vakantie te nemen als die onbezonnen daad haar drieduizend mails achter zou stellen?

Ze overwon drie passerende treinen voor de hare die avond op Paddington stopte. Vrijdagavond, een tas met de voorjaarsbegroting naast zich, voer voor dit weekend. Het geëtter van de querulant met zijn klachtenbombardement had te veel tijd opgeslokt en ook aan de middagvergadering met de ondernemingsraad leek geen eind te komen. Zuigers. Een van de meest militante leden had haar driftig een tekening onder haar neus geschoven met de woorden: 'Zo is het hier, jij schudt de boel continu op, en de rest probeert zijn werk te blijven doen.'

Hij had talent. Het stelde ongetwijfeld een mierenhoop voor, waarin zij, afgebeeld als stoere boerin met grove laarzen, met haar hooivork prikte. Een karikaturaal portret, zo klein waren haar ogen ook weer niet en al lieten haar krullen zich moeilijk bedwingen, in het echt stonden ze niet verticaal op haar hoofd. 'Interessant,' zei ze kort. Ze schoof de tekening terzijde en beet zich vast in een zoveelste moeizaam gesprek over de herstructurering van

het ziekenhuis. Ze verweten haar doof en blind te zijn voor de geluiden van de werkvloer. Ze was verdomme zelf arts. Ze wist hoe
het eraan toe ging aan het bed en het was er een zooitje. Als ze de
komende jaren geen efficiencyslag maakten, konden ze het schudden. De querulant van de zeventien brieven had in essentie gelijk:
het kon sneller, beter en klantgerichter.

De trein won aan populariteit sinds reizen per auto naar Londen
zwaar werd belast, maar in het eersteklascompartiment was het
nog steeds rustig. Eenmaal opgeslokt door het metalen monster,
voelde het interieur van haar coupé warm en vertrouwd als een
huiskamer. Ze duwde haar stoel in de slaapstand en ontspande
zich.

De trein maakte snel vaart en een kwartier later lag Londen
achter haar. Na een onnatuurlijk zachte winter tekende de vroege
lente het platteland met paardenbloemen in de velden, knoppen
in bomen en wankele lammetjes bij hun moeder.

Rachel zou er al zijn. Haar oudste dochter werkte vrijdag vanuit huis en was vast voor de spits vertrokken. Hoe zou haar stemming zijn? Het laatste jaar ontvluchtte Rachel geregeld haar relatie
met Tom om het weekend bij haar ouders door te brengen. Elk bezoek verliep volgens een vast dramatisch stramien, als het luie sce-
nario van een soap. Rachel kwam aan in tranen, vloekte het hele
weekend op Tom, belde vijftien keer per dag met hem en werd uiteindelijk zondagavond door hem opgehaald. Dee hield van haar
oudste dochter, maar Rachels ontvlambare aard was haar wezens-
vreemd en ze moest nog even niet denken aan een weekend gevuld met emoties. Ze dommelde in slaap en werd zoals altijd enkele seconden voor de anonieme stem haar station omriep, wakker. Ze pakte haar koffer en volgde de stroom forenzen naar buiten, zoals honderden, nee duizenden keren in de afgelopen jaren.
Thuis kon ze zich vaak hele stukken van haar reis niet meer herinneren, alsof ze in een droomtoestand had verkeerd. Het griezelig
onbewuste verloop van haar leven beklemde haar soms.

Ze liep naar de bus die haar vlak bij haar cottage af zou zetten.

'Mam.' Rachel dook van achter het bushokje op, een triomfantelijke blik in haar ogen. 'Had je niet verwacht, hè.' Haar doch-

ters ogen straalden, haar bleke huid had een roze gloed. Het was beslist een verrassing dat ze haar op stond te wachten, maar Dee moest vooral herstellen van de onverwachtse confrontatie met een metamorfose. De bleke, tobberige Rachel van het afgelopen jaar had plaatsgemaakt voor een bruisende, rossige schoonheid. Rachel sloeg haar lange armen om haar heen en ook die greep was anders dan anders. Zou ze zwanger zijn? De gedachte schoot door haar heen, direct gevolgd door een gevoel van weerzin. Ze was nog lang niet klaar voor het grootmoederschap. Waar zou ze in godsnaam de tijd vandaan moeten halen? Rachels omhelzing verslapte langzaam en stralend keek haar dochter haar aan. 'Mam, ik ben zo blij met je.'

Schaamte over haar egoïstische gedachten maakte het Dee onmogelijk Rachel recht aan te kijken en haar plotselinge vlaag van dochterliefde te beantwoorden. 'Fijn dat je me ophaalt,' zei ze in plaats daarvan en ze probeerde het enthousiast te laten klinken.

'Ik kon niet wachten,' antwoordde Rachel warm.

Haar gevoel van onrust nam toe, haar dochter dacht altijd primair aan zichzelf, ze had vast een reden om naar haar moeder te snakken. En die reden kon voor haar weinig goeds betekenen. Ze zette zich schrap.

'Ik ben met de Volvo van pap.' Met dansende passen liep Rachel voor haar uit naar de parkeerplaats van het station. In tegenstelling tot Dee was haar dochter dol op autorijden. Bij de wagen pakte Rachel haar zware tas over en hield galant de deur open. Alle voortekenen wezen erop dat er offers van haar zouden worden gevraagd.

'Pap is aan het koken, we eten reebout,' Rachel manoeuvreerde de Volvo handig tussen twee wagens de voorrangsweg op.

Dee keek voorzichtig opzij. Rachels mond stond half open, haar kaaklijn was ontspannen: wat was haar dochter mooi. Dat hadden zij en Jeff toch mooi voor elkaar gekregen. 'Waarom is Tom niet mee?'

'Vertel ik je als we thuis zijn,' zei Rachel haast terloops en ze neuriede een bekende melodie. Vreemd genoeg werd Dee er treurig van. 'Wat is dat ook al weer?'

Rachel glimlachte: 'Let it be, mam.'

O god, let it be, ze was zwanger!

Ze moest rustig blijven en zich oppeppen tot een blije reactie als Rachel thuis haar geheim zou delen met haar en Jeff. Ze kon altijd later nog voorzichtig duidelijk maken dat zij in dit stadium van haar loopbaan weinig voor Rachel kon betekenen. Heus wel af en toe een weekend oppassen, dat was best te regelen. Ze was pas tweeënvijftig, veel te jong om oma te zijn. Wat bezielde Rachel, na een jaar vol ruzie, zich te laten bezwangeren door een man die nog niet in haar schaduw kon staan? Dee zuchtte, ze was zelf ook vijfentwintig toen ze zwanger werd van Rachel, maar in die tijd was dat heel normaal.

Ze staarde naar buiten waar het vertrouwde heuvellandschap snel voorbijtrok aan de Volvo, die onder Rachels zelfverzekerde sturing tachtig mijl per uur scheurde. Ze hield van de omgeving en wenste regelmatig dat ze meer tijd had om te genieten van deze paar vierkante mijl van het Engelse platteland, maar haar werkverslaving won altijd.

'Heerlijk een weekend thuis,' zong Rachel. 'Jammer dat Felicia er niet is. Moeten we weer eens doen, een ouderwets weekendje met zijn vieren.'

Dee zweeg, weekendjes met zijn vieren waren lang geleden. Al had haar jongste dochter het nooit uitgesproken, Dee wist dat Felicia alles zou doen om zo'n samenkomst te voorkomen. Wat er tussen haar dochters speelde wist ze niet, maar sinds enkele jaren ontweek Felicia vrijwel elk contact met Rachel.

Hun cottage was gebouwd in de negentiende eeuw en stond op de monumentenlijst. Jeff had er zijn handen aan vol. Het was moeilijk voorstelbaar hoe hij er ooit bij had kunnen werken. Na zijn hartaanval vorig jaar was hij arbeidsongeschikt verklaard en sindsdien kluste hij voortdurend aan het onderhoud, in het tempo dat zijn hart hem oplegde. Het huis met de kleine knusse ruimtes waar oneindig liefdevol afgewerkte ornamenten in het hout en de stenen muren waren gebeiteld, omarmde haar nog steeds als ze de drempel overging.

Jeff zat tevreden bij de open haard. 'Dames, een glaasje wijn?' Uit de keuken kwam de verrukkelijke geur van gebraden wild. Rachel drukte een kus op zijn kruin. 'Wat ben je toch een verwenpappa,' zei ze liefdevol.

Verwenopa, maakte Dee er in gedachten van, kom nu maar over de brug, Rachel, met je grote nieuws.

Jeff schonk de wijn in de kristallen glazen, te vol naar haar smaak. Zo probeerde hij zijn zucht naar alcohol te verbloemen, een zucht die zelfs zijn strenge cardioloog niet aan banden kon leggen. Ze proostten.

'Waarop?' vroeg Jeff.

Dee hield haar adem in.

'Op een nieuw begin,' zei Rachel. Daar had je het al.

'Van wat?' vroeg Jeff onnozel.

Later die avond in bed, verwoordde hij haar vrees. 'Rachel is zo, zo anders, zo blij, ik ben haast bang.'

Ze zuchtte en draaide haar rug naar hem toe. 'Ik ben moe Jeff, ik wil niet meer praten.'

Hij schoof tegen haar aan. 'Tijd voor een slaapmutsje,' fluisterde hij hitsig. Hij plantte zijn erectie tussen haar dijen en pakte met zijn rechterhand haar borst vast. Dee duwde zijn arm weg. 'Je bent dronken,' verweet ze hem.

'Niet te dronken voor dit,' murmelde hij en hij begon aan haar slip te frummelen. En al was ze doodop en doodsbang, haar lichaam reageerde onverwacht lustvol. 'Voorzichtig dan,' fluisterde ze terug. Van de dokter mocht het en na de operatie en met die nieuwe pillen zou het vast goed gaan.

Rachel was niet zwanger, sterker nog, ze was weg bij Tom. Na de eerste slok wijn had ze Jeffs vraag plechtig beantwoord. 'Ik heb een nieuw begin gemaakt. Ik had jullie toch verteld dat ik een cursus ging doen?' Vaag herinnerde Dee zich dat Rachel zoiets verteld had, maar veel indruk had het niet op haar gemaakt want Rachel rende al jaren van Zingevingsweekend en Tarotcursus, naar Familieopstellingen en Landmark.

Jeff en zij knikten. 'Hoe was het?' vroeg ze beleefd.

'Het einde,' zei Rachel lyrisch.

'Ik dacht het begin,' mompelde Jeff en Rachel schoot in de lach. 'Beide pap.'

14

De rest van de avond vertelde ze over een tiendaagse cursus met de tamelijk geruststellende titel In retraite, die ze in Nederland had gevolgd. 'Hoezo in Nederland?' vroeg Jeff met een lichte afwijzing in zijn stem, alsof het ontrouw aan zijn beminde Engeland betekende.

Rachel glimlachte. 'Catherine heeft daar haar eigen doorbraak meegemaakt. Die plek heeft de goede energie.' Het klonk soft en toch leek haar dochter met beide benen op de grond te staan, wat ook wel eens anders was geweest. Haar verhaal was doorspekt met lofzangen op Catherine, de leider van de training.

'Wat is dat voor iemand, een goeroe of zo?' vroeg Jeff voorzichtig.

Rachel glimlachte. 'Catherine is erg menselijk, ze heeft veel meegemaakt en daar is ze bovenop gekomen. Nu helpt ze andere mensen om te groeien en vooruit te komen. Ze is bijzonder en gewoon tegelijk.' Rachel had tien dagen op een landgoed in Nederland doorgebracht met een groep mensen uit verschillende landen. 'Catherine heeft haar eigen netwerk, je kunt alleen deelnemen als je wordt voorgedragen. Een collega van het departement heeft mij met haar in contact gebracht,' zei Rachel. Het klonk trots. 'Ik twijfelde al zo lang aan mijn relatie met Tom,' ze lachte scheef. 'Dat zal jullie niet verbazen. Jezus, ik heb jullie vast tot waanzin gedreven met mijn bezoekjes het laatste jaar.'

Ook het zelfinzicht van haar dochter was nieuw.

'Ik weet nu waarom ik niet van hem los kon komen. Ik was verslaafd aan zijn negatieve aandacht. Ik heb van mezelf een slachtoffer gemaakt.' Ze keek ernstig. 'Het hardste deel van de cursus was erkennen dat ik het helemaal zelf heb gedaan. Ik heb hem uitgezocht om iets te leren.' Ze zuchtte en glimlachte. 'Ik heb er wel de tijd voor genomen, vijf jaar om precies te zijn.'

Jeff en Dee zwegen instemmend.

Rachel stond op: 'Blijf zitten, we eten lekker bij de open haard vanavond. Ik schep op.'

Jeff wilde protesteren, zijn reebout was zijn kindje. 'Pap, hij is klaar en je krijgt alle eer, ik wil gewoon even dat je rustig bij mam blijft zitten.'

Een kwartier later zaten ze knus met de borden op schoot. De reebout smolt op de tong, de fles wijn werd al snel door een twee-de gevolgd.

Ze woonde nu nog bij Tom. 'Ik ben op zoek naar een koopap-partement, het is tijd om echt op mijn eigen benen te staan. Bezo-pen eigenlijk, ik heb nog nooit alleen gewoond.'

'Hoe gaat het met Tom?' vroeg Dee voorzichtig.

Rachel knikte ernstig. 'Hij is er kapot van, hij realiseert zich nu pas wat ik voor hem beteken, erg pijnlijk, voor mij ook trouwens. Maar hij komt er wel over heen. Genoeg vrouwen die hem willen troosten.'

'Dat vind ik wel erg cynisch, Rache,' nam Jeff het voor Tom op.

Ze knikte nadenkend. 'Ja, pap, dat klopt, ik vind het zuur dat Tom niet zo diep gaat als ik om vooruit te komen, daarom is het onmogelijk tussen ons. Ik weet zeker dat hij in *no time* een ander heeft.'

Ze had vast gelijk. Haar dochter klonk volwassener dan ooit te-voren.

'Het gaat me pijn doen, dat weet ik, maar dat gaat over, ik wil vooruit, ik moet vooruit.' Ze lachte ironisch. 'Anders hebben jullie in het bejaardenhuis nog om de haverklap een huilende, behoef-tige dochter op de stoep. Dat is geen best vooruitzicht toch?'

Dee glimlachte en deed een schietgebedje dat de verandering blijvend zou zijn. Het leek haast onmogelijk dat een retraite van tien dagen haar onevenwichtige dochter getransformeerd had tot een wijze vrouw.

De volgende ochtend verwachtte ze dan ook half en half dat Ra-chel, na de euforie van de avond ervoor, nu wat somberder ge-stemd zou zijn. Een scheiding, al was Rachel niet getrouwd, was ingrijpend. Maar haar oudste zat rustig aan de ontbijttafel de och-tendkrant te lezen. 'Thee, mam?' Ze had een pot gezet van haar favoriete combinatie, Earl Grey met Engelse melange. Zwijgend schoof ze Dee een grote kop toe en een katern van de krant. Jeff scharrelde al een uurtje rond in de tuin.

Het weekend zette zich vredig voort, een ander woord was er niet voor, en toen hun dochter zondagavond vertrok, beseften zo-wel Jeff als zij dat hun oudste nu echt volwassen was.

'Een wondercursus,' verwoordde Jeff haar gedachten toen ze Rachel uitzwaaiden.

Ze knikte. Misschien kwam het zelfs wel goed tussen haar twee dochters, nu de felste van de twee gekalmeerd leek.

De paniek viel maandag rauw op haar dak. Ze had gehoopt dat er na het weekend iets van haar dochters kalmte in haar over was gestroomd, maar de rails trokken sterker dan ooit. Ik ben twee seconden weg van een zeker einde. Dood en niets meer weten, klaar. De woorden dreunden door haar hoofd afgewisseld met 'ik doe het niet, ik heb het nooit gedaan, ik wil niet dood'. Twee treinen passeerden en bij de derde deed ze een onbeheerste stap naar voren.

'Jezus, wat doet u?' Een stevige arm trok haar in een harde greep naar achteren. Ze keek in het geschrokken gezicht van een jonge man. 'Eén stap verder en u had ervoor gelegen.'

Haar hart bonsde in haar oren, haar gehemelte was droog. Ze kon geen woord uitbrengen. 'Stond u te dromen of zo?' drong de man aan. Hij droeg een keurig pak met een overjas en had een attachékoffertje bij zich. Haar trein gleed de hal binnen en ze schudde haar hoofd. 'Dank u,' mompelde ze en ze liep van hem weg. Hij zou denken dat ze gek was.

Die avond op Paddington Station, na een lange dag vol vergaderingen en bezorgde blikken van Ben, raakte ze in paniek, nu echt en volkomen. Ze rende de stationshal uit en kwam hijgend aan op Springstreet. Met bevende vingers viste ze haar mobieltje uit haar tas en toetste de 4 in, een sneltoets.

'Mam, hoe is het?' Rachel klonk opgewekt.

'Ben je nog op je werk?'

'Doe niet zo raar, het is halfacht!'

'Kun je me komen halen van Paddington?' Nooit eerder had ze haar dochter om hulp gevraagd. Dee vroeg niemand om hulp. Dee redde haar eigen kont.

Niet langer.

Leilah

Al was het de vierde keer dat ik erbij mocht zijn, nog steeds wist ik niet hoe Cathy het flikte. Met de precisie van een horlogemaker en de gewelddadige kracht van een bouwvakker die ingehuurd is om te slopen, beukte ze genadeloos tot elke kwetsuur blootlag. Dan woelde, prikte en porde ze in de openliggende wond, net zolang tot de etter en pus in misselijkmakende golven naar buiten klotsten, onbeheerst, onstuitbaar en met een angstaanjagend volume. Als de stroom stinkende drab uiteindelijk was weggevloeid, bleef er een vurig glanzende open wond over, waar ze dan met haar helende adem overheen blies en liefdevol tegen praatte tot er langzaam een nieuw huidje overheen groeide, zonder korsten, zonder littekens. Alleen het dunne velletje verraadde nog waar eens de vuile wond had gezeten.

Zo ging het bij mij, zo had ik het bij tientallen anderen zien gebeuren. Als ik ernaar vroeg, ontkende Cathy dat ze paranormale gaven bezat, maar voor mij stond vast dat ze een goede heks was, met een alwetende toverkracht. Ik voelde mij bevoorrecht en doodsbang tegelijk dat ik met deze krachtbron mocht samenwerken.

De groep was klein. Drie vrouwen en twee mannen die nog geen benul hadden van wat ze te wachten stond. Ze zouden om drie uur aankomen, maar Cathy drentelde al uren heen en weer om met de hotelstaf alles tot in de puntjes te regelen.

We waren gisteravond laat in Nederland aangekomen, na een enorme vertraging op Heathrow door een dichte mist die met ons meereisde naar Schiphol. Ik had het klamme zweet in mijn handen tijdens het halve uur dat de Boeiing boven Amsterdam cirkelde. Cathy sliep onderuitgezakt in haar vliegtuigstoel dankzij een dubbele whisky. Ik keek naar haar geruststellende profiel en al hield ik nog steeds niet van vliegen, ik maakte mezelf graag wijs dat Cathy niet alleen heks was, maar ook mijn beschermengel.

Wat mopperig werd ze wakker van de ruwe landing en het gierende geluid van de motoren. 'Ik heb honger, Leilah, wat hebben we nog?'

Er was zowaar nog een Marsreep over, die ze in enkele happen naar binnen werkte.

Na drie kwartier schuifelen en wachten op de bagage passeerden we de douane. Ik duwde de trolly met onze koffers en Cathy wankelde voor me uit naar de taxistandplaats.

Op weg naar het Friese Gaasterland dommelde Cathy weer in. Ik genoot klaarwakker van de zwijgende, donkere rit door Holland, naast de chauffeur die of echt geen Engels sprak, of net als ik gewoon geen zin had om te praten.

Om half drie waren we bij het hotel. De nachtportier kende ons nog van de laatste keer. 'Mevrouw Richards, wat fijn u weer bij ons te hebben. Uw vertrouwde kamer wacht op u, maar misschien wilt u eerst nog wat eten?' Zijn Engels was formeel, maar vlekkeloos, net als dat van de rest van de staf hier. Mij knikte hij slechts zijdelings toe. Ik nam het hem niet kwalijk, hij was mijn naam vast vergeten.

'Dank je, Peter. Kun je zo'n heerlijke uitsmijter voor me maken en naar mijn kamer brengen, met een glas koude chablis?'

'Doe ik, maar dat u mijn naam nog weet!' riep Peter gevleid.

Cathy kende iedereen die ze vaker dan een keer ontmoet had bij naam en dat was knap onvoorstelbaar want ze moest ondertussen wel duizenden mensen kennen.

Zij namen de lift. Ik had mijn portie gehad voor een dag met een verlengde claustrofobische vliegreis en nam de trap. Dat was nog sneller ook. Toen de liftdeuren openden, schrok ik van de bleke pafferigheid van Cathy's gezicht in het felle licht. 'Ga alsjeblieft snel slapen,' adviseerde ik, 'het wordt zwaar deze week.' En neem die uitsmijter maar niet, voegde ik er in gedachten aan toe. Ik bemoeide me nooit met Cathy's eetpatroon, keek wel lelijk uit, maar soms kon ik mijn waarschuwende gedachten niet stoppen.

'Welterusten Leilah, wees gerust, ik heb het eerder meegemaakt,' wees Cathy me fijnzinnig terecht.

Natuurlijk, ze deed dit werk al eeuwen, wie was ik om haar te vertellen wanneer ze rust moest nemen?

De eerste kennismaking met een nieuwe groep was altijd spannend, zeker voor de groepsleden, maar zelfs Cathy betrapte ik op nervositeit. Bij het ontbijt at ze drie puddingbroodjes en twee pannenkoeken met stroop, daarna inspecteerden we samen de zaal.

Nederland leek een rare keus voor zo'n internationaal gezelschap, maar als je hier rondliep, wist je precies waarom Cathy verslingerd was aan deze plek. Het Friese landgoed was met de moed der wanhoop door de bezitters, een adellijk echtpaar dat het hoofd niet langer boven water hield, omgetoverd tot een klein hotel. Het familiebezit werd zo gespaard. Samen met hun drie dochters en aanhang bestierden ze het grote huis, dat op hun website treffend als luxueus en toch warm en huiselijk werd aangeprezen. De twaalf gastenkamers waren precies goed voor onze retraites, want Cathy's groepen bestonden uit maximaal tien personen en met Cathy en mij erbij zat het hotel dan vol. Maar ook als de groep niet volgeboekt was, zoals dit keer, huurden we het hele hotel af in een packagedeal. Ongestoorde rust was noodzakelijk.

Het kasteeltje lag in een bosrijke omgeving op een steenworp afstand van het IJsselmeer. De lange sessies werden afgewisseld met wandelingen in Hollands meest wind- en waterrijke provincie. Na vier bezoeken was ik vooral verknocht geraakt aan de dijk, waar de oude hobbelige bestrating elke honderd meter onderbroken werd door roestige roosters. Deze moesten de Hollandse koeien ontmoedigen in hun zoektocht naar avontuur, zoals een Friese boer me in gebrekkig Engels had uitgelegd tijdens mijn eerste bezoek hier. De waterzijde van de dijk was geplaveid met dikke zwarte keien die doorliepen tot in het grijze IJsselmeer. Eindeloos had ik er gezeten, soms huilend, soms verstild, vaak samen met anderen in verschillende staten van wanhoop of euforie.

Als je de dijk een kilometer afliep, kwam je bij een sprookjesachtig bos. Qua omvang lachwekkend in vergelijking met de Engelse bossen, maar ik had er de mooiste dromen gedroomd en de grootste liefde ervaren.

De liefde, daar verheugde ik me nog het meest op. De liefde, die aan het einde van deze tien dagen weer zou stromen.

De zaal was overweldigend. De vier meter hoge plafonds waren beschilderd met engelen. De roomwitte muren oogden zacht als veren dekbedden door de ronde tedere bewegingen in het stuc. Het donkergroene tapijt was met een beetje fantasie lentefris gras. Bij sommige sessies namen we dekbedden en kussens uit de slaapkamers mee, waarop we dan ingeklemd als een foetus in de baarmoeder dicht tegen elkaar aan lagen, met Cathy's warme donkere stem die ons naar verborgen plekken van ons bewustzijn leidde.

'Het is nog steeds te koud in de zaal.' Cathy keek geërgerd. Na de inspectie vanochtend had ze met de eigenaar gesproken en hem gevraagd de temperatuur enkele graden op te schroeven. Blijkbaar had ze dat net gecontroleerd. 'Het goede aantal graden is cruciaal, Leilah, onthoud dat. We willen nog net geen baarmoedertemperatuur, maar in die buurt moet het voelen, er mag geen energie verloren gaan aan het verwarmen van het eigen lichaam.' Zelf zag ze er verhit uit, zweetdruppeltjes op haar bovenlip, een grote natte plek op haar rug, in het zwarte shirt.

'Hoeveel graden?'

'23. Het is er nu 21,' bromde ze ontstemd, haar hele mimiek gekreukeld in misnoegen. De eerste drie retraites raakte ik direct van de kook bij het zien van die gezichtsuitdrukking, inmiddels wist ik dat Cathy gespannen was zoals een artiest voor een première. 'Cathy, ga even rusten, ik zorg ervoor, al moet ik eigenhandig een kampvuur stoken,' zei ik met enige bluf.

Cathy gaf verontrustend snel toe.

'Voel je je goed?'

Ze keek spottend. 'Wat wil jij nou eigenlijk, Leilah?'

'Dat je gaat slapen. Sorry.' Ik schaamde me, al wist ik niet precies waarom.

Toen Cathy weg was ging ik in het midden van de zaal zitten. Nog twee uur voor de taxi's de lange oprijlaan zouden nemen. Twee uur waarin de klok doortikte en ik niets kon doen om dat te vertragen. Het gevoel van het onvermijdelijke was prettig maar ook een beetje beangstigend. Over tien dagen zou het leven voor geen van hen nog hetzelfde zijn. Mijn eerste retraite was een stuk heftiger dan mijn ontmaagding en hoewel ik nu trainee was, wist ik dat Cathy ook mij weer zou raken, door elkaar zou schudden.

Ik trok mijn spijkerbroek uit, ging in de lotushouding zitten en concentreerde me op mijn ademhaling. Die poging tot yoga was een kort leven beschoren. Het geschuifel achter me doorbrak mijn beginnende ontspanning. De jonge man die de zaal binnenkwam, droeg een enorme katrol met verlengsnoer. Ik griste mijn spijkerbroek naar me toe en trok hem snel omhoog over mijn witte Engelse kuiten.

Hij zei iets onverstaanbaars in het Nederlands.

'Sorry, ik versta je niet.'

Moeiteloos schakelde hij over op Engels. 'Ik moet wat extra kacheltjes plaatsen hier, de centrale verwarming trekt het niet.'

Ik kende hem niet, maar hij was vast een van de aanstaande schoonzoons van de baron.

'23 graden moet het worden,' vertelde ik hem. 'Cruciaal!'

'Dat begreep ik, ja.'

Wat zouden de eigenaren eigenlijk weten van onze retraites? Het schreeuwen en smijten moesten ze af en toe wel horen, ook al was de zaal redelijk geïsoleerd. Dat iedereen na tien dagen nog leefde en het meubilair nog altijd intact bleef, was blijkbaar geruststelling genoeg voor ze om Cathy en haar groepen tweemaal per jaar gastvrij te ontvangen. En het was handel natuurlijk.

Terwijl hij de kacheltjes neerzette, herschikte ik de bloemen en stak vast wat wierook aan. Om drie uur zouden verse koffie en cake klaarstaan. Ik kon nog wel even naar het IJsselmeer.

Na een vroeg voorjaar met veel zon regende het nu in heel Europa en het extreme klimaat en het milieu beheersten menig gesprek. Met slechts zestien graden leek het herfst in juni. De voorspellingen voor de komende week beloofden al even vochtig en koel weer.

Het loodgrijze IJsselmeer lonkte naar me. Op de dijk rook het heerlijk naar nat gras en modder. De herkenning van de omgeving was opwindend en maakte het verlangen los erin op te gaan. Ik zette mijn hoed af en direct ving de wind mijn haar en wapperde lange slierten in m'n gezicht. Nog even alleen, de komende tien dagen mocht ik blij zijn als Cathy me elk etmaal acht uur slaap gunde. Eenmaal in de dynamiek gezogen, vloog de tijd en al werd ik net als alle anderen elke dag een stukje vermoeider, het was een intensiteit die noodzakelijk was voor een krachtige ervaring. Ik grinnikte en riep hard: 'Je doet het jezelf aan, muts. Je houdt van die slavendrijver.' De wind blies mijn woorden weg. Dit soort bespottelijke uitbarstingen permitteerde ik me vroeger niet, die had Cathy bevrijd. Het schreeuwen trok me over het drempeltje van mijn weerstand en met stevige passen liep ik terug naar het kasteel.

Het was raar om iemand die in het gewone leven zo'n zware functie bekleedde, en dat kon je toch wel zeggen van Dee Morrison, zo nerveus en onbeholpen uit een taxi te zien vallen. Ik had haar ontmoet tijdens de intake bij Cathy thuis in Londen en toen maakte Dee een uitermate beheerste indruk. Precies het type vrouw bij wie ik me een geknakt muurbloempje voelde. Een strakke vijftiger in mantelpak, met rode lippen, alles onder controle behalve misschien haar bos roodbruine krullen. Dees verhaal had tamelijk eendimensionaal geklonken, maar inmiddels had ik te veel ervaring om alleen daar op af te gaan. Ook Dee Morrison had diepere lagen en geheimen en ze stond op het punt die te ontdekken, toen ze uit de taxi op het grind rolde. 'Godverdomme, fuck.'

'Dee, wat vervelend, heb je je bezeerd?' Ik legde mijn hand op de schouder van de vrouw die me ontzet aankeek. 'O, vreselijk. Sorry, ik vloek normaal niet zo, maar ja, dat geloof je nu vast niet meer. Eh, dag Leilah.'

Ik glimlachte. 'Dag Dee. Maak er geen punt van, ik vloek ook als een bootwerker als ik schrik.' Dee zou deze week nog heel wat grove taal te horen krijgen, dacht ik inwendig grinnikend.

Zittend op het grind keek ze naar haar ontvelde knie, waar een verwoeste panty omheen ladderde. 'Die stomme rottas,' zei ze droog. Inderdaad hing een uit de kluiten gewassen handtas half uit de wagen, vastgeknoopt in een veiligheidsriem. De chauffeur, een buitenlands ogende man, was intussen van de schrik bekomen en begon behulpzaam aan Dees armen te trekken.

'Pakt u liever mijn koffers, alstublieft.' Ze krabbelde overeind en sloeg haar rok af. 'Die gaat de rest van de week toch de koffer in.' In de uitnodigingsbrief stond het advies om vooral vrijetijdskleding mee te nemen, met een feestelijke outfit voor het avondje uit.

Cathy stond op het bordes en opende haar stevige armen voor Dee Morrison. 'Dee, lieve schat, wat een onfortuinlijke start. Die gaan we goed maken.'

Dee liep voorzichtig naar haar toe, maar liet zich toen haast onbeheerst in haar omhelzing vallen. 'Cathy, wat heerlijk om je weer te zien.'

Dat effect had ze op de verloren zielen: van een haven voor drenkelingen. Het hoofd van de tengere Dee rustte tegen haar omvangrijke boezem, en moederlijk drukte Cathy de krullen die in haar neus kriebelden plat. 'Dee, lieverd, hier lig je beter dan daar, kon je niet even wachten, schat?'

Dee gaf een klein lachje. 'Ik ben klaar om op mijn bek te gaan, Catherine, dat wilde ik maar even bewijzen.'

Cathy trok haar nog wat dichter tegen zich aan. 'Je bent in veilige handen, lieverd.' Ze plantte nog een stevige kus op Dees wang, voor ze haar overdroeg aan de barones. Cathy had mij allang niet meer zo gekust. Direct kappitelde ik mezelf. Omhelsde Cathy mij niet altijd bij binnenkomst en vertrek? Jaloezie was uit den boze bij iemand die zoveel te geven had als Cathy. Haar hart was net zo omvangrijk en koesterend als haar boezem.

De barones besprak op zachte toon koetjes en kalfjes met Dee. Hoe was haar vlucht geweest, hoe was het weer in Engeland en wilde ze Engels ontbijt of continentaal?

'Dat is één, Leilah,' zei Cathy tevreden en kneep me even in mijn arm.

'Spannend, ja.' Dee was de enige die ik eerder ontmoet had. De anderen hadden een telefonisch intakegesprek gehad met Cathy. 'Zijn er nog vertragingen?'

'Nee, internet geeft niets aan. Geen mist vandaag.' Cathy had zich opgemaakt na haar middagslaapje. Mascara krulde om haar fijne wimpers en haar wangen hadden een blosje. Ze droeg haar favoriete zwarte cape, met de donkerpaarse bies en de talloze konijnenstaartjes. Ze postte in de hal, geen enkele aankomst zou haar ontgaan.

'Ik ga even naar de zaal, laatste check,' zei ik maar, het had weinig zin om hier met zijn tweeën te lopen ijsberen.

'Heb ik gedaan. Alles goed, 23 graden.' Cathy grijnsde triomfantelijk.

Berustend liet ik me in een fauteuil zakken. 'Soms wou ik dat ik nog rookte.'

'Zelfmoord,' zei Cathy streng. 'Kom op, Leilah, ze komen echt allemaal.' Zelf wierp ze nog een bonbon uit het afgeladen schaaltje bij de receptie in haar mond.

Luc

De poot van de grote grijze had die nacht blindelings de vertrouwde weg naar Lucs borstkas hervonden en nog voor hij helemaal wakker was, trad de roerloosheid in. Vanaf zijn jeugd visualiseerde hij de bezetting van het centrum van zijn lichaam als de poot van een grote mannetjesolifant, die hem nietsontziend en misschien zelfs zonder het te weten, neerdrukte. Wakker worden was angstwekkend, maar onontkoombaar. Ga weg, dacht Luc Aubertin. Zo lang mogelijk hield hij zijn ogen dicht, tot de druk zijn oogballen bereikte en zich meester maakte van zijn hele lichaam. De kamer was vrijwel duister, de gordijnen lieten nauwelijks licht door. Hoe laat was het? Wat was er vandaag? Welke dag was het?

Dinsdag?

Ja, gisteren was maandag en hij had zijn college gemist. Fernand had hem 's avonds gebeld, ongerust. 'Je hebt niets van je laten horen, Luc, wat is er met je?'

'Een buikgriep,' had hij gefluisterd in de hoop dat zijn zwakke stem zijn hoogleraar overtuigde.

Zijn zitbeentjes drukten pijnlijk tegen de huidzenuwen. In het afgelopen jaar was hij broodmager geworden, niet door buikgriep maar door dagen verlamd onder de poot van de grijze liggen, niet in staat te bewegen, op te staan, laat staan te eten of drinken.

Hoe lang was dat al zo? Slapen en wakker worden was een oud probleem. Als kind had hij soms nachten niet geslapen, om dan tegen de ochtend in een diepe slaap te vallen en vervolgens niet meer wakker te kunnen worden. De angst was in zijn studententijd begonnen, maar nooit eerder was de druk zo sterk als deze maanden, juist nu zijn promotieonderzoek volledige inzet van hem verlangde. Ik moet eruit, ik moet eruit, herhaalde hij zeker een keer of tien tegen zichzelf voor er iets bewoog. Het waren zijn benen die omhoog kwamen, zwaar, langzaam als een vermoeide brug die een winter lang in zijn sponning had geroest en op de eerste zonnige dag krakend omhoog werd getakeld. Lucs voetzolen rustten op het moltonlaken dat kriebelde en al maanden geen wasmachine van dichtbij had zien. De verleiding om zijn benen weer langzaam van zich weg te schuiven en terug te zakken in de lethargie was groot. Ik doe het niet, ik doe het niet. Zijn leven was tegenwoordig een groot gevecht met zichzelf en werd getekend door de herhaling van korte, simpele maar vrijwel onuitvoerbare bevelen. Zijn voeten hielden stand en daagden zijn handen uit, die nu nog star naast zijn lichaam lagen maar de overwinning van de voeten niet op zich lieten zitten. Zijn lange vingers plukten aan het molton en wreven voorzichtig naar zijn benen toe. Toen ze eindelijk op zijn knieën rustten, was het pleit gewonnen, zijn lichaam had definitief besloten op te staan. Halfacht. Hij moest douchen, anders zou Fernand ruiken dat hij drie dagen in bed had doorgebracht.

Het straaltje water uit de roestige douchekop was even miezerig als hijzelf; dun, lauw en onevenwichtig. Hij had het koud en trok met snelle gebaren een hard geworden restje zeep over zijn borstkas, onder zijn oksels en tussen zijn balzak en bilspleet door en nam nauwelijks de moeite de zeep af te spoelen. Als hij maar niet stonk.

Als was het een communicerend vat met de lege klerenkast, puilde de wasmand uit. Hij trok er een overhemd uit en rook eraan. Mmm, beetje muf, maar het kon nog wel als hij vandaag afstand hield. Pas toen hij het aan had, zag hij er een groot spoor chocomel op. Moedeloos trok hij het weer uit.

De eenzame trui in de kast die hij uiteindelijk aantrok bij gebrek aan alternatief was veel te dik voor deze achterlijk warme lente, en prikte over zijn hele bovenlijf zonder hemd. Zijn spijkerbroek slobberde al geruime tijd om zijn billen en ook zijn riem bezat na dit weekend onvoldoende gaatjes.

Hij had een kamer in Parijs, een onderzoeksplek aan de Sorbonne maar was net zo hard een clochard als de stinkende mannen onder de bruggen over de Seine.

Dinsdag was zijn enige echte onderzoeksdag. Op alle andere dagen was er wel iets van een didactische opgave, in de vorm van een werkgroep, een college, het beoordelen en doorspreken van papers of andere verplichte nummers. Fernand delegeerde dit handwerk vol overtuiging en hij gaf hem geen ongelijk. Zodra hij hoogleraar was, zou hij hetzelfde doen. Het was alleen nu, in deze lange jaren voor hij dat bereikt had een beetje lullig. Hij wist heel goed dat hij talent had en een ver bovengemiddelde intelligentie, daarvoor had hij echt geen test nodig. Kreeg die wel trouwens, omdat Fernand het vlees in de kuip had gezien en zo genereus was geweest om Luc naar een instituut te sturen waar hij duizenden vragen beantwoordde, simpele raadsels oploste, onlegbare puzzels legde en een IQ bleek te hebben van 150. Zijn promotieplaats was daarna bezegeld, ook al begrepen sommige docenten zijn referaten niet.

Op weg naar de universiteit kocht hij in een brasserie een croissant en een espresso en werkte beide moeizaam naar binnen, staande aan de bar. Hij had geen stamcafé voor zijn ontbijt, zoals veel Parijzenaars. Hij haatte obligate praatjes over het laatste nieuws, het weer en vooral de verkiezingen. Natuurlijk zou rechts weer winnen.

De metro was anoniem en de cadans van de wagons gaf hem altijd een gevoel van vrede, dat zo lang duurde als de rit, of eigenlijk net iets korter. Een halte vóór de zijne moest hij zijn hersens dwingen terug te keren van hun dromerige vlucht en hij haatte dit moment waarin al zijn weerstand tegen het leven opveerde. Ook vandaag was hij weer de laatste die uitstapte.

Boven de grond kwam hij abrupt terecht in de grootsteedse mierenhoop en heel even benamen het gefriemel van lijven op de trottoirs en het geraas van auto's op de brede rijbanen hem de adem, na drie dagen in zijn prikkelarme slaapkamer. Twee blokken lopen en dan was hij er. Gespannen liet hij zich voortstuwen in de menigte studenten.

Pas op het vertrouwde terrein van de universiteit ontspande hij enigszins. Hij trok zijn kleding recht, haalde zijn handen wat beverig door zijn dikke haar, het enige aan hem dat nog volume bezat, en stapte in de volle lift die hem naar zijn afdeling zou brengen.

'Luc!' Fernands stem klonk gesmoord van achter de brede verschijning van een afdelingssecretaresse. Fernand was uitzonderlijk klein, zelfs voor een Fransman. Of zijn gebrek aan lengte hem tot zijn grote prestaties dreef, was moeilijk te zeggen, hij liet nooit iets merken van minderwaardigheidsgevoelens over zijn een meter vijftig, maar het curriculum van Lucs hoogleraar was ongekend lang.

De Sorbonne kende een lange traditie in de sociale wetenschappen en Lucs wensdroom was uitgekomen toen hij een beurs kreeg om er te studeren. Promoveren bij Fernand Pardin leek de eerste jaren iets onbereikbaars, maar om voor hem nog steeds onbegrijpelijke redenen had juist deze briljante wetenschapper zich over hem ontfermd. Fernand was bedreven in het politieke spel van de universitaire minimaatschappij en belangrijker nog: hij bleef stoicijns onder hoge druk. Luc doorzag het landjepik als toeschouwer, maar was zelf niet in staat het te spelen. Zolang hij Fernands bescherming genoot, zat hij echter goed. Bovendien had hij een stil wapen. Hij kon schrijven. Fernands lange lijst publicaties toonden veelvuldig Lucs betrokkenheid in de bescheiden vermelding als tweede auteur, waar hij in werkelijkheid de schrijver was en Fernand slechts kleine aanvullingen had gedaan. Het deerde hem niet, iedereen wist hoe die dingen werkten en Fernands naam opende deuren voor hem die anders potdicht zouden blijven.

Fernand probeerde langs de brede boezem van de secretaresse zijn ogen te vinden. 'Gaat het weer?'

'Het gaat,' zijn stem klonk te zacht en kwam niet uit boven het geknars van de lift en het gehoest van de man naast hem. Na dagen zwijgen moest hij de volumeknop weer vinden.

Hij stapte uit op de zevende etage en wachtte tot de pronte blondine Fernand vrijgaf.

De scherpe oogjes namen hem op. 'Je ziet er beroerd uit, Luc. Kom even met me mee.' De kleine man liep voor hem uit naar zijn residentie, de mooiste kamer van de verdieping met de enorme kroonluchter als pronkstuk.

Braaf zakte hij neer op de leren stoel die Fernand hem aanwees.

Fernand trok zijn broekspijpen, keurig in de vouw gestreken als altijd door mevrouw Pardin, op bij de knie en ging tegenover hem zitten. 'Stéphanie heeft gisteren je college overgenomen, maar zo gaat het niet langer. Er komt een dag dat ik je niet meer kan beschermen, er wordt te veel over je gepraat. Het enkele college dat je nog zelf geeft wordt slecht beoordeeld.'

Hij knikte stom, zijn tong lag droog in zijn mond.

'Ik wil dat je naar een dokter gaat, Luc. Je bent ziek.'

De woorden bleven in zijn keel steken. Het was waar, zijn mentale toestand begon zelfs eerstejaarsstudenten op te vallen en ze straften hem af met voortdurend slechtere beoordelingen, anoniem ingevuld, de lafaards, om het risico van zijn wraak als hij eenmaal professor zou zijn te ontlopen.

Fernand zuchtte nu diep. 'Ik heb een spoedafspraak voor je gemaakt met een bevriende psychiater, voor een gratis intake. Je mag denken wat je wilt, Luc, je zult me een bemoeial vinden, maar ik laat me niet de meest getalenteerde student die ik ooit heb begeleid afnemen door een of andere klotedepressie.'

Hij dacht niets, hij voelde alleen tranen naar boven komen. Het warme besef dat Fernand echt om hem gaf, verdreef even de koude druk op zijn borstkas.

En zo zat hij nog die middag in de wachtkamer van een vriend van zijn gerespecteerde hoogleraar. Hij was ernaartoe gelopen door Jardin du Luxembourg waar bomen en planten in volle bloei stonden en zich talloze verliefde taferelen voltrokken: vogels die om elkaar heen zwierden, eekhoorntjes die elkaar achterna zaten en jonge Franse en buitenlandse geliefden die volledig in elkaar verzonken. Hij observeerde ze afstandelijk als een antropoloog die zijn onderzoeksobjecten nog niet begreep, maar hun feitelijk gedrag registreerde. Hoe lang was het geleden dat hij hier met Juliette had gezeten?

De praktijk zat verstopt in het souterrain van de monumentale achtiende-eeuwse woning van de psychiater, dr. Bernard Chevallier. Het duurde even voor zijn pupillen zich hadden ingesteld op de donkere wachtruimte. Er stond een ovale eikenhouten tafel met bijpassende stoelen. Een stalen schemerlamp gaf enige schrale verlichting om de tijdschriften die er lagen uitgestald te kunnen lezen. Hij zag de *Elle* en *L'Express*. Vast een mix van mevrouw en mijnheer Chevallier. Aan de muren hingen reproducties van de vrouwen van Kandinsky. Hij voelde zich kalm en minder bedrukt dan sinds lang. Het was alsof alleen al de gedachte aan hulp iets van zijn last wegnam.

De bedachtzame man tegenover hem was het prototype psychiater met zijn grijzende krulletjes, brede gestalte en rustige donkere ogen. Chevalliers eerste vraag betrof zijn klachten, die Luc droog en enigszins beschaamd opsomde. Hij was sociaal wetenschapper *nom de dieu* en de klassieke depressie was in het eerste jaar van zijn studie uitgebreid aan de orde gekomen. 'Kenmerken van depressie zijn storingen in de vitale functies van het menselijke organisme.' Hij kon zijn eigen docent van vroeger nog haast letterlijk citeren. 'Stoornissen in slaap, eten, concentratie, emotiehuishouding, een gebrek aan libido en de aanwezigheid van een dagschommeling.' Hij had het allemaal.

Chevallier humde, schreef en knikte. Wanneer was het begonnen?

'Deze keer?' stelde hij een tegenvraag.

Chevallier dacht even na. 'Begin maar met nu,' klonk het toen nogal willekeurig.

Hij moest diep nadenken. 'In december geloof ik. Ja, ik weet het zeker.' Al voor de kerst had hij moeilijker zijn bed uit kunnen komen. Kerstmis zelf, de repeterende jaarlijkse nachtmerrie met zijn familie in het claustrofobische huisje van zijn ouders in Normandië, had hem verder naar de vlakke akkers van de zinloosheid gezogen. In januari was het verzuim begonnen en nu, begin april, bracht hij halve werkweken en elk weekend in bed door.

'Ruim drie maanden dus nu,' rekende Chevallier en hij keek hem scherp aan. 'Maar blijkbaar niet voor het eerst. Vertel eens.'

Vertel eens! Lucs ogen dwaalden rond in de spreekkamer. Alleen de smalle bovenramen lieten daglicht door en toonden voorbijmarcherende benen in alle soorten en maten. De kelderruimte, waar vroeger vast de keuken had gezeten, was glad gestuct en in pastelkleuren geverfd. Er stond een auberginekleurige canapé voor psychoanalyse. Ze zaten in beige ribfluwelen stoelen naast elkaar. Niet tegenover elkaar, wat hem eerst vreemd aandeed maar waardoor hij nu ontspande: hij hoefde Chevallier niet aan te kijken en de woorden stroomden vanzelf.

'Ik had het al als kind,' begon hij en in de donkere ruimte met de zware meubels en met de rustige grove gestalte naast zich, kwam zijn jeugd moeiteloos terug.

'Ik was een buitenbeentje, ik denk tenminste dat je dat wel zo kunt zeggen. Mijn vader was visser en mijn moeder schoonmaakster. Ik heb twee oudere zussen die heel bijdehand zijn en me vroeger behoorlijk vertroetelden. Het was heel lang wel goed eigenlijk.' De laatste zin verbaasde hem zelf. Waarom vormde zijn jeugd dan toch een relatief zwart gat in zijn geheugen? Hij herinnerde zich wel momenten, indrukken, maar er leken ook hele jaren weggeslagen.

'Een arbeidersmilieu dus?' concludeerde Bernard Chevallier en al was het een feit, het woord stak hem als vanouds.

'Ik las boeken, zij keken voetbal,' vervolgde hij stug. 'Ik dacht altijd dat ik in het ziekenhuis verwisseld moest zijn en dat er ergens in een ander gezin een jongetje dat eigenlijk wilde voetballen heel ongelukkig zat te zijn tussen boeken en klassieke muziek. Banaal eigenlijk.'

'Denk je dat nog steeds?' vroeg Chevallier scherpzinnig.

Ergens wel natuurlijk, maar de laatste jaren was zijn neus steeds meer die van zijn vader geworden, zijn dikke zwarte haar verried zijn moeders DNA en ook zijn magere bouw zag hij terug bij zijn vader en een van zijn zussen. 'Mijn moeder heeft ook depressies,' zei hij bot, 'ik heb het van haar.'

'Op welke manier?' vroeg Chevallier. '*Nature* of *nurture*?'

'Beide,' antwoordde hij intuïtief.

En zo was het gesprek tijdens die eerste sessie alle kanten opgeschoten. Na afloop voelde hij zich leeggezogen en vaag verward, maar beslist minder zwaarmoedig. Le Luco, zoals Juliette Jardin du Luxembourg altijd had genoemd, was nog hetzelfde als op de heenweg, maar voelde anders. Hij rook nu de seringen en hoorde de vogels en het zien van de verliefde stelletjes maakte hem weliswaar niet blij, maar hij voelde iets wat vaag op heimwee leek.

Voor het eerst in dagen at hij die avond warm en al was het van de afhaal-Thai, het was goed eten, warm, knapperig en geurig en elk van deze sensaties nam hij waar. Hij beet in strengetjes rode paprika en zoog de zoete smaak van kokos uit de okers. Genieten was nog te veel gezegd, maar zijn zintuigen waren ontwaakt en opgeschud door het besef dat de grens was bereikt. Hij was depressief, maar er werd aan gewerkt. De eerste pil zat er al in en dokter Chevallier had voorgesteld om te beginnen met twee keer per week therapie. Tussendoor zou hij naar zijn werk gaan, waar Fernand hem zou helpen zodat hij kon blijven functioneren, al was het maar op een minimumniveau.

Chevallier had eerst gemeend dat hij zich ziek moest melden.

'Dat helpt niet, dan zak ik verder weg,' had hij geantwoord en zijn kersverse psychiater knikte slechts, wat hij maar interpreteerde als instemming.

Na het eten waste hij twee t-shirts en hing ze in de douche. De vermoeidheid trof hem als een kaakslag en hij haalde zijn bed maar net, zijn kriebeltrui en sokken nog aan.

Natuurlijk werd hij om halfdrie wakker, de grote grijze was er direct en plette hem tot even voor zessen. Toen vond hij eindelijk de kracht zich eronderuit te worstelen. Het was zwaar, maar hij stond en bewoog zich naar de badkamer. De t-shirts waren nog vochtig, hij zette de verwarming aan, onzinnig met deze buitentemperatuur, en drapeerde de shirts er zorgvuldig overheen. Zijn ledematen waren traag en stram, maar hij was vastbesloten. Hij schoor zich onder de douche en ging daarna een langdurige confrontatie aan met zijn spiegelbeeld. Hij was knap, zei men en dat zag hij ergens ook wel. Maar nu was hij mager, zijn haar vormde een zware donkere drol op zijn hoofd. Hij zag bleek, het gebrek aan daglicht dat feitelijk al van jaren dateerde, tekende zich af in zijn grauwe gelaatskleur. Zijn lippen, donkerrood, de bovenlip met een cupidoboogje, vertoonden barstjes die best wel eens een teken van vitaminegebrek zouden kunnen zijn. Hij schaamde zich en al deed dat pijn, het was goed, want het was gevoel. Hij ging vooruit.

'Hoe was het bij Bernard?' Fernand keek hem hoopvol aan, alsof het eerste consult bij zijn vriendje de psychiater direct zichtbare resultaten zou geven. Nou ja, hij was geschoren en had een schoon shirt aan, dat was zichtbaar genoeg. 'Goed. Dank je Fernand, je had gelijk.'

'Niks te danken, eigenbelang, heb ik je gisteren toch wel duidelijk gemaakt?'

Hij deed een poging tot een glimlach. 'Evengoed bedankt.'

Fernand tikte tegen zijn denkbeeldige pet. 'Heb je nog hulp nodig voor de werkgroep vanmiddag, Luc?'

'Ik wil vanochtend proberen orde op zaken te stellen, maar ik sla je hulp niet af.' Hij voelde zich ineens gezegend met zo'n vriend, al was het de eerste keer dat hij zo over Fernand dacht.

'O, en Luc, ga vanochtend ook even naar de kapper.'

De tweede sessie pakten ze de draad van draadloosheid moeiteloos weer op. Opnieuw sprongen ze van de hak op de tak, van het hier en nu naar het verleden, van schijnbare onbenulligheden als zijn slaaphouding, naar het thema van zijn proefschrift. Van de depressies van zijn moeder naar zijn eerste vriendinnetje. Van zijn doodswens op zijn veertiende tot zijn liefde voor de eindeloze zee en de verbinding tussen die twee. Hij probeerde het verlangen dat hem overviel steeds als hij langs de Atlantische Oceaan liep, met de witte schuimkoppen op de golven en het gebulder in zijn oren, onder woorden te brengen. De zee lonkte, zoals Lorelei haar schippers naar zich toe zong in haar belofte van eeuwig genot en thuiskomen.

'Wil je dood?' vroeg Chevallier plat.

Een eindeloos aantal keren had hij zichzelf die vraag gesteld zonder er een antwoord op te vinden. Hij haalde zijn schouders op. 'Niet genoeg in elk geval.'

'Ben je zo gekomen tot het onderwerp van je onderzoek?' vervolgde Chevallier vrij meedogenloos.

Het antwoord op deze vraag was simpel, suïcide was zijn onderzoeksthema en wrang genoeg misschien zelfs zijn levensthema. Zijn facinatie voor het onderwerp vond zijn oorsprong ergens waar hij het nooit had verwacht te vinden. Hij slikte moeizaam en zocht naar de juiste formulering. Bernard Chevallier had recht op deze informatie. Hij had zijn lot in diens handen gelegd, maar kon daar niets van verwachten als hij het keerpunt in zijn leven verzweeg.

De zinnen kwamen raspend en incongruent, maar Chevallier begreep ze.

De pillen deden hun werk, haast tot zijn verbazing. Niet direct, de derde week was een hel en de grote grijze zette niet één, maar twee, drie en uiteindelijk vier poten op zijn lijf. Hij meldde zich alsnog ziek en verzuimde ook zijn consult bij dokter Chevallier. Fernand belde Chevallier en die belde hem weer, de machine van hulpverlening was in werking gesteld. Ook een telefonisch consult wierp vruchten af. 'Het is normaal, ik had het je al gezegd. Het wordt eerst erger. Luc, ik wil dat je naar me luistert en doet wat ik zeg.' Chevallier klonk rustig maar indringend. 'Sta op, kleed je aan en neem een taxi. Ik betaal als je komt voorrijden.' Alsof hij een armoedzaaier was. Op dat moment zelf drong het niet tot hem door, mechanisch volgde hij de aanwijzingen op.

Dokter Chevallier leidde hem naar de paarse canapé en zat geruime tijd zwijgend naast hem voor hij langzaam begon te praten. 'Je komt hierdoorheen, Luc, nog een week en dan gaat het anders voelen. Tot die tijd bestel ik elke dag een taxi voor je en kom je een uur bij me op deze bank liggen. Je hoeft niets te zeggen, maar het mag wel. Het maakt niet uit, waar het om gaat is dat we je door deze hel slepen, want dat is het, Luc. Maar het wordt beter, geloof me.'

Natuurlijk geloofde hij hem niet, de hel bestond immers uit het diepe besef dat het nooit beter zou worden. Zolang een mens hoop heeft is hij nog niet in de hel beland. Hij klampte zich de hele volgende week vast aan zijn ontmoetingen met Chevallier. De taxi stond klaar op de haalbare tijd van twee uur in de middag en van drie tot vier lag hij op de canapé, meestal zwijgend. Daarna reed Fernand voor met zijn Peugeot en nam hem mee naar zijn huis, voerde hem, veel anders kon het niet genoemd worden, met het resultaat van de kookkunsten van zijn echtgenote. Pas laat in de avond bracht hij Luc dan weer thuis, stopte hem in bed en bezwoer hem dat het een kwestie van dagen was voor alles anders zou voelen.

Hij geloofde Fernand ook niet, maar was eenvoudigweg te passief om er iets tegen in te brengen. Zodra hij in bed lag, besprong de grote grijze hem en hij sliep nauwelijks, hooguit drie uur op de slaappil die Chevallier hem naast het antidepressivum had voorgeschreven.

Je zou verwachten dat het herstel geleidelijk intrad. Met de dag zou hij zich een beetje beter voelen, omdat elke dosis medicatie zijn bloedspiegel verhoogde met een millimolecuul van een wonderstofje. Luc geloofde zijn lichaam dan ook niet op de ochtend van zijn wedergeboorte, wat hij zelf een overdreven uitdrukking vond, maar toch voelde het zo. Hij opende zijn ogen en keek op de wekker. Onwaarschijnlijk, hij had zes hele uren geslapen. De grote grijze liet zijn voorpoot slechts lichtjes op zijn borst rusten, als een teaser: kom je eronder uit of niet?

Maar zijn benen bewogen haast vanzelf en de energie die door zijn buik stroomde leek nog het meest op de golf levensdrift die een snuif cocaïne jaren geleden op een van zijn eerste studentenfeesten teweeg had gebracht. Hij stond op zonder noemenswaardige problemen, voor het eerst in maanden en misschien, als hij heel eerlijk was, zelfs nog langer.

'Je bent er weer,' zei Chevallier nuchter. 'Hoe houden we je hier?'

Leilah

Zo onbevallig en onbesuisd als Dee uit de taxi kwakte, zo traag en behoedzaam stapte Luc Aubertin uit, been voor been. Hij was het prototype Fransman, met zijn fijngesneden gezicht en de donkere ogen. Zijn handdruk was beschaafd, gelukkig niet zo hard als Britse mannen soms nodig vonden, en zijn stem klonk zacht met een charmant accent. Wetenschapper, wist ik van Cathy, die Luc een warme kus op zijn wang drukte. Alleen zij permitteerde zich zoiets bij een eerste ontmoeting. 'Luc Aubertin, wat fijn dat mijn goede vriend Bernard Chevallier ons in contact heeft gebracht. Heerlijk je hier bij ons te hebben.'

Ik zag de schrik in Lucs ogen en het licht achteruit deinzen van zijn lichaam voor Cathy's overdonderende gestalte. Zou Chevallier zijn cliënt niet verteld hebben over haar zwaarlijvigheid?

Cathy stelde wat nuchtere vragen over zijn vlucht, het weer in Frankrijk en de uitslagen van de verkiezingen en Luc ontspande zichtbaar. Ik was altijd weer verbaasd dat Cathy met al haar wijsheid ook over gewone dingen babbelde. Belachelijk natuurlijk, want ze was aards tot in haar vezels.

'Ben ik de eerste gast?' vroeg Luc Aubertin.

'De tweede. Je hebt nog even rustig tijd om in te checken en wat rond te kijken. We beginnen om drie uur met een welkomstdrankje.'

Luc Aubertin knikte en tilde zijn bescheiden valies op. De barones was net op tijd terug van Dee om ook Luc naar zijn kamer te begeleiden. Waar kreeg je nog zo'n persoonlijke ontvangst? Alles fluisterde hier perfectie.

'Een bijzondere man,' zei Cathy toen Luc en de barones verdwenen waren. 'Mooi als een plaatje, briljant als Einstein en toch doodongelukkig.'

'Daar weet jij wel raad mee, toch?' grinnikte ik.

Cathy wreef vergenoegd in haar handen. 'Reken maar.'

Wat zou er aan de hand zijn met Luc Aubertin? In de keren dat ik als trainee mee had gemogen, had ik zo veel verhalen gehoord, onwaarschijnlijke, pijnlijke, bizarre en soms ook eenvoudige, ogenschijnlijk onschuldige geschiedenissen die verwoestend hadden ingewerkt op een gevoelig mens. Ik moest er zuiver in blijven, nieuwsgierigheid was geen juiste drijfveer in dit werk, maar ik ontkwam niet altijd aan een soort voyeuristisch genot bij de diepe kijkjes in het leven van de deelnemers aan een retraite.

'Zolang je ook jezelf bloot geeft, is er een zuivere verhouding,' zei Cathy, toen ik haar eens polste over die haast verlekkerde emoties die ik ervoer bij het aanhoren van alle gore, pijnlijke details waaruit het leed van mensen bestond. 'En als nieuwsgierigheid uit wezenlijke belangstelling voortkomt, is er niks mis mee.' Heerlijk geruststellende woorden.

Ik had me mijn leven lang schuldig gevoeld over alles. Oorzaken voor dat loden gevoel liepen uiteen van onbenulligheden zoals het nemen van het grootste stuk taart, tot het buitensluiten van een oude vriendin ten gunste van een nieuwe. Een snauw tegen mijn afhankelijke vader kon weken aan me knagen. Mijn gesloten echtgenoot negeerde me overdag maar wilde wel elke nacht op me klimmen, en toch kostte elke weigering me slapeloze uren. Dan nam ik me voor dat hij de volgende avond wel mocht. Ik faalde als moeder omdat ik niet slim genoeg was om mijn kinderen met hun huiswerk te helpen en voelde me een waardeloze schoondochter voor Geralds moeder. Ze belde me dagelijks in tranen om te zeggen dat ik moest komen en ik bracht dat maar eens in de drie weken op. De waslijst van redenen om me schuldig te voelen werd met stip aangevoerd door mijn jaloezie op mijn hartsvriendin toen zij weduwe was geworden. Zij was van haar vent verlost en ik niet! Ik had een boek vol kunnen schrijven met redenen om je schuldig te voelen.

Mijn mea-culpaneiging was heus nog niet weg, maar er waren nu momenten dat ik weigerde ernaar te luisteren en keuzes maakte die primair goed voor mij waren. Cathy had me bevrijd uit het walgelijke zelfontworpen harnas van schijnschuld. Wonderlijk genoeg was ik nog wel bij Gerald, ik wist nog steeds niet of hij ook een zelfverkozen keurslijf was, of dat ik om onnavolgbare redenen toch van hem hield. Misschien kwam ik er deze keer achter.

Blijkbaar waren de deelnemers vermogend genoeg om de voorkeur te geven aan een laatste stukje privacy voor tien dagen, ze hadden tenminste geen van allen gevolg gegeven aan het advies om vanuit Schiphol te carpoolen naar het Friese Gaasterland.

De eiken die de oprijlaan omzoomden, bogen deemoedig hun groene takken onder de regen die opnieuw uit de grijze Hollandse lucht stroomde.

Even na de metallic grijze B M W die Luc had gebracht, reed een koningsblauwe Mercedes voor.

Met zijn blonde haar, blauwe ogen en stevige gestalte vormde Brad Stevens de tegenpool van Luc Aubertin. Ook sprong hij veel soepeler uit de taxi, trok een sprintje naar het bordes waar het droog was en omhelsde zowel mij als Cathy spontaan. 'Ik kan gewoon niet geloven dat ik in Nederland ben. Ik heb de hele vlucht geslapen als een baby, fantastisch. Wanneer starten we?'

Kon het Amerikaanser? 'Over een uurtje, als de rest er tenminste is. Misschien heb je zin in een bad?'

'Absoluut, ik wil ook naar huis mailen dat ik er ben.' Brad zeulde een zware Samsonite-koffer en er hing een een laptop om zijn schouders, Apple, gokte ik. In zijn linkerhand droeg hij een handtas, wat vrij ongewoon was voor in elk geval Europese mannen. Hij wierp een verbaasde blik op het kasteeltje. 'Ik geloof mijn ogen niet. Wat een ongelooflijk gave plek om in retraite te gaan.' De handtas bleek een camera te bevatten, die direct tevoorschijn kwam voor de eerste shots.

Cathy glimlachte breed, maar ik voelde een lichte ergernis. Wat dacht die vent wel, dat hij op vakantie was? Daar zou hij snel van terugkomen! Ik liet hem graag over aan Cathy, die bevriend was met een kennis van Brads echtgenote en uitgebreid vroeg hoe het met haar ging.

Natuurlijk ging het fantastisch! Ik wist dat ik over een week van Brad zou houden, maar gunde me nu nog even wat minachting voor zijn oppervlakkige Amerikaanse aard.

Het programma kon ik zo langzamerhand dromen, wat fijn was, want de rest van de gebeurtenissen deze week was ongewis genoeg. Ik zou de kaartjes voor de eerste kennismaking vast klaarleggen in de bijzaal. Door dit soort kleine praktische acties ontlastte ik Cathy hopelijk. De houten trapleuning gleed soepel door mijn handen en het marmer van de treden voelde stevig onder de rubberzolen van mijn regenlaarzen.

De jongste dochter van het echtpaar schikte de stoelen zorgvuldig in een kring. Steeds mat ze de centimeters ertussen en schoof millimeters heen en weer, alsof er een mathematische precisie werd verlangd in de opstelling.

Wat was haar naam ook alweer? Ik durfde het niet te vragen, Cathy had ons de vorige keer al aan elkaar voorgesteld en iemands naam vergeten was onvergeeflijk onattent. Wat waren dochters van baronnen eigenlijk, jonkvrouwen? 'Het is goed zo,' zei ik. 'Wat is het hier heerlijk warm nu!'

De jonge vrouw keek met aristocratische trots om zich heen en zei ietwat hautain: 'Het is hier perfect, ja.'

Als alle Engelsen was ik nou eenmaal gevoelig voor stand en ineens voelde ik me belachelijk ondergeschikt, alsof ik de dienstmeid was die het waagde goedkeuring te geven aan de barones en er mild voor terecht werd gewezen. Mijn plotselinge minderwaardigheidsgevoel stoorde me. Ik was hier verdorie de klant. 'Er staat alleen een stoel te veel,' zei ik zacht en toen de jonge vrouw zuchtend de perfecte kring opnieuw begon op te bouwen, streden vleugjes wroeging en voldoening met elkaar. Ik stond het ze toe, dat had Cathy me geleerd.

De plakjes cake op een schaal, net als de slagroomsoesjes op het bord ernaast zorgvuldig met doorzichtig versfolie afgedekt, waren griezelig gelijk afgesneden en toch wist ik dat de cake uit eigen oven kwam. De barones stond zich erop voor alles zelf te maken, met als toppunt de vette Hollandse mayonaise waar ik aan verslingerd was geraakt door Cathy's aanhoudende advies het bij mijn frites te proberen. Waarschijnlijk hadden ze een cakesnijder, het kon niet anders. Op een plateauschaaltje lagen verpakte bonbons en Friese duimpjes. Het boerenbontservies met de rode en blauwe bloemen was origineel oud-Hollands en er was niet zuinig gedekt. Tientallen bordjes en kop en schotels lagen opgestapeld klaar, een nieuwe voor elk vers kopje thee en plakje cake, of soesje.

Ik slaakte een zucht van herkenning, de verwentijden waren aangebroken. Zeker, bloed, zweet en tranen zouden vloeien, maar wel gelardeerd met het beste eten en omgeven door een sprookjesachtig mooie entourage.

De bijzaal was donker. Ik knipte de dimmer aan en draaide de schakelaar tot de maximale stand was bereikt. De geur van wierook was hier nog niet doorgedrongen, ik moest het maar snel aansteken. Het was te koud. Natuurlijk zouden we er maar kort zijn, maar de uiterste concentratie die in die minuten werd gevraagd, verdroeg geen afleiding. Bovendien zou de temperatuur Cathy ergeren en ook dat was weinig bevorderlijk voor het proces. Ik liep terug naar de grote zaal en vroeg de jonge vrouw een van de kacheltjes ernaar toe te verhuizen.

Ze knikte kort. 'Natuurlijk.'

Ik pakte wat wierook uit de grote zaal en enkele minuten later steeg ook in de bijruimte de zoete lucht op. Het doosje kaarten lag al klaar op tafel en met trage bewegingen haalde ik het stapeltje eruit. Ik schudde ze gedachteloos, een onzinnige gewoonte want de volgorde maakte immers geen jota uit, en legde ze één voor één haast plechtig met de beeltenis naar beneden op de kleine tafel, even mathematisch als de Hollandse jonkvrouw de stoelen had verschoven. Welke zou de mijne zijn, voor deze tien dagen?

De juiste.

De dochter zette het kacheltje neer en verdween geruisloos.

Nog eenmaal keek ik de ruimte rond en dimde toen het licht. Zo was het precies goed, over een uurtje zou het bovendien warm genoeg zijn.

Op de hoge kroonluchter in de grote zaal zat geen dimmer, maar de milde peertjes gaven een romig sfeerlicht. Deze locatie was een vondst.

Ik herinnerde me mijn eigen aankomst hier, vier jaar geleden, levendig, al was de rest van die week op onderdelen vaag. Een wrak was een understatement om mijn toestand te beschrijven. Stijf van de valium, onzeker en met als enig houvast een fles taxfree whisky in mijn koffer, was ik aangekomen. Een halve week later spoelde ik de strip valium door de plee, voorgoed, de whisky was inmiddels al opgegaan. En al was het niet mijn laatste fles, de drank vormde al lang mijn emotionele uitlaatklep niet meer. Feitelijk dankte ik mijn leven aan Cathy.

Zacht, maar met aanzienlijke spierkracht trok ik de zware deur achter me dicht. Ik rilde kort. Het was fris in de hal. Vanaf de balustrade keek ik naar beneden en zag Brad met zijn hoofd in zijn handen op de onderste traptrede zitten. Er leek weinig over van mijn optimistische Amerikaan en toen ik even later mijn hand op zijn schouder legde, keek hij verschrikt op. 'Sorry, jetlag,' mompelde hij.

Ik drukte hem tegen me aan, al wist ik dat het te snel was. 'Ik ken het,' fluisterde ik, 'en het komt goed.'

Hij had tranen in zijn ogen.

Ik wiegde hem een tijdje en tot mijn verbazing stond Brad het toe.

'Ik ben doodop,' verklaarde hij even later. 'Ik wil eigenlijk tien dagen slapen.' Waterig keek hij me aan en voegde er droog aan toe: 'Kan dat, Leilah?'

Ik glimlachte. 'Ik vrees van niet.'

Hij zuchtte diep. 'Nou ja, veel ellendiger dan dit kan het niet worden.'

Ik zweeg wijselijk, het zou veel erger worden, misschien zelfs ondraaglijk, maar dat hoefde hij nu nog niet te weten. Hij zou het eerste het beste vliegtuig terug naar Detroit nemen als hij dat vermoedde.

Brad was gestuurd door zijn vrouw, herinnerde ik me. Deze Suzanne had Cathy telefonisch gedicteerd wat het resultaat van de tien dagen moest zijn. Zij stond Brads echtgenote begripvol te woord, maar deed geen toezeggingen. 'Ik snap wel dat zo'n vrouw wanhopig is,' zei ze vergoelijkend tegen mij, nadat ze ophing, 'ze hebben twee kinderen, een huwelijk op de tocht is dan niet niks... sorry lieverd, daar weet jij alles van,' voegde ze er attent aan toe.

'We gaan zo wat drinken,' zei ik geruststellend tegen Brad. 'De eerste dag is voor iedereen wennen. Hoe is je kamer?'

'Klein.'

Ik lachte. 'Geen big sizes hier, Brad. Troost je, je zult er weinig van zien, we gaan je bezighouden.' Gemiddeld genomen zagen de deelnemers hun kamer, inderdaad niet groot maar wel uiterst smaakvol ingericht met antieke meubels, frisse verf op de muren en gloednieuw sanitair, hooguit acht uur per etmaal.

'Kan ik nog een stukje gaan lopen?' vroeg hij braaf.

Ik keek op mijn horloge. Kwart voor drie. Cathy was stipt. 'We beginnen over een kwartier,' zei ik, en met een scheef lachje. 'Ik zou niet te laat komen als ik jou was.'

Hij keek verbaasd.

'Alles is vloeibaar volgens Catherine, behalve tijd,' verklaarde ik.

Brad fronste, maar strekte zijn benen en liep met me mee door de hal en gang naar buiten, waar juist de vierde taxi met gierende banden het pad op zwiepte. Bij het eerste opspattende grind minderde de chauffeur direct vaart. Dat zou hem leren.

'Ah, dat is vast onze volgende gast. Kunnen we je gelijk voorstellen,' zei ik opgewekt tegen Brad. Uit zijn berustende blik sprak dat hij zijn wandelingetje definitief in rook op zag gaan.

Cathy snelde uit de receptie naar buiten. De wind blies haar cape naar achteren en duwde haar shirt dicht tegen haar lijf zodat heel even de contouren van haar buik zichtbaar werden alsof ze naakt was. Niet dat ik haar ooit naakt had gezien. Cathy kleedde zich altijd van top tot teen. Buiten haar polsen, hals en gezicht was alles bedekt, alleen tijdens de indringendste sessies liep ze op blote voeten en stampte ze net als de rest. Een stampvoetende vrouw van zestig kilo zoals ik was misschien nog aandoenlijk, maar de eerste keer dat ik Cathy als opzwepende oervrouw bezig zag, wilde ik wegrennen, letterlijk doodsbang voor dat woeste gigantische lijf.

Uit de taxi stapte een kwart van Cathy. De ogen van het frêle meisje met de asblonde pijpenkrullen besloegen de helft van haar gezicht. Vastberaden ogen, zag ik in een oogopslag, kritische ogen met misschien heel ver weg een spoortje angst. Ze droeg een lange beige regenjas die haar wonderlijk mooi stond. Ik zou erin uitzien als een zwerver.

Nog voor ze de taxi had betaald, was Cathy bij haar. 'Aleksandra Parys,' zei ze hartelijk.

Het meisje knikte. 'Maar iedereen noemt me Ola. En u bent mevrouw Richards?'

'En mij noemt iedereen Catherine, of Cathy, geen ge-mevrouw, leeftijd is een gevoelig punt van me.' Cathy pakte haar hand en drukte een vederlichte kus op Ola's wang. 'Welkom. Je bent prachtig op tijd. We beginnen zo.'

Ola Parys knikte. 'Ik ben laat, ik moet alleen nog even bellen.'

'Drie uur in de bar,' zei Cathy vriendelijk, maar voor een toehoorder met slechts een grammetje gevoeligheid in het lijf, en Ola had vast meer, was de boodschap helder. 'Mag ik je voorstellen aan mijn assistent, Leilah.'

Ola knikte gereserveerd en gaf me een half handje, maar ook een hele hand van Ola Parys was onwaarschijnlijk klein.

'Fijn dat je er bent, we zijn bijna compleet,' zei ik en ik deed een stapje naar achteren voor Brad die zich aan Ola voorstelde.

Ola betaalde de chauffeur en zei droog: 'Nou, dan ga ik maar snel inchecken.' Met kaarsrechte rug liep ze weg.

Brad bleef onwennig achter bij Cathy en mij en schopte met zijn sneakers wat grind opzij. 'Ik loop hier wel wat rond,' mompelde hij.

'Het parkje achter is lief,' zei Cathy, 'en je bent er in tien minuten door.'

'Drie uur, die hint had ik al begrepen,' zei Brad een beetje stuurs.

Cathy glimlachte onaangedaan.

Brad

Natuurlijk was het niet de bedoeling geweest dat het zo serieus werd. Hun hele verhouding was niet de bedoeling als hij er goed over nadacht. Dat deed hij zo min mogelijk. Brad Stevens beschouwde zichzelf nog steeds niet als homo, al vree hij sinds twee maanden met een man. Hij was eigenlijk een typische heteroman, die met vrienden naar voetbal keek. Dat mocht dan een rare verslaving zijn voor een Amerikaan, opgelopen in de jaren dat hij in Engeland woonde, maar het was bepaald geen kenmerkend gaygedrag. Hij dronk bier en keek nooit in de spiegel, behalve bij het scheren. Maar bovenal was hij getrouwd met Suzanne en had hij twee kinderen. Hij viel op vrouwen.

Veel aandacht had hij dan ook niet besteed aan Rods komst in het bedrijf. So what, een nieuw baasje erbij op Sales. De farmaceutische multinational waar Brad Stevens voor werkte, telde talloze baasjes op elke afdeling, in elk formaat. Zelf was hij baasje van de fieldtrainers in zijn regio, en onderchef van Eric, Human Resource manager Noord. Een nitwit volgens Suzanne. 'Dat was jouw baan!' Onzin, maar Suzanne liet al jaren geen kans lopen hem mentaal te castreren. Fysiek deed ze dat overigens ook op haar geheel eigen wijze.

Brad koesterde geen ambities, zijn baan was kalm en gaf hem de ruimte precies dát te doen waar hij goed in was, tegen een heel behoorlijke verdienste. Naarmate de sales stegen, liepen zijn bonussen mee op. Niet in de orde van grootte van de salesmanagers, maar toch aanzienlijk. Hij reed in een goede wagen van de zaak, er waren leuke reisjes met de salesafdelingen. Hij maakte veel uren, maar had geen stress. Zijn taakstelling was moeilijk hard te maken, er waren talloze andere factoren die de bedrijfsresultaten beïnvloedden en daardoor hing er geen voortdurend zwaard van Damocles boven zijn hoofd zoals bij veel andere werknemers. Hij had het, kortom, naar zijn zin en daarmee vormde zijn werk een aardige tegenhanger voor zijn huwelijk.

Rod was jong, ambitieus en had hem geërgerd met zijn precieze besluitenlijstje dat nog geen uur na hun eerste bespreking via de mail binnenrolde. Uitslover. Brad was niet lui, verre van, hij was ook ooit begonnen als Rod, maar in de loop van de duizenden zinloze handelingen die hij in de laatste jaren had verricht, noties, adviezen die op wonderlijke wijze van de agenda verdwenen om plaats te maken voor nieuwe schijnafspraken, was zijn ijver gesleten naar het huidige niveau. Hij kweet zich van zijn feitelijke taak die bestond uit het ondersteunen en motiveren van de field-trainers in het omgaan met de salesreps, omhooggevallen farmaciestudenten die zich van alles verbeeldden. Daarnaast calculeerde hij zorgvuldig wat voor extra werkzaamheden hij moest doen om niet in ongenade te vallen. Strikt genomen bleef er dan weinig over. Daar dacht Rod anders over. Zijn besluitenlijst stond strak van de acties die Brad moest uitvoeren. Hij onderdrukte de neiging een venijnig mailtje terug te sturen. Even diep zuchten, hij had de afgelopen jaren zoveel salesmanagers op dat niveau zien binnenkomen en weer weggaan. Zo zou het met Rod ook gaan was zijn conclusie na de eerste kennismaking. Voor de gemiddelde MBA-student was regionaal salesmanagement een tussenstapje, de gegarandeerde springplank naar een internationale carrière. Brad zou Rod overleven, ruimschoots.

Hun volgende ontmoeting, een week later op een congres in New York waar een nieuw product werd gelanceerd, naar goed bedrijfsgebruik met veel bombarie, lasershows en een spetterende band, was de tweede dag in bed geëindigd.

Hij had al tientallen releases meegemaakt en het gevoel van opwinding en trots dat hij in het begin had ervaren, was gesleten, maar nog steeds voelde hij zich op die momenten tevreden over zijn keus voor dit bedrijf. Hun pijplijn was de laatste jaren spectaculair gevuld en ook de oudere blockbusters deden het nog goed.

Vincent hield een toespraak op zijn gebruikelijke onderkoelde manier, alsof hij in de supermarkt met de buurvrouw aan 't kouten was, en toch hing de zaal aan zijn lippen. Hoe deed die man dat toch? Directeur van een van de grootste farmaceutische bedrijven ter wereld, klein en lelijk en dodelijk aantrekkelijk, zoals een vrouwelijke collega hem ooit toevertrouwde.

'Wat een geil ding, onze directeur,' fluisterde iemand in de rij achter hem in zijn oor. Geen kontlikkende opmerking die hij van een ambitieuze nieuweling verwachtte en hij was dan ook verbaasd toen hij zich omdraaide en Rods grijns opving. Hij had zo gauw geen snedig antwoord voorhanden, gaf een flauw lachje terug en keek weer voor zich. Dat vrouwelijke collega's de broek uit gleden voor Vincent wist hij, macht erotiseerde en Vincent had niet alleen de macht in het bedrijf, hij wás het bedrijf. Maar Rod bedoelde het vast sarcastisch en dat stoorde Brad.

Vincent babbelde rustig door over zijn visoenen van nog meer winst en hij vergat Rod, tot die een warme hand op zijn schouder legde. 'Napoleon is er niks bij,' fluisterde zijn adem in Brads oor.

Zijn ergernis groeide, wat dacht dat broekie wel niet, kwam net kijken en dan al een grote mond over de baas. Hij reageerde niet.

De staande ovatie die volgde op Vincents toespraak gaf Brad ondanks zijn doorgewinterde gemoed, kippenvel. Heel even voelde hij zich één met het bedrijf en zijn duizenden werknemers overal ter wereld, de mooie producten en de roem, normaal gesproken een abstractie, nu gepersonifieerd in Vincent. Gêne voor zijn eigen oppervlakkige sentiment vlakte het gevoel direct af, maar het irritante kippenvel hield aan.

Samen met zijn collega's schuifelde hij even later tussen de rij stoelen door. Vanuit zijn ooghoeken werd hij zich bewust van Rod die gelijke tred met hem hield en hem intussen onafgebroken aankeek. Ze bereikten gelijktijdig het middenpad. Brad probeerde de aandacht te trekken van een van zijn fieldtrainers die drie hoofden van hem was verwijderd, maar ze zag hem niet. En zo raakte hij overgeleverd aan Rod. 'Goede speech,' zei die en hij leek het nog te menen ook.

Hij knikte.

'Biertje?'

'Graag, Rod.' De rij bij de bar zou zeker een half uur in beslag nemen. In die tijd was hij van die slijmbal verlost en kon hij vast aangenamer gezelschap vinden.

Hij keek hoe zijn kersverse collega zich breedgeschouderd

naar voren bewoog en na enkele seconden zag hij alleen nog het kruintje van zijn donkerbruine krullen. Actie nu. Zijn fieldtrainer was inmiddels druk in gesprek met iemand van Finance en keek dwars door hem heen. Het leek verdomd wel of iedereen in de rij voor de bar stond, of om hem heen geanimeerd gezelschap had gevonden, of beide. Opeens voelde hij zich toeschouwer en op geen enkele manier verbonden met de honderden aanwezigen.

Later hadden Rod en hij gelachen om zijn desperate actie, die op dat moment een redding leek. De stinkende, niet flossende Titus van research wipte van zijn ene voet op zijn andere voet voor een grote varen, als een aap aan het begin van zijn paringsdans. Titus was alleen en diepongelukkig, zo zonder zijn witte jas, zijn ratten en zijn testmateriaal, maar aanwezigheid bij deze bijeenkomsten was nu eenmaal verplicht.

'Titus, jongen, lang niet gezien,' begon Brad amicaal en had spijt van zijn toenadering nu hij zich binnen de geurgrens van diens ademhaling bevond.

'Brad.' Verlegenheid streed met opluchting in Titus' stem nu iemand notie nam van zijn bestaan.

En daar stonden ze dan, allebei met hun mond vol tanden.

Toen Rod eindelijk aan kwam lopen met twee schuimende biertjes in zijn handen als een kostbare schat, was Brads arsenaal aan onderwerpen voor een gesprek met Titus schoon op. Rod vroeg beleefd of hij nog een biertje moest halen. Titus knikte ja, maar Brad gaf hem razendsnel zijn eigen biertje. 'Ik heb last van mijn maag,' verzon hij en keek schichtig naar Rod. 'Zeg die besluitenlijst van jou...' Hij pakte hem bij zijn schouder en wierp een verontschuldigende blik naar Titus. 'Sorry, zaken.'

Rod keek verbaasd. 'Besluitenlijst, moet dat nu?'

'Nee,' Brad zuchtte, 'ik moest daar weg.'

'Ah, gevoelig reukorgaan!'

Nauwelijks ontkomen aan Titus' plakkerige gebit, zag Brad zich direct voor de volgende uitdaging geplaatst, want al stonk Rod niet, er was geen enkele overeenkomst tussen hem en deze snelle jongen, behalve dat hij vijftien jaar geleden ook zo gladgeschoren was. 'Hoe bevalt het je bij ons?' Een open vraag kon nooit kwaad als je zelf om tekst verlegen zat.

Rod keek hem schuin aan. ''t Betaalt de huur,' antwoordde hij toen traag en schudde loom het hoofd. 'Klinkt negatiever dan ik bedoel, werk is werk, weet je. Laten we het overzichtelijk houden.'

Later ontdekte hij dat Rods besluitenlijstjes slechts één doel dienden, namelijk het verlichten van Rods caseload, door anderen waar mogelijk het karwei te laten opknappen. Hij was de geboren luie manager, een die in zijn vrije tijd hardliep en mediteerde.

Rod had hem naar een rustig plekje geloodst en tussen de varens op het dakterras van het hotel verdiepten ze hun kennismaking. Die avond al was hij zich bewust van Rods slanke handen die hem af en toe terloops aanraakten tijdens hun gesprek. Een idioot diepzinnig gesprek, waarin Rod vragen stelde die Brad liever niet hoorde, maar waaraan hij niet kon ontsnappen. 'Wat maakt jou blij, Brad Stevens?'

Wat maakte hem blij? Zijn kinderen? Suzanne in elk geval al lang niet meer. Een goede nachtrust? Een partijtje tennis op een warme avond met Frank? Zijn antwoorden klonken zwakjes en staken mager en grijs af tegen Rods passies en het lukte hem niet hun leeftijdsverschil daarvan de schuld te geven.

Ze dronken whisky en zaten er nog toen het licht werd en iedereen al uren naar bed was. Hij vertelde Rod over zijn jeugd in de jaren zeventig, de vrije seks van zijn ouders, zijn ontmaagding door een vriendin van zijn moeder op zijn dertiende, met volledige toestemming en aanmoediging van zijn vader en moeder. Ze waren er nog net niet bij aanwezig, maar hadden hem na afloop gefeliciteerd met zijn eerste stap in het walhalla van lichamelijk genot. Rod luisterde en zijn zwijgzame aandachtige houding trok de woorden uit Brad. 'En dus ben ik getrouwd met een Britse kakmadam van adel, die ik twee keer heb mogen neuken, een vrij technische bevruchtingskwestie overigens, die tot haar opluchting beide keren slaagde.' Natuurlijk overdreef hij, de eerste jaren hadden ze wel degelijk seks, maar de herinnering eraan was weggevaagd en verdord, net als zijn libido, dat nog slechts af en toe een uitweg in een zakdoek zocht. 'Je bent feitelijk dood,' concludeerde Rod nuchter toen Brad op zijn navraag ontkende vreemd

49

te gaan. 'Interessant om eens een avond met een lijk te babbelen.'

'Mediteren is net zo goed sublimatie voor seks,' spartelde hij tegen. 'Die hele tantratoestand gaat toch over het ombuigen van lust.'

'Als je monnik bent misschien, ik word er geil van,' bekende Rod.

'Oké, ik ben een monnik.'

'Wel een lekkere,' zei Rod en Brad kreeg een stijve na die woorden.

Hoe hij eindelijk zijn bed had gevonden die ochtend was vaag, maar hij wist zeker dat er verder niets was gebeurd tussen Rod en hem.

De tweede dag van het seminar startte om negen uur en op twee uur slaap dommelde hij een lange dag vol presentaties door. Rod zag er onuitstaanbaar fris uit, alsof hij om tien uur de vorige avond zonder een drupje alcohol een verstandig besluit had genomen. Hij voelde zich ineens oud, ouder dan zijn kalenderleeftijd van negenendertig jaar. Toen hij zo oud was als Rod had hij al een kind.

Het diner bestond die avond uit een lopend buffet en hij besloot zijn eten mee te nemen naar zijn kamer, om zijn presentatie voor de volgende dag nog wat bij te vijlen en dan vroeg te gaan slapen. Nu alle ins en outs van de werking van de nieuwe medicijnen tot in detail waren gepresenteerd en de gelikte marketingmaterialen op groot scherm waren getoond, moesten de salesafdeling en de fieldtrainers de plannen voor de verkoop uit de doeken doen. Hij pakte een bord van de stapel en sloot geduldig aan in de lange rij voor het overdadige buffet. Hij liet de oranje zalm en grote roze garnalen vrolijk vloeken met de haring in tomatensaus op zijn bord en maakte het rumoerige stilleven af met wat blaadjes kale kropsla. Hij was dol op vis, maar Suzanne was overtuigd carnivoor en zij bepaalde het dagelijkse menu. Op seminars als deze kwam hij aan zijn trekken. 'Zo, jij gaat je te buiten,' hoorde hij naast zich. Rod keek ironisch naar zijn bescheiden gevulde bord.

'Wacht maar, over tien jaar laad jij je bord ook niet meer zo vol,' gaf hij terug. Rod had een bord met een kop erop. Het was nog een wonder dat er niets af viel.

'Ik ga naar mijn kamer,' verontschuldigde Brad zich, 'ik moet nog wat voorbereiden en die whisky van vannacht heeft erin gehakt.'

Rods teleurgestelde blik gaf hem een vreemd gevoel van vreugde en voor het eerst werd hij zich bewust van het verlangen een man aan te raken. Geschrokken vluchtte hij naar zijn kamer en zat even later trillend, zonder enige eetlust met zijn bord voor zich op het kingsize bed. Jezus.

De klop op zijn deur was net zomin een verrassing als Rods lange gestalte met het uitpuilende bord in zijn rechterhand. Rod lachte verlegen. 'Heb je een minibar?'

Vrijen met een man was anders en ook weer zo hetzelfde, dat het hem verraste. Ze hadden samen op zijn bed gezeten, lullig met het bord op schoot, de whiskyglazen, die met moeite stabiliteit zochten in het hoogpolige tapijt, voor zich op de grond. Hij prikte een grote garnaal aan zijn vork en bracht het beest moeizaam naar zijn mond. Rod pretendeerde niet eens te eten en bracht even later zijn bord naar het kaptafeltje dat tegen de muur stond en keek hem toen aan. 'Ik miste je.'

De garnaal stak zich geschrokken overdwars in zijn keel en toen hij benauwd hoestte, klopte Rod op zijn rug tot de vlezige prop het juiste gat gevonden had en moeizaam in zijn slokdarm naar beneden zakte. Brad keek zijn nieuwe vriend aan, tranen van verslikking in zijn ogen. 'Dat zal wel,' zei hij met geknepen stem, in antwoord op Rods opmerking.

Rods hand, de echo van het geruststellend kloppen ervan nog voelbaar op Brads rug, zweefde nu plotseling naar zijn gezicht. Of het een tiende van een seconde of tientallen seconden duurde voor zijn handpalm Brads wangen licht aanraakte, hij kon het niet navertellen, Brad zat simpelweg in vacuüm gezogen op zijn bed. De enige lichaamsdelen die niet betrokken waren bij de geheimzinnige verlamming waren zijn hart, dat steeds sneller in zijn gespannen borstkas bonsde en, heel verontrustend, zijn pik die met kleine schokjes overeind kwam en tegen de rand van zijn boxershort duwde. 'Rustig, lieve jongen,' fluisterde Rod en gaf met zijn hand iets meer druk op Brads gezicht, glijdend van zijn wangen naar zijn kin, vervolgens met zijn lange vingers de vorm van zijn mond natrekkend.

Het waren niet de handen, het was niet de aanraking, niet de fysieke aanwezigheid van een perfect gebouwde man, het waren de woorden. 'Lieve jongen', niemand noemde hem zo, ooit. Zijn moeder niet, die had hem haar kleine vriend genoemd, zijn vader zei makker tegen hem in een belofte van kameraadschap die nooit werd verzilverd. Suzanne had hem in hun begintijd onpersoonlijk schatje gedoopt, maar ook die vlakke koosnaam raakte later in onmin. De onverhoedse tederheid van lieve jongen bracht alles in beweging en veroorzaakte de aardverschuiving die hem nu, twee maanden later, suïcidaal had kunnen maken, als de allesoverheersende drang om te leven en lief te hebben de wanhoop niet overtroffen had.

'Lieve jongen,' Rod herhaalde de woorden, nu nog zachter en de toverspreuk hief de ban op, vulde Brads ledematen en romp met warm bloed en verlangen. Hij zette zijn bord op de vloer en boog zich in een vloeiende beweging met halfgeopende lippen naar Rod, die haast verbaasd naar hem keek voor hij zijn ene hand om zijn hoofd vouwde, de andere om zijn middel en hem meetrok naar het matras.

Later vertelde Rod dat hij verwachtte die avond een blauwtje te lopen. Brads snelle overgave had hem danig van zijn à propos gebracht, meestal vroeg de verovering van een heteroman een veelvoud aan trucs en tijd.

Rods verbazing ging volledig aan Brad voorbij in de seksuele wervelstorm die de nacht bracht, ingeleid door een kus die minstens twintig minuten duurde en niet begeleid werd door handen of andere zoekende lichaamsdelen. Een enkelvoudigheid, misschien veroorzaakt door Rods verwarring over zijn snelle overwinning, maar voor Brad bleef die kus de maatstaf voor de intensiteit van hun liefde. Suzannes kussen, vroeger, waren kort en vormden de passende inleiding op hun zakelijk geneuk.

Vóór haar had hij, eenmaal bekomen van de schrik van zijn ontmaagding, van zijn zestiende tot zijn twintigste, achteraf gezien zijn glorietijd, een schier oneindig aantal vriendinnetjes gekust en indien zij het toestonden, maakten zijn handen en mond een verlegen verkenningstocht over hun lichaam. Hij was een van de weinige jongens van die leeftijd zonder puistjes en knap met zijn dikke blonde haar en helderblauwe ogen. Maar hij was even onzeker als zijn minder fortuinlijke leeftijdgenoten en alle aandacht van de wereld had hem niet kunnen overtuigen van zijn waarde.

Waarom koos hij in vredesnaam de Britse Suzanne, met haar stiff upperlip en ondanks haar wereldreis die haar naar Amerika bracht, volslagen wereldvreemd? Ze kuste niet zoals andere meisjes, ze rook niet eens lekker, ze at marmelade! Alle contra-indicaties, en het waren er beslist nog meer, hielden hem niet af van zijn keus en diep in zijn hart wist hij toen al waarom. Suzanne bood de voorspelbaarheid die zijn ouders, inmiddels overjarige hippies, niet bezaten, en hem zeker niet hadden gegeven toen hij het nodig had.

Rods kus slingerde hem terug in de tijd, dit was kussen, wist hij ineens zeker. De zachte warme tong die voorzichtig zijn mond verkende, met een tederheid die een nauwelijks voelbare vochtigheid naar zijn ogen bracht en de sensatie van het schuren van de stoppels van hun beider kinnen naar de achtergrond drong.

Ook de daad was zoveel zachter dan hij vreesde. 'Ik wil niet anaal,' kreunde hij in naïeve angst met zijn laatste reserve.

Rod had hem glimlachend aangekeken en beschermend zijn billen gestreeld. 'Er zijn meer mogelijkheden, Brad.' Welke dat waren, werd die nacht en de nachten daarna duidelijk en toen hij eindelijk zover was dat ook die aanvankelijke drempel geslecht werd, bleek ook dat liefdevol onder Rods leiding.

De beer was los. Thuiskomen na het seminar was vervreemdend met kinderen die snel 'Hé pap!' riepen en direct overgingen tot de orde van de dag, en Suzanne die hem vormelijk op zijn wang kuste, vroeg hoe hij het had gehad en hoe zijn presentatie was gegaan, maar zijn antwoord niet afwachtte. 'We gaan morgen naar mijn ouders, weet je nog. Haal jij de matrasjes van zolder? Kom jongens, naar bed, morgen vroeg op.' En weg was ze, met de kinderen naar boven, gelijk met hen naar bed.

Tot diep in de nacht zat hij beneden, in zijn eigen huiskamer die even vreemd voelde als een motelkamer. Hij dacht aan Rod en keek naar zijn lichaam. Waren dit de handen die Rod hadden gestreeld, had hij werkelijk zijn lippen om zijn minnaars penis gesloten zoals hij vaak een vrouwenmond om de zijne gefantaseerd had? Dit moest een droom zijn, een bizarre fantasie en toch wist hij dat het echt was gebeurd. En het ergste was: de vage misselijkheid werd niet door walging veroorzaakt, maar door verlangen. Hij wist toen al dat het niet bij die ene nacht zou blijven.

Normaal gesproken zag hij zijn salesmanagers hooguit eens per week, maar Rods besluitenlijsten eisten na het seminar intensief contact, op wisselende plekken in de regio. Aanvankelijk klaagde Suzanne niet, ze wist dat zijn baan nu eenmaal een zekere onregelmatigheid kende.

Soms lagen ze dagen in bed, met alleen roomservice als tijdelijke onderbreking van hun intimiteit. Rod wist na een maand meer van hem dan wie dan ook. Zijn rustige geïnteresseerde ogen verleidden Brad tot een stroom van woorden over gebeurtenissen uit zijn leven die ook voor hemzelf onverwacht kleur en gevoel kregen. Hij deed ertoe en dat was heerlijk. Hij had zich niet gerealiseerd hoe droog hij had gestaan. In geen jaren had iemand zich bekommerd om hoe hij zich voelde. Sluipenderwijs was hij getransformeerd in functionele eenheden: Brad de vader, de echtgenoot pro forma, Brad de ideale werknemer.

Maar natuurlijk veroorzaakte juist de seks de diepe twijfel, de wanhoop, de angst dat hij zijn overzichtelijke leven zou moeten opgeven. Het verzuurde lijf was gezoet, de slapende lust gewekt door Rods warme, slepende kussen. Hij was te jong voor een celibatair leven, te mooi, te levend.

Vier weken later bekende hij zijn affaire aan Suzanne. Niet omdat ze ernaar had gevraagd. Ze mopperde wel over zijn veelvuldige afwezigheid, die zijn gewone gezinstaken als het buiten zetten van vuilnis onmogelijk maakte, maar het was geen diepgaand klagen, eerder dagelijks gezeur.

Hij had bekend omdat hij het niet langer kon ontkennen en

thuis nog maar één allesoverheersend verlangen had, hij wilde naar Rod.

Al moest hij Suzanne hebben overvallen, haar reactie was vertrouwd British upperclass. 'Goed, je bent nu dus echt je verstand kwijt, Brad. Ik geef je een maand om het terug te vinden. Ik ga met de kinderen naar mijn ouders en verwacht dat je dit daarna hebt opgelost.'

Na die maand kon hij haar eenvoudig niet tegemoet komen. En dus moest er iets anders gebeuren om hun gezin van de ondergang te redden.

Ola

Het was allemaal begonnen met het voorstel, zeven weken geleden. Meer dan honderd uur had ze eraan gewerkt, tot ver in de nachtelijke uurtjes en Mariusz wist het in vijf minuten te verkloten, niet alleen voor haar maar voor het hele team van consultants dat met dit project een halfjaar onder de pannen zou zijn geweest.

Een kapitaal stom antwoord van Mariusz op een vraag van de directeur van de te redden firma kostte ze meer dan twee miljoen euro's, omgerekend in zlottys zo'n tien miljoen en betekende wellicht de ondergang van hun eigen bedrijf. En de vraag werd nota bene aan haar gesteld, maar Mariusz was haar voor geweest. Hij had de offerte niet gelezen en begon te bazelen over venture capital en het aantrekken van shareholders van buiten, terwijl de klant deze optie op voorhand met klem had afgewezen. Hun opdrachtgever was een entrepeneur die na de val van het communistische systeem eindelijk zijn ondernemingsdrift had kunnen laten stromen en in korte tijd een bloeiend bedrijf uit de grond had gestampt. Ook al zat hij na een mislukte launch in de problemen, alleen over zijn lijk kregen buitenstaanders invloed op zijn kindje. IJzig bedankte hij ze voor hun presentatie en na een weekend tussen hoop en vrees serveerde hij ze af. De opdracht ging naar een groot internationaal consultancybedrijf, dat 'in zijn antwoord beter aansloot bij de vraag,' aldus de directeur tegen Ola, die natuurlijk op maandagochtend het gewraakte telefoontje in ontvangst mocht nemen. Na het beleefd uitspreken van de hoop dat ze een eventuele volgende keer wel zaken zouden doen, nooit dus, hing ze op, spinnijdig en met tranen van frustratie in haar ogen. Als Mariusz haar in dit project het woord had laten voeren, zouden ze nu champagne drinken op de grootste order ooit. Ze had hem beter moeten instrueren, hij was haar deze keer gewoon ontglipt.

Wanneer ze haar vriendin Dorota vertelde over haar samenwerking met Mariusz tikte die op haar voorhoofd. 'Waarom ben jij geen directeur?' Dorota noemde Mariusz een eikel en een lapzwans. Dorota was altijd kort door de bocht. Mariusz had Ola toevallig wel de kans gegeven om als drieëntwintigjarige consultant te beginnen en had haar de eerste jaren stelselmatig onder zijn vleugels genomen. Ze had veel van hem geleerd, tot er niets meer te leren viel en de rollen werden omgedraaid.

'Ik wil die shit niet,' beweerde ze tegen haar vriendin, 'Mariusz heeft ook de zorgen, hij heeft wel dertig mensen aan zich hangen. Dank je lekker, laat mij maar projecten draaien.'

'Je maakt je er net zo druk om als hij, misschien zelfs drukker,' sprak Dorota haar tegen. 'Je praat het laatste jaar alleen nog over je werk en je bent in een gratenpakhuis veranderd.' Dorota hanteerde graag de botte bijl.

Ola was in de lach geschoten. 'Zeg, lekker ben jij, eindelijk pas ik in maat 36. Heb je enig idee hoeveel uur sportschool hier in zit?' Ze prikte in haar taille.

'Alsof je daar tijd voor hebt,' schamperde Dorota. 'Mij hou je niet voor de gek, carrièrejunk.'

Haar vriendin had gelijk, ze werkte te hard en voelde zich verantwoordelijk voor alles, vooral voor de lichting jonge consultants. Het waren er simpelweg te veel. Door de opbloei van de Poolse economie was het bedrijf de laatste jaren in omvang vervijfvoudigd.

De gemiste miljoenenorder schoof die ochtend steeds weer voor haar geest en zorgde voor een opstandige knoop in haar maag. Ze moest haar boosheid kwijt. Die zou niets opleveren bij Mariusz. Hij zou zijn schouders ophalen en zeggen dat het wel meeviel, dat er nieuwe kansen kwamen, en zij zou ontploffen. Ze verliet het pand haast stampvoetend.

Goed beschouwd was Warschau een vreemde stad, met vele kleine kernen, verspreid en versprokkeld over vele kilometers, zonder bruisend centrum. Al was de oude stad na de verwoestende bombardementen van 1944 dapper nagebouwd, haar ziel was verwoest. Incidentele architectonische hoogtepunten werden afgewisseld met vreugdeloze communistische flats, strakke parken en asfalt. Soms voelde ze zich even kernloos als de stad. Waar bevond zich haar middelpunt? Had ze wel een centrum? Dat kon toch niet alleen haar werk zijn?

April in Warschau was vaak weerbarstig met zijn regenbuien, schrale wind en soms sneeuw, maar voelde nu ondanks de twaalf graden die de reclamezuil vermeldde, zacht aan. Ze draalde bij etalages met de nieuwe kledingcollectie, de verleiding naar binnen te gaan en een kapitaal uit te geven was groot. Geen betere pleister op de wonde van een gemiste deal dan de sensatie van een nooit gewassen, kreukloos kledingstuk op haar blote huid. Er was iets vreemds met kleding, misschien wel met elk gebruiksgoed. Eens gedragen of genoten, ontmaagd, verloor het object zijn glans en werd het gebruik ervan een haast vreugdeloze aangelegenheid. Heel soms bleef om vaak onverklaarbare redenen het geluksgevoel eraan kleven, zoals bij het vintage écru shirt dat ze jaren geleden gekocht had. Tientallen keren had ze het gewassen, gestreken, in koffers gepropt en nog steeds vulde de aanblik van de lap stof aan de waslijn haar met stille blijdschap.

Ze moest Mariusz het slechte nieuws gaan brengen. Winkelen was nu irrationeel en kon alleen maar leiden tot waardeloze impulsaankopen die haar waarschijnlijk vanavond al met spijt zouden vervullen.

Mariusz verborg zijn teleurstelling en knikte dapper. 'Had ik wel verwacht. Geen man overboord. Het is balen natuurlijk, maar we overleven het.'

'Ik ben minder optimistisch en volgens mij kun jij wel wat realiteitszin gebruiken. Over twee maanden zijn we failliet,' haar stem klonk kalm, maar de woorden waren scherp.

Hij verschoot van kleur. 'Elk adviesbureau is slechts een paar maanden verwijderd van een faillissement. Heb ik je al zo vaak gezegd.'

'Gelul, Mariusz. Onze orderportefeuilles lopen leeg en dat is nooit eerder gebeurd.' Je bent een sukkel en omringt je met sukkels behalve mij, dacht ze.

'Ik ben niet gek, Ola, vergis je niet. Ik zie ook wat er gebeurt en ik heb een voorstel.'

Stop met denken, dacht ze even later beduusd, gewoon doen. De kans was te mooi, bovendien kon ze hem op deze manier beter bij de les houden. 'Je voelt je gevleid,' fluisterde een stemmetje. 'Mag het misschien,' zei een andere stem.

'Ik doe het,' zei haar mond en de opluchting op Mariusz gezicht maakte haar duidelijk dat ze de woorden hardop had gezegd. Geen weg terug meer.

Het volgende uur dokterden ze de details uit.

Nog steeds min of meer overdonderd zakte ze achterover in haar stoel. 'Hoe gaan we het de collega's vertellen?' zuchtte ze.

'Eh, nog een klein punt daarbuiten,' begon Mariusz en aan zijn ontwijkende blik zag ze dat ze moest oppassen, het venijn zat blijkbaar in de staart. 'We moeten het natuurlijk wel kunnen verkopen,' begon Mariusz langzaam. 'Het mag niet op handjeklap lijken.'

Ze hoorde hem aan, terwijl haar hersens intussen naarstig naar vluchtwegen zochten. Dit was onzinnig, alsof ze tijd hadden voor zo'n omweg. Maar Mariusz was onwrikbaar en de worst die hij haar voorhield was te sappig.

'Wanneer?'

'Juni.'

Twee maanden vertraging kon net genoeg zijn om hun het duwtje te geven naar hun faillissement.

'We effectueren een deel van de nieuwe afspraken daarvoor al, als een soort proeve van bekwaamheid,' teemde hij.

Ze sputterde nog wat tegen maar de verleiding zoog haar twijfel weg. 'Oké, vooruit dan maar.'

'Je bent gek,' Dorota schudde die avond haar hoofd. 'Die vent zuigt je leeg.' Ze bedacht zich. 'Deed hij dat maar eens echt, trouwens.'

'Getver, heb je enig idee hoe Mariusz eruitziet?' probeerde Ola haar aandacht af te leiden. Hij was haar baas en had haar nooit met een vinger aangeraakt, in tegenstelling tot sommige andere mannelijke collega's.

Haar baas kon ongelooflijk stom handelen bij klanten, maar bij zijn eigen mensen was hij de meest effectieve manipulator die op twee benen rondliep, een echte overlever. Feitelijk doodzonde dat

59

hij over te weinig zelfkennis beschikte om zich ver van klanten te houden. Helaas wilden die ook vaak dat de directeur van het bureau zaken met ze deed. Directeuren spraken alleen met directeuren, het was een van de pijnlijke wetmatigheden die ze al snel leerde in consultancy. Nu zou ze zelf adjunct-directeur worden en die rol paste haar wonderwel als een tweede huid. In de lange jaren van frustratie over Mariusz' handelen had ze haar visie kunnen ontwikkelen en nu kon ze haar ideeën klip en klaar ophoesten. Eindelijk heldere keuzes maken in hun strategie, veel strakkere aansturing, en coaching van de consultants en meer taakdifferentiatie. Het kon een prachtig bedrijf worden, al moest de broekriem het komende jaar worden aangetrokken.

'Je bent een redder, Ola, en weet je wat er met redders gebeurt?' beukte haar vriendin door.

'Je kunt het me vast vertellen, Dorota,' antwoordde ze moedeloos, dit irritante wezen dat al vijftien jaar haar vriendin was, liet zich immers nooit tegen houden.

'Degene die uit het water gered is, staat op en trek zich scheldend terug van zijn redder, die uitgeput aan de walkant blijft liggen.' Dorota's blonde strohaar deinde driftig mee in de cadans van haar afgebeten woorden.

'Interessant.'

'Ja, boeiend hè? En wie kan jou weer oprapen aan het einde van de tragedie?'

Wel godverdé, één keer was ze door haar hoeven gegaan en Dorota liet geen kans liggen om het haar in te peperen. 'Laat mij met rust, Dorota, ik red me wel zonder jouw gesloof als engel. En spaar me die muffe linzensoep van je.'

Dorota schoot in de lach. 'Dus je zegt dat ik niet kan koken?'

'Inderdaad.' Nadat Jacek haar had gedumpt was ze weken apathisch geweest, niet in staat tot wat dan ook. Dorota was elke dag langsgekomen en nog steeds was Ola ervan overtuigd dat de vreselijke kookkunst van haar vriendin haar uiteindelijk had genezen. Dan in godsnaam maar weer zelf koken. Het oppakken van de dagelijkse klussen trok haar uit de depressie.

'Zeg niet dat ik je niet heb gewaarschuwd,' besloot Dorota haar preek.

Ola stond op. 'Koffie of wodka?'

Toen ze terugkwam uit de keuken, met de glaasjes wodka met appelsap en een schaaltje zoute kaas op een dienblaadje was haar vriendin gelukkig in *Desperate housewives* verdiept, waar Susan weer vreselijk aan het klungelen was met een of andere stoot van een vent. Jezus, alsof ze in rijen voor de deur van je huis stonden. Al was Ola Parys' appartement nog zo fraai en was ze zelf heus niet de lelijkste, nooit signaleerde ze ook maar een man die in de schaduw kon staan van de woest aantrekkelijke loodgieter uit de serie. Wat deed ze verkeerd?

De weken na het voorstel verliepen in een koortsachtige drukte waardoor ze elke avond in een staat van verdwaasdheid thuiskwam in haar donkere, kale appartement. Twee weken voor haar aanstelling als adjunct kwam ze pas tegen elven thuis, Mariusz had haar totaal uitgewrongen. Na een teleurstellend bezoekje aan de ijskast viel ze op haar bed en trok al liggend haar mantelpak uit. Belachelijke gewoonte, jarretels als er geen man was om ze te bewonderen, maar ze had nou eenmaal twintig paar en het dragen ervan herinnerde haar er vaag aan dat ze vrouw was en begeerlijk kon zijn. Ze zuchtte diep en probeerde haar schouders te ontspannen. Ze legde haar kleine handen op haar buik en ademde ernaar toe. Doodmoe en dat zou alleen maar erger worden de komende tijd. Haar gedachten werden incongruent, maar vlak voor de slaap ze overnam, trok de telefoon haar bewustzijn terug naar de slaapkamer. 'Ja, Ola, met papa.' Zijn monotone stem klonk zwaar en ernstig.

'Papa, wat is er?' Altijd was er een eerste moment van paniek als haar vader belde.

Het was even stil. 'Ik krijg je steeds niet te pakken, kind. Denk je nog wel eens aan je oude vader en je broer?'

Een gevoel van opluchting streed met de boosheid die het gevolg was van de schrik. 'Jezus, papa, je klinkt altijd alsof er iemand dood is. Het is laat, ik lig al in bed.' Vrijwel direct had ze spijt van haar scherpe woorden.

Het was even stil, voor hij haperend zei: 'Sorry kind, dat wist ik niet. Ik denk altijd dat jullie jonge mensen nooit voor twaalf uur in bed liggen.' Pure projectie, haar vader leefde tegen middernacht op en zag zelden zijn bed voor twee uur 's nachts. Haar opluchting en boosheid ebden weg en maakten plaats voor een mengelmoesje van vreugde en verdriet. Enkelvoudige emoties waren onbekend in hun gezin. Tegenover elke lichtkant stond altijd een prominente schaduwzijde en zo was bitterzoet de norm geworden in haar leven. 'Hoe is het bij jullie?' Ze knipte haar bedlampje aan maar bleef liggen en duwde met haar rechterhand de telefoon tegen haar oor. Het ding woog niets, maar zelfs die geringe inspanning bracht ze nauwelijks op.

'We hebben een nieuwe televisie gekocht. Een flatscreen.' Toe maar, god wist dat haar vader en broer buiten haar donaties geen nagel hadden om hun kont te krabben. Ondanks haar ergernis glimlachte ze. Een week geleden had ze geld overgemaakt en zoals gewoonlijk brandde dat in haar vaders broekzak. Hij had het waarschijnlijk dezelfde dag van zijn rekening opgenomen. Ze zag het voor zich, die twee mooie mannen samen op pad, haar vader met zijn brede schouders, zijn grijsgroene ogen en de donkere wenkbrauwen, Sebastian iets kleiner, maar even beeldschoon. Alle vrouwenogen trokken naar die twee toe als ze met hen op pad was.

Ze zouden zich gewichtig hebben laten voorlichten, en misschien zelfs oplichten, door een verkoper. 'Ik heb nog niet eens een flatscreen, stelletje patsers,' probeerde ze luchtig te blijven. 'Hoe gaat het op Sebastians werk?'

'Goed, goed,' haastte haar vader zich ineens. 'Geen problemen. Het gaat wel, kind. Sebastian en ik redden ons best. Hij is een goede jongen. Hoe is het op jouw werk, Ola?'

Binnenkort had ze nog minder tijd voor ze, haar hart werd zwaar. 'Goed papa, gunstige ontwikkelingen. Zal ik dit weekend langskomen?' Voor ze er erg in had, waren de woorden eruit en ze wilde wel en niet, verlangde naar ze en zag ertegenop ze weer te zien, maar het werd hoe dan ook weer eens tijd.

'O, fijn.' Hij klonk verrast. 'Eh, neem je dan een fles Belvèdere mee, dan koop ik verse Baltische zalm.' De gedachte aan Gdansk, aan haar grote onhandige papa, haar dromerige broer en aan hun drietjes rond de kleine houten keukentafel, met vette vingers van de frites en gebakken vis, waar kleine glaasjes wodka aan voorafgingen, bracht ineens tranen in haar ogen. Ze was moe.

'Ik kom zaterdag, papa. Ik bel nog hoe laat.'

'Fijn kind, welterusten.' Hij klonk verheugd en direct werd de tevredenheid dat ze hem blij maakte, overvleugeld door een loden schuldgevoel.

De volgende ochtend trok ze in de lift haar strakke rokje naar beneden, klaar voor de strijd. Vandaag werden de laatste noten tussen haar en Mariusz gekraakt en daar hoorde geen centimeter zichtbare dij bij.

Twaalf uur later zetten ze de laatste punten en komma's in het nieuwe beleidsplan. Mariusz' secretaresse kon het stuk maandag in de juiste lay-out zetten en twee dagen later zouden ze het in de ingelaste vergadering delen met alle werknemers. De dag erna wachtte haar een laatste beproeving voor ze de grote directiekamer zou betrekken. Een beproeving van tien lange dagen.

Om halfnegen gooide Mariusz zijn armen in de lucht. 'Ola, ik ga je zoenen.' Hij pakte haar armen beet, kneep er net te stevig in en drukte een kus op haar beide wangen. 'Champagne!' Hij maakte een dwaze pirouette.

'Oké, champagne,' gaf ze lachend toe en onderdrukte de neiging mee te gaan dansen, hij bleef haar baas.

'Wij zijn een goed koppel, Ola,' zei Mariusz een half uur en een belachelijk snobistische fles Dom Pérignon later.

'Het wordt een succes, Mariusz,' lachte ze en trok haar rok recht voor ze opstond. 'Ik moet morgen vroeg op.' Ze wilde naar huis. Het vooruitzicht van de lange autoreis naar Gdansk drong ze graag nog even naar de achtergrond, maar ook zonder dat verlangde ze naar haar bed. De dikke witte kussens en het lichte dekbed zouden haar omarmen en een voedende slaap gunnen, na een lange uitputtende week.

Voor het eerst in weken regende het, een trage miezerige Poolse motregen, honderden kilometers lang. Toen ze dichter bij de kust kwam, kleurde de horizon lichter en haar hart sprong op. De zee. Ze was die ochtend vroeg wakker geworden en al voelde ze zich verre van uitgeslapen, ze ging eruit. Verder slapen lukte toch niet meer. Om zeven uur zat ze achter het stuur en tot tien uur reed ze vrijwel onafgebroken op de cruisecontrol.

In Gdansk blies een stevige zeewind de wolken uiteen en speelde een ondeugende zon kiekeboe. Al was de stad minder bruisend dan Warschau, ze had ontegenzeggelijk een ziel. Een kosmopolitische langgerekte ziel, erin geëtst door de vreemdelingen die er door de eeuwen heen langs de kilometers brede vloedlijn hadden geslenterd. Een centrum met grachten, steegjes, monumenten en dikke oude bomen. En de zee.

Jaskowa Dolinastraat. De vergane glorie van haar geboortehuis benadrukte de oorspronkelijke schoonheid ervan. Haar moeder was gestikt tussen de dikke muren, er letterlijk tegenop gelopen, en de leegte die na haar vertrek ontstond had zich in elke kamer genesteld. Ze huiverde en draaide de oprijlaan in.

De buitenkant van het huis was hoekig en rond tegelijk als Villa Kakelbont en je verwacht elk moment meneer Nielson op een van de rode puntdakjes. De Oostenrijkers hadden hun ernstige handtekening in de houten kozijnen en het glas in lood gezet.

Haar vader en Sebastian leefden in vier van de vijftien ruimtes, in vijf als je het toilet meerekende. De rest van het huis verkommerde en als Ola er niet twee keer per jaar de bezem door haalde, hadden ongedierte en rot allang hun intree gedaan. Nu was het er slechts verveloos, bedompt en triest.

Een knerpend tapijtje van kniehoog onkruid en grind masseerde haar voetzolen op weg naar de zware voordeur. De klopper viel en maakte een dof geluid.

'Aleksandra.' Alleen hij noemde haar nog zo.

'Pappa.'

Zijn lange armen sloten om haar bovenlichaam en ze zonk erin weg, met alleen haar hoofd nog vrij om te ademen.

'Hoe ben jij in vredesnaam uit die genen voortgekomen?' had Jacek tijdens zijn eerste ontmoeting met haar vader in haar oor gefluisterd.

En toch was hij haar vader, zonder enige twijfel.

'Sebastian is naar Szydłowski voor sernik.' Ze glimlachte,

Szydłowski was de beste bakker in Gdansk en ze was dol op de romige kwarkcake die ze er bakten. Haar vader en broer toonden hun affectie bij voorkeur door lekker eten voor haar in huis te halen. Op zondag gaven ze haar dan altijd een tas met kliekjes mee. 'Je bent veel te mager,' was haar vaders standaardzin als hij haar het lekkers in de handen drukte bij het afscheid en zij tegenstribbelde.

De lamellen waren gesloten en het rook een beetje muf. Ze kon het niet laten, ze trok ze opzij en zette de deuren en ramen open. 'Echt een mannenhuishouding,' verontschuldigde ze zich. 'Papa, die sokkenlucht! Jullie veranderen ook nooit.'

Haar vader glimlachte verlegen. 'Zei je moeder ook altijd.'

Ze verstrakte, hoe lang was het nou geleden? En nog steeds had hij het over haar. 'Vrouwen houden van fris,' probeerde ze luchtig te zeggen. Toch hadden ze hun best gedaan. De vaat was weggewerkt en het doekje bij de kraan was bijna schoon.

Haar oude kamer hielden ze in ere, speciaal voor haar bezoekjes. Ze opende de ramen, zette haar koffer voor de kledingkast en viel op het bed neer. Een klein wolkje stof plofte omhoog. Wat had ze haar miniatuurbureautje volwassen gevonden toen ze het kreeg, op haar tiende, misschien elfde verjaardag. Mama had het roze geverfd. Ola had een week voor haar verjaardag het verfblikje in de schuur gezien en was hard weggerend, bang om het hele verjaardagscadeau te ontdekken.

'Ola,' klonk het haast fluisterend en daarna zijn typerende bescheiden klop op de deur.

'Binnen, Sebastian.' Het kwam er raspend uit en ze schraapte haar keel.

Hij keek haar heel even aan, blij, verlegen en kwam onhandig naar voren om haar te kussen. Zijn mond stootte tegen haar onderlip en even later proefde ze bloed, een beetje maar. Ze trok hem naar zich toe en wiegde hem als vroeger, toen hij klein was en zij al bijna volwassen. 'Dag Sebas, dag droetel,' knorde ze in zijn oor.

Hij giechelde intens tevreden. 'Ola de pola.'

Ze gierden net zoals vroeger om niets, tot hij amechtig naast haar op bed viel en ze een tijdje woordeloos naar het plafond staarden.

'Gaat het goed met papa?'

'Mm, ja, best.'

En weer even later. 'Met jou?'

Hij veerde op. 'Ik moet je wat vertellen, Ola.' Hij klonk opge-wonden. Misschien had hij een film gezien, waarvan hij elk shot wilde beschrijven. Of een stuk muziek had hem geroerd. Eindeloos kon hij dan melodietjes voor haar zingen, in zijn haast verbeten pogingen haar uit te leggen wat er zo bijzonder aan was. Een boek dat hem raakte, las hij minstens vijf keer. Over zijn werk in het lab sprak hij nooit. Werk was moeten, een noodzakelijk kwaad, ook vroeger. Sebastian haatte school, al was hij briljant. Hij verzuimde nooit, maar zijn hart lag er niet.

Zelf was ze leergierig, zoog de woorden uit haar boeken op en hield van alles wat op kennis leek, zelfs al was het de schijnkennis van onbenullige feiten op een pak cornflakes. Haar eindexamen had ze een feest gevonden waarin de lesstof van jaren culmineer-de in opgaven die haar hersens toestonden hun grote souplesse en creativiteit aan te boren. Heerlijk.

'Ik heb een vriendin.'

Ze schrok wakker. 'Wat?'

'Ik heb een vriendin.'

Nee, hè, ook dat nog. Die zorg kon er nog net bij.

En nu zat ze, amper een week later, of all places in Nederland, om-dat Mariusz had bedacht dat het pas geloofwaardig was als ze na een geestelijke tourtocht benoemd werd tot adjunct-directeur.

Tien verloren dagen, onuitstaanbaar!

Leila

'Alleen Sonja Cronje nog,' zuchtte Cathy toen Brad en Ola binnen waren. 'Ik snap het niet, ze woont het dichtst bij.' Hun vijfde gast woonde in Amsterdam, op honderd kilometer van Friesland. 'De eersten zullen de laatste zijn,' citeerde ik om wat te zeggen.

Cathy reageerde niet, maar keek zorgelijk. 'Als ze zich maar niet terugtrekt. Volgens Kagysoo is ze bang.'

'Hoe is het met Kagysoo?'

'Goed.' Cathy keek even tevreden. 'Een wijze man, onze Kagysoo.'

Ik herinnerde me Kagysoo en zijn verhaal goed, het verhaal van zijn vrouw Sonja liet zich haast voorspellen.

De lucht betrok weer in een razend tempo en na de eerste dikke druppels vluchtten we naar binnen. We zouden zonder Sonja Cronje starten en het zat Cathy overduidelijk dwars. In de bar was een tafel klaargezet met zeven lege stoelen eromheen. Vijf voor drie, niemand wilde de eerste zijn. Tijdens mijn eigen retraite was ik tien minuten te laat en daarmee de laatste voor het welkomstdrankje. Cathy had me vriendelijk maar ook wat koel toegeknikt en ik had bibberend de laatste stoel ingenomen. Laatste zijn was even lullig als eerste. Met mijn bestelling van een rode port was ik de enige die alcohol nam, ook al een verkeerde binnenkomer. De herinnering gaf me nog steeds een vaag naar gevoel. De eerste dagen waren een nachtmerrie die ik alleen doorkwam door af en toe naar mijn kamer te sluipen voor een haastige whisky, gevolgd door langdurig gorgelen met pepermuntwater. De vierde dag zette Cathy de boor op me en het duurde tot de negende dag voor de stukjes weer enigszins pasten. De gedachte daaraan bracht zowel een lichte huivering als verlangen teweeg. De opluchting na de pijn leek op het grote-schoonmaakgevoel dat je had als je je ingewanden leeg waren na een buikgriep.

Cathy liet zich behoedzaam zakken in de brede fauteuil die speciaal voor haar was klaargezet. Ze wreef over haar knieën, haar gezicht pijnlijk vertrokken. Haar gewicht nam het laatste jaar verontrustend snel toe. Ze gaf alles wat ze in zich had aan haar deelnemers, maar beperkte haar moederlijke gaven voor zichzelf tot het eten van veel, vooral zoete en vette voedingswaren.

De barones zette koffie, thee en een grote karaf ijskoud water klaar. Na de eerste kennismaking zouden we naar de zaal gaan. Het betreden van die ruimte was haast een heilig moment. Daar ging het gebeuren, de komende tien dagen. Het drankje in de bar was de voorzichtige prelude.

Ola was de eerste die binnenkwam, kaarsrecht en met haar kinnetje wat hautain de lucht in. Klaar voor de strijd.

'Kom erbij zitten, Ola, wat fijn dat je er bent. Heb je nog kunnen telefoneren?'

Ola schudde haar hoofd en haar pijpenkrulletjes wuifden licht mee. 'Ik dacht dat het te veel tijd zou kosten, maar ja, ik ben natuurlijk weer de eerste.'

'Een vrouw van de klok,' concludeerde Cathy tevreden. 'Daar hou ik van. Leilah, schenk jij eens wat in voor onze punctuele gast.'

Ola wilde thee en keek afkeurend naar de smaakjes in de theedoos die ik haar voorhield. 'Bah, fruitthee,' zei ze minachtend.

'Er is ook Earl Grey.'

'Dan neem ik die maar,' klonk het weinig enthousiast. Poe, poe, een dametje met spatjes.

'Jij mist natuurlijk je Poolse Ogródthee,' zei Cathy vriendelijk.

'Ken je die?' Ola keek verbaasd.

'Mariusz stuurt me een paar keer per jaar een pakje,' glimlachte Cathy. 'Ik ben er dol op.'

Ola's strakke gezicht ontdooide en haar grote ogen glimlachten haast trots. Hoe deed Cathy het toch? Mariusz was Ola's baas, die jaren geleden had deelgenomen aan de retraite en nu Ola had voorgedragen. Ik herinnerde me ineens dat Cathy me gisteren verteld had dat de jonge ambitieuze vrouw weinig zin had in verdieping.

'Hoe is het met Mariusz?' vroeg Cathy belangstellend.

Ola haalde haar schouders op. 'Goed, veronderstel ik.'

Brad kloste binnen, met roze wangen en nat haar van zijn ommetje in het park. 'Wat een weer hier, is het altijd zo?'

'Nederland staat niet bekend om zijn hete zomers, maar het kan er best lekker zijn. Misschien knapt het op deze week.'

Brad haalde zijn handen door zijn vochtige haar en veegde ze af aan zijn jeans. Hij keek afkeurend naar de kannen thee en koffie. 'Ik heb trek in een borrel of desnoods een cola.'

De barones schuifelde naar het keukentje en trok woordeloos een blikje cola uit de ijskast. Sissend liep de inhoud even later in een longdrinkglas.

'Dat is nog eens service,' zei Brad waarderend. 'Eh, Ola was het toch?'

Ola knikte.

'Mag ik naast je zitten?'

Weer een kort knikje.

Brad schoof direct onderuit in zijn stoel en plantte zijn benen onelegant wijd neer. 'Waar blijft de rest?'

'Sonja Cronje is nog niet gearriveerd. Die verwachten we elk moment. Luc Aubertin en Dee Morrison zullen zo wel komen.' Aan Cathy's stem kleefde al een randje ergernis. Vijf over drie.

Blijkbaar had Brad zich voorgenomen de Poolse Ola te ontdooien, hij vroeg waar ze vandaan kwam, hoe haar vlucht was verlopen en hoe ze hier verzeild was geraakt. Volgens mij beviel dat mevrouw maar matig, maar ze was te beleefd om niet te antwoorden. 'Leuk, ik heb nog nooit een Poolse ontmoet,' zei Brad gemoedelijk. 'De val van het communisme is intrigerend. Hoe heb jij dat ervaren?'

Nu keek Ola bepaald wanhopig. 'Kan dat een andere keer?'

'Natuurlijk, sorry, ik ratel maar wat,' zei Brad. 'Ik ben nerveus.'

'Dat maakt twee,' klonk een zachte stem in de deuropening.

Je hoorde Luc Aubertin niet aankomen. Natuurlijk was hij een lichtgewicht, maar het was meer, er hing stilte om hem heen, als een tweede huid, of een soepele jas. Hij stelde zich voor aan Brad, gaf toen Ola een hand en ging naast haar zitten. Die had ingeklemd tussen de twee aantrekkelijke mannen wel wat weg van een kleine trotse paradijsvogel.

Luc nam koffie, maar keek erg vies na de eerste slok. Ik vond de koffie hier sterk, maar voor een Fransman was het waarschijnlijk slootwater. Hij zei niets en dronk het kopje dapper leeg.

Blijkbaar had Brad een probleem met stilte. Dat zou hem deze week ongetwijfeld gaan opbreken. Hij stortte zich nu op Luc en zo geïnteresseerd als hij was in de val van het Poolse communisme, zo mateloos bleek ook de Franse cinema hem te boeien.

Tijdens zijn woordenstroom kwam Dee binnenstruikelen. 'Dat belooft wat voor deze week,' giechelde ze. Ze had haar dwangpakje afgeworpen en droeg nu een donkerblauwe joggingbroek van velours en een ruimvallende witte blouse. Alleen het sjaaltje dat ze om haar hals had geknoopt, herinnerde nog aan de wat tuttige dame die een uur geleden uit de taxi was gevallen.

Cathy besloot nu definitief zonder Sonja Cronje te beginnen. 'Welkom allemaal.' Glimmend keek ze de kring rond en gaf elk van de aanwezigen een speciale blik. 'We staan aan het begin van een avontuur. Jullie weten niet wat er gaat gebeuren, maar Leilah en ik weten niet veel meer. Iedereen komt hier om zijn eigen reden.' Ze zweeg even en ging toen nadrukkelijk verder. 'Elk van jullie heeft een geschiedenis opgebouwd tot vandaag. De komende tien dagen bouwen we samen verder aan die geschiedenissen en breken er soms stukjes van af. We hebben hier alle ruimte, er wordt goed voor ons gezorgd. Neem die ruimte en deze dagen voor je eigen ontwikkeling. Voor praktische zaken en vragen is Leilah de vraagbaak. Voor alle andere zaken kom je naar mij.'

'Zoals?' vroeg Brad.

Cathy glimlachte. 'Vragen over hoe we werken en angsten of twijfels over wat er met je gebeurt.'

Brad keek acuut bang.

'Het programma, Leilah,' zei Cathy.

Ik pakte het stapeltje A4'tjes van de tafel achter haar en gaf het door in de kring. Iedereen greep een velletje papier beet alsof het een laatste strohalm was.

'We lopen er kort doorheen. Het belangrijkste is dat jullie steeds op de aangegeven tijd en plaats aanwezig zijn. We werken vooral in de grote zaal.'

'Mijn schema is maar tot de helft van de week gevuld,' riep Brad.

'Dat van iedereen,' mompelde Ola geërgerd, het woord sukkel klonk door in haar stem.

'Dat klopt, Brad, als je goed kijkt staat er op dag vijf "hercontracteren". Wij hebben een programma gemaakt voor de eerste dagen, daarna zijn jullie zelf aan zet. Ik zei al, het is een avontuur, dus halverwege de week kunnen dingen er heel anders uitzien dan we nu verwachten. Het programma geeft de ruimte daarop in te springen.'

Dee knikte ijverig.

Lucs gezicht was uitdrukkingloos.

Ola fronste en Brad beet op een nagel.

Niemand vroeg door.

'Laten we kijken naar het programma voor vandaag. Zoals jullie zien gaan we zo naar de grote zaal voor de verdere kennismaking. Om zes uur gaan we aan tafel en om acht uur vanavond start de community building.'

'Wat houdt dat in?' Brad wees op het programma. 'Doen we dat elke avond?'

'Klopt,' Cathy glimlachte. 'Het is een belangrijk werkmoment, maar als je het goed vindt vertel ik er vanavond meer over.'

Brad haalde zijn schouders op. 'Dan hoef ik zeker ook niet te vragen wat een leergroep inhoudt?'

'Ik wil het je best vertellen, maar het heeft niet zoveel zin,' legde Cathy geduldig uit. 'Aan den lijve ondervinden leert het snelst.'

'Waarom krijgen we dit programma dan eigenlijk?' vroeg Ola kritisch.

'Vooral vanwege het tijdschema,' gaf Cathy toe. 'Tijd is onze enige zekerheid deze week.' De groep kon geen groep worden als niet iedereen elke ogenschijnlijk kleine gebeurtenis meemaakte.

'Ik ben wel benieuwd waarom iedereen hier is,' zei Brad. 'Kunnen we niet een rondje doen?'

Ola keek afkeurend.

'Goed idee, ik ben ook benieuwd,' steunde Dee hem.

Luc zweeg.

'Ik snap je behoefte,' zei Cathy, 'en geloof me, je komt er gauw genoeg achter, maar nu nog niet.'

Brad stak zijn armen in de lucht in een gebaar van overgave. 'Ik hou mijn mond verder wel.'

Ola keek alsof ze dit zijn eerste intelligente voorstel vond. Arme

Brad. Nadat ik hem in tranen onder aan de trap had gevonden, wist ik dat hij meer inhoud had dan je op het eerste gezicht zou denken.

De stilte duurde een paar minuten en toen zei Cathy kordaat: 'Laten we naar de grote zaal gaan.'

De opluchting in het groepje was haast voelbaar, ik grinnikte inwendig. Stilte zou deze week een vertrouwde metgezel worden. Later zouden ze lachen om dit voorproefje van een paar minuten.

Cathy schommelde voor ze uit en ik sloot de rijen. Ik verheugde me op het moment dat de deur openging. De zaal zou ze geurig en warm ontvangen.

In navolging van Cathy liet iedereen zijn schoenen achter in het halletje. Er klonk inderdaad een zacht 'ooo' toen ze de grote zaal in liepen.

'Jesus,' was Brad weer de eerste.

'Unbelievable,' viel Dee bij.

'Incroyable,' zuchtte Luc.

Ola zweeg.

Ze draalden, leken allen bevreesd om een plek te kiezen in de kring, alsof deze van doorslagggevende betekenis zou zijn voor de rest van de week.

Cathy zakte als eerste neer, licht nahijgend van het traplopen. Ik nam de stoel naast haar en was niet verbaasd dat de stoel aan haar andere kant leeg bleef.

'We gaan elkaar leren kennen,' zei Cathy, 'in sommige opzichten zelfs beter dan je je naaste vrienden kent. Daar beginnen we nu mee. Probeer te vertrouwen.' Ze haalde diep adem en legde haar handen op haar vlezige dijen die in een zwarte legging waren gepropt. 'Doe je ogen dicht,' zei ze zacht.

Ik sloot ze, dit eerste moment van focus was belangrijk, maar als het nu niet lukte om los te laten, kwam het later nog wel goed. Tijdens de eerste meditatie in mijn eigen retraite had ik alleen aan een groot glas whisky gedacht.

'Laat je gedachten vrij,' klonk Cathy's stem monotoon. 'Controleer ze niet langer, laat ze naar je toe komen en laat ze los. Je hoeft even niets. Je bent hier en nu, het verleden, de toekomst zijn niet belangrijk. Je bent... je adem is... je lijf is...'

Elk lichaamsdeel kwam aan bod in Cathy's meditatie. Ik ervoer ze, liet ze los en ontspande langzaam. Gerald kwam en ging, mijn dochters dreven van me weg. De laatste maaltijd met zijn vieren, de bittere ruzie, mijn slaapkamer waar ik mijn hoofdkussen nat had gehuild, alles vervaagde.

'Open je ogen langzaam, maar laat de ontspanning doorstromen in je voeten, je tenen, je kuiten, je dijen, je seksuele centrum, je buik...' Traag bracht Cathy's stem ons een minuut of tien later terug naar het halve bewustzijn, de heerlijkste staat van zijn. 'Sta voorzichtig op, laat je lichaam je tempo bepalen en volg mij naar de andere ruimte.'

De gordijnen waren gesloten en het licht gedempt, precies zoals ik het achter had gelaten. De kaartjes wachtten geduldig op hun eigenaar. Cathy ging bij de ovale tafel staan en nodigde de anderen met een handgebaar uit een plek te zoeken. Ik liet de deur op een kiertje staan, we zouden er immers maar kort zijn.

'Elk van jullie kiest zo meteen in gedachten een kaartje dat op tafel ligt en als ik het sein geef dan pak je dat kaartje. Elke beleefdheid is verboden, je wilt het kaartje dat jij intuïtief hebt gekozen. Het kan zijn dat een ander hetzelfde kaartje in gedachten heeft, maar wie het eerst komt... dus gá ervoor!' Cathy keek indringend de groep rond. 'Kijk goed welk kaartje voor jou is bestemd en neem een reservekaartje in gedachten dat je pakt als iemand anders je voor is. Concentreer je, ik tel af vanaf drie.'

Mijn kaartje lag vlak voor me, maar ook dicht bij Ola. Die jonge Poolse zou me toch niet de loef afsteken?

'Goed, ik begin te tellen. Drie..twee...'

De deur kierde verder open. 'Eh, sorry, ik ben laat.'

Cathy keek op, haar geconcentreerde blik sloeg direct om in beheerste maar onmiskenbare woede. 'Sonja Cronje, je stoort, wil je zo vriendelijk zijn in de hal op ons te wachten?'

Sonja

Lijn tien liet op zich wachten en de rij bij het Leidseplein groeide sneller dan het tramhokje aan kon. Ze zat er als eerste en had een plekje bemachtigd op een bankje, naast een oudere dame, een Jordanese met geblondeerd haar, twintig kilo te veel om de heupen, een sigaret in haar ene hand en een mobieltje in de andere. In plat Amsterdams tetterde ze tegen ene Thea. 'Ja schat, Fred is een kolerelijer, ik heb ut je al so faak gesegd.'

Sonja Cronje probeerde zich af te sluiten van de harde s en de v die consequent als f werd uitgesproken. Op de middelbare school in Johannesburg had ze Nederlands geleerd en ze hield van de taal die zo dicht bij de hare lag. Het Amsterdamse dialect was echter een gruwel voor haar oren. Toen lijn tien eindelijk arriveerde werd het een duwen en proppen van vermoeide lijven die allemaal naar huis wilden na een lange werkdag. Taxi dan maar, dacht ze berustend toen de tramdeuren zonder genade vlak voor haar neus dichtklapten. Ze zag de tram hortend de Marnixstraat inglijden, zijn vracht tegen de ruiten gedrukt, de laatste gelukkigen op de traptreden. Bij de eerstvolgende halte rollen ze er allemaal uit, dacht Sonja. Zuchtend pakte ze haar zware werktas en liep naar de taxistandplaats. 'Amaliastraat,' zei ze tegen de voorste taxichauffeur.

'Wijffie, dat is hier flakbij. Staat ik een uur in de rij voor tien euro.'

Ze haalde haar schouders op. Ja joh, het leven is hard, dacht ze maar zweeg wijselijk, taxichauffeurs hadden soms een kort lontje.

Hij stoof nors de trambaan op en tot haar genoegen haalden ze binnen een halve minuut lijn tien in. Tevreden drukte ze haar rug in het beige leer van de Mercedes en sloot haar ogen voor een van de lelijkste straten van Amsterdam. Bij de Rozengracht zwenkte hij naar links en Sonja opende haar ogen net op tijd om de aanbieding voor anderhalve liter champagne van de avondwinkel te zien. De Mercedes draaide rechts de Nassaukade op. 'Het is toch niet normaal dit weer,' de taxichauffeur zocht in zijn binnenspiegel haar ogen.

'Nee.' Na een krankzinnig vroege lente in april, toen de Japanse kersenbomen voor hun huis weken te vroeg waren gaan bloeien en de vogels erin brutaal hadden gekletst alsof het al ver in mei was, waren nu de bomen op de kade al bijna uitgebloeid en werd het land door stormen geteisterd die eerder aan herfst dan aan zomer deden denken.

Een bakfiets met achter het stuur een jonge vader die drie kinderen onder een plastic zeil als een grootstedelijke kangoeroe vervoerde, stak de kruising over en bolderde de Hugo de Grootstraat in. De taxichauffeur zweeg, blijkbaar ontmoedigd door haar korte antwoord op zijn weerpraatje. Des te beter. Al nam hij een andere en langere route dan zij zou doen, ze liet hem, die extra euro moest ze hem maar gunnen. Toen hij voor haar deur stilstond, was ze zo blij dat ze hem nog wat losse euro's fooi gaf ook. 'Toch niet zo'n slecht ritje,' kon ze niet laten op te merken.

Hij grijnsde een gouden tand bloot.

Thuis.

Thuis was Kagysoo en hun bovenwoning met het dakterras van vijf bij vijf, waar hij zich uitleefde op plantenbakken. De hortensia's, papyrussen en hosta's toonden een enorme expansiedrift en maakten zitten op het platje sluipenderwijs onmogelijk. Dit voorjaar had ze haar man kort weten te houden. Tuincentra mijden bleek een effectief middel.

Hij zwaaide de deur open en nam haar tas over. 'Hé, hoe ging het?'

Ze fronste. 'Goed, geloof ik, maar het was raar, anders...' Ze aarzelde even, 'anders dan ik verwachtte.' Hij gaf haar een droge kus net naast haar mond. 'Kom, baby. Ik ben al aan het koken.' Kagysoo kookte met heimwee en struinde elke Amsterdamse markt af naar kruiden en spijzen uit hun geliefde homecountry.

Vijftien jaar woonden ze nu in het kleine land aan de Noordzee. Vijftien min of meer toevallige jaren, uit vlucht begonnen. *Amsterdam grows on you*, had hun Engelse buurman gezegd toen ze hun wittebroodsweken in de nieuwe stad erop hadden zitten en

verveling en narrigheid over het weer toesloegen, en ze hem ver-
twijfeld vroegen wat hem hier hield. En het was waar gebleken. De
pulserende warmte van Jo'burg, de bloedrode atmosfeer van de
voortdurende geweldsdreiging, ze had ze ingeruild voor dit dorp
onder de wereldsteden en was er uiteindelijk van gaan houden.
Niet hartstochtelijk zoals van Zuid-Afrika, nee, er was een tevreden, haast zelfgenoegzame liefdesrelatie ontstaan die zomaar een
leven lang kon duren als je even niet oplette.

De geur van koriander verwelkomde haar. Dat kon van alles betekenen, in dit geval rode poon van de Ten Catemarkt, anderhalve
kilo voor tien euro, verklapte Kagysoo nog beneden. Hij was altijd
trots op de voordeeltjes die hij vlak voor het opdoeken van de kra-
men op de kop tikte. Zoals hij voor haar liep, zijn torso licht gebogen door haar zware tas, zijn armen machtig vanuit het mouwloze
hemd, vulde hij het hele trapgat. Soms kreeg ze bij het zien van de
enorme spiermassa de vage gedachte dat als deze man, haar man,
ooit agressief zou worden, ze wel in kon pakken. Een absurde gedachte, er bestond geen zachtaardiger man dan Kagysoo. En toch
had hij een mens gedood, iets waarover ze nooit meer spraken.
Alleen de littekens die over zijn buik en borst liepen, vormden de
stille, pijnlijke getuigen van zijn noodweer.

'Vertel nou, vrouw, wat viel er tegen?' Hij reikte haar een glas verse
muntthee aan en ging op de grond naast haar zitten. Ze rook eraan en gaf hem een dankbare blik. 'Ik weet het niet, ik kreeg wel
applaus en iedereen deed aardig na afloop, maar, nou ja.' Ze hief
haar handen in de lucht. 'Niemand stelde vragen en dat is raar. Ik
bedoel, als iemand echt een interessant verhaal heeft, roept dat
toch vragen op? Het bleef een beetje tam.'

Kagysoo boog naar haar toe en begon haar schouders te mas-
seren. Ze probeerde zich onder zijn bedreven handen te ontspannen en sloot haar ogen. Zijn duimen duwden op de knopen aan
weerszijden van haar nek. Het is niet belangrijk, hield ze zichzelf
voor. Mijn cliënten zijn belangrijk, hun genezing telt, niet wat collega's denken. Een evidente leugen, ze wilde net als ieder ander er-
kenning voor haar werk.

Na jarenlang puzzelen en zwoegen had ze een succesvolle behandeling ontwikkeld voor cliënten met een posttraumatische stressstoornis. Haar aanpak stelde deze mensen in staat weer te slapen, te eten, te vrijen. Maar het wereldje van psychotherapeuten was vol kinnesinne en kwakzalvers. Het was haast onmogelijk er terrein te winnen voor een alternatief, zelfs al was je een beedigd en internationaal geregistreerd therapeut.

Kagysoo's lange slanke handen dwaalden van haar schouders naar haar borsten.

'Je poon,' waarschuwde ze.

'Staat in de oven, duurt nog zeker tien minuten,' fluisterde hij in haar oor.

Tien minuten was te kort om haar stressniveau te reduceren en de stemming voor een vrijpartijtje te kweken, laat staan het af te maken. Langzaam maar onverbiddelijk duwde ze zijn handen weg. 'Net genoeg om mijn mail te beantwoorden.'

Hij zuchtte en liet zich languit op de grond vallen toen zij opstond. Zijn shirtje gaf zijn donkere buik vrij en de aanzet van de grillige, vuilbruin verkleurde littekens. De onvoorstelbare pijn waarvan ze verhaalden had een disbalans in hun relatie kunnen brengen omdat zij die had veroorzaakt. Maar die schuld was dodelijk geëffend.

Ze opende haar outlook, vijftien nieuwe berichten sinds vanochtend. Snel scanden haar ogen de afzenders. Werk, werk en werk. Alleen Evelines bericht maakte ze open. 'Ik ben trots op je. Superpresentatie, ijzersterk verhaal,' schreef haar bevriende collega en al was zij subjectief, toch putte Sonja er troost uit. Ze leunde achterover in haar bureaustoel. De vroege lente had het Zuid-Afrikaanse klimaat wat dichterbij gebracht, maar de idiote voorjaarsstormen kondigden een zomer vol regen aan, waar ze liever nog niet aan dacht. Het was pas juni.

In werkelijk niets leek het straatje onderdeel van een metropool te zijn. Twee straten verderop reden trams af en aan en verdrongen coffeeshops en snackbars elkaar, maar hier in de Amaliastraat heerste de rust van een dorp. Amsterdam had Kagysoo en haar opgenomen, een stad waar ze veilig arm in arm konden lopen, waar buren vriendelijk groetten en ze in restaurants als gemengd paar gewoon een fatsoenlijke tafel kregen.

In één soepele beweging draaide Kagysoo haar stoel en trok haar overeind. 'Diner, mevrouw Cronje.'

Ze sloeg haar armen om hem heen. 'O, Kag, wat hebben we het goed met zijn tweetjes.'

Zijn gezicht betrok en ze kon zich wel voor haar hoofd slaan. Waarom ontglipte dat laatste stomme woordje haar? Ze lokte het gewoon uit. Hun tweetjes was niet meer genoeg voor hem. 'Ik bedoel, de Nobelprijs kan me gestolen worden, als ik jou maar heb,' probeerde ze te neutraliseren, maar het sterretje van pijn was in zijn blik geslagen.

De poon was goed en ze prees hem uitbundig. 'Heb je naast dit godenmaal ook nog geschreven vandaag?'

Hij knikte. 'Twee bladzijden vanochtend. Ik zit even vast.' Kagysoo was zelfverklaard maar tot heden niet gepubliceerd schrijver en al jaren bezig met een epos over een zwarte familie in Zuid-Afrika. Ze moedigde hem aan zijn werk te laten lezen door een agent of uitgever, maar Kagysoo hield zijn manuscript koppig voor zich tot alle vier delen af waren en duizend keer door zijn eigen mangel waren gehaald. Zij was de enige die het mocht lezen. Het kwam heel dichtbij, dreef soms tranen naar haar ogen en joeg dan weer rillingen over haar rug. Of het echt goed was, of dat het haar raakte door hun band en vooral hun verleden, wist ze niet.

'Ik heb een lange flashback gemaakt naar de jeugd van Tuti en ik weet even niet meer hoe ik terug moet komen naar het hier en nu.' Tuti was de hoofdpersoon uit zijn omvangrijke epos, een jonge, radeloze zwarte Zuid-Afrikaan die de overgang van apartheid, naar het nieuwe regime moest verwerken. Zonder twijfel was Tuti Kagysoos alter ego.

'Blader eens terug naar waar je was,' adviseerde ze hem.

Hij keek haar scheef aan. 'Gouden tip, liefje?'

'Sorry.'

Hij glimlachte. 'Maakt niet uit, ik rotzooi maar wat aan, ik kan het jou niet kwalijk nemen dat je samenwoont met een gestoorde wannabe schrijver.'

Ze protesteerde. 'Haal jezelf niet zo naar beneden, je weet heel goed waar je mee bezig bent, je zoekt nu gewoon even, doodnormaal.' Alsof zij altijd precies wist waar ze zat in de behandeling van haar gekwetste cliënten. Je schoof wat naar voren en weer naar achteren, feitelijk zoals Kagysoo deed in zijn werk, ploeteren, wissen, opnieuw beginnen en hopelijk resultaat boeken, ooit.

Hij begon af te ruimen en samen deden ze de afwas, keuvelend over de klimaatverandering die Holland binnen enkele decennia onder water zou laten lopen en eindelijk een groot deel van de bevolking aan het denken zette over het milieu.

In hun beginjaren in Nederland had Kagysoo in de bouw gewerkt, maar zijn gegeselde lichaam hield het niet vol, langzaam zag ze haar sterke man kapotgaan en ze had hem gesmeekt te stoppen, zijn trots opzij te zetten en zich aan zijn ideaal te wijden. Al was het geen vetpot en moesten ze jaren sparen voor elke reis naar Zuid-Afrika, ze kwamen rond van haar inkomen als psychotherapeut en Kagysoo schreef, kookte, poetste, waste, zorgde voor de planten en werd langzaam, heel langzaam depressief. Sonja had het niet gezien, onvergeeflijk en tegelijkertijd was het een klassieker: de loodgieter hoort zijn eigen kraan ook niet druppelen, laat staan dat hij het leertje vervangt. Steeds vaker vertrok ze 's ochtends voor hij opstond. Soms voelde ze lichte jaloezie over de luxe die hij had, maar echt aandacht besteedde ze er niet aan. Als ze thuis kwam van haar werk lag Kagysoo meestal op de bank voor de televisie, zijn maaltijden kregen toenemend een instantkarakter. Zijn volle lijf werd magerder, wat hem goed stond en haar ook niet verontrustte. Hij was druk met zijn roman, suste ze elke mogelijke gedachte aan onheil. Wat uiteindelijk wel tot haar doordrong en voor groot alarm zorgde, was zijn tanende gebrek aan lust. Kagysoo wilde altijd wel met haar vrijen. Normaal gesproken kon ze hem niet bijbenen.

De eerste keer dat hij haar weigerde en de rug toekeerde was ze verbaasd en kostte het haar moeite haar ongenoegen te bedwingen. Wat zouden ze nou krijgen, vond hij haar niet meer aantrekkelijk? Direct besefte ze het irrationele van die gedachte, maar het hielp niet, ze voelde zich afgewezen. De tweede en volgende keren dat Kagysoo haar handen afweerde en moeheid voorwendde, sloegen angst en achterdocht toe. Haar man had een ander.

De misselijkmakende gedachte verlamde haar. Nachtenlang lag ze wakker, zinnend op wraak.

De weken erna werden gekleurd door haar alerte zenuwen die overal aanwijzingen zagen. Ze doorzocht zijn kleren, kwam onverwachts eerder thuis om hem te betrappen, een keer zelfs midden op de dag, waarbij ze een belachelijke smoes aanwendde voor haar inval. Alles zonder succes. Ten einde raad had ze het hem gevraagd.

Hij was in huilen uitgebarsten, zijn hele lijf schokte ervan. Ze kon zich niet verroeren, wachtte op zijn woorden die een genadeslag konden betekenen. Uiteindelijk had hij haar aangekeken, diep wanhopig. 'Ik ben ongelukkig, Sonja.'

Ze kon geen woord uitbrengen en keek hem aan, klam van angst. Hij begon weer te huilen en klemde zich aan haar vast. 'Help me, Son, help me.' En ze ontdooide en nam hem in haar armen. Al was hij vreemdgegaan, hij had haar nodig, hij hield van haar, hij had het niet gewild.

Hij huilde als een kind in haar armen, hartstochtelijk, bang en vol overgave. 'Ik ben zo alleen, elke dag is een hel. Ik kan niet meer.'

Natuurlijk was er geen ander. Kagysoo was klinisch depressief, of met andere, minder koude woorden, hij werd elke ochtend besprongen door de zinloosheid van zijn leven en vocht als een leeuw om er het hoofd aan te bieden. Elke dag verloor hij een stukje van zijn kracht en wonnen wanhoop en levensmoeheid terrein. Ze waren net op tijd en nu nog, bijna een jaar later, huiverde Sonja als ze terugdacht aan de afgrond waar ze langs hadden gescheerd. De volgende ochtend bezochten ze samen een psychiater die Kagysoo antidepressiva voorschreef. 'Eerst pillen, gesprekstherapie heeft nu geen zin.' Bovendien was er een wachtlijst.

Zij nam vakantie en een maand later trad zijn herstel in. Ze herinnerde zich het moment precies. Ze lunchten samen op een terrasje aan de Prinsengracht, begin juni, toen een brutale mus een frietje van zijn bord graaide en er een lach doorbrak op Kagysoos brede gezicht. Sonja had tranen voelen opkomen, niet van blijdschap, maar van schaamte omdat ze zich het hele jaar niet had gerealiseerd dat Kagysoo was gestopt met lachen.

Na de zomer was hij er weer, al bleef zijn libido vanwege de pillen beneden het oude peil en waren hun behoeftes nu wonderbaarlijk gelijkgestemd. Hij schreef weer, kookte en zong en het dakterras was in oktober winterklaar. Mondjesmaat vertelde hij haar over zijn gesprekstherapie, die inmiddels was begonnen. Ze vond het goed. Man en vrouw hoefden niet alles van elkaar te weten, hun geschiedenis drukte al zwaar genoeg op hun relatie. Ze waren elkaars geheim.

De laatste vrijdag van oktober wachtte hij haar 's avonds op met een eenvoudige maaltijd en een fles rode wijn. Waarom het als opwachten voelde, kon ze niet uitleggen, hij was immers elke vrijdagavond thuis, had meestal gekookt en ook een wijntje was geen uitzondering als begin van het weekend, maar ze had gelijk. Ze proostten en hij zei plechtig: 'Op nog betere tijden.'

Ze knikte terug en na de eerste slok begon hij te praten. Over hun vlucht uit Zuid-Afrika, zijn depressie, de voorbijgaande jaren waarin hij het gebrek aan richting en het gemis van zijn wortels steeds pijnlijker was gaan voelen.

'Het gaat nu toch weer goed?' vroeg ze angstig.

Hij keek ernstig. 'Ik ben niet meer depressief, Son, ik wil weer leven en dat is goed.' Hij zweeg even en haar hart klopte in haar keel, dit was toch niet alsnog de aankondiging van een scheiding, na het stroperige gevecht de laatste maanden tegen zijn zwaarmoedigheid?

'Ik hou van je, Son,' zei Kagysoo zacht, 'maar ik heb meer nodig.'

O, god, daar had je het.

'Ik heb geen doel,' ging hij door. 'Jij hebt je werk. Echt Son, dat is een zegen.' Hij hief zijn hand op tegen haar stille protest en snoerde haar zo de mond. 'Ik heb mijn schrijven, dat wil je toch zeggen? Dat is zo, maar het is te weinig, ik mis, ik weet niet wat, maar er zit een gat hier.' Hij klopte op zijn borstkas.

'Wat wil je zeggen, Kagysoo, zeg het.'

De anticlimax die volgde, gaf een opluchting die haar voorgoed van het besef doordrong hoezeer ze hem nodig had.

'Mijn therapeut wil dat ik een intensieve groepstraining ga volgen om tot mijn kern te komen.' Hij keek haar aan, een beetje angstig haast, 'en ik wil het ook. Ik heb...ik weet niet, ik heb een versneller nodig.'

Ze onderdrukte de haast hysterische lachbui die zich van pure opluchting aandiende. Kag mocht niet denken dat ze hem niet serieus nam. 'Wat voor cursus?'

Op dat moment drong zijn antwoord nauwelijks tot haar door, zijn therapeut had zelf een of andere groepstraining gevolgd, met een ongeëvenaarde catharsis tot gevolg, die ze hem ook zo gunde om het laatste restje zinloosheid waar hij onder leed op te ruimen. De training zou al over een maand plaatsvinden en er was nog ruimte voor een deelnemer. 'Als je denkt dat het je verder helpt, moet je het doen, natuurlijk,' had ze gezegd.

's Avonds googelde ze de naam van de trainer op internet en vond een wat vage beschrijving en foto van iemand die inderdaad haar opleiding had gevolgd bij een bekend groepsdynamisch instituut, dus als Kagysoos therapeut Catherine Richards aanraadde, zou het wel goed zitten. Sonja sprak haar spaarcenten aan: een godsvermogen kostte die therapie! Ze wilde dat zij als therapeut dat soort bedragen kon incasseren. Kagysoo schreef zich in en de rest van de maand leefden ze toe naar een scheiding van bijna twee weken, ongekend lang en niet eerder gebeurd in de zeventien jaar van hun relatie.

Ze vreeën de laatste nacht voor zijn vertrek en ze smeekte hem dezelfde te blijven. Ze lag boven op hem, hij was nog in haar. Ze liet haar mond over de zijne glijden, wreef de natte binnenkant tegen de buitenranden van zijn brede lippen, met de donkere omlijning. Haar borsten wiegden tegen zijn spieren. 'Ik ben van jou, Son, en ik ben wie ik ben, dat blijft.' Zijn stevige vingers kneedden haar billen. 'Kun je nog een keer?' kreunde ze en bewoog traag om hem heen, zodat hij haar niet ontsnapte. Zijn tong vond de hare en in haar werd hij stijver en al lukte het niet nog een keer, het slepende genot werd intens gerekt.

De volgende ochtend bracht ze hem naar Friesland, de noordelijke provincie die zelfs een eigen taal had. Het hotelletje bleek een kasteeltje, aan de rand van een bos vlak bij het IJsselmeer.

Ze werden opgevangen door Leilah, die zich voorstelde als trainee, een bleke, tengere Engelse van rond de vijftig. De leidster zelf was nog niet aanwezig. Haar vlucht had vertraging. 'Ze is er voor we starten,' knikte Leilah geruststellend en ontkrachtte de woorden door de angstige blik in haar ogen, die haar vrees verraadde dat zijzelf de tiendaagse training zou moeten leiden.

Sonja en Kagysoo zaten een tijdje op zijn bed voor hij de verlossende woorden uitsprak. 'Je moest maar gaan.'

En dus liet ze hem achter in dat gat.

Tien dagen later had ze hem opgehaald en een stralende Catherine had Kagysoo aan haar overhandigd met de triomfantelijke woorden: 'Hij is dezelfde, alleen beter nu.' Ze kon niet anders dan de dikke toverkol geloven want Kagysoo straalde eenvoudig licht uit. Zijn zwarte huid had het doffe craquelé van het laatste jaar verloren. Hij glansde als vanouds, en zijn diepbruine irissen, met de donkerblauwe randen, rustten in schitterend oogwit, zonder een spoortje geel van oud verdriet. En die eerste avond, na hun innig samensmelten, sprak hij voor het eerst de zin uit die haar sindsdien achtervolgde, net als zijn strakke blik die geen centimeter voor de hare week. 'Ik wil een kind van je, Sonja.'

De genoeglijke toon van hun leven was ruimschoots opgepakt na het moeilijke laatste jaar en toch liep er een onzichtbare maar evengoed bloedrode nieuwe draad door, gevoed door Kagysoos depressie en tot volle wasdom gekomen in Friesland, onder leiding van een malle trainster, tweehonderd kilo schoon aan de haak.

En vanaf morgen zou ze er zelf aan geloven, tien dagen onder leiding van die dikke trol moesten haar sluimerende moedergevoelens wekken.

Leilah

Vroeger verbaasden Cathy's onverwachtse uitvallen me, omdat haar woede zo'n contrast vormde met haar goedheid. Pas later leerde ik dat ze die woede met dezelfde precisie plaatste die al haar acties kenmerkte. Nu kreeg Sonja Cronje de volle laag, maar later deze week zouden anderen het ontgelden. Ik ving een glimp op van Sonja's geschrokken gezicht, voor ze de deur sloot.

Ik trok, hoe kon het ook anders, de engel van macht en direct voelde ik een rilling van opwinding over mijn rug lopen. Zou ik de volgende stap nemen?

De anderen wierpen een steelse blik op hun kaartje en hielden het voor zich alsof we een potje poker speelden. Cathy had de spanningsboog mooi opgebouwd en verbrak die toen abrupt met de volgende woorden. 'Mooi, dat hebben we gehad. Neem je kaartje mee naar de zaal en zorg daar dat je je inwendige mens verwent. Pak thee, koffie, cake, chocolade, waar je maar trek in hebt. Alles staat er voor ons en is er om gegeten te worden. Ik ga intussen even met Sonja Cronje babbelen.' Haar woede leek verdwenen.

Luc en Brad keken beteuterd, Ola schudde haar haar naar achteren en liep als eerste naar de grote zaal. Dee staarde naar haar kaartje met tranen in haar ogen. Het lag op het puntje van mijn tong om te zeggen dat de engel haar zou helpen met haar probleem, maar het was absoluut verboden iets van het programma te verklappen. Ik gaf haar een kort kneepje in haar schouder. 'Kom, eerst maar eens een kopje thee.'

Cathy zat op de grote bank in de hal en praatte indringend met Sonja. Die zag er verhit uit. Haar kortgeknipte haar benadrukte wonderlijk genoeg haar vrouwelijke trekken. Ooit zei een kapper tegen me dat alleen echt mooie vrouwen kort haar konden dragen. Dat was toen hij me dit afraadde.

Brad tastte als enige toe met een plak cake en een soesje op zijn bord. De anderen namen alleen wat te drinken. Ik volgde Brads voorbeeld, al was het maar om hem te steunen.

Ieder zat weer braaf op zijn eigen plekje in de kring.

'Die cake is verdomd goed,' kauwde Brad. 'Ik neem er nog een, ze zijn ook verdomd klein.' Hij grijnsde. 'Iemand moet hier de Amerikaanse eer hooghouden.' Toch was hij niet dik, zoals veel van zijn landgenoten.

'Zeg Luc, wil jij niet zo'n bonbonnetje? Je ziet eruit alsof je wel wat calorieën kunt gebruiken.'

De magere Luc glimlachte. 'Pure chocolade graag.'

Brad stak hem twee dikke Belgische pralines toe, Luc protesteerde niet en duwde er moedig een in zijn mond. 'Niet slecht.'

'Iemand anders nog?' vroeg Brad aangemoedigd.

Ola schudde nee, maar Dee schraapte haar keel en zei: 'Welja, doe mij ook maar zo'n dik Belgisch ding, eentje dan.'

Brad zocht met zorg de dikste uit en gaf die plechtig op een schoteltje aan Dee.

Het aardse gedoe met de lekkernijen ontspande hen zichtbaar, alleen Ola bleef stram zitten. Haar hele lichaam schreeuwde weerstand. Ze was gestuurd, dat was nooit gunstig, maar toch zou Cathy ook haar voor zich winnen, langzaam maar onvermijdelijk. Ik had haar tenminste nog nooit zien falen.

'Mag ik jullie voorstellen aan Sonja Cronje?' Cathy keek trots alsof ze Sonja zelf had gemaakt en er was geen spoortje ergernis meer over haar late aankomst. Sonja schudde handen en nam de lege stoel in naast Cathy. 'Mijn excuses, ik had een lekke band.'

'Heb je zelf je band verwisseld?' vroeg Ola vriendelijk.

Sonja mompelde een onduidelijk antwoord.

Ik had ooit de wegenwacht gebeld toen ik een klapband had met mijn mini en die hadden me dat bepaald niet in dank afgenomen.

Intussen stond Cathy bij de tafel te rommelen en ik zag haar gretige handen een bord vol laden. Als een koningin liet ze zich even later op haar troon zakken en propte zwijgend de eerste drie soesjes naar binnen. Ze likte haar vingers af en stopte toen een hele plak cake in een geroutineerde beweging, die met twee keer dubbelvouwen gepaard ging, in haar mond. Ola, een anorectisch musje als je het mij vroeg, keek verbijsterd toe. Daarna schoof Cathy het bordje weg, wreef in haar handen en zei: 'En nu op naar onze geestelijke voeding.'

Omdat Sonja de cruciale start had gemist moesten we opnieuw in een spirituele staat komen, al werd de meditatie dit keer ingekort tot vijf minuten. Sonja koos snel een kaart, haast onverschillig en even later zaten we alweer in de kring. Ik wist dat de snelheid Cathy plezier deed, we moesten zo snel mogelijk de verloren tijd inhalen. Helemaal begrijpen deed ik het nog steeds niet, haar nadruk op tijd. Ooit zou ik het vast snappen.

'We gaan elkaar vertellen welke engel we hebben gekozen voor deze tien dagen, of... misschien heeft onze engel ons wel gekozen, wie zal het zeggen.' Cathy glimlachte. 'Ik wil jullie vragen naar je eerste reactie. Leilah, wil jij beginnen, lieverd?'

Ik schoot direct vol. 'Ik heb de engel van macht... sorry,' ik graaide naar mijn zakdoek die zich diep in mijn broekzak verstopt hield, depte mijn ogen en snoot mijn neus. 'Ik ben bang voor macht, ik heb een hekel aan macht. Ik ben machteloos... ik...'

Cathy onderbrak me. 'Dank je Leilah. Luc, wie is jouw engel voor deze tien dagen?'

Al wist ik dat ik nog een kans kreeg, ik voelde me afgestraft door haar bruuske onderbreking. Je bent trainee, hield ik mezelf voor, je kunt niet gelijk alle aandacht vragen. De tranen bleven nog een tijdje wellen, ik veegde ze steeds weg met mijn zakdoek en probeerde naar de anderen te luisteren.

Luc had de engel van vertrouwen. 'Het enige wat er bij me opkomt is dat het tijd wordt mezelf te vertrouwen.' Hij zweeg en wreef over zijn voorhoofd. Na een minuut stilte, die hem gegund werd en die ik moeiteloos had kunnen vullen met mijn reacties op macht, zei hij zacht: 'Ik geef de beurt door.'

'Prima, Luc. Ola, wie is jouw engel?'

'Ik heb de engel van overgave,' klonk het stuurs. 'En ik heb er verder niet zoveel mee.'

Cathy wachtte even en zei toen warm: 'Prima, dank je Ola. Brad.'

Die had geen aanmoediging nodig en introduceerde met een knallende oneliner zijn engel: 'Mijn engel is vervoering en ze is al een tijdje bij me, maar mag ik haar wel houden en hoe hoog kan de prijs ervoor zijn?' Er rolden tranen over zijn wangen, ik had ze niet eens aan zien komen. Ik was ineens dol op hem, net als toen ik hem troostte onder aan de trap.

Dee

Direct had ze zich aan Catherine overgegeven. Al had ze vroeger smalend gedaan over de spirituele zoektochten van haar oudste dochter Rachel, haar paniek op stations liet zich eenvoudig niet meer in toom houden door haar sterke geest.

Natuurlijk berustte hun kennismaking op haar wanhoop, maar ook zonder dat zou Catherines nuchtere warmte haar hebben veroverd.

De weken voor ze eindelijk naar Nederland vloog waren nog drukker verlopen dan normaal omdat ze alles moest delegeren. Ben Dawson was ijverig een logboek gestart en verzekerde haar dat alles goed kwam. 'Dee, ik wil niet onaardig klinken, maar je bént niet onmisbaar, dat is niemand.' Het had haar geërgerd, hij overzag haar werkzaamheden duidelijk dus niet, maar gek genoeg ook gerustgesteld.

Jeff bracht haar naar Heathrow. Hij was gespannen, waarschijnlijk als de dood dat ze hem zou verlaten na een brainwash, zoals hun dochter haar vriend Tom had verlaten. Ze kon hem niet geruststellen. God wist welke oorzaak er achter haar paniekstoornis school, het kon haar huwelijk zijn, maar ook iets onbenulligs als een pesterijtje in haar jeugd, er waren geen megatrauma's in haar bestaan.

Waarom schoten dan toch de tranen in haar ogen bij die stomme engel?

Brad, de aardige Amerikaan naast haar, had de engel van vervoering. Had zij ooit vervoering gekend? Ze dacht van niet. Tevredenheid, dat wel, een vreselijker woord kende ze niet, met de saaie klank van haar kleurloze bestaan. Brad was een bofkont, hij wist wat vervoering was. Daar zou zij elke prijs voor betalen, of was ook dat een leugen als een koe? Ze had nooit een echte prijs betaald, al haar keuzes leverden een evenwicht op tussen kosten en baten. Alleen had ze vervoering nooit meegenomen als mogelijke baat in haar zorgvuldige calculaties.

Haar engel van spontaniteit was van een eenvoud en vanzelf-sprekendheid dat ze haar direct met haar neus op de naakte waar-heid drukte. Dee kon zich geen enkele spontane actie heugen, nog niet in honderd jaar. 'Mijn engel is spontaniteit,' zei ze verstikt en ging in een adem door. 'Ik ken haar niet, ze is al te lang dood.' Ze kon niet meer stoppen met huilen. Sonja die naast haar zat, legde zonder iets te zeggen een hand op haar arm, het was verder doodstil in de enorme zaal, tot Catherine haar gesnotter onderbrak. 'Dank je, Dee, we komen terug bij jouw engel, jullie hebben elkaar nodig.'

Even nam haar eigen onverwachtse verdriet haar zo volledig in beslag dat ze Sonja's engel miste.

Catherine, na Sonja, had de engel van gratie, een wrange keus gezien haar omvang. Iedereen hield zijn adem in bij haar woor-den. 'Ik ben blij met deze engel. Ik kan wel wat gratie gebruiken in mijn leven.' Daarna gaf ze de beurt resoluut door aan haar assis-tent Leilah met haar engel van macht.

'Ik associeer macht met machtswellust,' begon die, 'en dat weer met mannen. Vrouwen zijn de machteloze sekse. Ik ben machte-loos.' En daar kwamen de tranen weer.

Onbegrijpelijk hoe sommige vrouwen zichzelf tot slachtoffer bombardeerderden, dacht Dee. Daar had zij in elk geval geen last van. Ze was al vanaf het begin van haar huwelijk kostwinner en goed beschouwd had ze thuis ook de broek aan. Niet dat er macht speelde tussen haar en Jeff, ze hadden een goede verstandhouding en lieten elkaar in hun waarde.

Wonderlijk trouwens, ze dacht dat Leilah ook een begeleider was, maar de emotionele lading die ze aan haar engel gaf, deed vermoeden dat ze net zo hard hulp nodig had als de rest.

Catherine vond het blijkbaar ook wat veel van het goede, ze kapte Leilah tenminste steeds sneller af dan de anderen en gaf het woord aan Luc Aubertin. Een onwaarschijnlijk knappe jongeman, een echte Fransman. Hoffelijk ook. Hij zag wel bleek en zijn kle-ren slobberden om hem heen. Hij had weinig tekst, zijn engel van vertrouwen kwam er bekaaid af.

Waar ging dit hele gedoe eigenlijk over? Gingen ze nu tien da-gen lang aan de hand van hun engelen navelstaren? Ze durfde er niet naar te vragen, had zich sowieso voorgenomen elke scepsis

die de kop opstak te onderdrukken. Als Cathy Rachel uit die verwrongen relatie met Tom had losgeweekt, kwam zij vast af van
haar springneigingen. Wat dat betreft had zij de engel van overgave wel kunnen gebruiken, die de Poolse Ola zich had toegeëigend.
Wat een frêle poppetje met die hertenogen van haar, die zowel af-
werend als een tikje arrogant keken. 'Ik geloof niet in overgave. Ik
ben bijzonder op mijn verstand gesteld en schakel het liever niet
uit.'

Cathy glimlachte. 'Betekent overgave voor jou stoppen met
denken?'

'Ja, natuurlijk.' Ola keek alsof dat een retorische vraag was in de
orde van 'is de wereld een ronde bol'.

'Bijzonder,' zei Cathy slechts.

Dee voelde lichte sympathie voor Ola, ze had zelf ook altijd op
haar verstand gebouwd en als die smerige paniekaanvallen haar
niet op de knieën hadden gedwongen, zou ze hier niet zitten.

Brad leek het meest vertrouwd met zijn engel. 'Ik heb een groot
deel van mijn leven verslapen. Mijn engel van vervoering heeft me
wakker geschud en zet alles op zijn kop.'

Ze werd zo langzamerhand wel nieuwsgierig naar de oorzaak
van zijn vervoering.

Lang liet hij haar niet in spanning. 'Ik ben vijftien jaar getrouwd
en heb sinds een paar maanden een buitenechtelijke relatie.'

Allejezus, kon het nog banaler? Wat een deceptie, die geile Amerikaan had gewoon kriebel gekregen na een wat ingedut huwelijk.
Vervoering! Een banale midlifecrisis, waarschijnlijk ook nog met
zijn secretaresse in een significante rol.

'Met een man,' eindigde Brad na een korte stilte.

Daar waren ze allemaal even stil van, alleen Cathy keek als een
spinnende poes die zijn geheimpje al kende.

'Geen homofoben in de zaal?' probeerde Brad een grapje.

Luc gaf een korte grinnik. 'Wij Fransen hebben het uitgevon-
den.'

'Beetje dimmen met dat Franse chauvinisme, de Grieken waren
jullie voor,' zei Ola droog. Dat poppensnuitje had zowaar humor.

De rest zweeg.

Zij ook, een beetje beschaamd.

'Afijn, ik ben in diepe shit beland, mijn kinderen verkeren in shock en mijn vrouw is laaiend. Kortom, wat moet ik met al die vervoering als die me naar de goot leidt?'

En na zo'n bekentenis moest zij verder wauwelen over háár engel, die spontaan wegvloog. 'Ik sla even over.'

Cathy knikte. 'Prima, Dee. Sonja, kun jij ons iets meer vertellen over jouw engel?'

Sonja hield het kaartje voor zich en tuurde ernaar met de ogen van een bijna veertigjarige. De engelkaartjes waren nogal klein opgetekend.

'Mijn engel ziet eruit als een duiveltje, eigenlijk. Ze heeft haar haar opgestoken als hoorntjes aan weerszijden van haar gezicht. Ze heeft een vurig rood kleedje aan. Ze lijkt helemaal niet op een engel als ik er goed naar kijk, zelfs haar vleugeltjes zijn te puntig.'

Ze durfde niet te vragen naar de naam van Sonja's engel die ze in de eerste ronde had gemist.

'Ik vind haar op het eerste gezicht niet erg sympathiek. Ik weet niet wat de bedoeling is van deze exercitie, maar als ik een week met dit wezen zit opgescheept ben ik gaar.'

Tot haar eigen schrik schoot Dee in de lach, het leek zo ongepast.

Maar gelukkig volgde Ola haar en de lach op het poppensnoetje veranderde haar gezicht totaal. 'Nog iemand die haar engel niet omarmt. Zullen we ruilen, Sonja?'

'Wie had jij ook alweer?' Sonja nam Ola's voorstel serieus, maar nu greep Catherine in. 'Nee, helaas dames, jullie engel is echt van jezelf. Je hebt haar immers gekozen?'

Ja, zo ging het altijd, eens gekozen, altijd gekozen. Het had haar motto kunnen zijn, haar strijdkreet waarmee ze elk obstakel het hoofd bood. Ooit gekozen voor de studie geneeskunde, dertig jaar later nog in een ziekenhuis. Hetzelfde gold voor haar woonplaats, haar huwelijk, haar hobby's. Dee werd er naar van en dwong haar gedachten terug in de kring, waar Sonja naast haar de handen hief. 'Billijk. Dan hou ik haar, mijn engel van vergiffenis, al heb ik volgens mij alles vergeven wat maar menselijkerwijs vergeven kan worden.'

Interessante opmerking. Sonja leek haar een boeiende vrouw,

wat zou ze voor werk doen? Nog steeds tastte ze in het duister over de achtergronden en beroepen van de mensen in de kring. Totale vreemden, die ze al wel haar hoogst zeldzame tranen had getoond.

Twee rondes waren slechts het begin van een eindeloos doorkauwen op de betekenis van de engelen, tot ze haast geloofde dat spontaniteit de komende tien dagen haar missie was, in plaats van de verlossing van haar treinfobie. En nog steeds had ze geen benul met wie ze hier in deze zaal zat.

Na op zijn minst de tiende ronde keek Catherine op haar horloge en glimlachte. 'Als vanouds vliegt de tijd. We hebben kennisgemaakt, de kop is eraf. Over een kwartier worden we verwacht in de eetzaal. Precies genoeg tijd om je even op te frissen, of een telefoontje te plegen.' Bij die laatste woorden knipoogde ze beslist naar Ola.

Iedereen bleef ongemakkelijk zitten, alsof opstaan een startsein verlangde, dat alleen Catherine of Leilah konden geven.

'Chop, chop, kostbare minuten!' lachte Catherine en wat zenuwachtig schuifelden ze de zaal uit.

'Doe de deur dicht,' riep Catherine ze na. Wat zouden die twee gaan doen? Vast en zeker de diepere lading achter hun engelengedoe ontleden en er hun plan op trekken. Je hebt ervoor gekozen, sprak ze zichzelf toe, laat het nou maar gebeuren, taart.

Samen met Sonja liep ze de trap af van de grote zaal naar de lobby van het hotel. 'Heb ik veel gemist, Dee? Shitty dat ik zo laat was.' Tot haar opluchting begon Sonja het gesprek en het woord 'shitty' stelde haar op haar gemak.

'Nee, een drankje in de bar, een wat langere meditatie en verder niets,' somde ze op. 'Echt niets inhoudelijks.' Ze aarzelde even over haar volgende vraag. 'Schrok je van Catherines boosheid?'

Sonja grinnikte. 'Ik zou liegen als ik zei van niet, maar in tweede instantie was ik eerlijk gezegd behoorlijk *pissed-off*. Ik ben geen schoolmeisje.'

Het antwoord beviel haar zeer en nieuwsgierig vroeg ze. 'Heb je er wat van gezegd?'

'Reken maar!'

'Wat zei Catherine?'

'Ze glimlachte en kuste me op mijn wangen.'

Ze proestten allebei.

'Kom je uit Amsterdam?' Leilah had zich laten ontvallen hoe vreemd het was dat juist Sonja te laat kwam.

'Klopt. En jij?'

'Engeland, Oxford.'

'O god, inspector Morse!' Sonja was bloedserieus. 'Ik wil daar altijd nog een keer naartoe om alle plaatsen te zien waar hij zijn Jaguar parkeerde.'

'Wees welkom,' hoorde ze zichzelf spontaan zeggen, of was het haar engel?

Sonja knikte. 'Wie weet, Dee. Ik moet nog inchecken.'

Ze liepen naar de onbemande receptie en Sonja viste een grote reistas achter de ronde desk vandaan. Geen koffer, geen beauty-case, registreerde Dee snel. Ze hadden hun kamer elk aan een andere kant van lobby. 'Zie je over een kwartier,' groette ze.

'Tot zo, Dee.'

Het korte praatje stelde haar gerust. Er was in elk geval één vrouw met wie ze het vast goed zou kunnen vinden.

Haar kamer was geblindeerd tegen een grote afwezige, de zon. Ze trok de luxaflex omhoog. De achtertuin van het kasteeltje, voor Britse begrippen een landhuis, werd goed onderhouden. Met haar oog voor tuinieren keek ze kritisch naar het ronde grasveld en de uitbundige bloemperken die eromheen lagen. De rozen stonden er mooi bij, ze kon niet anders zeggen. De tulpentijd was over, jammer, ze was dol op die uitgesproken Hollandse bloem, maar de tuinman had zijn best gedaan met lelies, zonnebloemen en een zee van duizendschoon.

Tien minuten over. Ze kon Jeff bellen... nee, hij zou vragen stellen die ze niet kon beantwoorden en niets begrijpen van haar engel. Ze dacht na over de andere engelen en hun eigenaren. Sonja had de engel van vergiffenis getrokken. Wat had zij moeten vergeven in haar leven? En waarom trok ze deze engel en wat zocht ze hier? Ze kwam over als een uitgebalanceerde vrouw, die op geen enkel perron ooit wat voor onzinnige gedachte dan ook zou krijgen.

Ola, met haar engel van overgave. Ze glimlachte. Op het eerste gezicht zat Ola strak in haar vel, maar ze had nu al op een paar momenten onverwachts intelligente levendigheid getoond. Interessante jonge vrouw. Als ze er zo een in haar ziekenhuis zou spotten, sleepte ze die direct haar kweekvijver voor high potentials in.

En Luc natuurlijk, de tobberige Fransman. Een plaatje, vrouwelijk mooi. Welke engel had hij ook weer? Ze beet op haar nagelriem. Verdomme, die engelen zouden na twee uur toch wel in haar geheugen geëtst moeten zijn. Wat had hij ook al weer gezegd? Dat hij eindelijk zichzelf wel... ja, het was de engel van vertrouwen. In de volgende rondes had hij steeds een paar zinnen gezegd die stuk voor stuk op gedichten leken. Ze probeerde ze weer boven te halen. Wie kan je vertrouwen, behalve een echte vriend, waarvan je er hooguit drie ontmoet in je leven? Het had geklonken of hij er onderzoek naar had gedaan. Hij keek veel naar de grond. Naast Luc zat Brad, de hartelijke Amerikaan die een onverwachte kant toonde toen hij zijn vervoering uitlegde.

Waren ze dat dan? Wat een idioot klein groepje eigenlijk. Hoewel, die Leilah had ook een aparte status. Griende als eerste om haar engel en leek daarmee een eersteklas patiënt. Catherine had zich geruststellend op de vlakte gehouden met haar engel van gratie. Als ze dit avontuur aangingen, dan wel liefst met een sterke leider zoals Catherine. Op het watje Leilah zou ze haar kaarten niet hebben gezet.

Haar bed lag er aanlokkelijk opgemaakt bij, met het veren dekbed half opengeslagen en twee dikke kussens met kraakheldere witte slopen. Even liggen... nee, zoveel was wel duidelijk, stipt zijn was de norm. Ze blikte op haar programma, nu al haast een vodje zoals ze het dubbelgevouwen uit haar tas tevoorschijn toverde. Eten tot halfacht en om acht uur community building, wat dat ook mocht zijn.

Lippen stiften dan maar.

Leilah

Nadat Sonja en Dee de deur dicht hadden getrokken zakte Cathy onderuit. 'Wat een bijzonder begin, Leilah.'

Ik begreep wat ze bedoelde. Mijn heftige reactie op de engel van macht sprong in het oog. 'Sorry.'

'Waarvoor?' vroeg ze kortaf.

Ik keek haar niet begrijpend aan.

'Jij kunt het toch niet helpen dat we zo'n klein groepje hebben en dan ook nog een laatkomer?' Het klonk geërgerd. 'Hou daar nou toch eens mee op, Leilah. Jouw schuldgevoel is niet alleen onzinnig, maar ook vrij irritant, niet alles draait om jou.'

Ze had gelijk, als altijd. Ik kleurde diep en zweeg.

Cathy ging verder en het voelde haast alsof ik er niet was, alsof ze een taperecorder zat in te spreken. 'Een bijzondere groep. Veel weerstand dit keer. Interessant. We hebben natuurlijk de kleine Ola Parys, die helemaal niet wilde komen. En niet te vergeten Sonja Cronje, een lekke band! Laat me niet lachen, Kagysoo heeft haar het huis uit moeten duwen, ze is schijtbenauwd. Dee Morrison geeft ons het voordeel van de twijfel, maar is zo rationeel als de neten. Dat wordt nog wat met de dames.' Blijkbaar vielen de vrouwen haar het meest op.

'Brad is een dot. Die jongen heeft moederliefde nodig, tonnen. Luc...' nu aarzelde ze. 'Mijn goede vriend Bernard heeft hem doorverwezen na een zware depressie. Luc is getraumatiseerd, maar hoe vroeg weet ik niet. Bij hem twijfel ik. Laten we goed op hem letten, Leilah.'

Ik knikte ijverig, blij met het 'we'.

'Dan hebben we ze gehad.' Cathy klonk zo verbaasd als ik me voelde. Het was alsof de groep gemankeerd was en er ergens nog iemand vertraging had. Een onmisbare persoon die later zou aanschuiven. Nonsens natuurlijk. Het was de kleinste groep die Cathy ooit had geleid, daar kwam het door. In september stond de officiële groep gepland, die al maanden was volgeboekt. Toen krap twee maanden geleden de ene na de andere spoedaanmelding binnenrolde, besloot Cathy deze tiendaagse in te lassen. Anders hadden Dee, Brad, Ola, Luc en Sonja tot januari moeten wachten en dat leek in elk geval voor twee van hen te lang. Cathy schoof haar vakantie op, al stond haar fysieke conditie deze extra inspanning volgens mij nauwelijks toe. Ze had mij nodig als steun en ik zou die ten volle waarmaken. Mijn krachtige emoties bij de engel macht moesten wijken. Niet alles draaide om mij.

'Ik heb honger,' zei Cathy.

De eerste maaltijd was een klassieker en daar drong Cathy ook altijd op aan bij de barones. We wisten dus precies wat we voorgeschoteld kregen en het was beslist om van te watertanden. Een eenvoudige maar kraakverse groene salade uit eigen tuin als voorgerecht. Het hoofdgerecht bestond uit grote hoeveelheden eigengemaakte patat frites met kloddersgoudgele mayonaise, gestoofde lamsbout en groenten uit de moestuin. De aardbeienbavarois toe zou weer druipen van de room, meer dan goed was voor een mens.

Het geklik van messen en vorken klonk die avond vrijwel onafgebroken, al deed Brad dappere pogingen het geluid te overstemmen. Ik herinnerde me mijn eerste avondmaal tijdens mijn eigen retraite als de dag van gisteren. Ik schonk toen mijn eigen glas te vol met rode wijn en dronk bewust met kleine teugjes om geen verdenking van alcoholisme op me te laden. Ik was doodzenuwachtig, ondanks de alcohol en valium. De maaltijd was exact hetzelfde, maar de superieure smaken gingen grotendeels aan me voorbij. Net als veel alcoholisten taalde ik niet naar eten. Nu de fles mijn bestaan niet meer vulde, was ik twee maten gegroeid, maar nog steeds op onderdelen spichtig. Een blubberbuikje was mijn deel geworden en ik koesterde het als trofee van mijn overwinning op de fles.

'Die bavarois moet op,' riep Cathy beslist. Blijkbaar had de barones maar één maat puddingvorm: *très grand*. De pudding die normaliter door twaalf personen werd genuttigd, moest nu verdeeld worden over zeven magen.

'Luc, jij krijgt nog een stuk,' besliste Brad.

'Nou vooruit maar,' zuchtte deze. Hij keek alsof hem een zware klus wachtte.

'Ik wil ook nog wel een stuk,' zei Ola. Waar liet ze het?

Cathy schraapte de schaal ten slotte leeg en had daarmee nog een bord vol. Ze likte nog net haar bord niet leeg. Tevreden zette ze haar bord neer en keek op haar horloge. 'Halfacht. Om acht uur gaan we verder in de grote zaal. Tot dan hebben jullie vrij. Besteed de tijd goed.' Ze stond zo moeizaam op dat ik haar het liefst een arm had gegeven. Maar ik wist dat ze die zou wegduwen en onderdrukte de neiging.

Cathy had haar powernap nodig en ik liep met haar mee, ik hielp haar altijd met haar schoenen.

Ze had de grootste kamer met een schitterend uitzicht over het mooiste deel van de tuin. Haar tweepersoonsbed was verhoogd met klossen, zodat ze makkelijker in maar vooral uit bed kon stappen. Zuchtend zakte ze neer en reikte me een voor een haar voeten aan. Ik trok haar schoenen uit en masseerde haar gekwelde voeten met olie. Aan beide zijkanten van haar voorvoeten had ze enorme knokkels die van elke schoen een martelwerktuig maakten. Een pedicure kon er geen eer aan behalen, alleen een operatie bood nog uitkomst, maar Cathy wilde beslist niet onder het mes.

Haar enkels waren gezwollen van het oedeem, ik wreef er zachtjes over.

'Wek me om vijf voor acht, Leilah,' mompelde ze, al half in slaap. Ik humde zacht ter instemming en sloop de kamer uit.

Mijn kamer die aan de hare grensde, was de helft kleiner, misschien had de kamenier er in vroegere tijden geslapen, binnen handbereik van de barones. De verhoudingen tussen Cathy en mij waren wel ongeveer vergelijkbaar. Deze gedachte maakte me verre van ontevreden, zelden had ik me zo op mijn plaats gevoeld als in deze rol.

Ik rolde mijn yogamatje uit en zette mijn reiswekkertje voor een schouderstand van tien minuten.

Luc

Het leek wel of Brad hem verdacht van anorexia nervosa. Eerst bonbons, nu een vracht pudding. En hij hield helemaal niet van zoetigheid. Maar op zo'n eerste dag kon een beetje beleefdheid geen kwaad en Brad bedoelde het goed. Hij voelde zich nog knap onwennig in de groep en kon zich eerlijk gezegd niet voorstellen dat dit gedoe hem voorgoed van zijn depressies af zou helpen.

'Je hebt waarschijnlijk een biologische aanleg voor somberheid, Luc.' Zijn psychiater had hem ernstig aangekeken. 'Dat betekent een leven lang medicijnen. Maar daarnaast ben je getraumatiseerd, voor blijvende genezing moet je de diepte in.'

Chevallier doelde op zijn ex-vriendin Juliette, want al stamde zijn somberheid van voor zijn relatie met haar, pas na haar waren zijn buien ondraaglijk geworden.

'Ik zie twee mogelijkheden,' vervolgde Chevallier. 'Of je gaat langdurig in psychoanalyse,' hij keek even opzij, 'of je gaat voor de snelle, keiharde weg.'

'Klinkt allebei beroerd,' zuchtte hij.

Vervolgens had Chevallier hem beide routes geschetst en was de psychoanalyse afgevallen. Het vooruitzicht van een jarenlange dagelijkse therapie, waarbij hij bovendien moest liggen, kwetsbaarder dan dat bestond niet, of een stoomcursus van tien dagen in Holland maakte de keus relatief eenvoudig. Hij schrok zich alleen dood van de kosten. 'Zoveel geld heb ik niet, zelfs niet als ik een jaar spaar.' Tienduizend euro was een absurd bedrag, al beweerde Chevallier dat het elke eurocent waard was.

'Wat krijg je daar dan voor?' had hij sceptisch gevraagd.

'Een ervaring die je de rest van je leven met je meedraagt. Geloof me, ik heb meerdere cliënten verwezen naar Catherine Richards en ze hebben allemaal spectaculaire vooruitgang geboekt.'

'Dus dan ben ik klaar?'

'Natuurlijk ben ik er daarna weer gewoon voor je, als nazorg in elk geval,' negeerde Chevallier zijn vraag.

'Klinkt leuk, maar ik kan het eenvoudigweg niet betalen, dus we moeten wat anders verzinnen.'

'Aan de kosten valt wel een mouw te passen,' zei Chevallier. 'Je krijgt een medische verklaring, misschien betaalt je verzekering een deel en ik denk dat de universiteit ook nog wel een potje heeft. Ik neem het wel op met Fernand.'

Hij had inmiddels wel zoveel vertrouwen in Bernard, dat hij hem tegenstribbelend zijn gang liet gaan.

Natuurlijk vond Fernand een potje en dankzij die twee hartelijke, hem goedgezinde heren zat hij nu ergens op het Friese platteland, opgesloten in een kasteel met een gigantische vrouw, haar bleke schaduw en vier andere gekwelde personen. Althans, daar ging hij van uit, anders hadden ze voor dat bedrag vast ook liever aan de Franse Rivièra gelegen.

Hij werkte de helft van zijn zwaar beladen bord weg en keek toen verontschuldigend naar Brad. 'Ik heb mijn best gedaan.'

Die grijnsde. 'Vooruit dan maar. Wie heeft er zin in een wandeling?'

Ola mompelde iets over een telefoontje, waar Dee zich bij aansloot en Sonja schudde gewoon nee, waardoor hij zich als hekkensluiter wel verplicht voelde mee te gaan. Beetje beweging en buitenlucht zouden hem trouwens geen kwaad doen.

Het was gestopt met regenen, maar het grind glinsterde nog na van de laatste stortbui. 'Achter de dijk ligt het IJsselmeer,' wees Brad.

Dat konden ze net redden. Brad nam stevige passen en met enige moeite hield Luc het tempo van de Amerikaan bij.

'Hoe ben jij hier verzeild geraakt?' vroeg Brad open.

Hij twijfelde even, maar als deze man zijn homoseksuele relatie durfde te bekennen, dan kon hij toch moeilijk zwijgen over zijn psychiater. Dus vertelde hij hem in sobere zinnen over zijn depressie en Chevallier.

Brad knikte alsof hij het doodnormaal vond. In Amerika was psychiaterbezoek waarschijnlijk minder beladen dan in Frankrijk.

'Hoe vind je het tot nu toe?'

Hij bromde wat onduidelijks, had ook werkelijk nog geen idee.

'Ik vind het wel lollig, dat gedoe met die engelen. Ik was bang dat we moesten gaan krijsen en ons terug naar de baarmoeder worstelen.'

'Misschien komt dat nog,' opperde Luc. Het zou in elk geval intensiever worden dan dit, vreesde hij.

Binnen vijf minuten waren ze bij de dijk, waar Brad het op een jongensachtig holletje zette en hij voorzichtig volgde en evengoed bijna uitgleed over het modderachtige gras. Brad stond al op de dijk en schreeuwde tegen de wind in. 'Waanzinnig!'

Het water was zo grijs als de lucht en de wind joeg er witte koppen op. Het was geen zee, maar toch riep het water een vaag thuisgevoel bij hem op.

Ze stonden vijf minuten woordeloos naast elkaar, voor Brad hem een mep op zijn schouder gaf, iets te hard. 'Tijd om te gaan. Community building, wat dat ook moge zijn.'

Twee uur later had Luc daar nog steeds geen benul van.

De grote zaal was helder verlicht en de stoelen stonden in dezelfde kringopstelling als eerder die dag. Catherine en Leilah zaten al klaar toen hij als eerste binnenkwam. Er hing een loden deken van stilte over alles heen. Pas toen de kring gevuld was, sprak Catherine. 'De komende twee uur en elke avond hierna krijgen jullie de kans om een groep te worden, om een echte gemeenschap te creëren. Neem die tijd, besteed hem goed.'

En toen was het stil. Geen weldadige stilte, geen uitdrukking van rustgevend samenzijn, maar een krampachtige stilte die met elke seconde dreigender werd. Zelfs Brad hield minutenlang zijn mond.

Voor het eerst in weken meldde de grote grijze zich weer. Een poot begon tegen zijn borst te duwen, nog niet verlammend maar wel verontrustend. Wat gebeurde hier in godsnaam? Waar ging dit over? Een gemeenschap bouwen, hoe dan? Zijn tong lag droog in zijn mond en er kwam geen enkele zinnige gedachte bij hem op die hij om zou kunnen zetten in een gesproken zin om die ijzige stilte te doorbreken.

Natuurlijk sprak Brad als eerste. 'Wat is de bedoeling, Catherine? Kun je ons een hint geven?'

Catherine keek star voor zich uit en gaf geen antwoord.

Weinig bemoedigend. De grote grijze voerde de druk op.

Weer minuten die uren duurden verder, schraapte Sonja haar keel. 'Ik ken dit van mijn studie Psychologie. Het is een werkvorm uit de groepsdynamica, ontwikkeld door Tavistock. Ze kijken hoe we het als groep doen.'

Nu keek Catherine minachtend.

'En dat doen we elke avond twee uur lang?' vroeg Ola met afgrijzen in haar stem.

Geen antwoord.

'Ik vrees van wel,' zei Sonja uiteindelijk.

'Absurd,' zei Brad. 'Dit heeft geen enkele zin.'

Niemand stemde in en weer was het stil. Hij kon Brads maag horen piepen en ook de zware dreigende ademhaling van Catherine een paar stoelen verder, was goed hoorbaar.

'Misschien is het een idee als we aan elkaar vertellen hoe we het vandaag vonden,' opperde Dee met kleine stem. Het stadium van gênant zwijgen was al lang gepasseerd.

Brad dook met graagte op haar voorstel. 'Ik zag er erg tegenop, maar het is me meegevallen, althans tot nu. Dit onderdeel vind ik het minst.' Hij lachte en zenuwachtig lachten ze allemaal mee, behalve Catherine en Leilah, die strak voor zich uit bleven kijken. Direct doofde de pret. Wat een uitermate onaangename situatie, waarom deden die twee zo raar?

Per seconde werd Luc zich meer bewust van zijn eigen zwijgen. Hij moest toch tenminste een bijdrage leveren aan deze troebele oefening. Nog steeds kwam er geen enkele zin in hem op die hij niet afkeurde en de grijze benam hem haast de adem. Steels keek hij op zijn horloge. Kwart over acht pas. Deze hel duurde tot tien uur. Dat hield hij niet vol, hij zou lang daarvoor bezwijken.

Natuurlijk bleef hij tot het einde toe op zijn stoel zitten, maar om tien uur zat de grote grijze met zijn dikke billen boven op hem en werd zijn borstkas geplet in hun innige hereniging. Het was een nachtmerrie waarin de tijd stil bleef staan en zij allen gereduceerd werden tot hersendode slachtoffers van het fenomeen community building, dat trouwens meer weg had van een bewerkingsprocédé met een sloopkogel, dan met bouwen van wat dan ook. Af en toe zei een dappere ziel iets, maar steeds ketsten de woorden af tegen de broeierige muur van stilte die om hun kring heen gemetseld was. Zelfs Brad was na een flink aantal moedige pogingen sprakeloos.

Zelf gaf hij de hele twee uur durende marteling geen kik, net als Catherine en Leilah, die om tien uur precies opstonden. Catherine verbrak de zoveelste stilte met de woorden. 'Morgen halfacht ontbijt. Welterusten.'

'Wat is er in godsnaam gebeurd?' Brad klonk verbijsterd. Hij zakte onderuit in zijn stoel en hief zijn armen in de lucht. 'Wat zijn wij? Een stelletje doofstomme debielen? Sorry voor de uitdrukking.'

'Ik vind dat je ons nog mild typeert,' zei Sonja. 'Een doofstomme debiel kan niet anders, wij toch hopelijk wel.'

De grijze verslapte zijn greep. 'Het spijt me dat ik niets heb bijgedragen,' klonk zijn stem raspend.

'Ik vond je zwijgen moedig,' klonk het onverwachts waarderend van Ola. 'Ik heb het gevoel dat ik heb zitten raaskallen.'

'Ik ook,' zei Brad somber.

'Dat had ik niet,' zei hij met een klein glimlachje.

'We zijn hier toch voor onszelf?' begon Sonja boos. 'Het is een volstrekt onnatuurlijke situatie, dat vond ik al in mijn studietijd. Een groep vormen is oké en leerzaam, maar we zitten hier in een soort laboratorium met onze onderzoekers bij ons, die elke zucht, scheet en komma beoordelen en ook nog voortdurend afkeurend kijken. Hoe kun je dan in godsnaam jezelf zijn?'

'Interessant. Toch heeft het vast een reden,' viel Dee zacht in. 'Vraag me niet welke, want ik heb geen idee, maar er is deze twee uur zoveel door me heen gegaan, dat ik vreemd genoeg denk dat hier voor mij een sleutel ligt. Ik ben verwarder dan in tijden, maar op een of andere manier past dat wel bij wat ik hier hoop te vinden.'

'Ik ben moe.' Meer kon hij niet bedenken.

Ola keek hem dankbaar aan. 'Ik ook, ik ben kapot.'

'Geen afzakkertje in de bar?' concludeerde Brad gelaten.

'Welja, waarom niet. Ik kan wel een borrel gebruiken.' De nuchtere Sonja stond traag op en strekte haar benen. Ze was een opvallende verschijning met haar lange lijf en ultrakorte blonde haar.

'Ik doe mee.' Het waren de eerste besliste woorden die hij opving van Dee Morrison, een zeer Britse dame van middelbare leeftijd, die veel zinnen begon met het woordje *interesting*, dat hij het grootste deel van de tijd niet kon plaatsen. Ze vond community building interesting en ook in de engelensessie kwam bar veel interesting langs.

Traag liepen ze de marmeren trap af, waar Brad, Dee en Sonja rechts afsloegen naar de bar. Ola en hij bleken hun kamer allebei in de linkervleugel te hebben. 'Veel plezier nog.' Ola knikte kort naar de kroeggangers.

'Welterusten,' wenste hij suffig.

'Welk kamernummer heb jij?' Direct vroeg hij zich af of het wel een gepaste vraag was aan een vrouw.

Ola keek scheef. 'Nummer zes, dat zegt het wel zo'n beetje. Dit wordt niet mijn week.'

'Nummer zes? Ik ken alleen het bijgeloof van dertien en elf.'

Ze glimlachte naar hem. 'Zes is het getal van de duivel, nou oké, om precies te zijn drie zessen.'

Waarom zou deze zelfbewuste jonge vrouw zich tien dagen opsluiten in een groep, wat zag hij over het hoofd bij Ola Parys?

'En jij?' vroeg ze.

Het duurde een paar seconden voor hij begreep dat ze naar zijn kamernummer vroeg. 'Zeven.'

Ze grinnikte. 'Mijn tegenpool: het getal van Onze-Lieve-Heer.'

Hij keek haar niet begrijpend aan.

'De Vader, de Zoon en de Heilige Geest zijn de drie zevens, wist je dat niet?'

'Ik ben atheïst,' mompelde hij.

'Ik ook,' giechelde ze, 'maar daarom weet ik het nog wel. Algemene ontwikkeling, Luc Aubertin, altijd handig.'

Natuurlijk had hij geen snedig antwoord paraat, maar vreemd genoeg gaf dat niet, misschien wel omdat ze bij nummer zes waren aangekomen.

'Welterusten, Luc, slaap in vertrouwen.' Ze giechelde weer bij het noemen van zijn engel.

'Welterusten, Ola Parys, slaap in overgave.'

Een korte flits van verbazing gleed over haar gezicht. Ja, wat dacht ze nou: dat hij had zitten slapen? Elk woord, elke gezichtsuitdrukking, elke wending in het gesprek had hij waargenomen en volgens hem kon Ola Parys inderdaad wel wat overgave gebruiken.

Hij knipte het licht aan in zijn kamer. Kwart over tien, zei de antieke wandklok. Ook al was hij doodop, voor het eerst in weken twijfelde hij of de slaap zou komen. De grote grijze had het laatste kwartier weliswaar een groot deel van zijn gewicht teruggetrokken, maar lag nog steeds op de loer. Televisie had hij niet op zijn kamer en na een korte douche lag hij wat gespannen in het donker onder het donzen dekbed.

Wat een idiote dag, totaal niet wat hij zich had voorgesteld bij een groepstherapie. Zijn engel van vertrouwen leek verder weg dan ooit. Moest dit hem genezen? Hij strekte zijn benen onder het dekbed en legde zijn handen op zijn borstkas. 'Rot op,' zei hij hardop. De druk nam niet af. Hij betaalde nom de dieu tienduizend euro voor de terugkeer van zijn kwelgeest. Nou ja, de Sorbonne deed dat voor hem maar evengoed sloeg het nergens op. Hij had vandaag meer dan zeshonderd kilometer gevlogen, zich honderd kilometer door een maffe taxichauffeur laten rijden en het bedroevende resultaat was dat zijn moeizaam verworven evenwicht als sneeuw voor de zon verdween. Nog negen dagen te gaan.

Leilah

Zodra we de zaal uit waren, grijnsde Cathy breed. Als haar trainee wist ik dat ze van niets zo genoot als van de community building. Tijdens mijn eigen retraite was ik ervan overtuigd dat ze die twee uur vol minachting en ergernis uit had gezeten. Ik had altijd weer grote bewondering dat ze haar irritatie en teleurstelling de volgende ochtend had weten te verwerken en weer vriendelijk was tegen ons, falende sukkels. Wat een naïviteit, alsof Cathy dezelfde druk voelde die wij als deelnemers ervoeren.

'Dat was weer eens ouderwets,' zei ze vergenoegd. We liepen naar haar kamer waar de barones de bestelling al had klaargezet. Cathy had altijd honger na community building en het was het enige uur van de dag dat ze zichzelf twee glazen witte wijn toestond. De fles chardonnay stond in een koeler naast twee kristallen glazen. Onder de zilveren dekschaal wachtten de spiegeleieren, met de dooier nog heel. Lichtgekleurde toast en roomboter lagen op de borden klaar. Pro forma at ik meestal een hapje mee, maar de mayonaise van het avondeten lag me nog zwaar op mijn maag. Ik schudde de kussens flink op, trok haar schoenen uit en hielp haar op bed. Ze gebaarde naar de wijn en ik schonk snel een glas voor haar in.

Hoog liggend op haar bed begon zij na een paar forse slokken de sessie te analyseren, terwijl ik haar van eten voorzag.

'We hebben een boeiend gezelschap hier. Onze Luc Aubertin heeft niets gezegd, wat zegt dat jou?'

'Hij is bang,' gokte ik, intussen schepte ik drie spiegeleieren op haar bord.

Ze schudde het hoofd. 'Hij is verlamd, maar is het angst of woede die hem lam legt?'

Ik zweeg.

'En Ola, wat vind jij van onze jonkvrouw?'

Het was een aardige uitdrukking voor de fiere arrogantie en de edele trekken van Ola's gezicht. 'Wat denk jij, Cathy?' speelde ik de bal terug.

Ze glimlachte. 'Met Ola gaan we een machtsstrijd krijgen, daar kun je vergif op innemen. Ola is op vrij jonge leeftijd verlaten door haar moeder, weet ik van Mariusz. Voor zij zich kan binden, zullen we een robbertje moeten vechten.' Ze reikte me haar lege glas aan en ik schonk bij. Met grote happen werkte ze haar eieren naar binnen en doopte de toast in het eigeel dat eruit droop. Er spatte wat op haar shirt en ik gaf haar een servet. Even later nam ik haar lege bord aan en gaf haar het tweede glas wijn. Ik had nog maar één slok gehad.

Cathy kon met intens tevreden gebaren over haar maag wrijven als die gekoesterd was door voedsel. Wonderlijk vond ik dat, elk glas alcohol had mij altijd een bezoedeld instant gevoel over mijn lijf gegeven en ik kon het niet helpen dat ik vaak de vergelijking maakte tussen Cathy's band met eten en de mijne met drank, vroeger.

'Sonja is natuurlijk zelf therapeut, dat is altijd lastig,' vervolgde ze, haar mondhoeken deppend met haar servet. 'Ze kent Tavistock en is hier bovendien uitsluitend op aandringen van Kagysoo, wat altijd een minpunt is. Maar ik maak me geen zorgen, ze heeft veel te verliezen, want ze houdt van die man. Sonja gaat haar best doen, de eerste weerstand moet wat slijten. Ze heeft natuurlijk die vreselijke geschiedenis, daar moeten we zorgvuldig mee omgaan.'

Ik knikte. Het was een voordeel dat het netwerk van Catherine zo hecht en overzichtelijk was, over vrijwel iedereen die deelnam had ze voorinformatie.

'En dan hebben we Brad, wat een dot van een man! Hij is via Sally hier. Zijn vrouw is bevriend met onze Sally.' Ze knikte veelbetekenend. Ik had in dezelfde groep gezeten als Sally en wist meteen waar ze op doelde. Sally's huwelijk was gered dankzij Catherine en ongetwijfeld hoopte Brads echtgenote dat Cathy hetzelfde zou doen voor hun huwelijk. Die hoop was niet helemaal ongerechtvaardigd, want Cathy was altijd pro-huwelijk, zeker als er kinderen waren. In de loop der jaren had zij talloze van elkaar verwijderde stellen weer dichter bij elkaar gebracht. Nou was Brads situatie wel gecompliceerd natuurlijk.

'Ach, en Dee,' sloot ze vertederd af. 'Dee en haar engel van spontaniteit. Beter had ze niet kunnen trekken. Dee is serieus geboren en moet nodig worden losgemaakt.' Met een flinke laatste teug leegde ze haar glas chardonnay. 'Een beginnende groep met potentie, laten we het daarop houden,' grinnikte ze en kwam moeizaam overeind. Ik belde naar de receptie en zette de trolley met de vuile borden en glazen op de gang. Dit was het moment om te vertrekken. Cathy duldde geen gezelschap wanneer ze zich klaar maakte voor de nacht. 'Ik ontbijt morgen op mijn kamer, Lailah.' We wensten elkaar welterusten en ik sloot zacht de deur.

Ik beleefde een nacht vol dromen, vreemd genoeg niet over de deelnemers aan de cursus, die blijkbaar nog onvoldoende indruk achter hadden gelaten in mijn onderbewustzijn. Cathy was er natuurlijk, maar ook Gerald en mijn dochters en, heel bijzonder, mijn moeder. Over haar had ik in geen jaren gedroomd. De volgende ochtend herinnerde ik me er nog flarden van, maar er restte geen verhaal waar ik wat mee kon. Sinds jaren sliep ik met een dromenschrift naast me, waarin ik 's ochtends slaapdronken de hoofdlijnen vastlegde. Ik schreef: 'Mama was er. Ik had me vergist, ze was al die jaren schijndood.' En wonderlijk genoeg sprongen de tranen in mijn ogen, en ik voelde het verlangen naar haar weer zo sterk alsof ze niet al twaalf jaar dood was, maar pakweg een jaar. Moeizaam stond ik op en sleepte me naar mijn yogamatje. Juist in deze dagen had ik mijn oefeningen nodig en goddank had ik de discipline opgebouwd.

Kwart voor acht klopte ik bij Cathy aan. Ze antwoordde met slaperige stem. Ze leeft nog, dacht ik idioot opgelucht. Dat overkwam me steeds vaker het afgelopen jaar. Ik kon me niet voorstellen hoe mijn leven zonder haar zou zijn, al wist ik honderd keer dat ik haar hoogstwaarschijnlijk ruimschoots zou overleven. Na het wekken ging ik naar beneden. Vóór Cathy haar ochtendritueel had afgerond mocht ik haar beslist niet meer storen. De barones bracht haar over een kwartier ontbijt op bed en om halfnegen zou ik Cathy in de grote zaal treffen, monter, wakker, vaak met een roomsoesje of tompouce in haar hand of mond.

Ik hoopte dat ik de eerste was in de eetzaal. Maar dan had ik vroeger moeten opstaan.

Brad

Natuurlijk kende Brad het verhaal van Suzannes vriendin Sally al jaren. Die was in Venetië verliefd geworden op een Italiaan en het had een haar gescheeld of ze had haar man en drie bloedjes van kinderen verlaten om in de gondelstad te gaan wonen. Catherine had het huwelijk op miraculeuze wijze gered. Toen Suzanne eiste dat hij dezelfde intensieve cursus zou volgen, was hij nauwelijks verbaasd en eerlijk gezegd niet eens onwillig.

Suzanne had de kinderen ingelicht over zijn relatie met Rod en de geschokte Tim en Lacy wisten precies waar ze hem konden raken. Hij had ze vaak verteld over zijn eigen onrustige jeugd en ze wisten dat hij hun alles wilde geven dat hijzelf had gemist. De zekerheid van een stabiel gezin, geen vreemdgaande ouders, geen experimenten met drugs en groepsseks, vlees en vis in plaats van vegetarische onzin. Geen gescheiden afval tot alles stonk naar rottende bananenschillen: nee, een vrijstaand huis, twee auto's, twee inkomens, clubjes, een buurtleven, twee ouders, een man en een vrouw welteverstaan, voor altijd samen...

En allejezus, hoe had hij hier zelf naar verlangd en hoe gelukkig had de verwerkelijking van zijn droom hem de eerste jaren gemaakt.

Maar als hij niet bij Rod was, verlangde hij naar hem, naar zijn warme lichaam, zijn kussen. Hij wilde zijn minnaar strelen, hem alles vertellen over de dag die achter hem lag. Rod zat steeds op zijn schouder en Brad vertelde hem in gedachten over elke ontmoeting en ogenschijnlijk triviale gebeurtenis in zijn leven. Rods altijd voelbare aanwezigheid gaf elk detail diepgang.

Hij werd verscheurd door twee krachten die elkaar voortdurend maten, in een eindeloos aantal sets. De liefde voor zijn kinderen en zijn hang naar zekerheid aan de ene kant, lust en autonome levensdrift aan de andere, lang verkommerde zijde.

Een keus voor Rod zou flink wat offers vragen. Zou het ook meer opleveren?

Kiezen voor Suzanne en de kinderen was kiezen voor de status-quo, waarin hij wist wat hij had én wat hij miste. Toen Suzanne met Catherine Richards op de proppen kwam, was hij de wan-hoop nabij en toegeven aan haar eis was nauwelijks een keus, hij stond met zijn rug tegen de muur, met meer op het spel dan zijn leven.

Het rondje de avond ervoor in de bar was op zijn creditcard ge-gaan. Hij was gewend aan all-innarrangementen en vond het ama-teuristisch en armoedig dat er van de tienduizend euro die hij had gelapt geen whisky af kon. Hij zat tot elf uur met Dee en Sonja aan de bar, leeggezogen door de krankzinnige community building en niet in staat tot veel meer dan wat oppervlakkige kroegpraat.

Midden in de nacht werd hij wakker en staarde uren naar bui-ten, de donkere Hollandse nacht in. Om drie uur berekende hij dat Rod nu in elk geval thuis was en de verleiding werd bijna te sterk, hij had zijn telefoon al in de hand. Nee, hij zou Rod noch Suzanne deze tien dagen bellen, zo was het afgesproken. Met de kinderen zou hij mailen.

'Wat er ook gebeurt, ga niet terug naar het rijk van de leven-de doden, Braddie,' had Rod bij zijn afscheid gefluisterd, voor hij hem een laatste lange kus gaf, door het open raam van zijn BMW. Hij had nog even naar Rod gekeken in zijn achteruitkijkspiegel en zag de schouders van zijn minnaar ineen krimpen, alsof die zich voorbereidde op een onvermijdelijke klap. Het was het eerste te-ken van angst dat hij ooit bespeurd had bij Rod.

Het rijk der levende doden was trouwens ook een fraaie me-tafoor voor de community building, bedacht hij, ze hadden erbij gezeten als een stelletje mummies.

Zijn fieldtrainers adviseerden de artsenbezoekers, die op soort-gelijke situaties stuitten in het verkoopproces met onwillige art-sen, metacommunicatie. 'Wat gebeurt hier, ik heb het gevoel dat we elkaar niet begrijpen' en andere standaardinterventies. Hij had gisteren wel wat geprobeerd maar de effectiviteit ervan was nihil. Sterker nog: met elke ijsbreker die hij probeerde, daalde de ge-voelstemperatuur en werd de sfeer krampachtiger.

Kon hij er maar even met Rod over praten, die zou hem faliekant uitlachen. Wat zou Rod gedaan hebben, als hij er gisteravond bij had gezeten? In geen geval zou die zo zijn pathetische best hebben gedaan als hij. Vermoedelijk was Rod na een kwartier opgestaan en had hij gezegd: 'Zonde van mijn tijd, dit geneuzel. Wie gaat er mee naar de bar?'

Brad had de kwelling braaf uitgezeten voor hij op dat lumineuze idee kwam.

Na tientallen malen om en om draaien, viel hij uiteindelijk tegen de ochtend in een diepe slaap. Toen de wekker om zeven uur ging, was hij gebroken. Jetlag, wist hij uit jarenlange ervaring. Een dagje nog en dan was hij de oude weer, terugkomen ging vaak een stuk minder makkelijk. Hij trok zijn joggingbroek, zijn hardloopschoenen en een sweatshirt met lange mouwen aan.

De zware voordeur stond op een kier, blijkbaar waren er meer vroege vogels in het kasteel. De regen was gestopt. In een haastig aangeschaft gidsje had hij gelezen over wonderschone Hollandse luchten, waar de wind de wolken door het blauw joeg en ze voortdurend van vorm deed veranderen, maar ook vandaag was de lucht grijs. Het grind knerpte aangenaam onder zijn voeten die snel hun ritme vonden. Even later draafde hij al over de dijk langs het meer, dat er vredig bij lag. Hij was geen overdreven hardloper, vijf kilometer vond hij doorgaans welletjes. Hoeveel hij vanochtend liep wist hij niet, maar erna voelde hij zich een stuk beter. De dijk was abrupt geëindigd aan de rand van een bos met zachte paden, bekleed met mos, bladeren en dennennaalden. De man bij de receptie vertelde hem dat het een van de oudste bosjes van Nederland was, met een groot aantal verschillende bomen. 'Het is klein, maar we zijn er trots op.'

Hij knikte beleefd.

Om acht uur schoof hij als laatste aan voor het ontbijt, maar wel met de meeste kleur, tussen een overdaad aan wallen en bleke gezichten. 'Goed geslapen?' grijnsde hij en zette zijn gevulde bord op de lege plek naast Luc.

'Beroerd,' gaf die toe en roerde in zijn zwarte koffie. Op zijn bord lag een halve verfomfaaide croissant met jam, die jammerlijk zijn einde zou vinden in een vuilnisbak. Een Fransman met weinig eetlust. Hij zou eens wat van de bacon en eggs moeten proberen, die op het bord van de Britse Dee lagen te verschrompelen. Het was geen hongerige ochtend en hij keek al haast spijtig naar het resultaat van zijn eigen overmoedige plundering van het ontbijtbuffet.

'Lang wakker gelegen,' zei Dee. 'Harde kussens hier. Ik krijg spontaan medelijden met de patiënten in mijn ziekenhuis, ik heb al vaker klachten gehad over de hoofdkussens bij ons, maar ik wuifde ze altijd weg. Zodra ik terug ben maak ik er werk van. Eerste winst geboekt,' grimaste ze.

'Ik heb prima geslapen, dank je,' zei Ola koel. Misschien zag ze van nature bleek, wat wel paste bij een Slavische schone. Hij werd niet warm of koud van haar, was hij nou echt honderd procent homo geworden, of vond hij haar gewoon niet aantrekkelijk?

Leilah schraapte de laatste restjes van een vage substantie uit haar kom. Melk of yoghurt met granen, gokte hij. 'En jij Brad?'

'Jetlag. Midden in de nacht klaarwakker.'

'Vervelend voor je,' zei Sonja, maar de vlakke woorden klonken gemeend. 'Houden jullie ons wakker vandaag, Leilah? Of zetten we de trend van gisteravond door?' Haar Engels was foutloos, na gisteravond in de bar wist hij waarom. Ze had lang in Zuid-Afrika gewoond.

Leilah glimlachte neutraal en zei therapeutisch. 'Wakker blijven doe je zelf.'

'Dûh,' ontschoot het Sonja sarcastisch.

Leilah glimlachte weer en stond op. 'Ik ga vast naar de zaal, haast jullie niet, voor half negen kun je er toch niet in.'

Verrassend genoeg had Catherines donderwolkmasker van gisteravond plaatsgemaakt voor een vol, glimlachend gezicht. De zaal was leeg, de stoelen stonden op elkaar gestapeld in het halletje, op Catherines stoel na. Ze zat breeduit, haar handen op haar knieën steunend, Leilah naast haar op een matje. Over de zaal verspreid lagen vijf identieke matrasjes. Op het programma stond focusoefening tot kwart over negen, wat hem niets zei, maar het leek hem iets fysieks. Alles beter dan community building.

Of het yoga was, pilates of tai chi: hij had geen idee, maar het

111

volgende half uur vertelde Catherines zware stem in welke houding ze moesten staan, zitten, liggen of half hangen. Zelf zat ze als een boeddha op haar zetel, Leilah deed alles voor, liep rond en corrigeerde onwillige armen, benen en billen.

'Zet je handen op de grond, spreid je vingers en druk ze stevig in de mat, duw je duimen naar binnen en je pinken naar buiten. Strek je billen en trek je buik in, voel de energie naar je stuitje gaan. Duw je voeten omlaag, span je dijen, binnenknieën naar buiten, buitenknieën naar binnen.' Dat laatste was godsonmogelijk! En het deed pijn, niet leuk meer. Hij kreunde en ontspande iets, maar daar was Leilah die zich nu ontpopte als een ware meesteres door tegen zijn achterbenen aan te kloppen. 'Slappe hap, Brad, dat kan beter, aanspannen die hamstrings.'

'Het is vreselijk zwaar,' steunde hij.

'Mooi, dat hoort zo. Het mag niet ondraaglijk pijn doen, dan moet je me waarschuwen.'

Wat was ondraaglijke pijn?

Overal in de zaal werd gesteund, gekreund en geprotesteerd. Af en toe smokkelde hij, maar negen van de tien keer betrapte Leilah hem binnen vijf seconden en sjorde en duwde dan genadeloos minutenlang aan zijn lijf. Vóór hem had Luc het helemaal te kwaad, hij boog moeizaam als een oud mannetje. Maar hem liet Leilah met rust, op een enkele aanmoediging na. Geen eer aan te behalen?

De oefening waarbij ze als een ooievaar op een been moesten staan, zorgde voor veel lachers. Alleen Ola hield het de beoogde drie minuten vol, kaarsrecht en met haar slanke armen in de lucht alsof ze naar de maan reikte.

Eindelijk mochten ze ontspannen. Leilah zette een zweverig muziekje op en Catherines stem zalfde ze naar hogere sferen. In zijn geval naar Rod en dat was zalig, konden ze maar de hele dag zo liggen. Maar natuurlijk kwam onverbiddelijk het moment dat de douche in rap tempo van warm naar lauw en koud werd gedraaid. Toen ze allemaal weer stonden, zei Catherine haast zakelijk: 'Kwartiertje pauze, dan zien we elkaar weer hier.' Met haar hand maakte ze een wuivend gebaar, dat zoveel betekende als wegwezen.

In een kwartier kon je net niks doen. De rest ging nog even naar hun kamer om zich op te frissen, maar hij had net gedoucht en zoveel zweet had hij nou ook weer niet verloren bij de focusoefening. Hij draalde in de lobby rond de computer, die online was. Hij aarzelde.

Binnen enkele seconden was hij in zijn hotmail. Een nieuwe mail, die hij met trillende hand opende.

Het kwartier vloog om, hij las de regels over en over. Glazig staarde hij nog naar het scherm, toen Luc hem even later kwam halen. 'We wachten op je, Brad.' Zijn stem klonk dringend.

'Tijd, ja, ik weet het.' Hij sloot zijn mail af.

'Wat is er volgens jullie gisteren gebeurd tijdens de community building?' Catherines lijf onttrok de lege flip-over vrijwel geheel aan het zicht.

Niemand zei wat.

Catherine grinnikte. 'Goede samenvatting, zo ging het gisteren precies,' zei ze droog.

Een besmuikte giechel gleed door het groepje deelnemers.

'Jullie kregen een eenvoudige opdracht. Hoe komt het dat een stel bovengemiddeld intelligente mensen daar niks van bakt?'

'Niks' was overdreven. 'Het was een onnatuurlijke situatie,' waagde hij een poging.

'Wat was zo onnatuurlijk, Brad?' vroeg Catherine vriendelijk.

'Nou ja, jullie zo zwijgend en wij ploeterend.'

Weer grinnikte Catherine. 'Het zag er inderdaad niet erg relaxed uit, maar waarom? Als Leilah en ik onze mond houden, zijn jullie dan gelijk monddood?'

Hij haalde zijn schouders op, nou moest een ander maar eens. Catherine was het met hem eens. 'Iemand anders een idee?'

Naast hem zuchtte Sonja Cronje diep, alsof ze moed verzamelde, maar het bleef stil. Sonja kende als therapeut het klappen van de zweep zelf, waarom gaf zij geen antwoord?

'Ik scheet in mijn broek.' Lucs zachte stem verraste hem misschien nog meer dan zijn woordkeus. De hele kring keek hem aan. Was het gebaar waarmee hij zijn schouders ophaalde hulpeloos of onverschillig? Die Fransman was voor een Amerikaan slecht te peilen.

Catherines blik werd warm en zacht zei ze: 'Luc, ik denk niet dat je de enige was.'

'Klopt, ik was ook als de dood, mijn hart klopte de hele avond in mijn keel,' zei Dee Morrison zacht. Vreemd, Dee was op hem overgekomen als een uiterst capabele vijftiger, die er als ziekenhuisdirecteur vast de wind onder had.

De anderen zwegen. Hijzelf had gisteravond vooral verwarring gevoeld, geen angst. Toch?

Catherine trok de dop van een dikke stift en schreef met grote halen 'Faalangst' op de flip-over. Vervolgens hield ze een monoloog over groepsvorming, waarin faalangst blijkbaar net zo'n wetmatigheid was als het zoeken naar een leider. 'Brad en Dee deden aan onzekerheidsreductie,' glimlachte Catherine en ze schreef in steekwoorden een aantal opmerkingen op die Dee en hij de vorige avond in hun wanhoop hadden gemaakt.

'Wij zeiden tenminste wat!' riep hij verontwaardigd.

'Dat is waar, Brad, maar waren het ook bouwstenen voor een community?'

Dee schudde schuldbewust haar hoofd.

Hij zweeg. Welke diepzinnige bijdrage verdiende het predikaat 'bouwsteen'? Zijn aandacht dwaalde van Catherines analyse af naar Rods mail, een omvangrijke analyse van Brads jeugd, zijn huwelijk, zijn loopbaan, hun liefde en het moment waarop die was ontbrand. Zou Rod bang zijn? Net zo bang als hij? Rod was de meest zelfverzekerde man die hij ooit had ontmoet, maar hij zag nog zijn kwetsbare schouders van de laatste keer.

'Vanavond de herkansing,' sloot Catherine haar lezing opgewekt af.

Hij verheugde zich er nu al op.

De volgende opdracht, ondersteund door thee en een obscene hoeveelheid zoetigheid, geen *low fat* of *low sugar* hier in Holland blijkbaar, bezorgde hem kromme tenen. 'Ik had op de kleuterschool al een onvoldoende voor tekenen,' klaagde hij tegen Leilah, die naast hem kwam staan. Het grote maagdelijke flip-overvel grijnsde hem vanaf de grond aan. In alle hoeken van de grote zaal waren ze neergestreken. In de hoek naast hem zat Sonja Cronje, met een al even wit vel voor zich. Ze beet op een stift. Ze sloeg haar ogen naar het plafond, liet ze daar even op de engelen rusten en begon toen als een bezetene te kalken, haar lange bovenlichaam schudde ervan.

'Ik ben zeker de enige die nog niets heeft?' vroeg hij somber aan Leilah, die een hand op zijn schouder legde.

'Misschien wel, misschien niet Brad, maar het doet er niet toe. Hier krijg je geen onvoldoendes, het gaat niet om mooitekenarij. Het gaat om wat je voelt.'

Fijn, dat maakte het een stuk eenvoudiger. Opgelucht hoorde hij de bleke vrouw wegschuifelen. Leilah kwam steeds net iets te dicht bij hem, zoals gisteren, toen ze hem wiegde als een baby. Niet dat het toen onprettig was.

Met de moed der wanhoop zette hij de eerste lijn op papier.

Leilah

Ik kon de opdracht die Cathy plechtig aankondigde wel dromen en verbeet een lachje toen ik de praatgrage Brad klem zag zitten. Het verschil met bijvoorbeeld Luc, die er met moeite woorden uit perste, was frappant. Na een korte aarzeling gleed Lucs stift over het vel papier alsof hij een sneltekenaar op Montmartre was met een stuk houtskool in handen, in plaats van een wetenschapper aan de Sorbonne. Het resultaat benam me even de adem en wierp me terug naar mijn eigen retraite, twee jaar geleden.

'Teken waar je nu staat in je leven, waar je naartoe wilt en welke vragen je deze week beantwoord wilt hebben.' De paniek die mij had bevangen toen Cathy die woorden had uitgesproken was vast nog sterker dan die van Brad. Wat moest ik tekenen? Mijn nietige zelf, bedolven, begraven onder de lege flessen? Ik durfde het niet aan, pas dagen later bekende ik mijn verslaving aan de groep. En toch had mijn tekening waarheid en symboliek bevat, zodat ik hem zelfs nu nog af en toe uit een lade van mijn eikenhouten kabinet diepte en er lang naar keek. Nooit in aanwezigheid van Gerald, na mijn eerste vruchteloze poging hem de betekenis uit te leggen was ik ermee gestopt.

Luc had aan de linkerkant van het vel papier een schaduw van zichzelf getekend, een hele prestatie want hij had in het echt al niet veel om het lijf. Een gezicht met holle ogen in diepe kassen, op zijn skeletachtige romp drukte de enorme poot van een olifant, die hij met vage vegen had getekend, de kop uitdrukkingloos. In het midden van het papier stond alleen een groot vraagteken. Ik glimlachte om zijn toekomstbeeld, rechts onder in de hoek. Een volle stralende Luc torste een stapel boeken in zijn ene arm en omarmde een slanke blonde vrouw met een baby in een draagdoek met zijn andere arm. Waar het naartoe moest was helder.

Niet iedereen was zo getalenteerd met de stift als Luc. Dee had een keurige, haast kinderlijke tekening gemaakt met talloze treinen en treintjes in verschillend formaat, een versimpelde weergave van haar treinfobie. Ze zou er deze week vast achter komen dat die fobie slechts een symptoom was.

Sonja had een woeste schets gemaakt met zwarte en rode stift. De combinatie van kleuren gaf de tekening iets gewelddadigs al kon ik er kop noch staart in ontdekken.

Ola's vel bleef lang blanco. 'Ik heb geen vraag,' mompelde ze toen ik bij haar stond. 'Ik wil dat deze week snel voorbijgaat zodat ik verder kan.'

'Dan teken je dat,' zei ik vriendelijk.

Uiteindelijk ontstond er toch een voorstelling op haar grote vel. Ola tekende zichzelf, een groot hoofd, geen romp, geen ledematen. Haar ogen stonden droevig en haar mond vormde een rechte streep. Haar krullen waren slordig getekend en benaderden in de verste verte de schoonheid van Ola's asblonde pijpenkrullen niet. In haar hoofd was het een drukte van belang, het leek op een zenuwcentrum met elektriciteitsdraden die aan alle kanten met elkaar verbonden waren in grillige patronen. In een afgekaderd stukje van haar hersens had ze twee figuurtjes getekend, op het eerste gezicht mannen. Ik was nieuwsgierig naar haar verhaal, van alle deelnemers vond ik haar het meest ongrijpbaar.

Brads tekening ontroerde me omdat die zijn wanhoop zo treffend verbeeldde. Hij had de opdracht vrij letterlijk genomen en drie keer zijn gezin getekend, in het verleden, heden en toekomst. De eerste versie met lachende kindergezichtjes en een strak kijkende vrouw, om zichzelf had hij een ballonnetje geplaatst, waardoor hij afgesloten leek van zijn gezin. De tweede toonde zijn vrouw die, met naar beneden getrokken mondhoeken, haar armen beschermend om haar twee kinderen sloeg. Op hun wangetjes had Brad kinderlijke tranen getekend, dikke druppels. Hijzelf stond ernaast, een figuurtje met de handen in het haar en een grimas van wanhoop op zijn gezicht. Boven zijn rechterschouder zweefde een groot hart, met een klein figuurtje erin, een man.

De toekomst werd gevormd door twee lachende kinderen, met aan elke zijde een van de ouders, een hart als een blije ballon boven het tafereeltje. Een leeg hart, de man erin was verdwenen. Het gaf me te denken, maar wat me het meest trof was de uitdrukking op het gezicht van de laatste Brad. De wanhoop had plaats gemaakt voor niets.

Cathy klapte in haar handen. 'We hangen de oogst op.' Ze klopte op de wit gestucte muur. Ik had extra sterke tape gekocht, want de vorige keer bleven de vellen naar beneden rollen en dat was uitermate storend als mensen hun diepste gevoelens en levensvragen met elkaar deelden.

Even later staarden we zittend op de grond naar de tekeningen. Alleen Cathy zat op haar stoel. We zwegen enkele minuten en ik zag de ogen van de deelnemers van de ene naar de andere tekening dwalen. Dat was goed. Nieuwsgierigheid naar elkaars verhalen was een voorwaarde in elke groep. De terughoudende Ola keek gebiologeerd naar Lucs kunstwerk. Het stak er met kop en schouders boven uit, moest ik toegeven. Die man was een multitalent. Vroeger was ik jaloers op mensen die zo veel gaven cadeau hadden gekregen van de natuur, hun ouders of wie dan ook. Het bevestigde me in mijn overtuiging dat de wereld een absoluut onrechtvaardige plek was waar geluk, pech en willekeur heersten. Na mijn eigen retraite was ik daar anders over gaan denken. De prijs die Luc betaalde voor al zijn talenten kon wel eens aanzienlijk hoger zijn dan het genoegen dat hij eraan beleefde.

Catherine keek vergenoegd naar de opbrengst van het creatieve halfuurtje. 'Tijd voor de verhalen achter de tekening?' vroeg ze.

Er werd geknikt en gehumd.

'Mee eens,' zei ze opgewekt. 'We gaan ze een voor een bespreken en ik vraag jullie daarbij te helpen.' Ze haalde even diep adem en strekte haar rug. 'Voordat de eigenaar van de tekening een toelichting geeft, vertellen de anderen wat de tekening intuïtief oproept.'

Ik wist nog hoe de opmerkingen van anderen me hadden geraakt bij mijn eigen tekening. Er zat oneindig veel meer in dan ik vermoed had.

'We beginnen bij jou, Ola. Akkoord?' Ola's zelfportret hing het meest links.

Ola knikte gelaten. 'Laat maar komen.'

Ola

Wat een gezever. Tijdens haar MBA had ze een week lang opgesloten gezeten met een groep om haar aantekening groepsdynamica te halen, altijd handig op het cv van een management consultant. Daar was ze redelijk ongehavend uit gerold. Maar dit gezeik was gisteravond al onder haar huid gekropen, met die bespottelijke engel van overgave. Al had ze in de groep stoer gefulmineerd dat ze haar verstand niet wilde uitschakelen en overgave onzinnig vond, de herinnering aan Jaceks woorden bleef maar terugkomen. 'Jij weet niet wat overgave is, Ola,' had hij haar verweten, 'je bent altijd beheerst en hebt alles onder controle.'

'Ik ben netjes,' had ze geprotesteerd. 'Een beetje perfectionistisch misschien en ik wil graag overzicht.'

'Overzicht over wat, Ola? In je werk zul je het nodig hebben, maar ik ben geen project dat je in stukjes opknipt en aanstuurt. En een beetje perfectionistisch? Laat me niet lachen, dat is een contradictio in terminis en zeker bij jou. Alles moet perfect, mijn sokken moeten bij mijn broek passen, je wilt mijn harige enkels er niet tussendoor zien piepen, ik mag geen boer laten als ik een biertje drink en je sleurt me verdomme elke zes weken naar de kapper. Ik haat het. Ik wil gewoon,' hij had haar hulpeloos aangekeken, 'ik wil gewoon mezelf kunnen zijn en vooral wil ik dat je dan van me houdt.'

Ze had hem niet geantwoord, een dag later was hij vertrokken en achteraf gezien was het vooral haar gekrenkte trots die haar in een lamme periode van rouw stortte, waarin ze wekenlang passief in bed bivakkeerde, puur uit ongeloof dat ze zomaar de bons had gekregen. Hij had gelijk, ze had zich niet aan hem overgegeven in de drie jaar dat ze samen waren. Natuurlijk, ze vreeën en ze kwam heus wel eens klaar, maar ze wist donders goed dat hij het niet had over fysieke overgave. Ze woog hem steeds meer en bevond hem iedere keer te licht. En elke keer dat ze dit deed, meestal in stilte, voelde hij dat. Jacek was echt wel slim en gevoelig, eigenschappen waar ze ooit voor gevallen was, maar die niet genoeg bleken als tegenwicht voor zijn plattere eigenschappen. En dat ze nou uitgerekend die engel pakte, idiote willekeur, ze was zo spiritueel als een ui. Maar al met al zat ze er nu mooi mee en die tien dagen grijnsden haar aan. In die tijd kon Mariusz heel wat verkloten voor hun bedrijf. Ze hield haar hart vast en telefoneerde en mailde in elke vrije minuut – dat waren er bar weinig trouwens – met hem of andere collega's. Na de community building gisteravond had ze zelfs een klant gebeld, die haar tot ver na middernacht bezig had gehouden met de toestand in zijn bedrijf. 'Ik heb toch het liefste jouw advies,' teemde de man vlak voor ze ophing.

Ze had onhoorbaar gezucht en iets algemeens gemompeld, waarmee ze noch de klant, noch haar collega's afviel. *Story of my life*, dacht ze toen ze ophing; Ola lost het wel op, Ola is de vleesgeworden betrouwbaarheid en verkoopt met haar scherpe verstand nooit knollen voor citroenen. Ze was zelf in de mythe gaan geloven. En natuurlijk vond ze het wel vleiend, moest ze eerlijk toegeven. Het was niet leuk om klanten te horen klagen over collega's, maar heel vaak was ze het in de grond eens met hun kritiek, al werd die soms uitvergroot. Feitelijk wás er in hun bedrijf niemand zo doortastend als zij. En ook de twee mannen in haar leven leunden al vijftien jaar op haar.

Tot haar schrik had ze ze getekend, haar broer Sebastian en papa, ingekapseld in een uithoek van haar hersenpan, waar ze toch altijd van zich deden horen. Hun bestaan vormde een even liefdevolle als knagende constante in het hare. En na Sebastians heugelijke nieuws knaagde er nog meer. Sebastian had haar verzekerd dat ze zijn vriendin graag zou mogen, maar ze kon het zich niet voorstellen: geen enkele jonge, slimme vrouw zou ooit kiezen voor haar lieve, maar buitenwoon onpraktische en wereldvreemde broer. De schaamte die met die gedachte kwam, duwde ze weg. Het was toch gewoon zo? Ze hield van papa en Sebastian, ze waren haar familie, maar het waren kinderen in een volwassen lichaam. Vooruit, een goede kop hadden ze allebei, maar een relatie vroeg meer.

Een vriendin zou het tere evenwicht in hun gemankeerde gezin verstoren, want tenzij het wicht een heilige was, kon er niets dan rampspoed van komen. Maar dat onwaarschijnlijke geluk zou haar broer niet zijn gegund. In het beste geval was het een haai-baai die viel op Sebastians wonderschone gezicht en waarschijn-lijk vooral op de forse erfenis in de vorm van het grote huis in een van de duurste straten van Gdansk. In het slechtste geval was het meisje echt verliefd op Sebastian en dacht ze dat haar liefde hem uiteindelijk zou openen.

Haar moeder had zich laten verblinden door haar vaders schoonheid, zijn adellijke titel en het grote huis. De zeepbel die ze eromheen had geblazen was dramatisch uit elkaar gespat.

Haar groepsgenoten leken stuk voor stuk intelligente mensen, niet de zwevers die ze verwacht had aan te treffen. Ze mocht ze ei-genlijk wel, behalve misschien die Amerikaan, die maar praatte en praatte en niets zei. Hij had het zelfs bestaan om haar twee minu-ten na kennismaking te vragen hoe ze de neergang van het com-munisme had ervaren.

De twee andere vrouwen waren een stuk ouder dan zij en het risico lag op de loer dat ze zich bij hen kleiner zou gaan voelen dan ze was, vooral geslaagde oudere vrouwen hadden dat effect op haar. 'Dat komt omdat je een moederfiguur hebt gemist in je pu-berteit,' beweerde het orakel Dorota, die met graagte psychologie van de koude grond bedreef, vooral op haar.

De vijfde deelnemer was de Franse Luc bij wie ze zich wonder-baarlijk op haar gemak voelde en die haar plaaglust kietelde. Hij praatte nog minder dan zij en tekende zichzelf onder een olifant. Wat zou hem pletten? Er kon goed een tragedie schuilen achter die droevige, bruine ogen.

Ze zat heel stil, het leek wel of ze zich schrap zette, toen de ande-ren vertelden wat haar tekening opriep. Wees niet zo bang, riep ze zichzelf tot de orde, wat kunnen ze je vertellen dat je zelf niet weet?

'Ik zie een verdrietig meisje,' zei de Britse Dee, 'met grote ogen, een en al hoofd, alsof het lichaam er niet toe doet.'

Gooi maar in mijn pet, dacht ze recalcitrant.

'Een heel vol hoofd,' vulde Brad aan, 'ik word moe als ik ernaar kijk.'

Dat zou best, zijn hoofd gaf niet de indruk erg vol te zijn.

'Die twee kleine mannetjes vallen me op,' zei Luc. 'Blijkbaar zijn ze belangrijk, maar toch zijn ze weggezet in een heel kleine hersenkwab, alsof ze hun plek moeten kennen en niet te veel ruimte mogen innemen.'

Nu ging er een schokje door haar heen. Het weinige dat Luc zei raakte wel steeds de kern.

Cathy vond het blijkbaar genoeg voor een eerste verkenning. 'Ola, wil je ons vertellen wat je hebt getekend?'

Het zou flauw zijn om te antwoorden dat ze haar hoofd had getekend en dus zweeg ze.

Na een minuut stilte vroeg Cathy vriendelijk. 'Dat was jouw toelichting, Ola?'

Ze knikte.

'Dat is voor nu genoeg,' zei Cathy, 'al vermoed ik dat er meer over te zeggen valt.'

Vast, als haar vriendin Dorota al met een batterij Jung en Freud smeet, dan mocht je van zo'n dure cursus wel iets meer verwachten. Vreemd genoeg voelde ze geen opluchting, nu Cathy de beurt doorschoof naar Sonja.

Sonja's abstracte schilderij riep een scala aan interpretaties op bij de anderen. Van dood, geweld, diep verdriet, verdrinking, tot een worsteling tussen lichaam en geest. Als ze zo bij haar hadden gefantaseerd, zou ze vast uit haar slof zijn geschoten, maar Sonja hoorde het bedachtzaam aan.

'Bijzonder dat jullie deze thema's uit mijn broddelwerk halen,' zei ze ten slotte. 'Ik denk dat jullie gelijk hebben, het zit er allemaal in. Waarom ik het getekend heb weet ik niet. De vraag was onder andere wat mijn vraag was en ik heb eerlijk gezegd geen flauw idee.' Sonja pauzeerde kort en keek toen indringend naar Catherine. 'Ik weet wel waarom ik hier ben. Ik ben hier omdat mijn man een kind wil en ik niet.' Het klonk provocerend en de hoekigheid van haar gezicht zette elke lettergreep kracht bij.

'Ben je hier voor je man?' vroeg Brad bedaard.

'In één keer goed!'

'Gelul! Jij bent hier net zo min voor je man, als ik voor mijn vrouw,' kwam Brad onverwacht scherp uit de hoek. 'Je bent hier voor jezelf, Sonja. Geen enkele vent sleept een vrouw als jij hiernaartoe. Misschien hou jij jezelf voor de gek, maar mij niet.'

Ola hield haar adem in, Sonja leek uit stevig materiaal gemaakt en best in staat Brad een draai om zijn oren te verkopen, figuurlijk in elk geval. Toch was het moedig van die Amerikaan, moest ze haast tot haar spijt bekennen.

Sonja keek heel even op haar neus, maar toen gleed er een zoetzure grijns over haar brede mond. 'Ha, ha, Brad, ik heb je gisteren bij die whisky iets te veel verklapt, geloof ik.'

Brad grinnikte: 'Ik kan ook luisteren, inderdaad.'

Misschien was ze toch te snel in haar oordeel over hem. Ze trok aan een lange pijpenkrul, met als droevig resultaat een plukje haar in haar vuist, maar de dialoog tussen die twee leidde haar aandacht snel af van haar angst voor kaalheid.

'Eén nul voor jou, Brad,' zei Sonja. 'Kun je de anderen even op de hoogte brengen?'

Hij knikte ijverig. 'Sonja's echtgenoot is de jackpot die je nog in geen miljard jaar wilt laten schieten en ze heeft dus een megaprobleem met deze twist over al dan geen nageslacht.'

'Dan is ze hier dus toch voor haar man!' nam Dee het triomfantelijk op voor Sonja.

Brad keek laatdunkend. 'Dat is wel erg kort door de bocht geredeneerd, zo lust ik er nog wel een paar. Die man peert 'm als ze niet uitkijkt en dat is het laatste wat Sonja wil. En dus is ze hier voor zichzelf, om haar eigen leven te redden. Net als ik.'

Catherine zat muisstil, ze genoot van hun gesteggel. Dit was natuurlijk de bedoeling van het groepsgebeuren. Ola ergerde zich dood. Waarom had Mariusz in godsnaam bedacht dat zij dit nodig had?

'Ola, je bent superintelligent en een betere consultant en bedrijfsvoerder dan ik, maar je hebt een missing link.' Mariusz had haar vriendelijk aangekeken bij die woorden. 'Je bent van nature superieur en daar houden mensen uiteindelijk niet van. Weet je wat verliefdheid is?'

Ze had hem duister aangekeken, waar sloeg die vraag nou weer op?

'Verliefdheid is het gevoel dat de ander je geeft over jezelf. Niets anders. En uiteindelijk gaat een bedrijf ook over dit gevoel, die vlinders. Waarom willen mensen voor je werken, waarom beulen ze zich af voor je? Wat maakt de ondernemer rijk? Het aantal mensen dat bereid is voor jou hun kostbare uren te geven. En dat doen ze alleen als jij ze een goed gevoel geeft over zichzelf. En met jouw superioriteit doe je dat niet. Eerst wel, zolang ze je protégés zijn is het goed, maar de uiteindelijke stap naar de vrije vleugels gun je ze niet, omdat jij alleen boven op die rots past. Dus Ola, voor ik mijn bedrijf in jouw handen leg, wil ik dat je een treetje zakt, naar het niveau van de gewone stervelingen. Wat jij ook bent.' De laatste woorden zacht. Onwillekeurig had ze aan Jacek gedacht.

Tot Ola's verbijstering kreeg Sonja tranen in haar ogen na Brads laatste opmerking.

'Ja, ik ben hier voor mezelf. Ik zou godverdomme willen sterven voor Kagysoo.' Woest veegde ze over haar ogen en perste toen een grimasje tevoorschijn. 'En dat is niet alleen omdat het een lekker ding is zonder weerga, al helpt het wel. Hij is mijn man. Zo simpel is het.'

Wat moest het heerlijk zijn iemand te hebben die simpelweg jouw man was. Ola voelde een scheutje jaloezie in haar lege maag, of was het banale trek? Tot nu toe had ze de cake en soesjes weerstaan en het ontbijt leek al een eeuwigheid geleden.

'Waarom wil je geen kinderen, Sonja?' Dee klonk oprecht verbaasd, alsof bewuste kinderloosheid een bizarre afwijking was.

Nu greep Catherine in. 'Dank je, Dee, ik snap je vraag, maar we hebben nu nog niet de tijd om zo diep te gaan. Voor de lunch wil ik alle tekeningen kort bespreken.'

Dee keek haast beschaamd en mompelde een excuus.

Irritant, die voortdurende nadruk op tijd, ze hadden tien ellenlange dagen de tijd, kon het nog ruimer? Zij had met managementteams vaak maar twee dagen om een fatsoenlijk functionerend team te bouwen.

Beslist ging Catherine verder met Brads tekening, die lachwekkend eenvoudig te duiden was na zijn bekentenis van de vorige dag. Toch voelde ze iets meer sympathie voor hem na deze ochtend. Hij was eerlijk en niet dom. 'Ik wil mijn gezin geen verdriet doen en ik wil geen homo zijn,' besloot hij zijn toelichting met een diepe zucht, voor hij het laatste stukje 'ik wil niet' lanceerde: 'Maar ik wil ook niet meer zonder seks.'

'Groot gelijk!' besloot Sonja voor hem, als een soort amen na het avondgebed, waarna ze allemaal in de lach schoten.

Lucs prachtige huiveringwekkende metafoor was de voorlaatste in de galerij der gekwelde zielen. Unaniem prezen ze zijn tekentalent. De olifant stond model voor Lucs zware last en al bedoelde het dier het niet slecht, af te lezen aan zijn neutrale gezichtsuitdrukking, hij benam Luc de adem. In sobere woorden beschreef Luc zijn depressies, en deed een dappere maar wat sukkelige poging om de werkelijke pijn af te kalven, die er toch in doorklonk. Het liefst had Ola hem net als haar broer Sebastian even geknuffeld.

Ze moest even slikken bij de naïviteit van Lucs toekomstbeeld. Had zij haar hoop al opgegeven op een gezin, of waarde ook in haar diepste krochten het verlangen naar een man en kind rond?

Aan het einde van de sessie voelde ze zich wat katterig en vaag beschaamd dat ze zo weinig van zichzelf had laten zien. Groepsdwang, dacht ze geërgerd, levensgevaarlijk. Ze moest haar doel voor ogen houden: deze tien dagen zonder kleerscheuren doorkomen en dan als een raket door naar de top.

Leilah

Met de tekeningen van Sonja en Luc dreigde de ochtend te eindigen met levensvragen rond het al dan niet hebben van een gezin en kinderen, iets wat ik me nooit had afgevraagd. Zodra Gerald en ik getrouwd waren was ik zwanger, toen een absolute vanzelfsprekendheid. Waarschijnlijk gold voor Dee hetzelfde.

Haar treinentekening, de laatste deze ochtend, werd door niemand juist geduid, iedereen dacht dat de tekening stond voor Dees verlangen om te gaan reizen of iets in die trant. Wie verwachtte ook dat zo'n stevige vrouw gegijzeld werd door een irreële angst?

'Tot voor kort dacht ik dat ik mijn leven goed voor elkaar had,' begon Dee haar toelichting. 'Een man, twee volwassen dochters die nog thuis komen, een mooie carrière.' Ze pauzeerde even en zei toen aarzelend: 'Hooguit wat saai, maar dat is natuurlijk een volstrekt luxeprobleem.' Een onzinnige uitspraak van de verstandige Dee. Niet voor niets waren mensen tijdens een oorlog soms gelukkiger dan erna. Verveling was dodelijk.

'Sinds een tijdje ben ik bang dat ik voor de trein zal springen en dat is knap lastig, want ik forens voor mijn werk met die krengen.'

De monden vielen nog net niet open.

Om twaalf uur waren we klaar met de tekeningen en kreeg de groep zijn eerste echt lastige opdracht, zonder Cathy en mij. Ik zou graag even om het hoekje kijken hoe ze het eraf brachten. In mijn groep was dit eerste obstakel destijds gepaard gegaan met een gesteggel van jewelste, maar goed, die bestond toen wel uit tien personen.

'Het gaat goed, zover, vind je niet?' Tevreden stopte Cathy een soesje in haar mond, het fijne streepje room dat op haar kin belandde, veegde ze nonchalant weg.

Ik knikte, al was ik een beetje onzeker over mijn eigen oordeel.

Ik had eigenlijk geen notie wanneer het goed of niet goed ging en werd daar door mijn ervaringen als trainee bepaald niet stelliger in. Soms dacht ik dat het proces heel goed liep en dan was Cathy opeens uitermate zorgelijk, maar ook het omgekeerde kwam voor.

'Wil je even rusten?' vroeg ik.

Ze wuifde mijn voorstel wat bozig weg. 'We gaan zo eten, Leilah.'

'Ik dacht aan een powernap,' probeerde ik.

Hoofdschuddend keek Cathy me aan. 'Stop daar nou eens mee, Leilah, ik weet dat je het goed bedoelt, maar ik kan dondersgoed voor mezelf zorgen en dat is meer dan jij kunt beweren.'

Ik schrompelde ineen en haatte mezelf nog meer om die instinctieve toevlucht tot nederigheid. Alles wat ik nu zou zeggen of doen, zou bijdragen aan mijn ondergeschiktheid. 'Dan ga ik zelf een powernap nemen,' mompelde ik dus maar.

Cathy grinnikte droog, ze wist net zo goed als ik dat ik overdag niet kon slapen. Het kostte me 's nachts al moeite genoeg.

Mijn kamer was schoongemaakt en het strak opgemaakte bed lokte me niet. Heel even spookte de gedachte door mijn hoofd dat ik de komende dertig minuten veroordeeld was tot deze ruimte, om mijn leugen van het slaapje te staven, maar tegelijkertijd schaamde ik me voor die kinderlijk stiekeme gedachte, wat ook al niet positief bijdroeg aan mijn zelfbeeld. Soms wanhoopte ik of ik er ooit zou komen, op het autonome platform Leilah, waar Cathy mijn toekomst zag.

Ik hernam mezelf en trok mijn gymschoenen aan.

Een halfuur later schoof ik als eerste aan voor de lunch, met frisse wangen. Ik had een zalig rondje bos gedaan.

Cathy volgde snel. 'Ze zijn er nog niet uit,' grinnikte ze. 'Wij tasten maar toe, vind je niet?'

De lunch was mijn favoriete maaltijd hier, al was er niets mis met het ontbijt en diner. Ik was verzot op de kroketten gevuld met kalfsragout. Ik kende geen enkel land waar ze die serveerden. Meestal bleef er wel een over, die ik dan deelde met Cathy. Ook de uitstekende kwaliteit van het Nederlandse brood bleef me verbazen, hoe donkerder, hoe beter. Zeker drie keer in de week werd er bovendien verse rauwe haring opgediend en al gruwden sommigen ervan, mij kon je ervoor wakker maken. Cathy en ik schuifelden haast smakkend van voorpret langs de buffettafels, toen de groep binnenkwam, giechelend. Dat leek me een goed teken. Ze sloten aan in de korte rij.

Sonja gaf uitleg over alle Hollandse etenswaren en dankzij haar reclame vonden de kroketten gretig aftrek. Spijtig genoeg ging de schaal schoon op.

'Als we zo doorgaan kom ik in elk geval als een tonnetje terug,' zuchtte Dee. Leek me onzin, want Dee was best slank, al wist ik uit ervaring dat je een buikje aardig kon verhullen in goed gesneden kleding.

'Tien mille lichter, tien kilo zwaarder,' grapte Brad.

Cathy fronste een wenkbrauw, ik wist dat ze een hekel had aan toespelingen op de prijs van de cursus.

'Daar doe ik het voor,' glimlachte de magere Luc.

'Bluf!' riep Sonja vrolijk. 'Moet je dat bord van jou zien, drie blaadjes sla.'

Dat was overdreven, maar Lucs bord was inderdaad bescheiden gevuld met rauwkost en een klein stukje haring. 'Rustig maar, eerste gang,' zei hij bedaard. Zijn tweede gang was inderdaad overmoediger met een bord vol warme lunchgerechten.

Ola prikte in een stukje kaas. 'Niets vergeleken bij onze Poolse kazen,' verzuchtte ze en de anderen grijnsden. 'In Polen is toch alles beter, Ola!' zei Brad.

Ola lachte zowaar.

De stemming in het clubje was veranderd en ik was erg benieuwd naar de uitkomst van hun conclaaf.

Sonja

Ze had helemaal geen lekke band op weg naar dit gat. Koudwatervrees op het laatste moment had haar vertraging veroorzaakt. Kagysoo was onverbiddelijk: 'Je gáát Sonja. Kom op, wees een grote meid.' Het had haast spottend geklonken, maar zijn ondertoon was onwrikbaar. Ze wist niet goed waar ze bang voor was. In haar opleiding tot psychotherapeut had ze ettelijke leertherapieën ondergaan, deze tiendaagse retraite kon weinig nieuws brengen. Dus waarom zou ze zich druk maken?

Heel soms kwam de zwarte tijd in haar leven nog naar boven, een deel van die pijn zat definitief in haar. Ze was ermee vertrouwd geraakt als met een chronische ziekte; lastig maar hanteerbaar. Toch zag ze op tegen het gewroet van de toverkol, zoals ze Catherine in stilte noemde. Als geen ander wist ze dat roeren in een beerput nooit zonder risico's was. De deal was echter glashelder: als ze na de retraite nog steeds vasthield aan haar keuze voor kinderloosheid, zou Kagysoo zich erbij neerleggen. Ze had hem beloofd dat ze zich open zou stellen. Daar hield ze zich in elk geval goed aan, bij de eerste de beste gelegenheid raakte ze al in tranen.

Het was interessant om nu eens zelf cliënt te zijn, daar kon ze in haar eigen praktijk profijt van trekken, al deed ze weinig groepen en was ze al helemaal niet van de Tavistock. Het gedoe leek op de ouderwetse psychoanalyse. Beetje geld uit de zak kloppen van getormenteerde, wanhopige mensen door luie therapeuten die zich evenmin raad wisten met de pijn van het bestaan als hun slachtoffers.

Helaas moest ze toegeven dat het vrije proces effect had, zoals vanochtend met die onmogelijke opdracht.

Giechelig zaten ze bij elkaar na het vertrek van Catherine en Leilah.

'Lekker dan,' verwoordde Brad ieders gevoel.

'We maken hier geen tweede community building van,' zei Dee strijdvaardig, 'we zullen ze een poepje laten ruiken.'

Grappig hoe het werkte, prompt werden Catherine en Leilah van hun helpers tot de vijand gebombardeerd.

'We maken gewoon een willekeurige indeling,' stelde Ola koeltjes voor. 'Dan zijn we ervanaf, mij maakt het toch niet uit.' Ze keek de kring rond voor bijval.

Dee keek bedenkelijk. 'Dat weet ik niet hoor, ik wil de opdracht wel goed doen, volgens mij is het belangrijk.'

Catherine had ze de opdracht gegeven samen te bepalen wanneer ieders 'geval' zou worden besproken en wie diegene als maatje ter zijde zou staan.

'Ik heb wel een voorkeur,' zei Luc verrassend genoeg.

Ola haalde haar schouders op in een berustend gebaar.

'Hoe zullen we het doen?' Brad stond op, ging bij de flip-over staan en sloeg een maagdelijk vel op. 'Ik schrijf wel.'

'Maak er een matrix van.' Ze had weinig verstand van wiskunde maar als er twee variabelen aan elkaar gekoppeld moesten worden, kwam ze er nog wel uit.

'Een matrix, Sonja,' herhaalde Brad haar woorden, intussen al ijverig lijnen trekkend met de dikke stift.

'Het is een soort logigram,' vulde ze aan. Vakanties lang had ze puzzelboekjes vol gepriegeld met potlood. Na een vergissing gumde ze de vakjes uit en kalkte ze over, net zolang tot de oplossing zich openbaarde. Wie was waar, op welk moment en met wie of waarom. Deductieve puzzels waren precies de juiste prikkeling voor de hersens van een psychotherapeut op vakantie. Geen ongerijmdheden die de menselijke psyche kenmerkten, nee, in het logigram regeerde de logica: streep af en de diagnose is een onomstotelijk feit.

Nog geen halve minuut later had Brad een schema met lege vakken getekend. 'En nu, Sonja?'

'Nu is de vraag waar we beginnen,' zei ze droog. Het makkelijkste was natuurlijk de volgorde: wie gooide als eerste zijn probleem in de groep voor een diepgaande analyse. Hoewel, gemakkelijk; wie had er zin om met de billen bloot te gaan? Zij niet in elk geval. Dus ook dat kon nog een dobber worden. Maar wat haar betrof zat de uitdaging in de andere variabele.

'Ik wil wel met Brad,' hakte Luc die knoop door.

Door dit onverwachtse aanzoek raakte Brad van zijn stuk en zwaaide wat onzeker heen en weer met de stift in zijn rechterhand.

'Prima, we beginnen met de wie-steunt-wie-vraag,' hielp ze hem.

Opgelucht schreef Brad zijn eigen naam achter die van Luc in het betreffende vakje.

'Bofkont,' zei Dee, 'jij hebt de eerste dans te pakken.'

Toen begonnen ze allemaal te lachen.

'Terug op de lagere school en ik ben net gekozen voor basketbal,' giechelde Brad.

'Dat is een van de voordelen van een communistisch land,' pochte Ola, 'dat soort dingen deden we niet. Wij werden gewoon ingedeeld.'

'Och arme,' zei Sonja vrolijk, 'wat heb jij veel gemist. Dat maak ik graag goed, wil je mij deze eerste dans gunnen?'

Met een accepterend knikje boog Ola haar hoofd. 'Gereserveerd voor u, Sonja Cronje.'

En zo werd het een heel vrolijke kiesronde, waarin iedereen zijn of haar voorkeur uitsprak voor de persoon die ondersteuning zou bieden op de pijnbank die wachtte. Om volstrekt duistere redenen koos zij voor de steun van Ola, verdorie de jongste in het gezelschap. Wat had die snelle, aantrekkelijke meid haar te bieden als het erop aankwam? Of koos ze voor Ola omdat die met haar gebrek aan levenservaring juist niet te diep zou graven?

Al was het nog zo onzinnig en kinderlijk, ze haalde opgelucht adem bij Dees woorden: 'Sonja wil jij mij steunen?'

Haastig knikte ze, gelukkig, ze schoot niet over.

De matrix vulde zich probleemloos, met alleen een lullig moment op het eind, met Brad en Dee als overblijvers.

'Voel je vrij, Brad,' zei Dee dapper. 'Het maakt echt niet uit, kies de persoon die je het liefst naast je hebt als het moeilijk wordt.'

'Dat ben jij, Dee,' antwoordde Brad vastberaden.

Nu de volgorde nog. Dat werd een stevige, want niemand wilde eerst en natuurlijk bood Brad zich toen aan. 'Mij maakt het niet zoveel uit.'

'Brad, jij steekt je nek al vaak genoeg uit, laat het nu eens iemand anders doen,' klonk Luc traag. 'Niet dat ik zit te wachten op mijn beurt...'

Ze was het met hem eens. Brad als ideale bliksemafleider maakte het de groep te gemakkelijk. 'Ik ga wel eerst, dat lijkt me een goede compensatie voor mijn late aankomst.' Vrijwel direct had ze spijt van haar aanbod, maar Brad had het al opgeschreven. 'Sonja eerste casusbespreking, met Ola als maatje,' vatte hij tevreden samen.

'Dan ga ik wel als tweede,' bood Luc aan. Glunderend vulde Brad het schema aan. Hij zou Luc bijstaan en als die ooit een kans had om zich onder dat logge grijze beest vandaan te ploegen, was dat, te zien aan Brads vastberaden uitdrukking, nu.

'Ik ben een echte derde, een beetje een vertraagde trein,' deed Dee een mislukte poging tot humor. 'Oké, Sonja?'

Ze knikte. Hoe intensief zou het zijn als iemands maatje? Vast niet zwaarder dan een gemiddelde therapiesessie die zij dagelijks begeleidde.

'Ik durf niet meer,' zei Brad na een lange stilte.

'Ja, ja, ik voel 'm al, ik ga als vierde,' sputterde Ola, met een schuin oog op Luc. Verrassend genoeg had Ola hem gevraagd. Luc had alleen een zwijgend knikje gegeven.

En zo sloot Brad voor een keer de rijen.

Daarna sloegen ze zich op de borst hoe goed ze deze uitdaging als groep hadden doorstaan en voor het eerst lachten ze samen, echt.

'Heb jij dit soort keuzes in Polen echt niet hoeven maken op school?' vroeg Brad nieuwsgierig.

'Niet zo openlijk in elk geval,' zei Ola, 'maar natuurlijk was er bij ons ook een pikorde.'

'Jij stond zeker hoog?' vroeg Brad.

Ola schokschouderde. 'Ik was goed in sport, dat telde.'

'Ik was waardeloos,' viel Luc in. 'Nog steeds trouwens. Ik raak een bal nog niet als je die in mijn handen legt.'

'Werd je gepest?' Brad, *the all american guy*, keek op voorhand meewarig. Sonja dacht dat hij vroeger vast als de beste basketbalde en waarschijnlijk, net als zij, altijd had mogen kiezen. Met haar lengte versloeg ze iedereen met het Zuid-Afrikaanse netbal.

Luc dacht even na. 'Viel mee. Mijn beste vriend was de popu-

lairste jongen van de klas, dat helpt. Zorg voor goede vrienden.'
Hij keek peinzend.

In Zuid-Afrika hielp de goede kleur meer, dacht ze cynisch.
Hoe ver zou ze gaan in haar bekentenissen aan deze groep? Hoe
ver wilde ze zelf terug? Pieter, zijn rossige huid, zijn brede mond
met de lange witte tanden, in een flits trok zijn gezicht voor haar
oog, helder alsof ze hem gisteren nog had ontmoet. Ze knipperde met haar ogen, voor het beeld vervangen werd door de nachtmerrie van de laatste keer. Ze moest aan iets anders denken, snel.
Vrienden. Marietjie met de stijve vlechtjes, haar beste vriendin op
de Hendrik de Jongschool, waar ze de apartheid met de paplepel
ingegoten kregen. Ze herinnerde zich nog het eerste moment dat
ze openlijk twijfelde. 'Mijn nanny is zwart en de liefste van de wereld, zij is niet slecht.'

De godsdienstleraar, een hoekige, afgeknepen man die ze nu
als therapeut anaal gefixeerd zou noemen en waar ze als kind een
onberedeneerbare afkeer voor voelde, kneep zijn ogen tot spleet-
jes bij haar woorden en pakte zijn houten rietje. 'Steek je hand uit,
Sonja Cronje.' Het was de eerste en laatste keer dat hij het gebruikte in hun klas. Ze had voortaan gezwegen, maar zijn zwaktebod
had haar overtuiging aangewakkerd. Nophumzile was zwart en
wiegde Sonja als ze ziek was, of haar knieën had geschaafd. Haar
nanny gaf haar aandacht, lachte haar zorgen weg, was er altijd en
leerde haar de betekenis van onvoorwaardelijke liefde. Nophumzile sloeg nooit. Zonder haar warmte zou ze nu een frigide christelijk wijf zijn zoals Marietjie, die ook na de val van het regime vol
overgave aan apartheid had vastgehouden.

'Dapper van je, Sonja,' wekte Dee haar uit het verleden.

Ze moest even diep nadenken voor ze het compliment begreep.
Shit, ze was deze middag al aan de beurt. 'Ik ging vroeger altijd
als eerste van ons gezin naar binnen bij de tandarts, dan ben je
er maar vanaf,' probeerde ze luchtig, maar de herinneringen aan
Pieter, aan Marietjie, Nophumzile hadden het verleden dichtbij
gehaald en ze voelde Zuid-Afrika weer in haar buik, de nerveuze
spanning, de angst en tegelijk het verwarrende verlangen om naar
huis te gaan.

Ze had alleen de lunch nog maar om het verboden kamertje

af te sluiten, hermetisch, want Catherine wist ervan en was volgens Kagysoo niet van de subtiele school. Natuurlijk kon Catherine niet met haar voorkennis werken en als zij haar mond hield, zou die dikke ervan af moeten blijven, bedacht ze grimmig.

Toen ze met zijn vijven de eetzaal binnenkwamen, zorgde het stille gevoel van triomf over hun gesmeerde samenwerking in de lastige keuzeopdracht voor een wat lacherige opgetogen sfeer, die Catherine en Leilah heel subtiel buitensloot. Van een stelletje kleuters de vorige avond waren ze doorgeschoten naar de puberteit, dacht ze geamuseerd. De tegen-afhankelijke groep, in jargon.

Ze plunderden de kroketten en als *running gag* werd de magere Luc maar weer eens vetgemest. Toch was het pas hun derde gezamenlijke maaltijd. Het vooruitzicht van die middag schoof wat naar achteren, maar haar maag liet zich niet voor de gek houden en ze zat veel sneller vol dan normaal. 'Ik ga nog even mijn tanden poetsen,' mompelde ze met een blik op haar horloge. Over vijf minuten werden ze alweer in de zaal verwacht.

Haar slaapkamer was fris en staande bij het open raam haalde ze diep adem. Het groene grastapijt beneden zag er aanlokkelijk vochtig uit en het zou heerlijk zijn om er haar blote voeten door te laten verkoelen en ontspannen. Ze vreesde dat het natuurschoon deze week aan ze voorbij zou gaan.

Met haastige gebaren schrobde ze haar tanden. Daarna legde ze haar handen even aan weerszijden van haar gezicht en trok de huid strak. Achtendertig, hoe lang voor ze echt over een facelift zou denken? Ze was verdomme veel te oud voor het moederschap.

En weer was ze de laatste. 'Podiumvrees,' verklaarde ze.

Ola gaf haar een kneepje in haar arm. 'Onnodig, Sonja, we helpen je allemaal, je staat niet alleen op de bühne.'

Catherine zat wijdbeens voor de groep en wreef in haar handen.

Onwillekeurig deinsde ze terug voor zoveel happigheid.

Iedereen zweeg.

'Sonja, wil je je tekening van de muur halen?' vroeg Catherine vriendelijk.

De tape zat behoorlijk vast en toen ze haar kliederwerk omhoogheld, zag ze er stukjes stucwerk aan hangen.

'Leg het vel maar in het midden van de kring.'

Wat had ze in godsnaam bedoeld met deze warboel van rode en zwarte vegen en halen?

'We gaan je helpen je vraag scherper te krijgen, Sonja. We spreken een paar dingen af.' Catherine klapte haar handen tegen elkaar en duwde de vingers naar buiten tot het kraakte. 'Als jij vindt dat het genoeg is, zeg je stop. Bij de eerste stop kunnen wij nog doorgaan, als we denken dat het nodig is.' Ze keek haar indringend aan. 'Je hebt Ola als je maatje gekozen. De tweede stop vraag je aan haar en zij bepaalt dan of we stoppen of doorgaan. Het derde stopteken is aan jou. Bij de derde keer stop krijg je rust. Ola zit naast je en mag je troosten. Ze kan je aanraken als jij dat goed vindt. Tussentijds kun je met haar overleggen in een time-out.'

Zelf leerde ze haar cliënten altijd dat stop 'ho' was, de eerste keer! Helaas schoot haar belofte aan Kagysoo haar te binnen, ze moest deze onzin doorstaan. Ze knikte stug.

'Ola, ben jij er ook klaar voor?'

Die zei koeltjes nee. 'Ik wil nog wat aan Sonja vragen.' Ola draaide zich naar haar toe en keek haar met grote, heldere ogen recht aan. 'Wil je door mij worden aangeraakt? Als het zo uitkomt,' voegde ze er droog aan toe.

Die laatste woorden brachten een lachkriebel naar haar keel. 'Als het zo uitkomt heb ik daar geen bezwaar tegen, Ola,' antwoordde ze plechtig.

'Ik ben geboren in een traditioneel wit, christelijk Zuid-Afrikaans gezin, een hele mond vol maar elk bijvoeglijke naamwoord is relevant, ben ik bang.' Ze wist zelf niet waarom ze zo begon. Misschien bracht de bloedrode kleur in de tekening haar terug naar haar moederland, of waren het de herinneringen die zich deze ochtend aan haar hadden opgedrongen? 'Ik denk niet dat jullie weten wat die achtergrond betekent voor een meisje.' Vragend keek ze de kring rond. De hoofden schudden heel licht in ontkenning, alleen Catherine knikte dat ze ervan wist, maar maande haar door te gaan.

'Meisjes worden grootgebracht tot goede echtgenotes. Let op,' startte ze haar minicollege, 'een goede Zuid-Afrikaanse is allereerst een uitgelezen huismoeder en huisvrouw. Ze richt haar huis in met goede smaak en veel liefde, ze zorgt voor haar man en kinderen. Zij komt zelf op de laatste plaats. Overdag is ze zedelijk en gaat trouw naar de kerk, maar 's nachts spreidt ze haar benen, als het de meester in huis belieft. Zijn avontuurtjes ziet ze over het hoofd.' Ze sloot kort haar ogen. Haar moeders bittere tranen, die ze niet had mogen zien. Feilloos had ze als jong meisje de herkomst van die tranen herkend, gevoed door haar zoektochten in geheime laatjes van haar vaders bureau.

'Ze weet alles van bloemschikken, tuinieren,' vervolgde ze moeizaam, 'ze stuurt de huishoudelijke staf met straffe hand aan. Luie zwartjes, weet je wel.' Ze gaf het plafond een veelbetekenende blik en haalde adem voor het tweede deel van de lezing. 'De Zuid-Afrikaanse echtgenote stelt menu's op voor haar kokkin en proeft de maaltijd af, kort voor die worden opgediend. Ze is charmant en voorkomend en tovert elke pijnlijke situatie in een oogwenk om in een zoete grap. Ze praat zacht en alleen als haar man het goed vindt. Haar echtgenoot is haar heer en meester.'

Sonja sloeg haar linkerbeen over het rechter en vouwde haar handen om haar knie. 'Ik was geen prototype Zuid-Afrikaanse vrouw.'

Leilah

Op de derde dag werd ik wakker met een knallende koppijn. De whisky aan het einde van de intensieve tweede dag had me genekt.

'Ga mee met de groep,' had Cathy na de community building aangedrongen. 'Goed voor jou, goed voor de groep.'

Ik las 'en goed voor mij' erachteraan. Het was overduidelijk dat Cathy een moment alleen nodig had. Misschien hadden we dat allemaal wel, maar ik wist dat Cathy ook wilde weten wat er in de groep omging na vandaag. 'Vinden jullie het goed als ik aanschuif?' vroeg ik dus even later in de bar, waar de groep haar bestelling al had gedaan.

In een flits zag ik de vluchtige verbazing op het gezicht van Sonja en Ola, de anderen knikten enthousiast en trokken me in hun midden als een reddingboei.

We proostten onwennig.

'Op community building,' vond Brad toen maar. We hieven ons glas.

'Het is heel verstandig elkaar aan te kijken bij het proosten.' Ola klonk zo serieus dat onze glazen in de lucht bleven steken en niemand een eerste slok nam.

'Die Polen hebben altijd wat,' zei Luc.

Ola keek hem vorsend aan. 'Daar zit wat in,' zei ze toen, 'maar in dit geval gaat het ergens over.'

'We hangen aan je lippen,' riep Dee nieuwsgierig.

Ola keek naar haar glas en toen naar de kring. 'Als je elkaar niet aankijkt tijdens het proosten, is zeven jaar slechte seks je deel,' zei ze toen droog.

Iedereen schoot in de lach.

'Ik ben dol op slechte seks,' riep Brad.

'Slechte seks is net als slechte pizza,' was Sonja het met hem eens. 'Je krijgt er geen genoeg van.' Ik was het als kenner van het fenomeen van harte met haar oneens, maar hield mijn mond.

Toch keken we elkaar allemaal bij de uiteindelijke toost intensief aan. En bij de tweede en derde. Ik taaide om twaalf uur af. De rest was blijven zitten.

Tijdens het focusuurtje was het gekreun en gesteun niet van de lucht. Ik liep wat heen en weer, zette wat ledematen recht en knorde aanwijzingen, blij dat ik zelf niet mee hoefde te doen.

Na het tweede drankje waren de tongen losgekomen en was het geklaag over community building niet van de lucht. 'Wees nou eerlijk, Leilah, het slaat toch nergens op dat jullie daar als een stel lijzen zitten?' Brad was oprecht verontwaardigd.

Ik had geen antwoord, helaas wist ik zelf nog steeds niet waar de avondsessies over gingen.

'Het is te idioot.' Dees stem klonk zacht, het was moeilijk voorstelbaar dat deze tengere vrouw een academisch ziekenhuis runde met duizenden arbeidskrachten. En behoorlijk succesvol ook, volgens mij zat haar tent in de top vijf. 'We hebben vandaag zo hard gewerkt samen, we hebben zelfs die lastige opdracht waarin we moesten kiezen perfect gedaan. We helpen elkaar de hele dag, we hebben lol, we praten gewoon...' Ze keek verbijsterd om zich heen. 'En dan zitten we daar om acht uur 's avonds samen en worden we gereduceerd tot een stelletje hersendode fossielen.'

De tweede community building had inderdaad nog minder gespreksstof gebracht dan die van de eerste dag. Het bleef vreemd om er als trainee bij te zijn. Ik mocht niets zeggen, maar ik voelde hun spanning. Net als zij telde ik de minuten, en ook de woorden. Het was miraculeus stil, stiller dan ik ooit had meegemaakt in een andere groep. Misschien kwam het door hun beperkte aantal, misschien ook niet. Er zaten een paar stevige karakters in deze groep die misschien niet wilden praten. Cathy zou er zo meteen haar licht weer over laten schijnen.

Na de focusoefening had ik een kwartiertje samen met Cathy in de zaal. Ik vertelde haar over de gesprekken in de bar.

'Mm, dus alcohol maakt de tongen wel los,' zei ze. 'Ze zijn boos op ons, dat is mooi.'

Tijdens haar lezing even later was er van die boosheid niets te merken. Het groepje luisterde haast verslagen naar haar interpretaties van de vorige avond en ze gaven nauwelijks respons op Cathy's vragen. 'Wat gebeurt er in jullie groep als Leilah en ik zwijgen en jullie dus alle ruimte krijgen om de vloer te vullen?'

Het bleef stil.

'Hetzelfde als nu,' zuchtte Cathy. 'Help me eens mensen, ik kan geen gedachten lezen.'

'Ik heb geen antwoord,' zei Dee ten slotte, 'ik vraag mezelf continu af wat er gebeurt in die bijeenkomsten. Ik weet het niet, ik zit anders nooit zo met mijn mond vol tanden.'

'Hoe voelt het?'

'Beroerd.'

'Maak dat eens specifieker.' Cathy klonk ongeduldig.

'Ik ben doodsbang dat ik iets stoms zeg.'

'En verder,' drong Cathy aan.

'En verder...verder ben ik boos omdat jullie erbij zitten als een stel opgezette pauwen,' de woorden schoten uit Dees mond en ze werd knalrood.

Niemand lachte.

'Opgezette pauwen, interessant.' Cathy herkauwde Dees metafoor, begon toen breed te grijnzen en gaf daarmee het startsignaal voor een sneeuwbalgrinnik, die door de hele groep gleed en makkelijk in de slappe lach had kunnen ontaarden. Daar stak Cathy natuurlijk een stokje voor. 'Waarom een pauw, Dee?' vroeg ze serieus. 'Welke eigenschappen heeft dat dier volgens jou?'

Dee duwde haar krulhaar achter haar oren en wreef over haar gezicht. 'Ik zei zomaar wat.'

'Gelul,' zei Cathy. 'Help haar eens: wat is een pauw voor een dier?'

'Een arrogante opschepper, een mooi ding waar je niets aan hebt,' riep Brad.

'Ver verheven boven het gepeupel,' voegde Luc zowaar toe.

'Onaantastbaar, onaanraakbaar,' kwam Sonja.

Cathy hief een mollige arm op, ten teken dat het genoeg was. 'Akkoord, dus Leilah en ik zijn arrogant, onaanraakbaar en ver boven jullie verheven,' zei ze. Vervolgens legde ze op haar onmiskenbaar virtuoze wijze de relatie met hun eigen leiderschap en empowerment. Ook ik hing weer aan haar lippen.

'We nemen onze verantwoordelijkheid niet zelf,' concludeerde Dee zuchtend. 'We kijken allemaal met grote ogen naar de leider voor het startsein. Deprimerend gedrag voor een stel volwassenen.'

De rest zweeg lamgeslagen.

'Vanavond de herkansing,' zei Cathy opgewekt. 'En nu thee en scones.'

Dee

De vorige dag hadden Sonja en Luc hun verhaal ingebracht, waarbij dat van haar in het niet viel. Ze wist heus wel dat het geen wedstrijd was, maar in vergelijking met die twee was haar bestaan rimpelloos en haar treinfobie een milde eigenaardigheid: lastig maar niet onoverkomelijk. Zolang ze niet echt sprong wel te verstaan en ze was er dichtbij geweest, die laatste keer op Paddington Station. De weken erna bracht Jeff haar steeds naar het ziekenhuis, wat voor hem haast een dagtaak vormde en op lange termijn geen oplossing bood.

Vlak voor ze met de billen bloot moest maakte ze Catherine en Leilah nog even voor opgezette pauwen uit. Het moesten haar gespannen zenuwen zijn, die de ontremde woorden eruit deden floepen. Als Catherine haar nu maar niet extra hard zou aanpakken.

Drie keer had Sonja stop geroepen, de derde keer was ze razend. 'Stóóóp godverdomme, laat me met rust.'

Iedereen was geschrokken, alleen Catherine zei stoïcijns. 'Uitstekend Sonja, genoeg voor vandaag.'

Blijkbaar hanteerde Catherine geen standaardaanpak, want bij Luc trad ze oneindig veel voorzichtiger op. Van de drie stops die hij ter beschikking kreeg, gebruikte hij er geen een. 'Heb ik er de volgende keer zes tegoed?' vroeg hij na afloop met een klein lachje.

Als antwoord gaf Catherine hem een knuffel waar hij haast in bleef. Geschrokken en bleek ontving hij daarna de groepsknuffel. Met zijn zevenen stonden ze in een nauwe kring, been aan been, romp aan romp, de armen stijf om elkaar heen, de hoofden naar voren gebogen zodat hun kruinen elkaar haast raakten. De warmte stroomde door Dees armen en lijf, alsof het 'haar' knuffel was.

Bij Sonja had het nog wat houterig gevoeld, misschien omdat het de eerste groepsknuffel was, misschien door de heftigheid van Sonja's verhaal en haar woeste reactie aan het einde. 'Godverdomme, ik ga daar niet naar terug, klerewijf, al trek je tot je een ons weegt,' had ze tegen Catherine geroepen na haar langgerekte 'Stóóóp.'

De trein rechtsboven was het best gelukt, vooral de stompe neus leek levensecht, maar alle andere exemplaren leidden de aandacht ervan weg. In haar wens haar doodsangst aan de anderen over te brengen, had ze er te veel getekend. Het resultaat zag eruit alsof een zesjarig jongetje, dat droomde van een loopbaan als conducteur, zich had uitgeleefd.

Sonja, haar steun voor deze ochtend, gaf haar een bemoedigend knikje. Gisteren had ze bij de Zuid-Afrikaanse gezien hoe waardevol een maatje kon zijn. Ola had zich serieus van haar taak gekweten en haar bewondering voor de jonge vrouw was met sprongen gestegen. Bij Sonja's tweede stop duwde Ola door, rustig maar beslist. 'Sonja, het is moeilijk, maar dat weet je. Je bent hier met een reden en je kunt het aan.' Sonja had geknikt, de tranen stonden in haar ogen. Daarna had Catherine nog geprobeerd door te duwen. Bij Sonja's derde stopkreet lag de verscheuring op de loer, heel dichtbij. Sommige herinneringen waren veilig opgeborgen op een plek waar ze hun verscheurende werking niet langer konden doen. Er moest iets vreselijks zijn gebeurd in Sonja's leven, maar ze had geweigerd het los te laten. Uiteindelijk had Catherine Sonja met rust gelaten.

Sonja's angst boezemde Dee ontzag in. Niet dat Dee zelf trauma's had in die orde van grootte. Niets te vrezen en toch bang, dacht ze cynisch. In een impuls pakte ze de hand van haar maatje en kneep erin. Sonja kneep geruststellend terug.

Laat maar gebeuren, probeerde ze dapper te denken en ze haalde diep adem voor haar startzin. 'Over de tekening kan ik niet veel meer zeggen dan ik gisteren al heb gedaan. Ik heb een treinfobie, een angst voor controleverlies. Ik weet bij god niet waarom en hoe ik eraan kom, maar ik wil er wel vanaf.' Hulpeloos keek ze de kring rond. 'Stel maar vragen, dat helpt misschien.'

'Goed zo, Dee, dat is een eerste stap,' zei Cathy bemoedigend. 'Welke vragen hebben jullie aan Dee?'

Na een korte aarzeling schoten ze op haar af. Wanneer was ze voor het eerst bang? Had ze als kind al angsten? Was ze ook voor andere dingen bang? Was ze vroeger gepest? Werkte ze hard? En nog veel meer niet-treingerelateerde vragen.

Net toen ze vond dat het op een peloton begon te lijken, greep Catherine in. 'Genoeg voor nu.' Ze hief haar hand op in een tamelijk autoritair gebaar. 'Dee, sta eens op meisje.' Catherine hees zichzelf overeind en liep uit de kring naar de grote open ruimte achter de stoelen. Daar plantte ze haar blote voeten stevig neer op het groene tapijt en wenkte haar.

Onwillig stond ze op. Waarom moest ze staan? Luc en Sonja mochten gisteren de hele tijd blijven zitten.

'Chop, chop,' zong Catherines stem haar favoriete stopwoordjes.

Moeizaam schuifelde ze naar voren. Ze voelde zich kwetsbaar op haar sokken, met haar haar los en een te strakke broek aan die in haar kruis trok. Had ze nou toch vandaag die joggingbroek maar weer aangedaan. Haar armen hingen zwaar in haar schouderkommen.

'Kom meisje, niet zo verlegen,' Catherine trok haar tegen zich aan en masseerde haar rug. De stevige handen schudden haar schouderbladen los en knepen pijnlijk in haar bovenarmen. Het was haast onmogelijk om je niet over te geven aan dit overweldigende lijf.

Net toen ze besloot dat een potje huilen een heel goede mogelijkheid was, duwde Catherine haar op armlengte afstand. 'Dee, heb jij wel eens iets idioots gedaan?'

Veel idioter dan dit kon het niet worden en dat zei ze dus maar.

Catherine sloeg haar ogen ten hemel. 'Dat bedoel ik maar. Je bent niets gewend Dee. Wie heeft die gevangenis van jou gebouwd? Heb je dat zelf gedaan?'

Ze zweeg hulpeloos en ergerde zich aan haar eigen onvermogen.

'Loop eens rond,' beval Catherine en duwde haar haast vooruit door het lege deel van de zaal. De ogen van de anderen prikten in haar rug.

'Vertel ons eens wat over je huwelijk, Dee.'

Haar huwelijk? Daar kwam ze toch niet voor? Jeff was haar man, punt uit. Van onder haar oksels gleden zweetdruppeltjes naar beneden de strakke broekband in. Haar benen stapten in slow motion naast Catherines stevige gestalte. 'Jeff en ik zijn al dertig jaar samen,' begon ze moeizaam. 'Hij is een goede man.'

'Een goede man, daar hebben we wat aan! Ik val in slaap.'

Dee stond stil. 'Ik snap het niet, wat wil je?'

'Lopen,' zei Catherine dwingend, op het randje van onvriendelijk. 'Een goede man. Hoe bedoel je: goed in bed?'

Haar gedachten werden nog verwarder, waarom deed Catherine zo? Bij Sonja had ze onverbiddelijk gebeukt, Luc had ze met zachte hand geleid, maar bij geen van beiden had ze zulke impertinente vragen gesteld. Waarom riep zij dit op, wat wilde Catherine bereiken? En hoezo goed in bed? Het was vast eeuwen geleden sinds Catherine zelf genomen was, dacht ze kwaad. 'Wat wil je?' vroeg ze boos.

Catherine zuchtte nu ostentatief. 'Wat ik wil? Volgens mij gaat het niet om wat ik wil, Dee. Wat wil jij? Wil je leven in je donder voelen, of is het enige leven dat jij wilt voelen die gecultiveerde angst op Paddington Station?'

Wat oneerlijk. Haar angst was oprecht en afschuwelijk. Catherine fokte haar op, ze moest rustig blijven ondanks de provocatie. Hoezo eigenlijk? Wilde ze rustig blijven? Was ze het niet volkomen zat om altijd en eeuwig de kalme rationele Dee te zijn, door niets van haar stuk te brengen?

'Nou Dee, wat wil je? Braaf meisje spelen? Suffe directeur en echtgenote alias moeder met een kick voor treinen?'

Bij die laatste sneer draaide de knop om en ineens stroomden de woorden vanzelf. 'Nee godverdomme, ik wil af van die kutangst, die ik volgens jou cultiveer. Ik wil seks met drie dikke negers tegelijk, ik wil mijn raad van toezicht in het gezicht spuwen en mijn dochters met de koppen tegen elkaar slaan omdat ze elkaar het licht in de ogen niet gunnen. Ik wil de theepot op mijn moeders hoofd omkeren op zondagmiddag. Elke zondagmiddag! Ik laat Jeff opnemen in een verpleeghuis en voor mijn part krijgt hij elke dag een hartaanval, zolang het maar niet boven op mij is. Ik wil in mijn neus peuteren in de trein. Ik wil, ik wil...' Uitgeput zweeg ze.

Catherine legde haar handen zwaar op haar schouders. 'Goed zo, Dee, goed gedaan meisje.'

Ze beefde en leunde minutenlang achterover tegen het machtige lijf, waarvan de stevige armen haar vasthielden en wiegden. Langzaam kwam ze bij en de eerste congruente gedachte was een vreselijke. Ze had dikke negers gezegd en Sonja, haar maatje nog wel, leefde samen met een zwarte man. Het zweet brak haar uit, haar lichaam verstrakte.

'Wat is er, Dee?' vroeg Catherine zacht.

'O, jezus, ik schaam me dood.'

'Niet doen.' Catherine klonk haast onverschillig, maar de woorden hielpen geen reet tegen de schaamte. Vuurrood keek ze naar Sonja in de halve kring, waarvan de stoelen en gezichten nu naar haar toe gekeerd waren. 'Sorry, Sonja, ik bedoelde niet, ik wou niet.. van die seks met..' ze kon haar zin niet afmaken, eenvoudigweg omdat het te gênant was.

'Seks met drie negers daar weet ik het fijne niet van, Dee. Daarop moet ik het antwoord schuldig blijven.' Sonja klonk haast spijtig, maar vrijwel direct klaarde ze op. 'De fabeltjes over seks met zwarte mannen hebben beslist een kern van waarheid in zich, Dee, dus ik begrijp je volkomen. Laten we er vanavond met een whisky eens over doorbomen.'

Brads lachsalvo brak elk restje spanning en in no time lagen ze allemaal dubbel.

'Die Dee,' gierde Ola.

'Stille waters, diepe gronden,' gaf ze een halve minuut later bescheiden toe.

'Dat van die theepot was ook lollig,' vond Luc, 'vooral elke zondag. Dag ma, daar gaan we weer.'

Nu werd de hilariteit Catherine blijkbaar te gortig. 'Je hebt het heel goed gedaan Dee,' zei ze serieus, 'laten we een kop thee pakken en rustig verder praten.'

'En ik heb niet eens stop gezegd.'

'We zijn nog niet klaar, Dee.'

'Ik ben het braaf zijn soms zat,' gaf ze even later toe, haar kop thee op haar knie balancerend. 'Hard werken, zorgen voor anderen, slank blijven, mijn haar verven, flossen tegen een slechte adem, beleefd zijn in winkels en tegen onbehouwen taxichauffeurs. Elk weekend high tea met mijn moeder, inderdaad. Godallemachtig, ik ben Britser dan de koningin.'

Wat was ze een slapjanus in vergelijking met de onconventionele Sonja, die weigerde het Zuid-Afrikaanse juk te dragen en zich los gevochten had. Die durfde tenminste een prijs te betalen voor haar diepste verlangens terwijl zij koos voor zekerheid, altijd.

'Ik geloof alleen niet dat mijn saaie bestaan die treinfobie veroorzaakt.'

'Wat denken jullie?' nodigde Catherine de groep uit.

'Het leunt wel aan tegen *thrill-seeking*,' vond Brad.

'En Luc, wat vind jij?' vroeg Catherine.

Luc bloosde en ademde diep. 'Als ik jou hoor vertellen over je angst, Dee, ben ik eerlijk gezegd als de dood. Ik geloof niet dat je een thrill-seeker bent. Sorry Brad.' Hij keek even opzij en zei toen: 'Zelfmoord is een lastig onderwerp voor harde conclusies want bij een geslaagde poging stokt de informatie vanuit de dader, maar evengoed is de aanname wijd geaccepteerd dat suïcide vaak in een impuls gebeurt.' Hij bloosde nu dieper. 'Sorry Dee, ik wil je niet banger maken, maar ik kreeg kippenvel bij jouw verhaal van je laatste keer op Paddington, toen je echt naar voren liep.' Na zijn verhaal gisteren begreep iedereen de lading van zijn woorden. Luc vouwde zijn magere armen over elkaar en knipperde nerveus met zijn ogen en zei nogmaals 'sorry'.

'Dank je wel, Luc, voor je oprechte zorg.' Catherines stem had een liefdevolle klank. Luc leek een streepje voor te hebben bij haar. 'Ik denk dat je zorg terecht is, maar evengoed kan Dees treinfobie samenhangen met haar plichtsgetrouwe levenshouding. Laten we die hypothese eens verder onderzoeken.'

Toen volgden de eerste, tweede en derde roep om stop elkaar in rap tempo op, waarna ze trillend de groepsknuffel onderging, in het heerlijke besef dat ze voorlopig veilig was. Nu alleen Ola en Brad nog en dan kende iedereen de achilleshiel van de ander. En wat dan? Het was pas de derde dag, toch vreesde ze dat de billen nog veel bloter zouden worden en ze stond nu al in haar string.

Na de lunch hadden ze een uur vrij en het voelde alsof er een vak uitviel op de middelbare school.

'Ik ga even slapen,' mompelde Ola. Begrijpelijk, want Catherine had stevig op haar in gebeukt, overigens zonder noemenswaardig resultaat. Ola had niet een keer stop geroepen, maar haar oplossing was net zo effectief. Ze zweeg of zei: 'Mm, kan zijn', als Catherine haar een psychologische tik uitdeelde. Strontirritant en toch dwong het respect af.

'Ik heb een schattig bosje ontdekt, hier vlakbij,' riep Brad enthousiast. 'Je bent er zo. Wie gaat er mee?'

Het druilde buiten, het leek op een vasthoudend Brits regentje. 'Ik ga mee.'

Ook Sonja sloot zich aan.

'Ik ga even liggen,' zei Luc. Hij had geen zware dobber gehad aan Ola, maar misschien daarom juist wel. Niet een keer had ze haar maatje om hulp gevraagd en hij had zich niet opgedrongen.

Het rook er heerlijk. De frisse geur van nat gras mengde zich met het pittige aroma van modder en de halfvergane bladeren gaven de rottende finishing touch, als een vleugje faeces in parfum. Baldadig schopte Dee haar voeten vooruit.

Brad liep met verende passen naast haar en Sonja's lange benen maakten om de paar stappen een huppeltje om zich aan te passen aan hun tempo. Af en toe maakte een van hen een opmerking over een boom, een vroege paddenstoel of de donkergroene varens. Niemand zei iets over de ochtend of de dag ervoor. Spreken over de inhoud van hun vraagstukken leek taboe, tot Brad als eerste de stilzwijgende code doorbrak. 'Ik mis Rod.'

'Ben je homo, Brad?' De woorden schoten eruit.

'Hallo Dee, jij leert snel.' Sonja klonk oprecht bewonderend.

'Vreselijk. Sorry Brad, dat is erg on-Brits, maar waarschijnlijk in elke cultuur veel te bot.'

'Nee hoor,' Sonja schudde beslist haar hoofd, 'je gelooft het misschien niet, Dee, maar voor Nederlanders is het een heel normale vraag, die lui zijn zo bot als een bijl.'

'En weer pas ik me aan,' lachte ze scheef.

'Maakt niet uit, Dee, het is een goede vraag, die me al maandenlang bezighoudt.' Brad sloeg een arm om haar schouder en kneep erin. 'Ik weet het net zomin als jij weet of je het goede leven hebt gekozen.'

Leilah

De eerste dagen waren altijd zwaar, voor elke groep. Maar dit vijf-tal worstelde dapper tegen de zwaartekracht van hun levensver-halen en het moeizame groepsproces in de community building. Een groep met potentie, volgens Cathy.

Traditioneel viel er rond dag vier een last van de groepsleden af. De eerste geheimen waren gedeeld, posities ingenomen, er ont-stonden geruststellende patronen. Zo hadden we bijvoorbeeld Brad, de harde werker. Zelfs als Cathy ostentatief zuchtte bij zijn krampachtige pogingen de community building leven in te bla-zen, stak hij zijn nek nog uit. Die man had wat dat betreft een oli-fantenhuid en toch schemerde er kwetsbaarheid in zijn ogen.

Sonja Cronje ontdooide langzaam maar zeker en hoe meer ik van haar zag, hoe beter ik Kagysoo snapte. Deze vrouw zou nooit vervelen, elk laagje dat ze onthulde, riep een nieuwe vraag op.

Dee stond het dichtst bij me, we hadden veel gemeen, alleen be-zat zij de kracht waar ik nog steeds naar zocht. Bij Cathy's eerste stevige ram stroomde de onderdrukte energie al uit elke porie van het kleine lijf. Ik was ervan overtuigd dat alleen heel sterke óf psy-chotische mensen zich zo konden laten gaan en zonder enige twij-fel hoorde Dee tot de eerste categorie.

Ten slotte hadden we nog onze schone jongelui natuurlijk. Ola en Luc zeiden niet veel, maar áls ze dat deden, sloegen ze wel de spijker op zijn kop.

Rustdag, zoals op het weekprogramma werd aangekondigd, was een overdreven benaming, maar het programma van de vierde dag bracht inderdaad weinig nieuws. Ik wist dat de relatieve stilte de storm aankondigde, maar de groep fleurde op in de onterechte hoop dat het ergste leed geleden was. Na de focussessie in de och-tend deden we wat meditatie en 's middags kregen ze een paar uur vrijaf.

Om halfvier stond de kleurspecialiste met haar koffers voor

de deur. 'Doe jij maar mee,' drong Cathy aan en ik stemde toe, al wist ik na drie keer echt wel dat ik een herfsttype was. Het bleef leuk, het gewapper met sjaaltjes in alle kleurschakeringen die in snel tempo tegen het gezicht werden gehouden tot het seizoenstype was bepaald en de kleurspecialiste triomfantelijk aantoonde wat kleuren voor een mens deden. Het meest verrassend was Luc. De stevige consulente wierp een blik vol afkeer op zijn grijze trui en gooide er gauw een wit laken overheen. 'Een wintertype,' riep ze al na drie sjaaltjes en vervolgens drapeerde ze de ene na de andere uitgesproken kleur om zijn nek. Wij keken met open mond toe hoe de mooie maar fletse Luc in een halfgod veranderde. Ze verbood hem ooit nog grauwe kleuren te dragen. 'Wat een spetter ben je,' riep Sonja spontaan en Luc bloosde verlegen.

'Had je dat nog niet gezien?' vroeg Ola aan Sonja.

'Ho maar,' zei Luc een beetje benauwd.

'Ik wil hier wel een wijntje bij,' besloot Dee toen Brad als tweede het laken om kreeg.

Korte tijd later kwam ze terug met een fles rode bordeaux en zes glazen. Al kreeg iedereen maar een mager glaasje, de stemming erna was ronduit teut. Luc plaagde Brad, Brad aaide Dee over haar wang en Sonja en Ola dansten een tango, met vurig rode sjaaltjes om hun nek. De consulente ging stoïcijns door met haar werk.

Plotseling voelde ik me een buitenstaander. Waarom had Cathy me gevraagd erbij te zijn? De groep had me niet nodig en een middagje vrij had me vast goed gedaan. Maar zoals altijd, had Cathy vast een doel met deze opdracht. Was het niet voor de groep, dan wel voor mij. Ik moest me niet zo verloren voelen, ik had mezelf immers?

Nadat iedereen een kleurenschema had ontvangen en verrijkt was met de wetenschap of ze zilveren of gouden sieraden moesten dragen, taaide ik rond halfzes af. Het wijntje had me de genadeslag gegeven en haast huilend van vermoeidheid viel ik op mijn bed in slaap.

Bijna versliep ik me voor het diner om zeven uur. Mijn roodomrande ogen en de gezwollen wallen eronder verrieden meer dan mijn leeftijd. Vergeefs klopte ik er wat antirimpelcrème in voor ik naar beneden ging, waar Cathy al warmpjes en stralend tussen Luc en Dee in zat, met Sonja, Brad en Ola tegenover zich aan tafel. Ik nam als zevende wiel aan de wagen plaats naast Ola en voegde me moeizaam in de losse sfeer, die ongetwijfeld gestimuleerd was door een tweede fles wijn. Net als Cathy nam ik kraanwater.

'Ik kan gewoon niet geloven dat we over een uur weer als mummies naast elkaar zitten te zwijgen in die verrekte community building.' Brad nam een forse slok en schudde zijn hoofd.

'Ik ook niet,' gaf Luc toe.

'Verzin een list,' zei Sonja.

'Als we nou elke keer als het stilvalt een lied zingen,' opperde Ola.

'Welk lied?' Brad klonk direct enthousiast, alsof Ola hem een reddingsboei toewierp. 'The hills are alive,' zong hij met hoge falset het antwoord op zijn eigen vraag.

'Jakkes.' Luc keek vies.

'De Internationale,' zei Ola plechtig en alleen de twinkeling in haar ogen verraadde haar spot.

Onverwachts zette Sonja in met een Afrikaans lied. Haar onvaste stem, die af en toe slepend tegen de noten aan duwde, ontroerde wonderlijk. 'Het is een protest tegen de onderdrukking door de blanken,' verklaarde ze na de laatste noten.

'Prachtig,' zei Ola als eerste, 'dat helpt ons zeker die twee uur door, leer ons de tekst, Sonja.' Haar slanke handen begonnen een zoektocht in haar Diortas en vonden een miniblocnote en een pen. Ongelofelijk hoe georganiseerd sommige mensen waren!

'Ga je mee, Leilah?' vroeg Cathy abrupt, hoewel ik mijn hoofdgerecht nog nauwelijks had aangeraakt. De klank van haar stem was duidelijk genoeg. 'Ja, ik heb toch niet zo'n honger,' mompelde ik, schoof mijn stoel naar achteren en volgde Cathy de eetzaal uit.

'Ze zijn in het stadium van de trucs,' zei Cathy kortaf. 'Soms trappen trainees daar in, bereid je voor, Leilah. Ik heb alles al meegemaakt: toneelstukjes, rollenspel, eenakters, een groep die de hele avond zwijgt en ons verwijtend aankijkt, splitsend gedrag tussen mij en mijn trainee; ik heb alles gezien.' Ze leunde achterover. We zaten klaar in de zaal, slechts enkele minuten voor de aanvang van de community building. Ze spreidde haar dikke vingers over haar dijen en grinnikte plotseling. 'Ik heb er zin in, Leilah.'

Luc

De gedachte dat ze Catherine en Leilah te slim af zouden kunnen zijn, was naïef geweest. Na afloop van de vierde community building kon hij zich wel voor zijn kop slaan. Toen hij de zaal binnenkwam zat de personificatie van de grote grijze klaar. De gigantische vrouw benam hem haast letterlijk de adem.

Aan zingen kwam hij al helemaal niet toe, zijn stembanden weigerden dienst, alleen zijn lippen souffleerden flauwtjes het refrein dat Sonja er in korte tijd had ingestampt. Hun zang stierf een roemloze dood, ketste af tegen de muur van een doods publiek. Sonja en Ola gaven het laatst op, maar hun moed had iets deerniswekkends.

Slechts tien minuten voorbij.

Die avond in bed wist hij zeker dat hij de volgende ochtend zijn boeltje zou pakken. In opkomende paniek hapte hij liters lucht waardoor zijn buik opzwol en hij zich steeds miserabeler ging voelen. Hercontracteren zoals optimistisch op het programma van de volgende dag stond, was uitgesloten. Hij zou het contract en alle contact verbreken, deze hel leidde nergens toe. Toch kalmeerde de gedachte dat hij weg zou gaan hem niet, de druk op zijn borst nam zelfs toe. De gezichten van Brad, Dee, Sonja en Ola schemerden in het donker voor zijn ogen. Hij kon ze niet in de steek laten. Hij was geen lafaard, al leek het soms zo.

Na het vertrek van Catherine en Leilah die avond waren ze verslagen achtergebleven in de engelenzaal. Geen hulp van boven te bekennen. Zijn engel van vertrouwen was god weet waarnaartoe gevlogen.

'Ik voel me tachtig,' verwoordde Dee zijn gevoel.

'Honderdtachtig,' zei Sonja somber.

'En diep dement,' voegde Brad eraan toe.

Zelfs Ola's gezicht leek gegroefd.

Niemand wilde meer naar de bar en om tien over tien opende

hij de deur van zijn koude kamer. Nummer zeven, het mocht wat met dat bijgeloof, het was alsof de duivel zelf er huisde.

Uiteindelijk viel hij toch in slaap en de volgende morgen leek de community building een nare droom en besloot hij tot zijn eigen verbazing dat hij zou blijven.

'Het gaat een stuk beter, Luc!' zei Leilah een paar keer tijdens de focusoefeningen. Hij voelde spieren waarvan hij tot voor een paar dagen het bestaan niet had gekend. Het deed pijn, adembenemend soms, dicht tegen genot aan. Hij moest meer met zijn lijf gaan doen, ook na deze tien dagen. Hij leefde in zijn hoofd, altijd al. De laatste maanden herinnerde alleen de verlammende greep op zijn borstkas hem eraan dat er onder zijn nek nog een stuk lijf hing.

Lang geleden brachten Juliettes koesterende handen zijn onhandige lichaam tot leven. Tijdens zijn 'beurt' had hij de groep over haar verteld, bewegingloos, uitdrukkingsloos om de pijn niet weer te voelen. Ze huilden bijna allemaal, behalve Sonja. Zelfs de koele Ola had tranen in haar grote ogen staan. Catherine had hem gespaard, hij wist niet waarom, maar na zijn verhaal liet ze hem gaan. Brad had hem onhandig in zijn arm geknepen toen hij weer in de kring zat. 'Wat godvergeten rot voor je,' had zijn kersverse vriend gemompeld, intussen zijn ogen droogvegend.

'Halen jullie je dekbedden en kussens op,' zei Catherine opgewekt, nadat ze een monoloog had afgestoken over hun gedrag van de avond tevoren. Hij kende als sociaal wetenschapper alle groepsdynamicatheorieën, maar van haar betoog kon hij geen chocola maken, waarschijnlijk omdat hij onderdeel was van het proces dat ze beschreef.

Toen hij terugkwam met zijn armen vol beddengoed, was de zaal verduisterd. Leilah liep met een aansteker rond en stak kaarsen en wierook aan. Brad lag al op de grond, opgerold in zijn dekbed, zijn ogen dicht.

Hij legde zijn dekbed naast hem en liet zich kreunend van stijfheid in een soort kleermakerszit zakken, zijn hoofdkussen voor zich. Liggend was hij te kwetsbaar, dat gaf de grote grijze vrij spel.

Even later stommelde Sonja binnen en koos het plekje aan zijn andere zij. Het leek nu wel een slaapzaal.

'Leilah, haal jij voor mij een dekbed?' vroeg Catherine.

'Natuurlijk, Cathy.' Leilah keek nog even om zich heen, leek tevreden en haastte zich toen weg.

Catherine zat op haar stoel en keek glimlachend toe hoe iedereen zich installeerde en moedigde ze aan om het zichzelf makkelijk te maken.

'Schud je kussen lekker op,' zei ze tegen Sonja en in één adem: 'Lig je goed Brad?'

Naast hem murmelde Brad.

'Ola, zorg dat die magere botten van je lekker op het dekbed rustten.'

Ola keek een beetje verongelijkt. Mager was ze ook niet, vond hij, wel klein en tenger. In Catherines beleving waren zowel hij als Ola waarschijnlijk anorexiapatiënten.

Zeulend met twee dekbedden en vier kussens kwam Leilah terug. Ze stond haar eigen dekbed en drie kussens af en korte tijd later zat Catherine voor het eerst op de grond tussen hen in, een dikke laag beddengoed onder haar billen. Licht hijgend strekte ze haar benen langzaam uit en duwde haar rug in de kussens. Ze sloeg haar armen over haar buik en vlocht de dikke vingers ineen. 'Hercontracteren.'

Zijn schoonheid. Nooit eerder had hij zich gerealiseerd hoe diep de impact van zijn uiterlijk was. In het normale leven zeiden mensen niet tegen je dat je zo mooi was dat ze ervan achterovervielen en dat elke andere gedachte naar de achtergrond verdween. Maar hier, in dit sociaal geconstrueerde laboratorium zei iedereen de waarheid, als een ongeschreven wet.

'Wat was je eerste indruk van de persoon, hoe heb je de ander deze dagen leren kennen en waar denk je dat de ander in het tweede deel van de cursus aan moet werken?' Ze moesten het voor elkaar opschrijven, maar ook voor zichzelf: wat denk je dat de eerste indruk was die je maakte op de anderen, wat hebben ze van je gezien tot nu toe en waar denk je dat je aan moet werken de komende dagen?'

Het was een uur stil, alleen het gekras van potloden was hoorbaar, naast af en toe een diepe zucht of een borrelende maag.

'Een uitgesproken mooie man, een tweede Julien Clerc die alles mee heeft,' was Dees eerste indruk van hem.

'Een beeldschone charmante Fransoos die elke ordinaire Amerikaan doet verbleken,' zei zijn blonde, toch ook verre van lelijke buurman.

'Een mooie, verdrietige man,' trof Ola hem recht in het hart.

Sonja noemde hem een mager angstig stuk, nauwelijks een compliment.

'Een hoogbegaafde, hooggevoelige man,' zei Catherine. Gelukkig zei ze niets over zijn uiterlijk, om onverklaarbare redenen zou hij dit van haar niet kunnen hebben.

Hij was vooral benauwd voor het antwoord op de tweede vraag: hoe hadden ze hem leren kennen? Vast als een zwijgzame, saaie flapdrol.

Tot zijn verbijstering waren de superlatieven niet van de lucht. 'Elke opmerking raak.'

'Je spreekt alleen als je echt wat te zeggen hebt.'

'Gevoelig en humoristisch,' zei Ola nauwelijks verstaanbaar.

'Dapper maar gekweld,' vond Leilah hem.

Volgens de groep moest hij werken aan zijn zelfvertrouwen, hij was oké en leuk en moest meer van zichzelf laten zien. Ze waren unaniem, alleen Catherine voegde iets nieuws toe. 'Ik ben het met de anderen eens, Luc. Ik wil dolgraag meer van je zien, ik kan niet wachten. Maar ik denk ook dat je verder moet werken aan je relatie met Juliette.' Ze keek ernstig. 'Als je dat niet doet, ben ik bang dat je depressies houdt.'

Hij huiverde bij haar woorden en vreesde ergens heel diep haar gelijk.

'Ga liggen, Luc,' zei ze zacht. 'Ik weet dat het moeilijk voor je is, maar probeer het.'

Hoe wist ze dat?

Hij trok zijn linkervoet weg van onder zijn rechterdij, strekte zijn linkerbeen en voelde een pijnscheut in zijn knieholte. De andere kant ging op dezelfde manier. Het gewicht op zijn zitbotjes nam toe en ook die protesteerden. Langzaam liet hij zich achteroverzakken en schaamde zich voor zijn lijf dat zich aanstelde alsof het bejaard was.

Voor de grijze bezit van hem kon nemen, concentreerde hij zich uit alle macht op Catherines stem. 'Adem diep in, Luc.'

Hij volgde haar opdracht en zijn buik en borstkas bliezen op.

'Hou je adem vast.'

Hij hield vast.

'Laat de lucht ontsnappen alsof je een ballonnetje heel zacht laat leeglopen, gelijkmatig, rustig, beheerst.' Tussen elk bijvoeglijk naamwoord liet ze een korte pauze vallen. Hij werd rustiger en de grijze nam afstand.

De uitkomst van de hercontractering was verbijsterend. Dee en Brad wilden de community building ook de komende week voortzetten en uiteindelijk stemden ze allemaal toe. Ook het lichamelijke werk met de focusoefeningen bleef op het programma staan. De engelen verdienden aandacht, vooral Dee vond ze wat wegvallen.

'Ik ben nog geen stap verder in mijn vraagstuk,' zei zelfs Sonja nuchter. 'Ik vrees dus dat ik moet vragen om een extra consult.'

Feitelijk was dat de conclusie voor iedereen: er was een verdieping nodig. Nadat de laatste persoon was besproken, sloeg Catherine de handen ineen en keek stralend in het rond. 'Ik ben zo blij dat jullie er zijn.'

Wonderlijk genoeg doorstroomde datzelfde gevoel zijn aderen. Tegen die tijd lagen ze kriskras door elkaar, Brads voeten over de zijne, Sonja's trui kriebelend tegen zijn blote onderarm en toch voelde hij ondanks die intimiteiten geen gêne.

'Ik zag ertegenop,' bekende Ola, 'maar nu ik er toch ben, maak ik er het beste van.' Ze giechelde om hun verontwaardigde blikken. 'Dat gaat makkelijk omdat ik me in zo'n excellent gezelschap bevind.'

'Ik ben nog geen stap dichter bij een normaal leven en toch ben ik blij dat ik jullie ken,' zei Brad.

'Mag ik een teiltje?' vroeg Sonja beleefd.

'En jij, Luc?' Het was onvermijdelijk dat ze bij hem uitkwamen.

Hij slikte. En hij? 'Ik ook.' En al voldeed dat antwoord in de wetenschappelijke wereld nooit: hier was het precies goed en dus eindigde de ochtend in een langdurige groepsknuffel.

'Er is maar één regel. Je mag jezelf geen pijn doen en een ander niet.' Catherine keek alsof ze een zakelijk contract toelichtte. 'Verder is alles toegestaan.'

Die bandbreedte joeg hem angst aan. Wat ging er gebeuren?

Catherine gaf antwoord op de vraag in zijn ogen. 'We gaan jullie thema's verder verkennen, meer niet. Heb vertrouwen, Luc,' herinnerde ze hem aan zijn engel.

'Ga staan, alsjeblieft,' richtte ze zich tot de groep.

Voor de lunch had iedereen zijn dekbed al naar zijn eigen kamer teruggebracht. De kussens moesten blijven liggen. Leilah doofde de kaarsen en wierook. De enorme ruimte grijnsde hem aan, toch stond hij op.

'We gaan lopen,' klonk Catherines stem zwaar. Zelf gaf ze het goede voorbeeld en even later marcheerden ze in een ruime cirkel achter elkaar aan.

'Ik vind dit niet leuk,' riep Catherine hard.

'Ik vind dit niet leuk,' riep haar discipel Leilah en krankzinnig genoeg riepen ze seconden later allemaal: 'Ik vind dit niet leuk.'

'Ik kap ermee,' riep Catherine en stampvoette om haar woorden kracht bij te zetten. Even later liepen ze allemaal stampvoetend in het rond en riepen: 'Ik kap ermee!'

'*Fuck off*,' vloekte Catherine toen ze op dreef kwamen.

'Fuck off,' scandeerde Leilah uit volle borst.

Het voelde goed, het was heerlijk om 'Fuck off' te zeggen, zelfs voor een Fransman. Zijn voeten dreunden in de vloer, hij voelde ze! De ballen en hakken deden pijn bij elke stap en het schonk hem diepe vreugde.

'Hoe kon je me dit aandoen?' schreeuwde Catherine en haar hele lijf schudde van woede. Ze balde haar vuisten en herhaalde de woorden, schreeuwend van achter uit haar keel: 'Hoe kon je me dit aandoen?'

Hij brulde haar woorden mee en de tranen stroomden en stopten niet meer. Hoe had ze hem dit aan kunnen doen? Hij liep door, de druk op zijn voeten verslapte. Hij voelde ze niet langer, zijn borstkas vrat alle aandacht. De snikken en de pijn balden zich erin samen en stootten er verkrampt uit.

Vaag werd hij zich bewust van Catherine die naast hem liep en zijn arm pakte. 'Hoe kon je me dit aandoen,' perste hij er nog een keer uit.

'Sjj, sjj,' zei ze zacht, haast alsof ze een baby suste. 'Volgens mij is het tijd, Luc, denk je niet?'

Snot droop uit zijn neus, zijn schouders schokten, zijn ziel lag open. Hij kon alleen nog maar knikken.

'Vertel ons eens wat meer over Juliette,' zei Catherine nuchter, alsof het om een operatie ging: trek eerst je hemd uit en toon de plek waar het moet gebeuren. 'Vertel ons over haar, Luc.' Haar hand rustte op zijn schouder en ze gaf hem een klein duwtje. 'Loop maar, dat helpt.'

Ze liep vlak achter hem, de kussentjes van haar mollige hand zacht in zijn onderrug.

'Ik ontmoette haar in het eerste jaar aan de Sorbonne.' Juliette was het eerste meisje dat hem opviel in de introductieweek. Haar bruine ogen in het smalle gezicht, met de middelbruine, kortgeknipte haren. Haar lippen breed, bleek en voortdurend aarzelend glimlachend, alsof ze twijfelden: was de wereld een grap of dodelijke ernst? Uiteindelijk had ze haar keus bepaald.

Het magnetische veld tussen Juliette en hem was grillig vanuit haar pool. Het eerste jaar van afstoten en aantrekken bracht hem in verwarring. Hij droomde van haar smalle schouders onder zijn vingertoppen, haar brede lippen die langzaam maar trefzeker de zijne naderden. In zijn talrijke fantasieën omvatte hij haar smalle taille met een hand en trok haar onder zich. Het meest intrigerend waren haar heupen en billen. Juliettes ultratengere bovenlijf droeg een kindermaat, haar heupen een vrouwelijke maat 42, vertelde ze hem toen ze eenmaal het bed deelden. Ze was de meest sexy vrouw die hij ooit had ontmoet. Haar billen biologeerden hem ook na jaren verkering nog, en hij moest voortdurend opletten dat zijn mond niet openviel als ze voor hem liep. Tijdens haar student-assistentschappen was hij jaloers op de eerstejaars die ze de rug toekeerde als ze op het bord schreef. Alle mannen en zeker die hitsige eerstejaarsstudenten moesten wel fantaseren dat ze die goddelijke billen zacht van elkaar trokken en...

Zijn jaloezie dreef hem haast tot waanzin.

Juliette begreep zijn angst en razernij niet, niet in de laatste plaats omdat ze haar kont haatte. Huilend pakte ze haar billen soms beet. 'Waarom heb ik die godvergeten hammen? Het past niet.' Ter illustratie van haar statement zette ze dan achtereenvolgens haar handen in haar taille, legde ze op haar kleine borsten en kneep hard in haar schouders. Meerdere malen liet ze in haar woede blauwe plekken achter.

'Je bent juist prachtig. Je bent schitterend,' had hij minstens duizendmaal gestameld.

De eerste keer dat ze vreemdging was een dolksteek en hij overleefde de bloeding ternauwernood. Vaak had hij gedacht dat een direct dodelijke verwonding genadiger was geweest. Elke keer dat het daarna gebeurde, verwondde het hem subtieler, kleine steekjes overal, tot hij poreus was.

Hij liep nog steeds rondjes en zijn stem kwam van ver, autonoom. 'Ze was zo mooi, mijn meisje. Ik hield van haar, ik had alles willen doen om haar te houden. Ze kon het niet helpen, ze zocht verlichting voor haar onzekerheid en pijn. Het was een verslaving. Al die mannen gaven haar een soort tijdelijke roes.'

Hij had haar keer op keer vergeven, tot hij leeggebloed was. 'Toen ik het niet meer kon verdragen heb ik het uitgemaakt.' Hij haperde even, stond stil. 'We waren toen vier jaar samen.'

Juliette had een omhooggevallen hoogleraar geneukt, die haar uit geiligheid een plaatsing als promovendus beloofde. 'Ik weet nog steeds niet waarom het juist toen knapte.' Hij stampte even met zijn voeten, meer om zichzelf erbij te houden dan uit woede en liep weer verder. 'Ik vond het hoerig. Ik wilde geen hoer. Dat heb ik tegen haar gezegd.' Haar bleke gezicht, de tranen in haar ogen, de verbijstering, de wanhoop. Alles kon hij nog terughalen. 'Je bent een hoer, een teringhoer, kutwijf.' Zijn stem sloeg weer over, hij werd teruggeworpen in de tijd. 'Je hebt mijn hart uit mijn lijf gerukt en het opgevreten, vuile hoer. Ik haat je.' Hij snikte.

Catherines stevige arm sloeg om zijn middel, haar warme lichaam liep met hem op. 'Ga door, Luc,' klonk het zacht.

'Ik heb haar geslagen. Ik heb haar op haar bek geramd.' Zijn stem sloeg over, zijn knieën begaven het en hij zakte neer in de kring. 'O god, ik heb haar pijn gedaan.' Wat was ze bleek geweest, zijn meisje. Waar hij haar had geslagen gloeide langzaam een vurige rode plek op. Ze had hem gesmeekt haar terug te nemen. 'Luc, ik hou van je, ik doe alles voor je. Ik laat me behandelen.'

Hij had haar aangekeken met ogen die zijn dode binnenkant weerspiegelden. 'Het interesseert me geen flikker wat je doet, voor mijn part val je dood.'

Ze koos de metro, nog diezelfde middag en werd geïdentificeerd aan de hand van het kettinkje dat hij haar had gegeven toen ze twee jaar samen waren.

Catherines handen rustten op zijn schouders en ze trok hem tegen zich aan. 'Het is goed, Luc, dappere jongen, laat maar gaan.'

Hij huilde tegen haar warme dijen, tot zijn hart uit zijn borst stuwde en in haar schoot plonsde. Hij raakte alle besef van tijd kwijt.

Toen het ergste voorbij was en zijn lijf nog slechts kleine naschokjes gaf, kroelde Catherine zacht door zijn haar. Hij rustte bevend en zweterig in haar schoot tot zijn ademhaling was gekalmeerd. Het bleef doodstil in de groep. Pas toen hij opkeek zag hij dat ze weer allemaal hadden gehuild. Zelfs Sonja.

'Het is tijd om Juliette los te laten, Luc, en weer te gaan vertrouwen.'

Hij knikte stom.

'Zullen we dat nu doen?' Catherine klonk haast teder en zijn tranen kwamen weer opzetten. 'Ik wil dat je tegen Juliette praat, vertel haar hoeveel pijn ze je heeft gedaan, zeg haar dat ze je moet laten gaan.' Ze gebaarde naar Leilah, die direct met een stapel kussens aan kwam.

'Moet ik tegen die kussens praten?' Hij voelde zijn gêne terugkomen.

'Probeer het maar, Luc.'

Zijn mond was droog en hij kreeg de woorden er bijna niet uit, maar na de eerste hapering kwamen ze vloeiend. Hij sprak over alle kleine momenten uit hun tijd samen die in hem opwelden. De eerste kus aan een bulderende Noordzee, die zomerdag in Jardin du Luxembourg toen ze schuchter zei dat ze van hem hield. De vakanties in hun minitentje in de Alpen, met zijn tweeën bibberend en giechelend in één slaapzak. Het was doodstil in de zaal, op een enkele gesmoorde snik na.

'Je moet me loslaten, Juliette,' souffleerde Catherine hem ten slotte zacht en hij herhaalde de woorden enkele malen.

'Ik houd van je, maar ik leef,' vervolgde Catherine.

Hij nam afscheid, ze ging en met haar verdween de druk. Door zijn tranen heen stamelde hij. 'De grote grijze is gevlucht!' Zijn borstkas was bevrijd en voelde wonderlijk licht.

Brad begon enthousiast te klappen en de anderen vielen in. Sonja knipperde met haar rode ogen en klapte haar handen kort en dicht op elkaar in traag tempo. Bij Ola liepen de tranen nog over haar wangen, en ook haar handen bewogen als vertraagd naar elkaar toe, maar ze klapte en leek echt blij voor hem. De bleke Leilah had blosjes op haar wangen, tranen biggelden vanuit haar ooghoeken naar haar jukbeenderen.

Dee huilde ongeveer zo hard als ze klapte: beide behoorlijk overtuigend. Stralend keek ze hem aan alsof ze hem wilde adopteren en een idioot moment lang wenste hij dat het kleine rossige vrouwtje met de woeste krullen zijn moeder was.

Leilah

In elke groep zat horror. Soms vroeg ik me af of in de tiendaagse retraite gemiddelde levens voorbijkwamen, of dat er bias besloten lag in de soort mens die op zoek ging naar zichzelf. Niemand zou immers voor zijn lol zo diep gaan.

Na Lucs ervaring stroomde de liefde door de groep. Iedereen was onder de indruk van zijn zichtbare bevrijding. Zijn houding was rechter en zijn ogen en huid hadden de frisse glans die je van een fikse huilbui kreeg, zoals een verkommerde fycus opknapte van een regenbui.

Cathy zat erbij als de trotse oermoeder, maar aan de lijnen in haar gezicht zag ik dat ze moe was. Toch drong ik niet op een pauze aan. Het zou haar ergeren.

Aan het eind van de dag was iedereen kapot. De community building gaf de vertrouwde nekslag. Er werd vrijwel niet gesproken, ze keken voornamelijk murw geslagen naar de grond.

'Een belangrijke dag vandaag,' begon Cathy toen ik die avond haar voeten masseerde en zij zich te goed deed aan de eieren. Ik probeerde niet aan cholesterol te denken en duwde wat nieuwe crème uit de tube.

'Mijn wijn, Leilah.'

Je kunt haar niet behoeden, nam ik me voor de zoveelste keer voor, terwijl ik haar enkels, die aanvoelden als met lucht gevuld plastic verpakkingsmateriaal, onder mijn vette vingers liet wegglijden.

'Heerlijk Leilah,' zei ze even later en al wist ik niet of het op het eten, de wijn of mijn massage sloeg, ik bloosde licht.

Ik had Gerald de hele week nog niet gebeld. Die avond kwam ik er dichtbij, ik miste hem, al kon ik met de beste wil van de wereld niet aangeven welk deel van hem precies. Uiteindelijk hing ik op voor ik het laatste cijfer ingetoetst had.

De volgende dag sloten we voor het diner af met een meditatie. Ingebakerd in onze dekbedden lagen we in een klein kringetje. Voor we begonnen keek ik even rond. Ik had de gordijnen zorgvuldig dichtgetrokken en in het halfduister leken ieders gelaatstrekken vager, maar ook zonder dit verdoezelende effect waren de gezichten verzacht. De bio-energetica had er elke afweer af geslagen.

Brads linkerarm rustte warm tegen de mijne. Ik draaide mijn gezicht naar hem toe. Zijn gesloten oogleden trilden licht, zijn mond lag zacht in de plooien van zijn wangen. Hij zag eruit als een baby, een groot en blond exemplaar. Mijn baby's waren klein, beide meisjes hadden nauwelijks vijf pond gewogen bij geboorte. Als jonge, onzekere moeder blikte ik destijds bij voorbaat jaloers in vreemde kinderwagens, voorbereid op stralende achtponders, die mijn grietjes deden verbleken. Brad was zo'n achtponder.

Dee lag aan zijn andere zij en hield zijn rechterhand vast. Ze had vandaag haar waarde getoond als zijn maatje. Ook tijdens de theepauze was zij bij hem gebleven.

Cathy leidde ons met gedempte stem de zaal uit, naar buiten, naar een bos met hoge bomen, een pad van mos en dennennaalden. Ik ademde diep en probeerde mijn gedachten weg te sturen. Nu even niet, zei ik streng tegen ze. Naast me gromde Brads maag.

'Voel de schoonheid en de rust van de natuur binnenkomen. Laat je gedachten achter aan de rand van het bos. Concentreer je op de geluiden om je heen.' Cathy's ademhaling klonk rustig. 'Bladeren schurken tegen elkaar, de wind fluistert in de bomen. Ruik het mos, de varens, verwonder je over alle nuances groen om je heen.'

Ze bracht ons naar een open plek in het bos, waar de zon boven de kruinen van eeuwenoude bomen uitstak en ons verwarmde. In het midden van het open veld stond een kistje waarin voor ieder van ons een boodschap verborgen lag. Ik opende de deksel voorzichtig, hoopvol.

Ontwaken uit de meditatie was altijd lastig. De heerlijke ontspanning moest wijken voor de werkelijkheid. Niet dat die in dit geval beroerd was.

Luc was tegen het einde in slaap gevallen en zijn gesnurk nam per ademhaling toe in sterkte. Ik dankte God spontaan dat Gerald een geruisloze slaper was. Lucs geronk begon met een benauwd piepje van zijn inademing, zwol dan aan tot zenuwslopend gegier en eindigde als een industriële zaagmachine.

Dee begon, Sonja viel in en korte tijd later lagen ze allemaal te giechelen, eerst onderdrukt, maar gaandeweg vrijer. De opgebouwde spanning van twee dagen hard werken werd uitgekooid.

Ook ik voelde lachkriebels opkomen, maar kon niet voluit meedoen. Het bleef lastig: hoorde ik er nou wel of niet bij?

Cathy had dat probleem niet, ze zat onderuitgezakt op haar stoel moederlijk te glimlachen.

Elke korte stilte werd door Luc aan flarden gescheurd, wat een directe proestbui van deze of gene tot gevolg had.

Eindelijk werd hij wakker en keek verdwaasd om zich heen, wat een volgende lachbui veroorzaakte, ditmaal luider.

'Jezus man, wat ben ik blij dat ik geen kamer met je deel,' zuchtte Brad.

Luc keek even suffig en grijnsde toen. 'Ik schijn te snurken.'

Een nieuw salvo.

Sonja ging benauwd rechtop zitten en duwde tegen haar buik. 'Help, ik kan niet meer.' Ze lachte niet luid, maar intens. Grappig hoe je aan lachen de mens herkende. Sonja gierde, Luc grinnikte, Dee hinnikte. Normaal gesproken bulderde Brad, maar hij was nu nog half verdoofd na zijn sessie en grinnikte slaperig mee met de rest.

En Ola? Ola had op de achtergrond mee gegiecheld, maar was nu gestopt met lachen. Haar gezicht stond zacht en haar ogen waren intens op Luc gericht, haast verdrietig. Maar er blonk meer in en ineens bedacht ik dat ze het wel eens oneens kon zijn met Brad, over dat delen van de kamer.

Brad

Affectief verwaarloosd. Nooit had hij die term op zichzelf betrokken, maar toen Catherine de woorden uitsprak, had hij de waarheid herkend. Ze voerde hem terug naar zijn jeugd, naar zijn kleutertijd met de verwarrende hoeveelheid gezichten in de commune waar hij met zijn ouders woonde. Flarden van herinneringen aan drukke, ongeorganiseerde maaltijden, een huiskamer waar geen plekje van hem was, zijn moeder die op schoot zat bij een vreemde man en hem wegstuurde toen hij vroeg of ze hem naar bed wilde brengen.

In zijn herinnering had hij zichzelf vrijwel elke avond in slaap gehuild. Zelfs nu nog kon hij het troostende gevoel oproepen van zijn warme tranen, zijn opgetrokken knietjes onder de dekens, zijn handje om zijn piemel.

Diep onder de indruk van Lucs catharsis had hij vreselijk opgezien tegen het moment dat hij aan de beurt was en het deed nog meer pijn dan hij had gevreesd, maar er was geen weg terug toen Catherine hem eenmaal bij de kladden had. Ze noemde het *tough love*: ze sloeg met harde hand uit liefde. Ze sleurde hem terug naar zijn eenzaamheid en onzekerheid en het eindigde ermee dat hij als een klein kind op haar schoot zat te snikken.

'Toe maar, laat maar komen,' fluisterde de dikke vrouw. 'Och toch, Braddie, och toch, och toch.' Het mededogen in haar stem bracht een nieuwe vloed tranen teweeg. Hij huilde tot het op was en nog lang daarna wiegde ze hem als een baby. Met gesloten ogen kon hij zich haast inbeelden dat de warme armen en schoot die van zijn moeder waren.

De uren erna waren heerlijk. Eerst de meditatie waarin hij voortdobberde, toen de bevrijdende slappe lach over Lucs snurken en daarna mocht hij even slapen, terwijl de rest dineerde. Dee had hem ingestopt en geknuffeld. 'Welterusten, lieve Brad,' fluisterde ze bij het verlaten van de kamer en vrijwel direct daarna zakte hij weg.

Kort voor achten was ze er weer. Ze ging op zijn bed zitten en streelde zijn haar. 'Gaat het weer liever, kun je meedoen zo?' Ze hadden even samen gezeten en hij had wat gemompeld en zij mompelde wat terug, nergens over. Toen wikkelde ze hem in de deken en nam hem voorzichtig mee naar de grote zaal, alsof hij een kostbare schat was.

Zelfs de community building gleed voorbij in gelukzaligheid. Hij lag naast Dee, nog steeds in die wollen deken en hoefde niets. Hij doezelde af en toe weg.

Bij het ontbijt de volgende dag begreep hij van de anderen dat deze communitybuilding echt anders was verlopen. De stiltes waren korter en minder pijnlijk, er werden echte dingen gezegd en er werd gelachen. Ze waren opgetogen, alsof ze eindelijk de truc van de meestergoochelaar hadden doorgrond.

Hij miste de kinderen. Hun e-mails waren kort en weinig zeggend. Tim schreef: 'Hai pap, hoe is het met je? Met mij is het goed. Op school ook.' Lacy: 'Lieve pappie, ik had een A op mijn proefwerk aardrijkskunde. Goed, hé? Ik mis je, doei!'

Na gisteren was het duidelijk dat hij ze niet in de steek kon laten, nog niet. Affectieve verwaarlozing werd vaak van generatie op generatie doorgegeven en het laatste wat hij wilde was er zijn kinderen mee opzadelen. Zijn vaderschap was een van zijn weinige kwaliteiten waaraan hij niet twijfelde. Zodra Tim, enkele minuten oud in zijn armen werd gelegd, was hij vader. Waar hij het talent om te koesteren vandaan haalde, zonder voorbeeld, was hem een raadsel. 'Dat jij je ondanks een jeugd vol verwarring hebt ontwikkeld tot zo'n warme man, kun je een klein wonder noemen,' had Catherine gezegd nadat hij uitgehuild was. Als hij Suzanne verliet en bij Rod introk, zou hij Tim en Lacy in evenveel verwarring storten, misschien zelfs meer. Een vader die ineens homo bleek, moest de ultieme nachtmerrie zijn voor prepubers en Suzanne kon ze geen warmte geven omdat ze die niet bezat. Hij zou haar moeten accepteren met die tekortkoming en een weg moeten vinden om het uit te houden in dit huwelijk. Misschien kon hij een nieuwe keus maken als Tim en Lacy uit huis waren.

Catherine had zijn worsteling begrepen. 'Hoe kunnen we zorgen dat je kinderen krijgen wat ze verdienen en jij ook?' Het was de vraag die hem ook in de weken voor hij naar Nederland kwam dag en nacht bezighield. Een eenvoudig antwoord was er niet. Toch had hij na gisteren meer lucht en voelde hij zelfs een sprankje hoop.

Het water van het IJsselmeer kabbelde rustig tegen de antraciet grijze stenen van de dijk. Luc en hij waren na het ontbijt op pad gegaan voor een snelle wandeling. Het was droog en bijna aangenaam.

'Wij hebben het gehad.' Luc keek haast gelukzalig. 'Ik heb het gevoel dat de rest van de week vakantie is.'

'Zo blij kijk je anders niet bij de focusoefeningen.'

'Een hel,' gaf Luc toe. 'Ik ben zo stijf als een plank, altijd al geweest. Ik heb geen lijf voor sport.'

Hij sloeg een arm om Luc heen en klopte op zijn magere schouder. 'Ik ben blij dat ik je heb ontmoet deze week,' flapte hij er spontaan uit.

Luc bloosde en mompelde: 'Insgelijks.'

Als bij afspraak lieten ze zich zakken op de keien en zo zaten ze minutenlang zwijgend naast elkaar, verbonden door hun vriendschap, het water, de lichtgrijze lucht en hun gedeelde gevoel van bevrijding.

De roep van de focusoefening trok ze met tegenzin omhoog. Hij had deze dag best aan het water met Luc door willen brengen. Hij was moe.

De groepsleiding leek daarentegen onvermoeibaar. Hoe een zwaarlijvige, oudere vrouw als Catherine het deze afgeladen dagen volhield, was hem een raadsel. Ze moest haar energie uit het eten putten, dat leek hem het meest waarschijnlijk. Hoe ze haar bord vollaadde met pannenkoeken en ze dan snel een voor een naar binnen schranste, verbaasde hem elke ochtend weer. Ook bij de andere maaltijden en tussendoortjes liet ze zich niet onbetuigd, maar vooral de omvang van haar ontbijt maakte indruk op hem. Waarschijnlijk omdat hij zelf nooit veel at 's ochtends.

Hij bewonderde Leilah, niets leek de Engelse te veel en de onbetwiste koningin Catherine liet haar behoorlijk draven. Terecht, dacht hij, want Catherine gaf al haar kracht aan de groep en moest vanwege haar omvang voor praktische zaken wel op haar assistent leunen.

Het echte werk was eigenlijk begonnen na de hercontractering. Hij had natuurlijk wel eens van bio-energetica gehoord, maar wars als hij was van alternatief geneuzel, had hij zich er nooit in verdiept. Hij schrok zich dan ook wezenloos van de eerste sessie, waarin ze moesten vloeken en tieren. Lucs heftige doorbraak had hem geschokt, hij kon haast niet geloven dat het werkte, al zag hij de verandering in Lucs gezicht. Hoeveel pijn kon een mens door-leven, zou hij er zelf tegen bestand zijn? Uiteindelijk ging het van-zelf en al deed het inderdaad verrekte pijn, met Catherine erbij kon er niets gebeuren.

'Ik zie er steeds meer tegenop,' fluisterde Dee hem bij de thee toe.

'Gewoon doen, echt, je voelt je zoveel beter erna.' Hij kneep even in haar hand.

Of zijn woorden haar het zetje gaven, wist hij niet.

'Pak je kussen,' beval Catherine de groep even later. 'Je bent kwaad. Je bent razend!' Ze keek dreigend.

Brad klemde zijn hoofdkussen vast en probeerde boosheid te voelen. Ze stonden op een rij in de grote zaal, hun gezichten naar de muur gekeerd. Met een woeste kreet stortte Catherine zich naar voren en sloeg haar hoofdkussen hard tegen de muur. Er ontsnapte een wolkje stof. 'Godverdomme, klerelijers, godver-domme. Stop ermee, laat me met rust. Fuck off.' En weer hief ze haar kussen en ramde het tegen de muur.

Als op commando volgden ze haar, brullend en slaand als woes-te krijgers op oorlogspad. Het was lekker, toch voelde hij zich ook vaag beschaamd en raakte hij het idee van een verborgen camera die alles vastlegde waarna het op het internet gezet zou worden, niet helemaal kwijt.

Dee brak. Na een paar slagen met haar kussen, die gepaard gingen met gedempte kreetjes, zakte ze snikkend tegen muur, haar kussen tegen haar buik geklemd. Direct was Catherine erbij. Zachtjes trok ze Dee mee naar het midden van de zaal, intussen gebarend dat de anderen konden gaan zitten.

Een groter contrast dan tussen deze twee vrouwen kon niet bestaan. De tengere Dee met het dikke rode haar dat alle kanten op stond, waardoor het haast was alsof haar hoofd topzwaar op haar lijf rustte, stond timide naast Catherines imposante lijf met het verhoudingsgewijs kleine hoofd, waar de blonde haartjes omheen plakten.

Hij voelde de spanning in zijn buik stijgen. Het ging weer gebeuren, na Luc en hij was nu Dee aan de beurt.

'Aan wie dacht je net, Dee?' vroeg Catherine. 'Op wie ben je zo boos?'

'Ik dacht aan mijn broers en zussen.' Dee was nauwelijks verstaanbaar.

'Vertel eens,' klonk Catherine zacht maar dwingend.

Dee was de jongste uit een doktersgezin met vijf kinderen. Nu directeur van een groot ziekenhuis, vroeger de minkukel en het doelwit van haar oudere broers en zussen. Dee had alles gedaan om hun gepest voor te zijn, ze werkte hard en was verder zo onzichtbaar mogelijk.

'Er is dus weinig veranderd,' constateerde Catherine nuchter. Dat was nou zo leuk aan haar: ze spaarde niemand, huilde niet mee, maar confronteerde kalm. En zweepte je op natuurlijk, zelfs de ingehouden Dee kwam los, al ging het er heel anders aan toe dan bij hem en Luc. Geen gesnotter, geen afscheid, geen verdriet dat vanuit de tenen omhoog kwam.

Nee, Dee moest van zich laten horen. Catherine gaf Ola, Sonja, Luc en hem de opdracht een gesloten kring te vormen. Dee moest proberen zich erin te dringen.

Hij sloot zijn armen om Ola en Luc heen, die met zijn tweeën Sonja insloten. Ze gingen heel dicht op elkaar staan.

Dee smeekte, huilde, schreeuwde, beukte.

Zij vieren gaven geen krimp.

Dee kroop, probeerde vruchteloos haar ledematen tussen die van hen in te wringen, maar ze kwam niet binnen.

Na vijf minuten viel ze hijgend neer. 'Ik hoef niet meer, stik er maar in, in jullie fijne kringetje.' Zelfs haar haar gaf het op, het hing in slierten om haar hoofd.

Catherine liep naar haar toe en zei streng: 'Sta op Dee, wees geen watje. Laat ze horen dat je er bent, dat je erbij hoort, godverdomme!'

'Ik kan het niet,' jammerde Dee.

Catherine trok haar overeind en duwde haar naar de gesloten kring. 'Ga ervoor, meid, laat ze zien wie je bent. Laat je niet kisten door die teringlijders!'

Dee stortte zich op de kring en begon op hun ruggen in te beuken. Door hun snelle wendingen troffen haar vuisten nauwelijks doel, maar Dees woede was onmiskenbaar. Brad wilde toegeven, haar binnenlaten en omarmen, maar Catherine maande dringend: 'Laat haar er niet in.'

Er was geen zwakke plek in hun wering en uiteindelijk leunde Dee hijgend tegen de kluwen aan.

'Kijk ze aan,' zei Catherine zacht.

Dees ogen stonden vol tranen en de wanhoop erin weerspiegelde puur oud zeer. Ze liep de kring rond en keek ze een voor een aan. 'Ik hoor bij jullie, laat me er alsjeblieft bij. Ik wil niet meer vechten. Hoe kunnen jullie zo hard zijn?'

Toen ze hem aankeek, kon hij niet anders dan zijn greep verslappen. 'Brad, laat me binnen.'

Sonja verstevigde de greep om zijn schouders in reactie op zijn moment van zwakte.

'Sonja, laat me binnen, ik ben je vriendin.' Dee had niets meer te verliezen, stond naakt voor ze. Sonja kreeg tranen in haar ogen en hij voelde haar grip verslappen.

'Ola, waarom laat je me buiten. Ik heb het koud.' Dees ogen zwierven verder. 'Luc, laat me bij je. Ik wil niet alleen.'

De kring opende zonder dat ze later konden vertellen hoe dat precies in zijn werk ging. Ze namen Dee op, knuffelden haar, huilden en kregen ten slotte de slappe lach. Dee liet zich als een klein kind verwennen en bewonderen. Ze zeiden om de beurt lieve dingen tegen haar: 'Je hebt het gedaan meid, jezus, wat kun jij vechten!' en 'Je hoort erbij, helemaal, Dee.'

Brad kon nog steeds niet doorgronden waarom Catherine ze altijd zo snel weer bij de les haalde. 'Genoeg, mensen,' brak ze in.

Sonja protesteerde als enige. 'Laat ons nou, Catherine, we genieten, Dee heeft het verdiend.'

Hij ving Sonja's geërgerde blik op. Vergeefs, als bij klokslag viel de kring uiteen en heel even voelde ook hij diepe teleurstelling over het wegebben van de vreugde.

Sonja en Ola waren tijdens de lunch timide als maagden die tegen de eerste keer aanhikten. Ze hadden Luc, Dee en hem door de linies heen zien breken en al was het hard, zij hadden het wel lekker al achter de rug. Dees ogen stonden waterig in haar gezicht, maar de blik erin was helder. Hoe haar gevecht met de kring samenhing met haar treinfobie was hem nog steeds niet duidelijk, maar ze leek beslist een ander mens.

Hij dacht zo min mogelijk aan wat hem thuis zou wachten. Rods laatste mail smeekte om een antwoord. Weggaan bij zijn kinderen was geen optie en Rod nam vast geen genoegen met een plek aan de zijlijn. Bij de gedachte aan een leven zonder Rod kneep zijn hart zich samen.

Ola

De zangerige stem verraste haar volkomen. Had ze soms een verkeerd nummer ingetoetst? Onmogelijk natuurlijk, Papa en Sebastian stonden geprogrammeerd in haar mobiel. 'Met wie spreek ik?' Ze hoorde zelf hoe scherp ze klonk.

'Dit is het nummer van de familie Parys. U spreekt met Patrycja Jachowicz, de vriendin van Sebastian. Met wie spreek ik?'

'Mag ik mijn vader of broer even spreken?' vroeg ze kortaf.

'Ah, Ola,' zei de stem nu warm. 'Ik verheug me er zo op je te ontmoeten.'

Dat is niet wederzijds, dacht ze grimmig. Er viel een korte stilte.

'Je vader en Sebas zijn boodschappen doen. Ze zijn net weg.'

Haar zwijgende reactie had de glans uit Patrycja's stem weggeveegd, ze klonk nu voorzichtig en een beetje teleurgesteld.

'Ik bel nog wel.' Ze verbrak de verbinding. Die griet bestierde nu het huis al, waarschijnlijk met dollartekens in haar ogen. Vaag voelde ze de vooringenomen onredelijkheid van haar gedachten, maar ze kon ze niet ombuigen. Het liefst nam ze de eerste de beste vlucht naar Gdansk, maar ze zat hier verdomme nog drie dagen vast. Zeven dagen voorbij alweer.

Langzaam was in die tijd haar terughoudendheid afgekalfd. Je moest wel van steen zijn om niet onder de indruk te raken van de gebeurtenissen. Zij ontsprong nog steeds de bio-energeticadans, maar de adem van Catherine blies steeds heter in haar nek.

Ze had voor het diner ook nog wat zakelijke telefoontjes willen doen, maar haar boze opwinding over het gesprek met Patrycja maakte plaats voor matheid. Ze lag een kwartier op haar bed en staarde naar het plafond. Na twee droge dagen meldde de regen zich weer zwiepend tegen haar raam. Vochtig weekje, dacht ze spottend, het weer deed leuk mee met hun ongebreidelde jankpartijen. Zelfs haar gebruikelijke spot had het af moeten leggen tegen de indrukwekkende ervaringen van Brad, Dee en vooral van Luc. Hoe had die gekkin Juliette hem zo kunnen verwonden? Wat een agressie. Liefde was een slagveld, hoe dan ook.

Zuchtend kwam ze overeind. Eten en dan community building, het ritme was nu al vertrouwd en reeg de dagen aaneen als in een klooster waar het leven bestond uit bidden, noeste arbeid, nog meer bidden en karige maaltijden. Dat laatste ging hier niet op. Ze was vast al een kilo aangekomen.

'Mijn broer heeft een vriendin,' ze knalde de woorden eruit en verbrak hiermee de aanvangsstilte van de community building. Ze kreeg het direct warm, waarom zei ze dit?

'Ola, je klinkt alsof hij een ernstige ziekte heeft,' giechelde Dee.

'Het is ook slecht nieuws,' zei ze somber. 'Er kan niets goeds van komen. Mijn vader en Sebastian zijn er niet geschikt voor.'

'Daar zijn ze dan eindelijk, die twee kleine mannetjes,' zei Luc zacht. 'Van je tekening,' vulde hij onnodig aan.

Catherine zat onderuitgezakt op haar stoel en keek nietszeggend naar de grond, maar iedereen wist inmiddels dat haar niets ontging.

'Wat is er mis met ze?' vroeg Brad.

Wat was er mis met papa en Sebastian? Jaren geleden had ze ze in een wanhopig moment voor een stelletje autisten uitgemaakt, toen ze zich diep in de schulden hadden gewerkt met allerlei onzinnige aankopen. Onzinnig in haar beleving, want voor papa en Sebastian was hun verzameling boeken, dvd's en cd's zo noodzakelijk als eten en drinken voor anderen. 'Ze zijn bijzonder,' zei ze eenvoudig. 'Ze communiceren anders, ze zijn een beetje...wereldvreemd.'

'Hoezo?' Luc klonk nieuwsgierig.

'Ze leven in hun eigen wereld. Ze zijn niet praktisch en hebben geen overzicht over wat het gewone leven vraagt.'

'Geef eens een voorbeeld,' hielp Sonja.

'Je kunt ze bijvoorbeeld niet op een feestje neerzetten, dan verdrinken ze in het gezelschap en trekken zich totaal terug.' Haar afstudeeretentje was zo een ramp geworden, ze had zich doodgeschaamd tegenover Jacek en zijn familie voor haar zwijgzame vader en broer, die naar hun bord staarden en woordeloos alles naar binnen schoffelden wat erop lag.

'Ik trek me ook altijd terug op feestjes,' mompelde Luc.

'Ze kunnen niet functioneren in een normale werkomgeving,' vervolgde ze. 'Mijn vader heeft nooit een echte baan gehad. Sebas werkt op een laboratorium waar heel veel structuur is, anders zou hij het niet redden.'

'En daarom verdienen ze geen liefde?' Lucs stem klonk nu ongewoon scherp.

Wat een rotopmerking. Kwam dat ervan als ze zich kwetsbaar opstelde? 'Weet je wat ze niet verdienen?' Ze vuurde de woorden zacht af. 'Ze verdienen het niet om als stront aan de kant te worden geschept. En dat gebeurt vroeg of laat, een vrouw neemt geen genoegen met wat zij bieden.'

'Hoe weet je dat?' vroeg Luc onverstaanbaar.

'Wat denk je?'

'Doe niet zo cynisch, Ola en geef antwoord. Waarom kan geen vrouw van je broer en je vader houden?'

'Geef antwoord,' bouwde ze hem na. 'Wil je antwoord, Luc Aubertin?' Haar ademhaling versnelde. 'Omdat een vrouw wil dat de deur opengaat als ze er op bonst! Omdat een vrouw een man wil die voor haar kan zorgen en haar de baas is.' Ze keek hem boos aan.

Haast minachtend kaatste hij terug. 'Jij misschien Ola, maar ben jij de maatstaf? Is er maar één soort vrouw? En één soort man? Wat een beperkte blik heb jij.'

Tot haar ergernis sprongen er tranen in haar ogen. Voor het eerst deze week liet ze zich zien en hij hakte direct haar kop eraf. Ze zweeg boos en gekwetst.

Er viel een geladen stilte en ze konden lang wachten voor zij die zou verbreken. Vanaf nu zou ze de community building weer gebruiken voor stille overpeinzingen en afstandelijk oordelen over de groep. Ze staarde naar de kring voeten om haar heen. Dees donkerblauwe pantykousjes met haar parmantige jubelteentjes, Lucs dikke grijze sokken om zijn maat vijfenveertig, Brads kleine stevige voeten in de witte sportsokken, Sonja's slanke blote voeten, Leilahs geruite pantoffeltjes en ten slotte Catherines knokige voeten in sokken met een knol van een gat bij haar grote teen, waar een dikke kalknagel uit priemde. Ze bleef staren tot de kleuren en contouren van alle voeten langzaam vervaagden en in elkaar overvloeiden.

'Ik weet waarom, Ola,' zei Sonja wat later zacht. 'Omdat je moeder het niet kon, denk jij dat geen enkele vrouw het kan.'

Ze hield woord aan zichzelf en zweeg de rest van de sessie. Toch waren de stiltes anders en korter, de laatste avonden. Vertrouwder.

Om tien uur stond Catherine moeizaam op, direct gevolgd door Leilah. Ze wensten de groep welterusten.

'Catherine ziet er moe uit,' zei Dee bezorgd.

'Ik ben zelf elke avond al kapot, en zij doet het meeste werk. Hoe oud is ze eigenlijk?' vroeg Brad.

Geen van allen wisten ze het antwoord. Ze schatten haar tussen de zestig en de zeventig. Eigenlijk te oud om nog zo intensief te werken vonden ze allemaal.

'Catherine wil mensen uit hun lijden verlossen,' zei Dee stellig.

'Luguber uitgedrukt,' vond Brad.

'Ik voel me verlost,' wierp Dee tegen.

'Ik lust nog wel een wijntje,' onderbrak Luc het gesprek. Meestal was hij de eerste die naar bed ging, maar blijkbaar was hij vanavond in zijn element.

De anderen vielen hem bij.

'Ola?' Hij gaf haar een verlegen glimlach.

De manier waarop hij haar had aangepakt stak haar nog steeds en even kreeg ze de kinderachtige neiging om hem af te wijzen. 'Eén wijntje dan,' zei ze zuinig.

Brads lach knalde door de zaal. 'Je moet nog even boeten Luc, man, voor die beuk net.'

Iedereen grinnikte mee, tot ze toegaf en met tegenzin meelachte. 'Ik zet het je nog wel betaald.'

'Ik kan niet wachten,' zei Luc galant.

Had Luc gelijk? Nam ze zichzelf als maatstaf? Die nacht lag ze lang wakker en de vragen spookten door haar hoofd. Nee, nee, zij had gelijk. Ze had de verwoestingen van dichtbij gezien. Een gelijkwaardige liefdesrelatie was onmogelijk voor papa en Sebastian. Natuurlijk kon je van ze houden. Hoe kon je niet, beter gezegd. Alleen dreven ze je tot waanzin als je met ze samenleefde en verwachtte dat ze zich aan normale menselijke verkeersregels hielden. Dat konden ze eenvoudigweg niet. Ik heb gelijk, zei ze tegen zichzelf, Luc kent ze niet.

'Wat wil je hebben Ola, gelijk of geluk?' Jaceks laatste vraag voor hij vertrok, was doordrongen van bittere retoriek. Hij kende het antwoord allang en het had hem van haar weggedreven. Het was idioot dat ze deze week zoveel aan hem dacht, aan alle irritante en lelijke dingen die hij haar vooral het laatste jaar van hun relatie voor de voeten had geworpen.

Ze sliep onrustig en droomde over Jacek en Luc, die voortdurend in elkaar transformeerden. Ook de locatie en context van hun ontmoetingen veranderden steeds. De enige constante was hun minachting voor haar.

Ze werd miserabel wakker. Zes uur. Een van de eerste sensaties was een zenuwachtige kriebel diep in haar kuiten. Ze herkende het signaal van opkomende spanning. Als ze niet ingreep kwam ze als een stresskip terug uit Nederland. Die vervloekte Mariusz. Ze schopte het dekbed van zich af. Kwamen haar hardloopschoenen toch nog van pas.

De dunne regen vormde pas na een minuut een filmpje vocht op haar gezicht. Ze ademde diep in en uit en versnelde op de dijk haar pas. Het was hier schitterend, idioot dat ze voortdurend binnenzaten. Het was alsof ze in een schilderij van een oude Hollandse meester liep, met rechts van haar de zwart-witgevlekte koeien, de groene weiden en links het grauwe water.

Toen ze bij het bos aankwam was ze doornat, maar niet koud. De oude bomen met hun volle bladerdek hielden de fijne regen tegen en het was er ademloos stil. Haar voeten maakten zachte plofgeluiden op het pad en haar eigen ademhaling joeg in snelle regelmaat door haar borstkas en keel. Nog maar een paar dagen.

Ze was zich er niet van bewust dat ze huilde tot ze haar wangen opnieuw nat voelde worden. De tranen stroomden en toch was haar hoofd leeg, alsof diep in haar borstkas een verdriet was aangeboord waar haar verstand geen bereik had. Ze liep door tot de hevige schokken van haar lichaam haar op haar knieën dwongen. Aan de voet van een dikke eik liet ze zich neervallen en klemde haar handen om de dikke stronk.

Met elke golf tranen schrijnde de leegheid vanbinnen heviger tot de pijn ondraaglijk werd. Er was geen liefde voor haar, ze hield niet eens van zichzelf. Mama had haar, papa en Sebastian achtergelaten in de graftombe die hun huis sinds dat moment was en had elke hoop op liefde van ze weggenomen. Ze kreunde en brulde als een gewond dier en haalde haar handen open aan de ruwe stam van de eik in haar pogingen er steun te vinden.

Ze had geploeterd, ze had alle pijn van haar vader en Sebastian weg willen nemen. Een missie die gedoemd was te mislukken, want pijn lag voor onschuldige zielen altijd op de loer en sloeg toe wanneer ze even niet keek. Ze had er niet steeds kunnen zijn, werd heen en weer geslingerd tussen haar zorg om hen en haar eigen verlangens. Ze was zo alleen geweest, al die tijd. Haar tranen werden heter, maar de pijn in haar lichaam werd allengs zachter, tot ze zich zwaar en doodmoe oprolde op het mos. Luc had gelijk. Alleen ontzegde ze niet slechts haar vader en Sebastian de liefde, maar ook zichzelf. Ze koos voor gelijk en niet voor geluk.

'Ola.' Een zachte stem, een stevige hand op haar arm. Had ze geslapen?

'Hoe laat is het?' Alles deed zeer toen ze moeizaam overeind kwam.

'Half acht.' Brad ging naast haar zitten en sloeg een arm om haar schouder. 'Je zit erdoorheen.' Het was geen vraag.

Haar arm ging loodzwaar omhoog en kreunend duwde ze haar paardenstaart naar achteren. 'Ik heb geen bio-energetica nodig voor een doorbraak,' blufte ze beverig.

Hij lachte. 'Dat zullen we nog wel zien.'

Ze schudde haar hoofd. 'Nee Brad, geloof me, ik heb de bodem bereikt, net.'

Ze zaten een tijdje zwijgend naast elkaar. 'We moeten gaan, geloof ik,' zei ze uiteindelijk. 'Ik heb het gevoel dat ik geen stap meer kan zetten.'

Brad hees haar overeind. Al waren ze beiden hardlopend gekomen, ze sjokten nu als bejaarden terug naar het kasteel. Haar lijf was zwaar en moe, maar tintelde van top tot teen. 'Ik wil niet naar de eetzaal.' Iedereen zou zien dat ze had gehuild. Nog even geen confrontatie.

'Ik haal wat yoghurt met muesli voor je,' zei Brad. Hij had goed opgelet.

Ze knikte dankbaar. 'Ik ga vast naar de grote zaal.'

De zware deur stond op een kier en ze duwde hem met moeite verder open. Toen ze Catherine zag was het te laat om weg te sluipen. 'Ola, meisje, ik dacht net aan je.' Ze opende haar grote armen en als een magneet werd ze ernaartoe getrokken. In de val, schoot het een fractie van een seconde door haar heen.

'Je bent sterk Ola,' zei Catherine nadat ze haar had verteld over haar doorbraak. 'Het past zo bij je om dit alleen te doen.' Ze streek met een warme hand een losgetrokken pijpenkrul weg uit haar gezicht. Waarschijnlijk was het haar kwetsbaarheid na de intense huilbui in het bos, maar Catherines gebaar voelde intiem als een seksuele handeling. Ze onderdrukte de neiging haar hand weg te slaan.

'Maar je bent ook een vrouw Ola. Waarom laat je geen man binnen?'

Ze verstrakte.

'Misschien is dat een vraag voor vandaag,' zei Catherine zacht-moedig.

Waarom zou je een man binnenlaten? Er viel best iets te zeggen voor haar levenshouding. En Catherine had nauwelijks recht van spreken, voor zover ze wist had zij zelf ook geen relatie. Het mocht wat, al had ze deze week diepe bewondering gekregen voor Catherine, er was evident iets niet in de haak met haar. Zoveel eten, geen man of vrouw voor haar part, maar al die energie en liefde in steeds nieuwe mensen steken. 'Ik heb het heus wel geprobeerd. Je kunt liefde niet dwingen,' zei ze nors.

'Je loopt ervoor weg.' Catherine was onverzettelijk. 'Als het onder je neus zit, kijk jij er nog over heen.'

'Niet waar.'

'Ik doe met jou geen welles nietes, Ola. Welke mannen heb je in je leven?'

Sonja

Ze voelde zich licht, haast zweverig, maar haar lijf was vreemd weldoorbloed en tintelend die feestavond in de schapenstal. Toen aan het eind van de achtste dag iedereen elkaars intiemste kwetsuren had aanschouwd en gekoesterd, waanden ze zich onoverwinnelijk als groep. Tijdens de laatste bio-energeticasessie stonden onvermijdelijk Ola en later op de dag zijzelf in het middelpunt. Die stinkerd van een Ola had haar catharsis in het bos beleefd, alleen Brad had het staartje meegemaakt. In Ola's sessie hadden ze uitgediept waarom zij nog niet aan de man was, een relatief eenvoudig vraagstuk, waarvan het antwoord lag in de scheiding van Ola's ouders in haar vroege puberteit. Hooguit vormde de mogelijke richting van haar affectie een verrassing, niet in de laatste plaats voor Ola zelf.

Na de hele week dineren in het kasteel, voortreffelijk maar formeel, was het restaurant waar ze nu zaten een vondst.

'Vanavond geen community building,' had Catherine om vijf uur grinnikend aangekondigd.

'Jammer hoor,' zei Ola uitgestreken.

'Een vreselijke teleurstelling,' beaamde Luc grijnzend.

Alleen Dee en Brad vonden het echt spijtig. 'We werden er net zo goed in,' zei de laatste.

'Daarom juist, Brad. We hebben het niet meer nodig.' Ola keek triomfantelijk, alsof ze een belangwekkende ontdekking had gedaan.

Haast in trance had Sonja zich omgekleed en opgemaakt. Eigenlijk had ze willen slapen, maar nu ze hier zat met de zo vertrouwde gezichten om zich heen was ze blij dat ze niet had toegegeven aan die drang. De schaapskooi had nauwelijks verlichting en het grote haardvuur vormde de enige maar ruim afdoende warmtebron. Ze zaten aan lage houten tafels op diepe stoelen waar schapenvachten weelderig overheen waren gedrapeerd. De man die ze had verwelkomd, hij had een enorme paarse gok in het midden van zijn vlezige gezicht, bleek kok, ober, gastheer en wijn-kenner. Het gietijzeren fornuis met tien pitten, een grote gasoven en een immense rij zwaar keukengerei deden denken aan een oude victoriaanse keuken. Natuurlijk braadde er een kwart varken aan het spit in de oven. In de pannetjes op het vuur pruttelde van alles. Het rook er heerlijk.

'Nog maar twee dagen,' zuchtte Dee.

'Anderhalf,' corrigeerde Brad.

'Hou op met simmen,' riep Ola. 'Laten we proosten.'

'En elkaar goed aankijken,' viel ze bij.

'Zeven jaar slechte seks is wel het ergste wat je nu zou kunnen overkomen, Son,' zei Luc onverwacht gevat.

'Zeven jaar is onredelijk lang,' vond Catherine.

Hoelang zou die dikzak geen seks hebben gehad, goed of slecht? Sonja schaamde zich voor haar eigen gedachte. Na wat Catherine die middag voor haar had betekend, zou wat meer respect haar goed staan. Blijkbaar kon ze haar duveltje zelfs nu niet uitzetten. Ze proostten uitgebreid en keken elkaar een voor een aan. Voor het eerst begreep ze Kagysoos verlichting na zijn retraite. Na deze week vormden ze een familie, een ideale familie, zonder de gebruikelijke kinnesinne en haat. Een warm bad waarin ieders eigenaardigheden in liefde werden vergeven.

Na de lunch hadden ze haar allemaal aangestaard, stil Sonja, Sonja scanderend met hun ogen.

'Nee, jongens en meisjes, zo werkt het niet,' schoot Catherine haar te hulp. 'Sonja gaat wel of niet, maar hoe dan ook niet op commando. Kom op, hijs je luie reet van het kussen.'

Gelukkig waren de laatste woorden niet alleen tegen haar gericht.

Braaf stonden ze allemaal op.

Ik laat me niet gaan, prentte ze zichzelf in. Je bent het aan Kagysoo verschuldigd, zei een andere stem. Godverdomme, ik doe wat ik wil. Tijdens het inmiddels al vertrouwde stampvoeten nam haar verwarring toe. De poort ging open en ze kon er niets tegen doen. 'Ik haat je' vormde het startsignaal. De woorden suisden als een gesel door de kring nadat Catherine ze had ingezet. 'Ik haat je,' brulde ze mee. Haar volume nam toe met elke kreet, terwijl de tranen over haar wangen stroomden. 'Ik haat je, ik haat je.' Ze had precies geweten tegen wie ze sprak en toen ze hem visualiseerde, nam haar haat toe. Haar man met zijn grote donkere ogen had bloed aan zijn handen. Háár bloed, of in elk geval zo goed als haar bloed.

Toen Pietertje werd geboren was Sonja acht jaar. Door zijn komst was ze niet langer de jongste in het gezin en heel lang bleef ze hem daar dankbaar voor. 'Slaap mij kindjie, slaap sag.' Duizenden keren had ze het voor hem gezongen. Zodra hij huilde haastte ze zich naar zijn wiegje, tilde hem er behoedzaam uit en drukte hem tegen haar nog platte bovenlijf. Hart tegen hart. Zelfs nu, jaren na zijn dood, voelde ze nog een dun maar onbreekbaar draadje dat diep in het kommetje van haar borstkas verankerd zat, verbonden met Pieters hart, waar dat zich ook bevond.

'Toen ik uit huis ging was hij negen, ik had hem niet zo jong moeten achterlaten,' had ze die middag in de groep gefluisterd.

'Wat gebeurde er met Pietertje, Sonja, vertel het ons, liever.' Catherine kende de waarheid al lang en duwde haar ernaartoe. Heel ver weg voelde ze ergernis, maar haar lichaam ontsloot onomkeerbaar haar geheime plek. Marteling maakte op den duur elke tong los.

'Mijn vader had Pietertje voor zichzelf. Al zijn andere kinderen keerden zich af van zijn apartheidsgeloof. Hij heeft zich op zijn jongste zoon gestort. Binnen een paar jaar was mijn broertje van een lief open kind veranderd in een afstotelijke racistische puber.' Haar maag was samengeknepen toen ze die woorden uitsprak. Pietertje groeide tot Pieter en werd de personificatie van alles waar ze van weg wilde.

Heel voorzichtig had ze hem over Kagysoo verteld. Zijn lichte ogen straalden ongeloof, toen walging en haat. 'Je laat je naaien door een zwarte?' Zijn stem was overgeslagen.

Het woord naaien had haar haast nog het meest geschokt. Haar broertje die zich zo grof uitdrukte. 'Ik hou van een zwarte man.' Haar hart bonkte in haar keel, ze wilde vluchten maar bleef staan. Zijn vuist trof haar vol en ze hoorde haar kaak breken.

'Ik heb Pieter toen een halfjaar niet gezien, tot hij me kwam op-zoeken in Jo'burg.' Haar maag kromp samen en even was ze bang dat ook haar darmen het zouden begeven. 'Ik word misselijk.' De woorden werden direct gevolgd door een eerste golf kots. Tranen sprongen in haar ogen. Ver weg hoorde ze Catherine orders geven. 'Haal een emmer en handdoeken,' aan Leilah. Driftige handbewe-gingen naar de groep om afstand te houden.

'Sonja, vertel ons over Pieters bezoek.' Catherines stevige arm om haar middel bracht een nieuwe golf omhoog. Ze trilde over haar hele lichaam en zwaaide heen en weer als een dronkenlap. Leilah depte een natte handdoek tegen haar gezicht en veegde sporen snot en braaksel weg. 'Vertel verder,' drong Catherine weer aan.

Ze stapte de drempel over en ging terug naar die avond die alle voorgaande wegvaagde. Ze opende de voordeur van hun apparte-ment in Jo'burg en liet Pieter binnen. Hij zag wit, zelfs zijn sproe-ten leken gebleekt. Ze had hem willen omhelzen, haar gebroken kaak was geheeld en tot haar eigen verbazing had ze hem verge-ven. Hij had haar bruusk tegengehouden, zijn armen als bescher-ming voor zich uitgestrekt, de handpalmen raakten bijna haar borst. 'Waar is hij?' Zijn stem was donkerder dan daarvoor. Hij was bijna man.

'Sonja, wie is daar?' Vanuit de woonkamer verried Kagysoo zijn aanwezigheid.

Haar broer duwde haar ruw opzij en sprong naar voren. Met een paar grote passen was hij in haar kamer, waar Kagysoo op de bank lag. Normaal gesproken zou Pieter geen partij zijn voor Kag, maar zijn verrassingsoverval gaf hem het eerste voordeel.

Ze gilde alsof ze vijftien jaar teruggeslingerd was in de tijd. 'Hij heeft een mes, hij steekt Kagysoo in zijn buik. Ik ben te laat.' Kagy-soos verbijsterde ogen, de worsteling tussen de twee mannen, al het bloed, Kagysoos stem die schreeuwde dat Pieter het mes moet loslaten.

Met elke golf braaksel kotste ze een volgende lading zwart ge-voel uit. 'Kag heeft mijn broertje gedood.' Ze jankte met haar laat-ste kracht. 'Het bloed, al dat walgelijke bloed.' De worsteling tus-sen Kagysoo en Pieter was in een zucht geëindigd. Pietertjes laatste zucht toen hij in een bizarre voltreffer in zijn eigen mes zakte. Kagysoo rolde kreunend van hem weg, de ogen gesloten, zijn handen krampachtig om zijn buik geklemd. Pas later wist ze dat hij zijn uitstulpende ingewanden terug had moeten duwen. In de nachtmerrie van dat moment was ze van Kag naar Pieter gewankeld, voelend aan hun polsen, die van Kag zwak en fladderig, die van haar broer onvindbaar. De ambulance had een kwartier op zich laten wachten terwijl zij zich radeloos van de een naar de ander bewoog, huilend, jammerend, onmachtig.

De broeders constateerden Pieters dood, pakten Kagysoo razendsnel in en legden een infuus aan. Ze had Pieter moeten achterlaten.

De herinnering aan de volgende maanden was inktzwart. Terwijl Kagysoo genas van zijn kwetsuren, kwamen die van haar stukje bij beetje bloot te liggen. In de vele uren die ze had doorgebracht aan zijn bed wisselden angst en woede elkaar af. Ze droomde soms dat ze Kagysoo vermoordde en Pieter daarmee terugkreeg. Ze haatte haar man en hield van hem. Ze was opgelucht dat hij beter werd en wenste hem tegelijkertijd dood. Ze haatte haar broer en miste hem zo dat ze er ziek van werd.

Na de rechtszaak, die Kagysoo in een mager voordeel had gesteld, dankzij een bevriende officier, waren ze gevlucht naar Nederland. De pijn raakte ingekapseld en had gesluimerd, tot vanmiddag.

Toen het braken en huilen eindelijk stopten, smeekte ze Catherine: 'Ik kan niet meer. Laat me met rust.'

Maar Catherine was onverbiddelijk. 'Ik wil dat je tegen Kagysoo en Pieter praat.'

Moeizaam had ze tegen een kussen, dat Pieter voorstelde, gestameld hoe ze van hem hield, maar al snel spuwde haat als bittere gal naar buiten. 'Vuile racist, smerig miezerig mannetje, gefrustreerde aap. Je hebt het plezier uit mijn leven gezogen.'

Schelden op Kagysoo was haast onmogelijk. 'Hij kon er niks aan doen,' steunde ze. 'Laat mijn gevoel voor Kag heel, dik wijf.' Ze schaamde zich nu voor die woorden, maar Catherine had ze vanmiddag laconiek opgevat. 'Wees maar boos, meid, wees maar boos, laat maar komen.'

Hijgend hing ze tegen de muur toen Catherine haar een kussen in handen drukte. 'Slaan.'

Haar armen wogen honderdentwintig kilo toen ze het kussen ophief en met een vertraagde worp tegen de muur smeet.

'Nog een keer,' klonk Catherine kalm, maar onwrikbaar. 'En zeg wat je te zeggen hebt tegen Kagysoo.'

'Je hebt mijn broer gedood. Je hebt Pietertje vermoord met je grote zwarte handen.' De met tegenzin uitgespuwde woorden, uitgesproken om van de druk van dat mens af te zijn, werkten als een katalysator die haar een immense bak met haat over haar man liet uitstorten. Kag hoefde het nooit te weten.

Daarna wiegde Catherine haar minutenlang en weer wat later kon ze Pieter en Kag eindelijk vergeven. Het kommetje in haar borstkas met het touwtje erin trok minder pijnlijk samen.

'Sonja, schat, gaat het?' Dees warme ogen trokken haar lijf en gedachten terug naar het nu.

'Ik was even weg,' gaf ze toe. De vingers van Dees hand op de hare reikten nauwelijks tot haar laatste vingerkootje. Ze voelde zich ineens reusachtig naast dit kleine compacte vrouwtje.

'Het was een zware dag voor je.' Dees ernstige blik gaf haar even een vaag schuldgevoel. Had ze de groep wel met haar verhaal moeten opzadelen? Het was te heftig. Ze wilde geen medelijden. Het was voorbij. 'Het was mijn beurt,' zei ze toen maar. 'Ik lust nog wel een wijntje.'

De volgende ochtend leek de rozige avond in de stal wel een droom, maar toch hing de lome stemming ook nu nog rond de ontbijttafel. Ze zat naast Brad, die te kwistig met zijn deodorant tekeer was gegaan. Ze had hem de eerste dag een oppervlakkige Amerikaan gevonden, nu wilde ze zich wel tegen zijn schouder aan vlijen en hem kopjes geven. Ola leek vandaag een heel jong meisje, zeventien hooguit met haar pijpenkrullen warrig om haar hoofd, haar grote ogen zonder een spoortje mascara en haar bleekroze ongeverfde lippen. De Poolse ging naar huis met een opdracht, net als zij allemaal. Ook haar eigen missie was glashelder.

Catherine en Leilah schoven als laatste aan. 'Nog maar twee

ontbijtjes hier,' kreunde Catherine. 'God, wat zal ik in Engeland deze pancakes weer missen.'

Leilah keek bezorgd. Een rare verhouding tussen die twee. Leilah was trainee, maar deed werkelijk niets wat in die richting wees. Zijzelf gaf haar assistenten altijd de lichte 'gevallen' en coachte ze dan vanaf de zijlijn. Op deze manier zou Leilah het vak nooit leren, al twijfelde ze trouwens of die vrouw het potentieel wel had. Misschien dacht Catherine er ook wel zo over. Het was de vraag of die überhaupt iemand naast zich duldde.

Na de focusoefeningen hadden ze een uur de tijd om zich voor te bereiden op hun plannen voor na de retraite. 'Maakt niet uit hoe.' Catherine zag er moe uit en ze verdacht haar ervan dat ze de groep dit uur gunde omdat ze zelf een dutje wilde doen.

'Laten we naar buiten gaan,' stelde Brad voor. 'Het is droog.'

Voor het eerst waren ze met zijn allen buiten. Lucs magere lijf in de beige regenjas slofte naast haar. Hij zweeg.

'Wat ga jij doen als je terug bent in Parijs?'

Hij haalde zijn schouders licht op. 'Ik weet het niet. Elke dag naar de Sorbonne. Een meisje zoeken?' Een verlegen glimlach.

'Zoeken lijkt me niet nodig, ze liggen vast aan je voeten.'

'Niet de vrouw die ik wil.' Hij keek een beetje droevig.

'Misschien nu wel,' zei ze zacht. 'Je hebt afscheid genomen van Juliette, er is weer ruimte.'

'Ik hoop het, Sonja.' Luc klonk aarzelend. 'Maar misschien heb ik haar al gevonden en wil ze mij niet.'

Verbaasd keek ze hem aan. 'Daar heb je niets over losgelaten deze week, stiekemerd.'

'Ik weet het ook pas sinds kort,' zei hij cryptisch.

Ze stak haar arm door de zijne en voelde een schokje door zijn lijf gaan voor hij weer enigszins ontspande. Het bleef houterig voelen en hun stappen waren asynchroon, maar ze durfde haar arm niet terug te trekken tot ze bij de dijk waren aangekomen.

Brad liet zich languit in het gras vallen. 'O goddelijke Hollandse wateren en lucht, u brengt mij in vervoering,' declameerde hij.

'Over vervoering gesproken: hoe staat het met jouw engel, Brad?' vroeg Ola scherpzinnig. De laatste intensieve dagen van bio-energetica hadden de engelen naar de achtergrond gedrongen.

'De engelen,' riep Dee enthousiast. 'Die hebben we nu nodig!' Ze danste haast.

Sonja zakte naast Brad neer. Een paar meter verderop stond Luc, de handen diep in zijn zakken gestoken, zijn blik op de oever van het grijze meer, waar Ola voorovergebogen op de grijze stenen zat en haar linkerhand door het water liet glijden.

'Mijn engel.' Brad sprak de woorden traag uit.

'Wat ga je doen met Rod?' vertaalde ze nuchter.

Brad strekte zijn benen en keek opzij. Zijn aardige gezicht met de blonde krulletjes eromheen, nog vochtig van het harde werken tijdens de focusoefening, betrok. 'Al sla je me dood, Son.'

Behalve Kagysoo noemde niemand haar nog zo, nu ze haar familie niet meer zag. Wat zei dat over de afstand tussen haar en haar vrienden? Ze schudde de gedachte van zich af. 'Wat wil je Brad?'

'Met Rod kussen tot ik erin blijf.'

'Snap ik.'

Luc was er intussen bij komen zitten, zijn rug naar Ola en het IJsselmeer toe. 'Hoe ga je dat combineren met je huwelijk?'

Brad zuchtte diep.

'Wat ga jij doen met je engel van vertrouwen, Luc?' riep Ola op provocerende toon vanaf de walkant.

'Hallo,' riep Dee, 'kom er eens bij jij, in plaats van zo stiekem mee te luisteren.'

'Niks stiekem,' protesteerde Ola en klauterde tegen de glibberige leigrijze stenen omhoog.

'Ik sta elke dag op en zeg tien keer tegen mezelf dat het leven me toelacht,' zei Luc flauwtjes.

'En je zoekt een vrouw,' sprak Dee streng.

'Toch wel digitaal? Beetje bij de tijd, Luc.' Waarschijnlijk bedoelde Ola het als een grapje, maar het klonk venijnig.

Hij gaf geen antwoord.

'Het komt goed Luc, heb vertrouwen,' zei Dee moederlijk.

Luc gaf haar een warme blik als dank. Wat een ongehoorde oogpartij had die man. Al haalde hij het net niet bij Kagysoo. 'Ik heb vergeven,' zei ze spontaan. 'Ik kan mijn engel missen, nu.'

Ze keken haar allemaal aan, ernst en begrip in hun ogen.

Ola stelde de brandende vraag. 'Ga je Kagysoo een baby geven, Sonja?'

Een week geleden zou ze woedend zijn geworden van zo'n impertinente vraag, nu liet ze hem binnenkomen en kauwde erop. 'Dank je Ola, voor je moed,' zei ze uiteindelijk. 'Ik had die vraag graag nog even verdrongen, maar morgen krijg ik hem toch, dus ik kan mijn kop beter nu al uit het zand trekken.' Ze staarde naar haar buik, vouwde haar handen eromheen en blies er lucht in tot ze haast uit haar broek knapte. 'Hoe staat het me?' piepte ze met haar laatste restje lucht.

Brad rolde haast in het water van het lachen. Niet dat daar veel voor nodig was, Brad was de meest goedlachse kerel die ze ooit had ontmoet.

'Godzijdank heb je gisteren je ogen open gehad met toosten, Sonja,' zei Luc.

'Slechte seks geeft lelijke baby's,' zei Ola ernstig, expert op het onderwerp proosten en seks.

'En je moet het heel vaak doen voor het raak is,' zei Dee met een knipoog.

Iedereen giechelde, want al had Dee het niet met zoveel woorden gezegd, in hun verbeelding was haar echtgenoot als een bronstig hert verrezen toen Dee gisteravond met een fles wijn achter de kiezen vertelde hoe Jeff een hartaanval kreeg tijdens de daad en tot haar grote ongerustheid ook nu het noodlot bleef tarten.

Sonja durfde niet te vragen naar Dees engel, het leek zo onverschillig dat ze die vergeten was.

Gelukkig herinnerde Brad hem zich nog. 'En jij Dee, hoe ga jij spontaniteit in je leven brengen?'

'Ik ga heel spontaan heel veel spontane acties plannen,' grijnsde Dee na een paar seconden bedenktijd en zuchtte toen. 'Eerlijk gezegd heb ik geen flauw idee.'

'En jij, Ola?' vroeg Luc. 'Ga jij je overgeven aan Mariusz?'

Leilah

Traditioneel waren de laatste dagen van de retraite vol blijdschap en melancholie, maar nog nooit eerder had ik zo'n extreme cohesie in een groep gevoeld.

'Ze zijn maar met zijn vijven, Leilah, en ze hebben elkaar stuk voor stuk hun diepste diepten getoond. Die eenheid is volstrekt geloofwaardig. Mooi ook.' Cathy keek intens tevreden. 'Ik heb nog getwijfeld of we het moesten laten doorgaan. Gelukkig volg ik altijd mijn intuïtie.' Ze grinnikte.

We hadden de laatste community building achter de rug, waarin zelfs Cathy's pokerface was gesneuveld.

Overdag hadden we aan de periode na de retraite gewerkt. De overgang bleef lastig, maar volgens mij hadden we ze goed op weg geholpen. Na Cathy's individuele adviezen consulteerde iedereen zijn eigen bron van wijsheid, op orders van Cathy. 'Schrijf jezelf een brief waarin je met jezelf afspreekt wat je de komende tijd gaat doen. Wij sturen je de brief over enkele weken toe.'

Ingespannen kauwde Luc op zijn potlood, voor hij met moeite een half kantje volschreef. Brads pen vloog over het papier. Sonja wachtte enkele minuten en begon toen bedachtzaam te schrijven. Ola produceerde slechts één regel zag ik, vlak voor ze de envelop dichtplakte. Dee had een extra vel nodig.

Op verzoek van Cathy bestond ons galgenmaal uit hertenmedaillons, rode kool en aardappelpuree, met toe een reusachtige aardbeientaart met slagroom. 'Die hou je niet goed,' verordonneerde Cathy, 'morgen kun je deze schoonheid weggooien.' Natuurlijk nam ze zelf een tweede stuk. Dee hield het kreunend voor gezien en Sonja schudde gewoon nee. De kleine Ola nam de uitdaging aan. Brad schoof voor zijn imago een piepklein puntje op zijn bord.

'Het gaat nu tussen ons, Ola,' zei Luc onverwachts en hij sneed een fors stuk af. Het had iets verbetens, hoe die twee tegen elkaar op aten. Zelfs Cathy hield het voor gezien. Ola nam muizenhapjes, Luc schoof grote happen taart naar binnen.

'Ik zet mijn geld op Luc,' zei Cathy beslist.

'Ik ook,' riep Brad.

'Girlpower,' moedigde Dee aan. 'Laat je niet kennen, Ola.'

Na hun tweede stuk volgde een derde en vierde.

Uiteindelijk bleken Lucs ogen groter dan zijn maag: hij gaf zich gewonnen. Triomfantelijk propte Ola de laatste hap naar binnen.

'Gefeliciteerd,' zei Luc sportief. 'Je hebt me weer verslagen, Ola.'

Ola zag haast groen tijdens de laatste community building.

De stemming was melig. Voor de tweede keer zongen ze het Zuid-Afrikaanse strijdlied dat Sonja erin had gepompt, maar dit keer klonk het vrij van strijd. Ze gedroegen zich als uitgelaten pubers aan het einde van een werkweek. Cathy grijnsde tegen wil en dank en verhoogde daarmee de euforie. 'We hebben gewonnen!' riep Brad. 'Een lach van de baas bij community building!'

'Ze lacht inderdaad,' zei Dee verbaasd.

Even probeerde Cathy haar lach eronder te krijgen, maar toen gaf ze zich definitief gewonnen. 'Oké schatten, jullie winnen. Alleen vanavond,' voegde ze er dreigend aan toe.

Na een glas wijn in de bar lieten Cathy en ik de groep daar achter. De eieren, inmiddels lauw, wachtten op ons.

Cathy wreef de snee witbrood in het eigeel op haar bord. 'Een uitzonderlijke week, Leilah. Met een ware apotheose!' Ik wist direct dat ze aan Sonja refereerde. Cathy was op haar best in extreme situaties en zelfs toen Sonja moest overgeven, had ze haar niet losgelaten. Tot de laatste druppel gif eruit was.

Ik pakte haar rechtervoet en kneedde haar tenen.

'Laat maar Leilah, vanavond niet,' zei ze kortaf en trok haar been terug. 'Ga naar je kamer. Ik wil slapen.'

Ze was uitgeput. Ik wist dat het haar minstens twee weken kostte om van een retraite te herstellen. Toch bleef ze het doen. Ze holde zichzelf uit om anderen te helpen.

De afscheidssessie voltrok zich net als alle andere onderdelen van de retraite volgens een vast ritueel. Ik haastte me na het ontbijt naar de kleine zaal en stak er kaarsen en wierook aan. Ik sloot de gordijnen en haalde het pakje engelenkaartjes uit mijn vestzak. Ik schudde ze, die vreemd irrationele gewoonte van me, voor ik ze een voor een op hun blinde zijde op de tafel legde. Welke zou ik zelf pakken? Ik weerstond de verleiding te spieken. Het lot zou bepalen.

Cathy sprak plechtig. 'De engel van deze week heb je waarschijnlijk niet meer nodig. De engel die jullie nu trekken gaat je het komende jaar vergezellen op je reis.'

Een voor een trokken ze een kaartje, plechtiger nog dan de eerste dag. De engel van overgave zou met mij mee naar huis reizen. Daar zou Gerald blij mee zijn.

'Sonja schat, wil jij beginnen?' vroeg Cathy. 'Welke engel heb je en wat betekent die voor jou?'

'Ik heb de engel van integriteit,' zei Sonja traag. 'Integriteit.' Ze klonk verbaasd. 'Wat dat voor me betekent? Het eerste waar ik aan denk is mijn beroepsintegriteit. Maar dat zal de betekenis wel niet zijn.' Ze klonk weifelend.

'Soms wordt de betekenis van je engel pas later onthuld,' zei Cathy geruststellend. 'Brad, lieverd, welke engel heb jij?'

Brad keek peinzend naar zijn kaartje. 'Wijsheid. Mijn engel is wijsheid.' Hij zuchtte diep. Ik voelde met hem mee, want wat was wijsheid als je twee jonge kinderen, een koude vrouw en een hete minnaar had?

'Ik heb de engel van vrije keuze,' zei Ola verbaasd. Prompt werd ze knalrood.

Cathy glimlachte fijntjes.

'Ik heb de engel van huiselijkheid,' zei Dee. 'Raar, ik wou net wild worden van spontaniteit.' Ze klonk timide.

'Dat kan ook in huis,' opperde Luc.

Dee bleef sip kijken.

Ik glimlachte in stilte. Al sprak Dee best positief over haar man, toch wilde ze seks met negers. Drie dikke nog wel. Volgens mij zat ze net als ik in een ingedut huwelijk en vond ze de engel van huiselijkheid een tamelijk teleurstellende gift.

'En jij Luc, liefje?' zei Cathy warm.

Hij keek naar zijn engel. 'Ik heb die van jou overgenomen Brad, ik heb vervoering.'

'Mazzelkont,' antwoordde die.

Daarna gaven we elkaar de geschenken, onze laatste rite voor de komst van de taxi's die ons uit elkaar zouden rukken. Dee gaf me haar vriendschap, Ola wenste me een luide stem om mezelf hoorbaar te maken, Luc gaf me de regenboog omdat ik volgens hem meer kleur in mijn leven nodig had en Sonja gaf me een eindeloos aantal vrijpartijen, met wie dan ook, voegde ze er olijk aan toe. Brad dacht lang na voordat hij met zijn cadeau aan mij kwam. 'Ik geef je een grote roze bank met dikke kussens, die trilt en schokt, waar je elk moment op kunt gaan relaxen.' De associatie met de grote roze vibrator die ik ooit bezat, drong zich op. Kwam ik nou nog steeds zo gestrest over?

Cathy gaf me al jaren hetzelfde: een sloophamer om mijn leven mee te lijf te gaan. Ik zuchtte stiekem.

Barstensvol rijkdom verliet iedereen de grote zaal. Voor het laatst. De meesten zouden de ruimte, gevuld met engelen, niet weer zien. Ik wel, de volgende retraite was alweer over een paar maanden.

Dee

De cottage stond er nog, natuurlijk, maar vaag voelde ze teleurstelling dat alles nog zo hetzelfde was. Elk sprietje stro op het dak lag evenwijdig aan het volgende alsof haar echtgenoot de hele ochtend het dak had staan kammen. Ook in huis had Jeff zijn best gedaan, zelfs het fornuis glom. Hij zag er zelf ook beter uit, minder opgezwollen. 'Je bent afgevallen,' zei ze verbaasd, haar handen om zijn middel.

'Neuh,' sputterde hij tegen.

'Beslist wel. Waar zijn mijn lovehandles?'

Hij duwde haar handen weg. 'Hoe was het?'

Al was ze het niet van plan, ze vertelde hem alles, tot en met die vreselijke oefening waarbij ze zich in de groep moest dringen. Ze liet zelfs haar tekening zien. 'Ik ben als kind zo gepest. Ik heb me onzichtbaar gemaakt. Deze week ben ik als het ware naar buiten gepeuterd.' Ze grinnikte om haar eigen woordkeus. 'Mijn angsten kwamen voort uit onderdrukt leven. Ik heb mezelf altijd in een keurslijf gepropt.'

Hij vroeg niet of ze haar angst had overwonnen en daar was ze hem dankbaar voor. Wat had ze kunnen antwoorden?

Op zondag kwamen de eerste e-mails binnen. Jeff keek lichtelijk verbaasd toen hij haar elk kwartier naar haar computer zag rennen. De eerste was van Brad.

'Lieve schatten,
Hoe is het jullie vergaan: de terugreis en thuiskomst? Ik mis jullie! Ik ben nu een dag thuis. Gisteren heb ik – gaar als een pakje boter van de reis – heel decadent een taxi genomen vanaf het vliegveld om eerder thuis te zijn. Waren ze er niet! Suzanne had de kids op een dagje shoppen getrakteerd. Ze kwamen doodmoe thuis, bedolven onder de tassen. Gelukkig kreeg ik van Tim en Lacy zowaar een dikke knuffel, al ben ik deze week natuurlijk niets tekortgekomen in dat opzicht.

Suzanne was koel, maar achter dat masker zag ik haar onzekerheid.
Het lijkt wel of ik in deze tien bijzondere dagen met jullie een shot
liefde in mijn lijf heb gekregen. (Dokter Catherine, zeg eens, waar
zat die love potion in?) Ik kon Suzanne met meer warmte aankij-
ken dan sinds lang het geval was. Zij is tenslotte ook een mensje, net
als de rest van ons, dat er wat van probeert te maken. Die avond heb
ik haar verteld dat ik ons huwelijk nog een kans wil geven, voor de
kinderen. Ze was overduidelijk opgelucht, maar vertrok redelijk snel
naar de logeerkamer. Geen echtelijke seks te melden dus, vast in te-
genstelling tot jou Sonja, mazzelaar!'

Dee glimlachte. Brad had voor iedereen een speciaal woordje of
een kwinkslag. Hij was aandoenlijk. Hij schreef echter geen woord
over Rod en dat verontrustte haar.

Jeff boog zich over haar heen en probeerde mee te lezen. Ze
duwde hem met haar hoofd weg. 'Wegwezen, jij, dit is tussen mij
en mijn liefste vrienden.'

'Dat zal Sheila leuk vinden,' refereerde hij aan haar hartsvriendin, die inderdaad beslist jaloers zou zijn als ze dit hoorde. Hoe
kon je iemand uitleggen dat in tien dagen tussen vijf mensen een
band kon ontstaan die normaal gesproken een half mensenleven
vergde?

Ze drukte op reply all. Catherine had ze op het hart gedrukt
geen individuele mails te sturen.

'Moeten we ook mails die speciaal aan één persoon zijn gericht
naar elkaar doorsturen?' had Sonja verbaasd gevraagd.

'Het groepsproces gaat na vandaag door.' Catherine had de
woorden met nadruk uitgesproken. 'Je kunt elkaar best persoonlijk toespreken in de mail, maar hou de rest op de hoogte met een
cc.'

Ze antwoordde kort maar met heel haar hart.

'Lieve vrienden, net als Brad voel ik me ontheemd zonder jullie, als
ik zo vrij mag zijn je woorden te interpreteren, Brad! Het is heerlijk
in mijn eigen huis te zijn. Mijn bed, mmm! De bedden in Friesland
waren heus niet slecht, maar met mijn eigen boxspring uit Zweden
kan nu eenmaal niets concurreren.'

The proof of the pudding is in the eating. Honderden malen had haar vader de uitdrukking gebruikt, dus raar was het niet dat die boven kwam toen ze maandagochtend op de trein naar Paddington Station wachtte. Jeff had haar naar het station gereden, maar ze had hem niet mee op het perron willen hebben. 'Laat me maar,' zei ze dringend.

Hij had zijn schouders opgehaald en was zonder protest weggereden, wat haar vaag teleurstelde. Het is juist goed, weersprak ze dat gevoel. Hij laat je los, hij vertrouwt erop.

Ze ademde te diep in en een penetrante urinelucht drong haar neusgaten binnen. In een reflex opende ze haar mond, maar sloot die gelijk weer. 'Je neusgaten vormen een natuurlijk filter,' onderwees ze haar kinderen altijd. 'Bij stank nooit je mond opendoen.'

Het geluid van de naderende intercity zwol langzaam aan.

'Je ziet er stralend uit schat! Wat hebben ze met je gedaan?' Ben Dawson leunde achterover in zijn bureaustoel en monsterde haar.

'Ik heb toch maar een facelift genomen,' grinnikte ze.

'Nee, nee, dat geloof ik niet.' Ben keek peinzend. 'Je ogen staan anders, maar niet op die manier, er is vanbinnen iets veranderd.'

Dee knikte tevreden. 'Hoe is het hier?' vroeg ze na een korte stilte. Over haar retraite kon ze Ben onmogelijk vertellen, de woorden zouden leeg klinken. Het was al lastig genoeg het aan Jeff uit te leggen.

Wel had ze het weekend een uur met Rachel aan de telefoon gehangen. Ze had haar dochter bedankt dat ze haar in contact had gebracht met Catherine. 'Ze is magisch, Rachel.'

'Ik weet het, mam. Ze heeft mij losgeweekt van Tom: pure toverkracht.'

De intercitytrein was langs gedaverd en al versnelde haar hartslag, geen moment voelde ze de neiging ervoor te springen. Ik ben genezen, dacht ze verwonderd. Kon het zo simpel zijn?

Jeff wachtte haar op bij het station. Ze knikte blij en stak haar duim omhoog. Hij lachte flauwtjes, maar had vast doodsangsten uitgestaan.

'Ik denk dat ik ook weer ga autorijden,' zei ze even later vrolijk.
De arme schat schrok zichtbaar.
'Ik neem eerst wel wat lessen,' giechelde ze.

'Lieverds, ik heb vandaag de trein genomen,' mailde ze haar vrienden. Sans aucun problème, *Luc, zoals jullie het zeggen. Mijn enige opwinding was over het ontbreken ervan. Volgen jullie me nog? (Vast wel als je je mijn infantiele tekening vol treintjes voor de geest haalt). In werkelijkheid zijn treinen grote logge voertuigen, maar ik kan ze nu aan, net als die fucking specialisten die me al jaren het leven zuur maken, kleine ambachtslieden met een veel te hoge status. De monden vielen open vandaag in een vergadering toen ik ze take* it or leave it *aanbood op een voorstel dat ik er al jaren geleden door had moeten jassen. Heerlijk. Vrees niet Sonja, ik sla niet door, heb alles onder controle, ik ben even eufoor, laat me maar.'*

Wat was het heerlijk dat ze vrienden had die elk belachelijk woord begrepen.

Luc

Parijs was oogverblindend mooi. Op de dag van zijn terugkomst scheen de zon en zijn huid zoog de warmte op na de tien vochtige dagen in Nederland; toch was het een te magere tegenhanger voor de schraalheid van zijn bestaan die hem in zijn appartement direct overviel. Hij miste Dees warme aanwezigheid, hij miste die gekke Amerikaan, hij miste ze eigenlijk allemaal. Zelfs de ergerlijke Ola die hem continu plaagde. Schei toch uit, stop met jezelf voor de gek houden, schold zijn alter ego hem uit.

Het vooruitzicht van een eenzaam ontbijt bemoeilijkte het opstaan, toch al niet zijn sterkste punt, de volgende ochtend. Hij krulde zijn benen op en bleef foetaal liggen in de tijdloze zone van ontwaken, tot zijn maag het niet langer hield. Tien dagen was die verwend met overdadige voeding in de vroege ochtend en hij pikte dit uitstel niet.

De douche spuwde een slap aftreksel van die in Friesland uit. Hij zou er een nieuwe kop op zetten en zijn huisbaas aansporen om de waterdruk te verhogen. Hij had zijn appartement redelijk opgeruimd achtergelaten en afgezien van zijn uitpuilende koffer oogde de woonkamer sober, haast onbewoond.

Om halftien trok hij de deur achter zich dicht, gehaast en gespannen alsof hij op de vlucht was.

De vroege Parijse zaterdagochtend verliep als in slow motion. Toeristen en een enkele brave werknemer vulden de metro nog niet voor een derde. Van hen sliep zeker de helft door, na een te korte nacht.

Toch voer er een schok door de cabine toen het licht uitviel en de metro snel vaart minderde.

Enkele seconden later sloeg het noodaggregaat aan en brandde er weer licht, maar de metro bleef stilstaan. Luc zat achter in de cabine en nam vanuit zijn ooghoeken elke beweging van de aanwezigen waar. Dit is een moment waarop er paniek kan uitbreken, schoot het door hem heen.

In de stoelen voor hem fluisterden twee jonge vrouwen tegen elkaar, hun rugzakken als volgroeide bochels tegen de rugleuning aangedrukt, in een taal die hij nu herkende als Nederlands. Verstaan kon hij ze niet.

Verderop in de cabine was het doodstil. Hij schoof zijn billen naar beneden tot ze de afgeronde rand van de harde plastic bank bereikten. Zijn benen trilden. Er werd niets omgeroepen, waarschijnlijk was ook de intercom uitgevallen.

'Terroristen,' knerpte een dikke Parisienne een paar banken verder.

Er ging een zucht door de cabine. Van ergernis, angst? Hij kon de emoties van het cordon vreemdelingen om hem heen niet duiden en sloot zijn ogen. Was hij nog maar in Friesland.

Het lukte hem niet helemaal zich te teleporteren in tijd en plaats maar hij kwam een eind. Dee zat bijna echt naast hem, pakte zijn hand vast, streelde zijn vingers. 'Luc, schat, laat ze kletsen. Niets aan de hand.' Ze streek haar andere hand door zijn krullen en kuste hem vederlicht op zijn wang.

'Hey, Fransoos, je lijkt wel een fucking Amerikaan! Je bent toch niet bang voor een bom man, kom op, die leggen ze op een werkdag! Welke idioot kiest een luie zaterdagochtend. Word wakker Luc!' Ook Brad gaf hem een zoen, even ongepast als welkom.

Een traag ironisch antwoord van Sonja. 'Luc, kom terug op aarde! De elektriciteit valt uit, joh! Alleen reden voor paniek als je echt niets anders hebt om je druk over te maken. Laat die meiskes voor je, die twee maken ook eens iets mee.' Ze knipoogde.

'Sodemieter op Luc, je koketteert.' Ola gaf hem haar vertrouwde linkse directe. 'Je bent niet bang, je hoopt juist dat er iets engs aan de hand is, dan heb je zo in elk geval iets om ons te mailen.' Ze keek hem scheef aan, half minachtend, half... half liefdevol.

'Gebeurt dit vaker?' vroeg een van de meisjes voor hem in haar beste Frans.

Hij schrok wakker uit de bijna tastbare retraitewereld. 'Nee, nee, niet vaak. Ik heb het wel een keer eerder meegemaakt, jaren geleden.' Zijn stem haperde, het waren zijn eerste woorden die ochtend.

Het meisje dat de vraag stelde, een grauwige blondine, leek nauwelijks gerustgesteld.

'Niets aan de hand,' kuchte hij in een poging haar alsnog gerust te stellen.

De blik in haar ogen vertelde dat ze hem wilde geloven, maar het niet kon.

De lucht in de metro werd zwaarder: dat was geen verbeelding. Hij keek naar de deuren en schatte de opening die de deuren zouden geven aan lucht van buiten. Wat voor lucht hing er in de kilometers lange tunnels? Welke stoffen zouden zegevieren? Zuurstof zeker niet, een fractie van alle deeltjes bestond uit deze reinigende en voedende verbinding. Stikstof was alom vertegenwoordigd en zou in elke porie doordringen. Kooldioxide, je reinste killer: zou die om zich heen grijpen? Had hij niet een negen voor scheikunde op de middelbare school? Waarom dan die suffe sociale wetenschappen?

Natuurlijk was het volstrekte nonsens dat je in een metro aan zuurstofgebrek kon overlijden, tenzij er sprake was van brand. Via de gangen van de ondergrondse werd altijd nog ruim voldoende lucht aangevoerd. Ongezond was het wel.

Toch voer er een zucht van opluchting door de coupé toen de metro langzaam weer ging rijden.

Wat was de diepere betekenis van deze rit met zijn plostelinge stop? Eenmaal boven drong die vraag zich aan hem op.

'Rien, nada, niente,' zou Sonja zeggen.

'Haal uit deze ervaring wat er voor jou in zit, Luc,' aldus Dee.

'Je duikt weer in je schuilkelder, Luc,' zou Ola veronderstellen.

'Ach man, de techniek haperde even, dat is alles. Wees blij dat je niet in een vliegtuig zat.'

Hij besloot Brads conclusie aan te houden.

Hoe lang kon je met goed fatsoen op een koffie en croissant zitten? Parijs ontwaakte en tegen elven rukten de toeristen in groten getale op. Zijn ober keek hem na een uur weg.

Hij liep de hele weg naar huis. Maandag zou hij de metro weer nemen, maar voor vandaag was één rit voldoende.

Bij de buurtsupermarkt kocht hij courgettes, pasta, vis, wijn en goed brood, sommige dingen waren nu eenmaal beter in Frankrijk.

De grote grijze hield zich ook de rest van de dag gedeisd. Had hij hem dan toch echt in Nederland van zich afgeschud?

Erg gezellig wilde het niet worden. Hij keek die avond televisie tot hij knikkebolde en nog net zijn bed haalde.

Om elf uur de volgende ochtend belde Fernand. 'Luc, hoe is het met je? Hoe was het, kan ik beter vragen!'

Hij lag nog in bed en had het laatste uur geworsteld om eruit te komen. De grijze zat in de hoek van de kamer.

'Fernand, wat fijn dat je belt!' Heel even voelde hij gêne over het enthousiasme in zijn overslaande stem, hij stelde zich aan als een drenkeling.

Fernands reactie veegde zijn schaamte weg. 'Luc, ik ben zo benieuwd, ik kon niet wachten. Louise heeft me gisteren tegengehouden anders had ik direct aan de lijn gehangen. Kom je lunchen?'

Hij zat al overeind. 'Graag, Fernand.' Het interesseerde hem nu niet dat het dankbaar klonk. Hij zou bloemen meenemen en genieten van Louises kookkunst en hun gezelschap. Hij had ook vrienden in Parijs.

Bij de overvloedige lunch, die die van het hotel in Friesland deed verbleken, probeerde hij ze uit te leggen wat er deze week met hem was gebeurd. Natuurlijk wist Fernand al van hem en Juliette, zij was destijds ook student geweest bij hem. Fernand keek wat sceptisch toen hij de groep beschreef.

'Ik weet wat je denkt, ik ken ook alle wetten van groepsdynamica, net als jij. Dit was anders.'

Fernand knikte neutraal. 'Ik ben blij dat het je verder heeft gebracht Luc.'

Hij zweeg, zo was het ook goed. Een ervaring als deze bracht je nou eenmaal niet over op anderen.

Vroeg in de avond bracht Fernand hem thuis. Hij was een beetje dronken en had hun aanbod voor het diner afgeslagen. 'Ik ga vroeg naar bed.'

Fernand zette hem voor de deur af. 'Ga wel naar Chevallier deze week, Luc. Neem geen risico's.'

Hij knikte wazig. 'Tuurlijk Fernand, maak je geen zorgen. Ik weet best dat ik er nog niet ben.'

Toch was de grijze er die avond en de volgende ochtend niet en bracht de metro hem maandagochtend zonder haperingen naar de Sorbonne, waar het gewone leven een stuk eenvoudiger leek dan twee weken geleden.

Ola

De opdracht was godvergeten eenduidig: kijk of Mariusz je man is.

Jezus! Nooit had ze daaraan gedacht toen ze begonnen was met die verdomde retraite. Mariusz was wel de laatste die ze voor ogen had. En toch hadden ze een punt. Ze? Catherine!

Mariusz was heel lang haar vaderfiguur geweest. De laatste zes jaar had ze alles van hem geleerd en al voelde ze zich nu superieur aan hem: dat was een fase, zoveel kon ze zelf ook nog wel beredeneren. Het werd tijd dat ze naast hem kwam. Naast hem, op hem, onder hem, achter hem: het was om het even. Hij kon haar potentiële match zijn, maar omdat ze hem lang als haar vader had beschouwd en daarna als haar ietwat wereldvreemde broer, had ze hem over het hoofd gezien. Natuurlijk was ze bijzonder op hem gesteld. Wat was houden van? Hoe kon je niet houden van iemand die je jarenlang tachtig uur per week gecoacht, geleid en gekoesterd had? En vertaalde ontkende liefde zich niet vaak in absolute ergernis?

Het was alsof hij het rook en er geen gras over wilde laten groeien: op het vliegveld van Warchau toetste ze de pincode van haar mobiel in en even later piepte er een sms. 'Hoe was het?'

Ze drukte het bericht weg en beende door de lange gang naar de bagageruimte. Shit, ze had tijd nodig, maar volgens de groep had ze daar al te veel van verprutst. 'Tijd voor een borrel, morgen?' toetste ze in, haar vinger aarzelde lang boven de send knop. De bagageband spuwde de eerste koffers en tassen uit. Ze hipte van het ene op het andere been. O, kut, ja of nee? Ze had het ze beloofd.

'Ik doe met jou geen welles nietes, Ola. Welke mannen heb je in je leven?'

Catherines vraag was lachwekkend eenvoudig te beantwoorden. 'Mijn vader, mijn broer, Mariusz, de bakker... nou ja, en wat mannelijke collega's.' Pas seconden later had ze, tot haar tevredenheid, gemerkt dat ze Jacek spontaan niet had genoemd. Die blijdschap was van korte duur toen ze erachter kwam dat ze Mariusz niet verachtte, maar juist om hem gaf. Nu ze adjunct werd, was liefde voor de baas wel het laatste waar ze op zat te wachten, maar Catherine had net zolang doorgezaagd tot ze haar gevoel voor Mariusz schoorvoetend toegaf.

'Je kunt er niet voor weglopen, Ola, verstandig meisje,' had Catherine zacht gezegd. 'Geef die man een kans, dat is wel het minste.'

Morgenavond kreeg hij zijn kans.

Haar flat voelde als een vreemdeling die ze zou moeten kennen. De halogeenverlichting leek ineens onredelijk hard en het gladde aluminium van haar keukenapparatuur oogde koud. In een poging het gezellig te maken zette ze een cd op. Katie Malua verveelde haar plotseling. Had ze echt nog geen twee weken geleden van deze vlakke klanken genoten? Onrustig bladerden haar vingers door de cd's.

Max Bruchs eerste vioolconcert versterkte elke stemming. Zo bezien nu een onverstandige keus. Ze viel neer op de witleren bank en liet zich meevoeren door de slepende klanken.

Even later kwamen ze allemaal bij haar zitten. Brad voor een keer stil door de violen. Sonja, wijs, met tranen in haar ogen. Dee haast verstild, klein, haar ogen gesloten. Luc, mager, gebogen, zijn bruine ogen diep in die van haar.

Nog lang nadat ze was gestopt met huilen, klonk Max Bruchs door de kamer dankzij de herhalingsknop.

Moe, leeg en koud rolde ze de vroege ochtend in bed, haar dunne benen in de grijze pyjama opgetrokken. Een dekbed, dikke kussens en meters bed zonder een beer, kruik of man.

Ze zag het licht worden, een magere bleke zon, maar in elk geval geen regen hier in Warschau. Misschien was dat een goed teken.

Hij had platvoeten en droeg maat zevenenveertig. Ze had ze nooit eerder bloot gezien, hoe zou ze ook, Mariusz droeg altijd degelijke veterschoenen. Hij had liggen woelen en zijn benen waren onbedekt. Aan de voeten herken je de man, beweerde Dorota altijd, lastig dat ze een geheugen had voor het geraaskal van haar vriendin. Zelf had ze niets speciaals met voeten, maar die van Mariusz zag je niet over het hoofd. Toen hij zich omdraaide ontdekte ze dat er bovendien dikke plukken haar op zijn tenen groeiden.

Hij had overal haar, zelfs zijn neus, jukbeenderen en oren waren ermee bedekt. Jacek, haar laatste minnaar, was glad en zacht. Verbijsterd groeven haar vingers die nacht door Mariusz stugge bekleding.

Hij was niet slecht, hij kuste stevig maar niet hard, zijn vingers waren trefzeker en hij was aandachtig. Ze zou hier best aan kunnen wennen.

Hij had haar op haar wang gekust toen ze elkaar zagen. Ze kusten elkaar anders alleen op verjaardagen.

Op haar witte bank hadden ze een tijdje gepraat, beiden een glas witte wijn, een dik kussen tussen hen in als buffer.

'Ze is goed, he?' zei hij over Catherine.

Ze knikte. 'Het was een bijzondere ervaring.'

Mariusz vertelde haar over zijn eigen retraite, tien jaar geleden. Hij was daarna zijn eigen consultancybedrijf gestart. 'Wat heeft het jou gebracht?'

Ze aarzelde. 'Ik weet nu waarom ik me zo slecht kan binden,' zei ze toen. 'Waarmee ik op zich nog niet veel opschiet.'

Hij knikte. 'En dus?'

'Ga ik je kussen,' zei ze toen maar, gooide het leren kussen van de bank en schoof wat dichterbij. Ze giechelde om zijn verbijsterde blik.

Hij herstelde zich snel en sloeg een stevige arm om haar heen.

Hij was al jaren dol op haar. 'Je was te jong,' verklaarde hij zijn terughoudendheid. 'Te, te...' Nu aarzelde hij overduidelijk.

'Zeg het maar,' daagde ze hem uit.

'Te hard en aanmatigend,' zei hij zacht. 'Je zou me met de grond gelijk hebben gemaakt. Dat deed je in het werk al.'

'Ik ben nog dezelfde,' loog ze.

Hij schudde zijn hoofd.

'Ik ben niet verliefd,' waarschuwde ze.

'Komt wel,' zei hij kalmpjes.

Catherine had gelijk, het was heerlijk je hoofd op iemands schouder te leggen en te vertrouwen. Misschien was sympathie wel een betere basis dan verliefdheid, die altijd met angst gepaard ging.

Ook haar bezwaren over de samenwerking wuifde hij weg. 'Onzin, zoveel echtparen runnen samen een bedrijf. Als we maar open zijn. En ik ben eigenaar, weet je nog?'

'We zijn geen echtpaar,' schrok ze.

'Nog niet.' Mariusz grinnikte. 'Rustig Ola, er gebeurt niets wat jij niet wilt.'

Ze ontspande. 'Ik wil nog een tijdje wachten voor we het de collega's vertellen.'

'Best.'

'En als het niet werkt, kappen we.'

'Uiteraard.'

Wat kon ze nog meer bedenken? 'Enne...'

'Enne, Ola, rustig maar. We gaan gewoon eens een tijdje aankijken hoe het bevalt, akkoord?'

Het was fijn om een paar avonden per week samen te slapen. Hij snurkte niet en naast hem viel ze altijd wonderwel snel in slaap. Dat moest een goed teken zijn. Ook vrijen met hem was geruststellend gemakkelijk. Zijn compacte lichaam voegde zich eenvoudig naar het hare.

Ze aarzelde lang voor ze de groep schreef. Maar natuurlijk pikten ze het niet.

'Ola, je schrijft niets over jezelf. Wat verberg je voor ons? Het is prijzenswaardig dat je je zo in onze beslommeringen verdiept, maar ook wel een beetje makkelijk,' schreef Dee voor haar doen scherp. Ook Sonja en Brad visten naar haar vorderingen.

De enige die niets vroeg was Luc. Hoe zou het met hem gaan?

Ook voor hem werd het tijd zich opnieuw aan de liefde te wagen. Na een paar dagen treuzelen antwoordde ze.

'*Dee, wat ben je lekker assertief. Een beetje laf ben ik wel, dat klopt. Niet omdat ik jullie niet vertrouw, maar omdat de wetmatigheid "wie schrijft blijft" me angstig maakt: als ik jullie schrijf wat er gaande is in mijn leven, kan ik er zelf niet meer omheen. Afijn, nu dan toch: ik doe het met Mariusz.*' Ze aarzelde en verving de laatste zin door: '*Ik heb woord gehouden en bouw op dit moment, geloof ik, voorzichtig een relatie op met Mariusz. Het is vertrouwd en vreemd tegelijk.*'

Weer dubde ze lang over haar woordkeuze. '*Ik probeer me over te geven, al is overgave eigenlijk mijn oude engel.*'

Haar nieuwe engel van vrije keuze zei haar niets. Ze maakte altijd al haar eigen keuzes. En met succes. Ze was nog geen dertig, adjunct-directeur van een weliswaar noodlijdend consultancy bureau, maar dat adjectief zouden ze binnen een jaar achter zich laten. Onder haar straffe leiding zouden ze binnen twee jaar opnieuw bloeien.

Na een paar intensieve weken waarin ze overdag koortsachtig werkte en probeerde haar positie naast Mariusz met een zekere geleidelijkheid in te nemen, en 's nachts haar ingeslapen vaardigheden als minnares nieuw leven inblies, ging Mariusz een week op zakenreis. Stiekem haalde ze opgelucht adem. Ze zou deze week de bezem door een aantal projecten halen en enkele consultants de wacht aanzeggen.

Tegenstribbelend gaf Mariusz toe, omdat hij wist dat ze gelijk had. In de wetenschap dat zij over een week meer schoon schip zou hebben gemaakt dan hij aankon, lichtte hij zijn hielen. Ze waren een team.

Hij was keurig bij met zijn mails, merkte ze tevreden op toen ze in zijn verzonden mails zocht naar een bericht aan een werknemer die ze wilde ontslaan. 'Ik heb hem een officiële waarschuwing gegeven per mail,' had Mariusz haar bezworen. Ze scrolde vergeefs naar beneden in zijn 'verzonden' map.

Zuchtend opende ze zijn prullenbak, Mariusz was verstrooid en bestond het af en toe zelfs om belangrijke contracten naar de prullenbak te verwijzen. Gelukkig had zijn secretaresse een veiligheidssysteem ingebouwd.

Ze zocht op zijn achternaam Rachnowot. De mail boven aan de lijst was aan Catherine Richards geadresseerd. Nieuwsgierig keek ze naar de datum.

Mariusz had Catherine maar liefst vier mails gestuurd in de afgelopen weken. Bijzonder.

Heel kort maar aarzelde haar hand voor ze de mail opende. Haar ogen vlogen over de regels en ze voelde het bloed naar haar wangen stijgen. Koortsachtig opende ze de andere mails en las Mariusz' berichten aan Catherine.

Wel godverdomme!

Sonja

De ernst van de zaak droop van Kagysoos gezicht af, de dag van haar thuiskomst. Onder aan de trap van hun bovenwoning keek ze hem rustig aan en knikte op de vraag in zijn ogen. De spanning erin brak, hij tilde haar op, droeg haar naar boven en beminde haar zonder woorden, het begin van een reeks vrijpartijen die deed denken aan hun eerste jaren samen. Hun gedeelde kinderwens als afrodisiacum.

Tussen de bedrijven door vertelde ze hem in korte zinnen over haar dagen in Friesland. Over haar apotheose was ze summier. Hij moest het doen met de woorden: 'Ik wil je kind'. Nooit zou hij zeker weten waar ze doorheen had moeten gaan, net zomin als ze zijn pijn in detail kende. Hij vroeg niet door.

Hun verleden zou een tere plek blijven, altijd. Ook bij haar was de pus uit de wond geduwd en het vliesje nieuw weefsel zou sterk genoeg zijn, zolang ze het niet blootstelden aan onnodige druk.

Het hele weekend wentelden ze zich in en rond elkaar. Af en toe sloop Kagysoo uit bed om wat eten te maken. Zij verliet het bed slechts voor het toilet en een bad. Het druilerige weer hielp ze. Zoals veel oude steden was Amsterdam vooral mooi en bruisend in de stralende zon en wat troosteloos in de regen.

Kinderlijk blij was ze zondag met de eerste mail van Brad en die van Dee kort erop. Op haar verzoek had Kag haar laptop naar hun bed gesleept.

'Hadden jullie ook zo'n groepsband?'

Hij schudde zijn hoofd. 'Ik in elk geval niet. Ik was die tien dagen vooral met mezelf bezig, geloof ik.'

'Ik heb het gevoel dat ik vier vrienden voor het leven heb gemaakt,' zei ze peinzend. 'Vreemd, normaal kost het eeuwen voor ik me hecht.'

'Ik heb alleen met Catherine contact gehouden,' zei Kagysoo. 'Godzijdank met haar in elk geval.' Hij rolde op haar en zocht met zijn ogen van heel dichtbij haar gezicht af. 'Sonja Cronje, ik ga het nog een keer met je doen.' Met zijn bekken duwde hij haar dijen uiteen.

'Als ik dit had geweten, was ik jaren geleden al overstag gegaan,' kreunde ze.

Laat die avond opende ze haar laptop weer. Kagysoo lag op zijn buik te slapen, een been als een ooievaar onder zich opgetrokken. Ook over zijn rug liep in de volle breedte een litteken. Ze trok het laken eroverheen en las de e-mails van haar vrienden door. Ze grinnikte stil om Brads vraag naar het seksuele gehalte van haar weerzien met Kagysoo.

Ze drukte op allen beantwoorden.

'Lieve schatten, onderweg naar huis heb ik mijn pillenstrips vernietigd. Vanaf vrijdagmiddag heb ik twee dagen mijn bed niet verlaten en toch nauwelijks geslapen. Jullie kunnen nooit meer zeggen dat ik eigenwijs ben: ik volg de afspraken blindelings, tot Kagysoos vreugde.

Lieve Brad, hoe ga je dit volhouden, man? Je bent een lieverd, dat weten we allemaal en het is mooi dat je weer warmte voelt voor Suzanne, maar krijg je dat ook terug? Zorg dat je aangeraakt wordt, op welke wijze dan ook. Je hebt het nodig en je bent aaibaar zat.

En Dee, ik zie je helemaal voor me, een klein wijffie dat wegzakt in een reusachtig Zweeds bed. Raar hè, dat je toch heimwee hebt. Na deze intense week voelt het leeg, haast koud dat jullie zo ver weg zijn. Ola: hoe is het met Mariusz gelopen? Ik ben zo benieuwd! En Luc, hoe was jouw thuiskomst? Ik hoop dat Parijs je haar beste kant heeft laten zien. Hou je ogen open op die Sorbonne. Franse meisjes zijn de mooiste ter wereld, wist je dat? Met alle liefs voor jullie allen, Sonja.'

Ze drukte op verzenden, sloot tevreden haar laptop af en krulde zich tegen Kagysoo aan.

Ze werd niet ongesteld op de verwachte dag en ook de dagen erna kwam er niets. Haar borsten zwollen op en na vier dagen zag ze een lichtbruine verkleuring rond haar navel. Het kan niet waar zijn, dacht ze en tussen elke cliënt door ging ze even naar het toilet en wreef in het neonlicht over de bruine ring, die kleurecht bleek.

Toen ze thuiskwam zat Kagysoo met een zwangerschapstest op haar te wachten. 'Dat moet 's ochtends,' protesteerde ze.

Hij schudde zijn hoofd. 'Deze test kan op elk moment van de dag.'

Tegenstribbelend nam ze het ding mee naar de badkamer, Kag op haar hielen.

Ze keek kritisch in de spiegel, probeerde haar buik niet te beïnvloeden met haar ademhaling en toch leek die dikker dan normaal. Onmogelijk natuurlijk. Kagysoo kwam achter haar staan en legde zijn grote handen op haar buik, die daarmee volledig uit het zicht verdween. Zijn vingertoppen bewogen langzaam naar beneden. Ze duwde hem opzij, hield de bijsluiter tegen het licht en had nog moeite met de kriebellettertjes. Kon je een kind eigenlijk een halfbejaarde, kippige moeder aandoen?

Kagysoo had gelijk, de test kon op elk moment van de dag gedaan worden. 'Ga even weg, anders kan ik niet piesen.'

Braaf trok hij de deur achter zich dicht.

Haar handen werden nat, maar het stickje ook. Even wapperde ze het heen en weer, voor ze haar broek ophees en de deur opende, waar hij handenwringend voor stond.

Het eerste streepje verkleurde vrijwel onmiddellijk. Ze stonden bij het badkamerraam waar het avondlicht in viel en tuurden ingespannen en woordeloos naar het strookje.

Ineens kwam het op, uit het niets. Ongelovig staarden ze ernaar, terwijl het tweede streepje steeds donkerder kleurde en de boodschap nog pregnanter onder hun neus duwde.

'Er moesten toch twee streepjes zijn?' Kagysoo graaide de bijsluiter weer naar zich toe, las de tekst nogmaals over, kneep zijn ogen dicht, balde zijn vuisten tegen zijn borst waar een geluid uit ontsnapte dat elke mogelijke twijfel over de hevigheid van zijn verlangen definitief de wereld uithielp. Kagysoo werd vader.

Ze was blij en tegelijkertijd voelde het onwerkelijk. In haar buik bevond zich het begin van een mensje, nauwelijks zichtbaar voor het blote oog. Dat mensje had haar genen en die van Kagysoo, dat mensje was hun *final statement*.

Ze dronk een half glas van de champagne die Kagysoo al koud had staan, de optimist. Toen pakte hij het van haar af. 'Drank is slecht voor ons kind.'

Al wist ze dat heus wel, zijn bemoeizucht ergerde haar. 'Gaan we zo beginnen? Het is nog altijd mijn lijf!'

Kagysoos gezicht stond neutraal maar zijn strakke schouders maakten duidelijk dat die uitspraak wat hem betrof de komende negen maanden zeer relatief was.

Laat hem, zei ze tegen zichzelf, hij heeft zo naar een kind verlangd.

Die avond nog mailde ze haar vrienden. In de afgelopen weken was hun groep digitaal verder gegroeid. Grapjes en belevenissen vlogen de wereld over via internet, vaak vergezeld van goede raad, adviezen en begrip. Zodra ze thuiskwam vloog ze naar haar computer. Ze antwoordden elkaar prompt, soms zat er nog geen uur tussen.

Ook nu bleven de reacties niet lang uit, diezelfde avond nog had ze felicitaties van Dee, Ola en Luc en de volgende ochtend rolde Brads reactie binnen.

'Sonja, lieverd, ik ben zo blij voor jou en je man,' schreef Dee. 'Moederschap is een ervaring die met niets te vergelijken is en die ik je zo gun. Ik had je als arts trouwens wel mogen waarschuwen: het gebeurt vaak dat vrouwen die stoppen met de pil direct zwanger zijn! Die eitjes springen van blijdschap uit hun stok!'

'Ik weet het niet uit ervaring, maar het moet machtig zijn om een kind in je te voelen groeien,' aldus Ola.

'Wat moet het heerlijk zijn voor Kagysoo,' schreef Luc, 'jullie kind is de toekomst.'

Alleen Brad durfde het beestje bij zijn naam te noemen. 'Een kind Sonja, is groter dan jezelf, groter dan je verleden. Een baby van Kagysoo en jou kan Pieter niet terugbrengen, maar je wel verzoenen.'

Nog geen maand geleden zou deze tekst haar woede hebben gewekt want waar bemoeide hij zich mee? Nu glimlachtte ze alleen maar geroerd.

Brad

Na drie dagen begon de buikpijn. Jetlag, zei hij tegen zichzelf. Een week later kon hij die reden niet meer aanvoeren.

'Hoogstwaarschijnlijk een prikkelbare darm,' zei zijn huisarts, na verschillende negatieve bloedtests en een buik- en rectaal onderzoek. 'Heb je veel stress, Brad? Hoe is het op je werk?'

'Niets bijzonders.'

'En thuis?'

Een onaards gepiep, hoog als het huilen van een wolf in een benarde positie, steeg op. Jezus, dat was zijn buik. 'Sorry, ik heb net gegeten,' excuseerde hij zich.

Zijn huisarts glimlachte. 'Secundaire bewijsvoering, noemen we dat. Waar waren we ook alweer?'

'Een prikkelbare darm,' haastte Brad zich. 'Wat kun je daartegen doen?'

Met een dieet en een recept voor vage enzympillen was hij enkele minuten later op weg naar de apotheek.

Hij negeerde Rods telefoontjes en mails, tot hij letterlijk niet meer om hem heen kon toen hun auto's langs elkaar heen scheerden op de parkeerplaats van het regionale hoofdkantoor. De neiging rechtsomkeert te maken was heel groot, maar eens zou hij hem toch in de ogen moeten kijken. Hij trilde en stapte met lood in zijn schoenen uit zijn BMW.

Rods lange gestalte leek gekrompen, hij zag heel bleek en had diepe kringen onder zijn ogen. Liefdesverdriet, flitste het door Brad heen. Het was alsof hij in de spiegel keek, zijn stem stokte.

'Dag Brad,' Rod keek hem vol aan, maar zijn ogen waren leeg, het verlangen naar hem afgesleten door de vele vergeefse poging hem te bereiken.

'Rod, ik, eh...' Hij zweeg bedremmeld.

'Je bent genezen, dat is toch wat je wilt zeggen?' Rods stem sneed. 'Bespaar me het evangelie, Brad. Dat pokkenlandje en die therapie hebben je genetisch homomateriaal gemanipuleerd tot een *straight* DNA.' Zijn groene ogen stonden hard, maar niet langer gevoelloos. 'Fijn voor je Brad, het zij je gegund. Zo attent van je dat je het me even liet weten.'

'Rod...' Verder dan die tekst bracht hij het vandaag blijkbaar niet.

'Neuk je de sterren weer van de hemel met die koelkast van je, Braddie jongen? Kust ze je natter nu ze je bijna kwijt was aan een vent? Geilt ze op je gebruikte anus? Noemt ze je homoteddybeer als jullie het doen?'

Rods woorden suisden langs hem heen en toch wist hij op dat moment al dat ze hem zouden achtervolgen.

Even leek het alsof Rod hem aan wilde vallen. Zijn lange romp boog voorover, hij trok zijn schouders op en zijn vuisten balden samen.

Vreemd genoeg voelde Brad geen spoor van angst. Hij deed zelfs een stap naar voren. Sla me maar, beuk me in elkaar. De pijn zou hem op zijn minst weer doen voelen.

Secondenlang stonden ze zo heel dicht tegenover elkaar, hij kon Rods adem voelen, hij rook zijn minnaar. De vertrouwde geur van aftershave vermengd met Rod.

'Nee, Braddie, dat zou je wel willen,' vertaalde de vreemdeling die hem kort geleden nog zo eigen was, zijn verlangen. 'Je straft jezelf al genoeg.' Rods vuisten openden zich en hij hief twee open handen in de lucht. 'Jij kiest.'

Hij knikte stom. Alsof het zo eenvoudig was.

Rod draaide zich om en liep met lange stappen naar de automatische deuren. Die sloten zich direct na hem en Brad moest wachten tot Rod door de sluis was, twee gesloten deuren tussen hen in.

Gisteren had hij de brief ontvangen die hij zichzelf aan het einde van de retraite had geschreven, maar de woorden bleven een lege huls voor hem.

'Lieve Brad,' was de aanhef. *'Je weet nu wat je gemist hebt. De liefde zit in jezelf, koester die en geniet van de kleine dingen. Suzanne en jij*

*hebben twee schitterende kinderen, breng tijd samen door nu ze nog
zo jong zijn en ze je hard nodig hebben. Je hebt ze zoveel te geven. Ze
houden van jou en Suzanne en er is niets beter dan dat. Laat ook in
je werk de warmte van collega's binnenkomen, je bent geliefd. Sluit je
daar niet langer voor af.'*

In zijn brief geen woord over Rod. Hun verhouding was onmogelijk had hij blijkbaar toen al impliciet besloten.

'Hallo, aarde roept pappa!'

'Huh,' Hij schrok op uit zijn overpeinzingen. 'Wat zei je, Tim.
Sorry.'

'Ik vroeg of je me wilt helpen met mijn project!'

'Zeker, zeker,' haastte hij zich. 'Waar gaat het over?'

'Europa, pap, daarom juist!'

'Aha! Europa,' veinsde hij enthousiasme. 'Daar weet ik zeker alles van, ik kom er net vandaan.'

Tim keek tevreden. 'Daarom heb ik het onderwerp gekozen,
slimmerik!'

De moed zonk hem in zijn schoenen. Wat wist hij nou van
Europa? Hij was naar Schiphol gevlogen, had in de taxi naar en
van Friesland geslapen en had zich verder begraven in een kasteel,
ergens ver weg in een hoog hoekje Holland, in een negorij die nog
geen speldenknop vormde op de kaart van Europa.

Een juist besluit nemen was één, je eraan houden was twee, drie
en verder: heimwee naar Rod vrat hem leeg.

Na die eerste keer op de parkeerplaats volgden er nog meer
ontmoetingen waarin Rod magerder en mooier en koeler werd
en zijn eigen borstkas steeds woester samentrok van verlangen en
pijn.

Rods dunne handdruk en plein public op een vergadering deed
hem bijna door zijn knieën zakken. Vincent stond naast hem en
keek hem onderzoekend aan. 'Gaat het goed met je, Brad?' Het
was altijd weer een wonder dat de directeur van dit megabedrijf
zich zijn naam herinnerde en een vleugje trots daarover hielp hem
door het moeilijke moment heen.

Ze zaten tegenover elkaar in de regionale briefing waarin een nieuw geneesmiddel werd geïntroduceerd dat binnen enkele jaren hun blockbuster moest worden. Rod staarde naar de muur achter hem en niet één keer kruisten zijn ogen die van Brad, al gluurde hij voortdurend naar de overkant.

'Docosedam is de grote doorbraak voor alle patiënten met zware reumatoïde arthritis, wereldwijd bestaat er geen enkel vergelijkbaar medicijn. Niet op de markt, niet in de pijplijn van enig ander bedrijf.' Waarschijnlijk was Titus met een pistool op de slaap gedwongen zijn tanden te poetsen en dit verhaal te houden. Het hoofd research keek dodelijk verschrikt de grote zaal in en klemde zich haast zichtbaar vast aan zijn Powerpoint-slides, die de pijnlijke stadia van reuma toonden, inclusief de effecten erop van Docosedam zoals die uit de testfase waren gekomen.

Tientallen medicijnen had Brad op deze manier voorbij zien komen en blijkbaar raakte je immuun na zoveel jaar mooie praatjes. Sommige lanceringen waren succesvol, andere wachtten een roemloos einde. Het lot van nieuwe medicijnen was wat hem betrof onvoorspelbaar, hij kon er geen patroon in ontdekken. De effecten van Docosedam lieten hem koud, in tegenstelling tot Rod.

Vergeefs zochten zijn ogen in de pauze de foyer af naar de brede schouders met de donkere krullen erboven. Hij schuifelde door de menigte, deelde her en der gemeenplaatsen uit maar nergens rustten zijn ogen langer dan tien seconden. Gefrustreerd liet hij zich na een halfuur in de meute terugstuwen naar de zaal. Shit, Rod ontliep hem, had waarschijnlijk de hele pauze op het toilet gezeten.

Een warme hand in zijn middel hield hem tegen bij de deur en trok hem dwingend terug.

Zijn hoofd en lichaam suisden hoorbaarder dan de lift, die verder leeg was.

'Godvergeten klootzak,' mompelde Rod met zijn mond heel dicht bij de zijne. Hij had antwoord noch verweer, zijn gedachten tolden door elkaar heen. Ook zijn lichaam had hij niet onder controle onder Rods boze aanrakingen. Rod kuste hem hard, boos en beet op zijn onderlip, plette hem met zijn volle gewicht tegen de muur van de lift. Brads ribben kraakten en heel even twijfelde zijn lichaam tussen overgave en vechten. Het werd een halfhartige mix van woest kussen en knijpen in de sterke armen van zijn minnaar.

Op de zeventiende etage stopte de lift en hijgend struikelden ze de gang in. Rod verstevigde zijn greep en sleurde hem mee, maar ook zonder dat was hij allang verloren.

Leilah

Nooit eerder was er na een retraite zo'n fanatieke mailwisseling. Cathy en ik kregen alle mails ge-cc'd en al na een paar dagen was ik verslaafd aan dit feuilleton. Op sommige dagen opende ik wel honderd keer mijn mailbox.

Wijzelf droegen mondjesmaat bij. Ik kreeg strikte orders van Cathy. 'Als je wilt mailen, Leilah, laat het dan eerst via mij gaan.' Ze moest een bedoeling hebben die ik nog niet precies vatte. Als ik haar naar de betekenis van dingen vroeg, kreeg ik negen van de tien keer geen antwoord, dus ik puzzelde zelf wel.

Sonja's nieuws vroeg om prompte felicitaties, dus ik belde Cathy meteen die avond. Ze was niet thuis en ik wachtte twee dagen voor ze mijn voicemailbericht beantwoordde. Dit keer vond ik het irritant: ik wilde potverdorie iemand feliciteren met haar zwangerschap en moest op permissie wachten van de baas.

Cathy hoorde mijn ongeduld en grinnikte. 'We horen erbij en ook weer niet, Leilah, lastig hè?' De ergerlijke spijker weer op de irritante kop.

'Mail jij je felicitaties morgen, Leilah, geef me nog een dag om die van mij te sturen.'

Ook dat snapte ik weer niet. Ik zuchtte diep, hoeveel retraites zou ik nog als trainee moeten ondergaan voor ik ook maar in de buurt zou komen van Cathy's diepgang?

'Een groep met een enorme cohesie, Leilah,' zei Cathy. 'Beeldschoon wat hier ontstaat. Op een of andere manier moeten we het vasthouden,' ze nam een hap van iets. 'Uitbouwen is een beter woord. Ik heb een plan, Leilah.'

Een paar weken na de retraite ging ik bij haar langs in Londen. We kregen een dag eerder het fantastische bericht dat Ola een relatie had met Mariusz. Wat een successtory was deze retraite!

Cathy's plan was eenvoudig, al vreesde ik dat de uitwerking veel voeten in aarde zou hebben en iemand zou het moeten doen. Ze had een soort masterreünie voor ogen van alle personen die ooit een retraite bij haar hadden gevolgd. Met velen had ze nog contact, evenzovelen waren in de loop der jaren aan de horizon verdwenen.

'Een vakantie Leilah, met alle mensen uit onze wereldwijde retraitecommunity. Met hun partners en kinderen!' Ze keek gelukzalig, vouwde haar cake dubbel en duwde het stuk plat voor ze het in haar mond propte. 'Geef me mijn thee eens aan, schat,' kauwde ze toen.

Dee

Nooit was ze effectiever als bestuurder dan in de weken na de retraite. Niet alleen haar angst voor treinen was verdwenen: ze was voor de duvel niet meer bang. Haar onderdirecteuren hadden te lang met haar kunnen sollen. Eindelijk eiste ze, verpakt in een vriendelijke glimlach, maar toch, de resultaten van ze waar ze al jaren voor werden betaald.

'Wat kost dat nou, zo'n metamorfose?' vroeg haar secretaris Ben Dawson nieuwsgierig na een gedenkwaardige vergadering met het managementteam. Hij had haar vaak in milde termen teerhartigheid verweten. 'Je maakt ze lui, Dee, met je begrip.' Al wist ze ook toen al dat hij gelijk had, pas nu kon ze ernaar handelen.

'Het is elke cent waard,' ontweek ze zijn vraag.

'Dat geloof ik graag.' Hij bekeek haar met ontzag. 'Zou het iets voor mij zijn?'

Ze monsterde hem zoals hij daar tegenover haar zat, keurig in het pak, zijn golvende haar met gel bewerkt, de intelligente rustige blik in zijn ogen. Ontegenzeggelijk had Ben kwaliteiten die in zijn positie onderbelicht bleven. 'Ik wil best contact voor je leggen met Catherine Richards,' zei ze aarzelend.

Ben haalde zijn schouders op. 'Ach nee, Dee, ik maak maar een grapje. Ik heb geen problemen, ik ben een tevreden man.'

Hij had waarschijnlijk gelijk, hij leek haar geen tobber, zoals zij. Trauma's in de orde van grootte van die van Luc, Sonja en Ola had hij ook niet. En in tegenstelling tot de Amerikaanse Brad, had Ben zijn homoseksualiteit al lang geleden ontdekt en geaccepteerd. Hij had een schitterende partner en samen voedden ze met veel liefde de zoon van zijn overleden zus op. Aan sommige mensen moest je niet gaan prutsen.

'Vind je me veranderd?' vroeg ze die avond aan Jeff.

Verstoord keek hij op van zijn cricketwedstrijd. 'Mm, hoezo?'

'Ben ik assertiever geworden door mijn retraite?'

Hij keek verbaasd. 'Nog assertiever?'

'Hoezo?'

Hij leek te aarzelen. 'Wat mij betreft was je altijd al assertief.' Het klonk haast als een verwijt.

'Ben ik een hork of zo?'

'Een hork niet.' Hij wreef over zijn neus, die nog dieper rood kleurde door deze behandeling. 'Maar je bent natuurlijk wel de baas in huis.'

'Wat bedoel je?' Ze hadden toch een goede taakverdeling? Wie dacht er hier in baas-ondergeschikte verhoudingen? Zij niet in elk geval.

Hij keek weer naar het televisiescherm. 'Zeg Dee, kan dit zo meteen? Het is een spannende wedstrijd.'

'Jeff, kom op, morgen is er weer een wedstrijd.'

'Ik bedoel maar...' zei hij droog.

'Goed punt,' gaf ze als een boer met kiespijn toe. Zuchtend groef ze in haar tas naar de stukken die morgen op de agenda stonden voor het MT-overleg. Het werden er steeds meer. Ze kon die tweehonderd pagina's onmogelijk wegwerken vanavond. Kutbaan.

'Zou zo'n retraite wat voor mij zijn?' vroeg hij na de wedstrijd langs zijn neus weg.

Dee keek op van haar papieren. 'Hoezo, je hebt toch nergens last van?'

Hij keek lichtelijk verbolgen.

'Jeff, op jouw leeftijd!'

Nu keek hij kwaad. 'Hou op, Dee. Je doet of ik al met een been in mijn graf sta.'

Ze schoot in de lach. 'Gelukkig niet, ik wil je nog niet kwijt.' Ze dook opnieuw in haar cijfers. Het voorgaande jaar hadden ze goed gedraaid, maar er veranderde veel in de financiering. Ze mochten niet verslappen.

Een halfuur later schrok ze op van zijn besliste stem. 'Ik ga volgende week met Catherine praten.'

Nu schoof ze haar stukken resoluut weg.

Hij verveelde zich soms, bekende hij. 'Ik voel me nutteloos.'

Haar protest ging onder in zijn afwerende gebaar. 'Niet ontkennen, Dee. Jij leeft voor je baan.'

'Daar leven we samen van.' Het klonk scherper dan ze het bedoelde.

Het ging toch allemaal lekker thuis? Hij kon rust nemen wanneer hij het nodig had en zorgde ervoor dat het huishouden draaide. Zij bracht het geld in en de zekerheid. Het zou heus niet altijd meevallen voor hem, maar aan het hoofd van een concern staan was ook niet eenvoudig. En zijn hart verdroeg nou eenmaal niet meer.

Haar balans was volmaakt sinds de retraite.

Jeff dook weer in de televisie, maar zij kon zich niet meer concentreren. De cijfertjes dansten voor haar ogen. Ze kauwde op de ongemakkelijke gedachte van Jeff in retraite. Misschien zou de gedeelde ervaring hun relatie verdiepen. Mogelijk nam hij erna geen genoegen meer met hun klassiek omgedraaide taakverdeling, maar huishoudelijke hulp was in te kopen en geld was geen issue. 'Doe het maar,' zei ze die avond in bed tegen hem. 'Na jou alleen Felicia nog, dan zijn we vast het eerste retraitegezinnetje.'

Hij gaapte langdurig, rolde zich om en viel in slaap.

Ze vertrouwde Catherine blindelings natuurlijk, maar toch was het spannend. Jeff zou veranderen na die ervaring. En ze vond hem goed zoals hij was. Onzinnige angsten, grappig ook, ze herkende de angst die Jeff had toen zij vertrok voor haar retraite. Het was haast lekker na decennia van schijnzekerheid.

Of het ervan zou komen was maar de vraag, want de volgende dagen antwoordde Jeff steeds ontwijkend als ze hem vroeg of hij al had gebeld.

Ze spraken er niet meer over tot ze drie dagen later Catherines e-mail ontving. 'Ze wil een vakantie organiseren voor deelnemers door de jaren heen, met partners en kinderen. Dan zie je ze gelijk allemaal! Kun je ook kijken of het wat voor je is.' Ze keek Jeff aan boven haar bord gestoomde vis en probeerde overtuiging in haar stem te leggen. Ze had de mail vlak voor het eten geopend. Het idee was vreemd en opwindend tegelijk, maar in eerste instantie twijfelde ze aan de haalbaarheid.

De vakantie zou plaatsvinden in Leilahs buitenhuis in Spanje, waar haar echtgenoot tien jaar geleden een oude olijfboomgaard had gekocht. Er stond een oorspronkelijke Catalaanse boerderij en hij had er houten vakantiehuisjes bij gebouwd.

'In april staat alles nog leeg. Het is er dan aangenaam qua temperatuur: niet te warm en niet te koud,' mailde Catherine. 'Ik verzorg in de ochtend en middag een sessie. Niemand hoeft te komen, misschien zit ik er wel elke dag alleen vergeefs te wachten.'

Dee had gegrinnikt bij die woorden. Als het plan werd uitgevoerd zou de opkomst voor de sessies overweldigend zijn.

'Jee, Dee, dit weet ik niet hoor.' Jeff schoof een stukje van de tafel af om haar goed aan te kunnen kijken. 'Zoveel vakantiedagen heb jij niet en ik doe geloof ik liever wat anders.'

Ze zweeg even. Hij kon niet weten dat het zou zijn als een grote familie in een warm bad. Natuurlijk zou er gezweet worden tijdens de sessies van Catherine, dat leed geen twijfel, maar de beloning was navenant. 'Als we Felicia ook kunnen overhalen komt het misschien zelfs wel goed tussen die twee dochters van ons.'

Nu keek Jeff ronduit sceptisch. 'Die krijg je nog met geen tien paarden mee,' voorspelde hij.

Ze zuchtte. Felicia trok zich al jaren terug van hun gezin en in het bijzonder van haar oudere zus Rachel. Een vakantie met het gezin was waarschijnlijk inderdaad Felicia's ergste nachtmerrie.

Toch liet de gedachte haar niet meer los en de volgende dagen broedde ze verder. Als iemand beweging kon brengen in de moeizame relatie tussen haar twee dochters, dan was het Cathy wel. Zou het geen zegen zijn als ze eindelijk weer eens een kerst samen konden vieren? Er moest een manier zijn om Felicia over te halen.

Diezelfde nacht nog schoot ze wakker met de oplossing. Dat ze er niet eerder aan had gedacht was eigenlijk raar. Felicia was een uitgesproken vaderskind. Als Jeff de vakantie organiseerde en haar uitnodigde, kwam haar jongste dochter misschien een paar dagen. Ze onderdrukte de neiging om hem wakker te schudden, maar zodra hij de volgende ochtend zijn ogen opende, knalde ze het voorstel eruit.

'Dee, alsjeblieft. Ik ken ze niet eens.' Kreunend rekte hij zich uit.

'Dan leer je ze kennen. Iemand moet de kar trekken.' Ze lag op haar zij en keek hem overredend aan. 'Jij hebt er tijd voor, Jeff.'

'Ik heb niets beters te doen, bedoel je.' Het klonk een beetje grimmig.

'Zo bedoel ik het niet. Denk aan je dochters.'

Heel subtiel liet ze een uitdraai van Catherines mail achter op de keukentafel en toen ze terugkwam van haar werk, was hij al begonnen met de organisatie.

De dagen erna belde hij af en aan met Leilah, maakte kostenplaatjes en tikte programma's in. Ook met Catherine voerde hij een langdurig gesprek. Hij trok er zich speciaal voor terug in de slaapkamer. Ze grinnikte, hij was allergisch voor haar gesouffleer als hij aan de telefoon zat. Eigenlijk was ze een grote bemoeial.

Waar hij met Catherine over sprak, vertelde hij niet, maar in de dagen erna was Jeff opvallend in zichzelf gekeerd, alsof Catherine hem nu al aan het denken had gezet. Hoe kon het ook anders.

Sonja

Eigenlijk kreunde haar maag de hele dag van ellende, maar vooral 's ochtend was het ondraaglijk. Vroeger dachten mensen dat vrouwen die kotsten tijdens hun zwangerschap een onbewuste afkeer hadden van hun kind. Laatst las ze in een tijdschrift dat vrouwen die veel last hadden van misselijkheid een grotere hoeveelheid hormonen aanmaakten die het kind juist beschermden en de kans op een miskraam verkleinden. Ze was blij met die verklaring, het gaf iets van zin aan haar lijden.

Ze werkte door, maar verliet geregeld in grote haast haar spreekkamer. Volgens haar vriendinnen zou het de komende maanden nog erger worden. Fijn.

Kagysoo kookte braaf met elk van haar grillen voor bepaald voedsel mee en liet geen onvertogen woord horen als ze het uiteindelijk nauwelijks aanraakte.

Ze verbeeldde zich dat ze al dikker werd, onmogelijk natuurlijk. Het kikkervisje in haar buik was met het blote oog nog nauwelijks zichtbaar, laat staan dat het centimeters aan haar middel zou toevoegen.

'Ik ben Catherine dankbaar,' zuchtte Kagysoo. 'Dit wordt een echt retraitekindje.'

Ze schrok op van haar laptop waar ze de laatste mails van haar retraitevrienden las. 'Pardon, Kag, dat hoor ik niet goed?'

'Nou ja, het is natuurlijk ons kind,' herstelde hij. 'Maar zonder de retraite was het er niet geweest, toch?'

Ze gaf geen antwoord. Zijn woorden ergerden haar. Hield ze haar cliënten niet altijd voor dat successen en positieve ontwikkelingen in hun leven niet zo gek veel met haar als therapeut te maken hadden, maar bovenal hun eigen verdienste waren? Misschien moest ze niet op alle slakken zout leggen. De retraite had natuurlijk wel degelijk bijgedragen aan de overgave aan haar kinderwens.

Ze was in april uitgerekend en de kans dat ze de vakantie in

Spanje met de retraitefamilie konden meemaken was vrijwel uitgesloten. Vooral Kaysoo vond dit jammer. Catherine had hem ook gemaild, ze zocht mensen voor de organisatie van haar plan. Het appèl ergerde haar. Het was pure handel! Je bevindt je in een therapeutisch losmaakproces van Catherine, hield ze zichzelf voor.

Tot nog toe had alleen Dee enthousiast gereageerd op het Spanjevoorstel.

'Mijn echtgenoot Jeff wil helpen met de organisatie, daar is hij een kei in. Leilah en hij hebben al gebeld. Leilah kent natuurlijk het vakantieterrein het best en heeft het gereserveerd vanaf 11 april tot en met 20 april. Catherine stuurt een lijst van alle deelnemers die ooit de retraite hebben gevolgd. Ik vind het een opwindend idee dat we elkaar terugzien met onze geliefden erbij en met anderen die een vergelijkbaar proces als wij hebben doorgemaakt.'

Sonja kon het onmogelijk ontkennen: ze was opgelucht dat Kag en zij met goed fatsoen konden bedanken. Luc en Ola hadden nog niet gereageerd, Brad wist nu al dat zijn vrouw en kinderen niet mee zouden gaan en hield het in het midden of hijzelf mee zou komen. Zijn laatste mail was vlak en nietszeggend en daardoor verontrustend.

Impulsief schreef ze hem een individuele mail terug, al was het tegen de regels.

'Lieve Brad, ik vraag me af hoe het echt me je is. Het leek de juiste oplossing om bij Suzanne en de kinderen te blijven, tenminste tot zij volwassen zijn, maar het moet godsgruwelijk ingewikkeld zijn, met je hunkering naar liefde, liefde die je overigens dik verdient. Of hebben jij en Suzanne een nieuwe modus gevonden? Kortom Brad: ik maak me zorgen om je. Waar zit je echt? Veel liefs en een omhelzing, Sonja.'

Ze drukte haast baldadig op verzenden. Belachelijk. Ze bepaalde altijd nog zelf wie ze mailde.

Ze deelde haar irritaties over Catherine niet met Kagysoo. Zijn bewondering voor de vrouw grensde aan adoratie en hij zou haar wrevel niet begrijpen. En ruzie was het niet waard.

Toen de telefoon die avond om kwart over negen ging, lag ze al op de bank te knikkebollen. De vermoeidheid was zo mogelijk nog erger dan de misselijkheid. Kagysoo was net vertrokken naar de sportschool en met tegenzin reikte ze naar de telefoon op het tafeltje schuin achter haar.

'Sonja, hai, Ola hier.' Een kort moment twijfelde ze aan haar waarneming. 'Ola?' Het klonk onbedoeld alsof ze zich haar retraitemaatje niet herinnerde. 'Ola, sorry, ik had je niet verwacht, wat leuk dat je belt.'

Ze wisselden wat gemeenplaatsen uit, maar na enkele korte zinnen was de vertrouwdheid terug. Ze vertelde over de misselijkheid, de echo die ze over enkele weken zou krijgen en het zware besluit of ze wel of niet een punctie zou laten doen. 'Kagysoo wil het niet. Hij wil elk kind van ons, ook al heeft het downsyndroom.' Zij moest daar zelf niet aan denken en puzzelde al dagen hoe ze hem kon overhalen om in te stemmen met prenataal onderzoek.

'Jij draagt, Sonja,' zei Ola nuchter. 'Het lijkt me logisch dat jij uiteindelijk beslist.'

'Ik dacht dat jullie Polen zo rooms waren?'

'Ik ben van de verlichte school.'

Het was even stil toen Ola een diepe zucht slaakte. 'Ik bel met een reden, Sonja. Ik weet niet goed waarom ik jou bel en niet de anderen. Misschien omdat jij zo'n onafhankelijke geest hebt.' Ze hoorde twijfel in Ola's stem, haar lichte accent was erger dan anders, alsof ze te zeer van streek was om op haar Engelse uitspraak te letten.

'Shoot, Ola,' zei ze nuchter. 'Ik kan wel tegen een stootje, ondanks mijn huidige conditie.'

Kagysoo drukte een kus op haar kruin en zwiepte zijn sporttas de badkamer in. Korte tijd later kroop hij naakt naast haar. 'Alles goed?' fluisterde hij.

Ze murmelde. 'Ik slaap.'

Hij krulde op zijn zij en was binnen enkele minuten vertrokken terwijl zij nog lang klaarwakker lag, piekerend over Ola's telefoontje, dat niet alleen haar scepsis had aangewakkerd, maar haar er bovendien toe had gebracht Kagysoos mail te lezen. Sinds de periode dat ze hem ten onrechte had verdacht van vreemdgaan, had ze zich niet meer zo verlaagd. Destijds had ze niets kunnen vinden wat haar angstige vermoedens bevestigde, maar dit keer bleek haar achterdocht terecht.

Luc

Hij las elke mail met aandacht, maar maakte zichzelf niets wijs: natuurlijk was hij vooral in die van Ola geïnteresseerd. Steeds als de naam Ola Parys verscheen, zette hij zich schrap, hij wilde zich niet laten overvallen.

En toch liep hij even later vloekend door zijn kleine appartement. Al kende hij Mariusz niet, hij haatte de man met een kracht die hem teruggooide in het tijdperk Juliette. Had hij dat niet juist afgesloten met de retraite?

Een trap tegen de bank en de muur luchtte nauwelijks op.

Eerder die week had hij Catherines uitnodiging ontvangen voor een vakantie met alle retraitedeelnemers. Hij moest er niet aan denken! Mariusz had ook de retraite gedaan en het idee van een week in gezelschap van dit verliefde stelletje maakte hem misselijk van woede. Hoe kon ze zo stom zijn? Ze hoorde bij hem, dat wist ze. Zodra de gedachte eruit was, trok hij haar in twijfel. Natuurlijk hield ze niet van hem, ze was te mooi, slim en bijdehand. Mariusz voldeed vast aan dezelfde criteria en was bovendien haar Poolse baas. Geilden vrouwen niet op macht? Die gedachte ontketende een nieuwe golf woede. Mariusz kan nooit zo mooi zijn als ik, dacht hij, en slimmer is ook onwaarschijnlijk. Bijdehanter misschien, maar wat kocht je voor bijdehand? Geen drol.

De volgende ochtend bracht de postbode hem de brief aan zichzelf. Een half A4'tje dat hij met veel pijn en moeite de laatste dag van de retraite had gecomponeerd. Hij las de woorden en probeerde vergeefs het gevoel van toen op te roepen. Het bleven holle woorden, die de nieuwe eenzaamheid niet wegnamen. Amper bevrijd van Juliette, was hij prompt door de volgende destructieve liefde gevangen.

Hij liet de brief lezen aan zijn psychiater. 'Ik weet niet hoe ik het gevoel kan vasthouden. Het was zo heerlijk om steeds in gezelschap te zijn.' Hij glimlachte zonder vreugde. 'En ze waren dol op me, dat vooral natuurlijk.'

'Ola ook?' vroeg Chevallier scherpzinnig.

'Mmm, onder haar vinnigheid zat wel iets van warmte.'

'Weet ze dat je verliefd op haar bent?'

Hij had Bernard verteld dat Ola nu een relatie had met haar baas en al had hij nog niets over zijn verliefdheid verteld, een beetje psychiater las zijn gevoel voor haar tussen de regels door. Hij was dan ook niet verbaasd door Chevalliers insinuatie, maar werd er wel een beetje pissig van. 'Jezus Bernard, je hebt zelf een retraite gedaan! Is het zo lang geleden dat je vergeten bent hoe het gaat in zo'n een groep?'

Bernard keek onverstoorbaar. 'En waarom heb jij daar geen schijt aan als je verliefd bent? Dat overkomt je toch niet elke dag, Don Juan.'

Dat was een understatement: voor en na Juliette was er niemand die zijn hart bij benadering had geraakt. Hij voelde zich een lamstraal.

'Zo schiet het niet op Luc,' deed Bernard er een schepje bovenop. 'Wat verwacht je nou, dat een vrouw zich aan je voeten werpt? Ze heeft waarschijnlijk geen idee van je gevoelens, je bent niet bepaald een open boek.'

'Omdat we haar ervan overtuigd hebben dat ze verliefd is op haar baas. Daarom!' De kriebel die in zijn borstkas opkrulde deed hem vaag denken aan zijn woedeuitbarsting in de retraite. Instinctief zeeg hij terug in zijn stoel en probeerde zijn ademhaling onder controle te krijgen.

'Heb jij daaraan meegedaan?' De verbazing in Chevalliers stem was oprecht.

Had hij eraan meegedaan?

Nee, maar hij had ook niets gezegd toen ze in de groep alle mannen in haar leven hadden besproken en Ola uiteindelijk aarzelend uitkwam op een warm gevoel voor Mariusz. De druk op zijn borstkas had hem in beweging moeten zetten. De grijze was weer gevaarlijk dichtbij gekomen op dat moment, maar hij had gezwegen zoals altijd wanneer het erop aankwam. Ze hadden gedacht dat hij alleen sprak als hij iets te melden had, terwijl hij gewoon een lafaard was. Zelfs als het om liefde ging – en bestond er iets dat het meer waard was om je voor uit te spreken? – hield hij zijn smoel.

'Wat kon ik doen, Bernard?' wierp hij zwakjes tegen. 'Ola kwam in haar zoektocht uit bij haar baas en niet bij mij. Soit.'

Bernard schudde zijn hoofd. 'Daar neem ik geen genoegen mee, Luc. Ik ben blij dat je vrij bent van je verleden, maar ik garandeer je dat je binnenkort precies dezelfde puinhoop opbouwt als je het hierbij laat. Waarom zorg jij niet voor jezelf, Luc?'

Het werd stom in hem en de grote grijze zat alweer klaar.

Elke dag nam het gewicht op zijn borstkas toe, en zo brak sluipenderwijs de ochtend aan dat Luc zich er niet meer onderuit kon worstelen.

'We verhogen de dosis,' zei zijn psychiater beslist, toen die hem na drie verzuimde consulten een huisbezoek bracht.

Bij binnenkomst in de woonkamer had Bernard hoofdschuddend om zich heen gekeken en weinig complimenteus opgemerkt: 'Luc, jongen, dat jij hier leeft.'

Haastig had hij wat lege voedselverpakkingen van tafel gegraaid, de gordijnen opengeschoven. 'Thee?'

Chevallier keek kritisch naar de bank voor hij erop plaatsnam. 'Graag Luc.'

In de keuken probeerde hij tevergeefs zijn groezelige theekopjes bij gebrek aan afwasmiddel met heet water schoon te spoelen.

Chevallier dronk zijn thee zwijgend.

De druk nam toe. Wat moest hij zeggen? Wat is een adequaat begin? Zijn hersens produceerden slechts vragen en geen antwoorden.

Op Chevalliers voorstel om zijn dosis Prozac op te hogen, knikte hij zwijgend.

'Neem vandaag al een halve meer. Ik zorg dat er morgen bij de apotheek een nieuw recept voor je klaarligt.' Zijn psychiater keek hem streng aan. 'Zorg dat je niet weer wegglijdt, Luc. Het is niet nodig.'

Bernard had makkelijk praten met een vrouw en kinderen. Sinds de retraite was Luc zich bewuster van zijn eenzaamheid.

Voor het eerst in zijn leven had hij ergens bij gehoord, volkomen. En hij miste het. Chevalliers aanwezigheid in zijn flat was beschamend en geruststellend tegelijk. Hij wilde hem wel smeken te blijven. De kale muren grijnsden hem 's avonds aan.

'Heb je nog wat van Ola gehoord?' vroeg Bernard langs zijn neus weg.

Hij schudde zijn hoofd. Na Ola's mail met het nieuws over haar relatie met Mariusz en Catherines mail direct erna met de uitnodiging voor een grote retraitereünie, gezellig met de tortelduifjes erbij, had hij zijn thuismail niet meer geopend. Hij kon het niet opbrengen.

'Afijn, Luc, als je die dame niet wilt bellen, vergeet haar dan.' Bernard zuchtte. 'Wat klets ik. We moeten jou eerst terughalen. Je bent nog niet knetterdepressief, maar je zit beslist in de gevarenzone. Beloof me dat je de Prozac slikt en elke dag bij me komt.'

'Doe ik.' Hij zou het doen, haatte zichzelf om zijn terugval.

Hij stelde zich in op lange weken lijden voor de Prozac haar werk zou doen, maar al na drie dagen nam de druk af. Blijkbaar had Chevallier tijdig ingegrepen. Opstaan werd eenvoudiger, zijn ledematen bewogen soepeler en het eten smaakte beter. Een week later had de grote grijze zijn poten teruggetrokken. Ola was niet uit zijn gedachten verdwenen en nog steeds had hij het vage gevoel dat hij iets was kwijt geraakt wat hij nooit had bezeten, maar hij kon de draad van zijn leven weer oppakken.

'Wat een tof verhaal,' zei een van zijn studenten na Lucs referaat van een uur over suïcide. De zaal had bomvol gezeten, iedereen luisterde ademloos en hij kreeg vleugels. Het was heel lang geleden dat hij zo had kunnen spreken.

Hij glimlachte. 'Dat hoor ik niet vaak. De meeste studenten vinden het onderwerp suïcide nogal zwaar.'

De jongen bloosde. 'Eh, nou, ja. U vertelt boeiend, bedoel ik.'

'Dank je.' Zijn diepe vreugde benam hem even de adem. Kon hij het goede gevoel dit keer vasthouden?

Brad

De afspraak om bij Suzanne te blijven tot de kinderen uit huis waren, had daar in Friesland verstandig en haalbaar geleken, zou dat ook kunnen zijn als de hunkering die zijn lijf doortrok zodra hij aan Rod dacht, kleiner was. De onzekere snoetjes van zijn kinderen als hij voor een paar dagen weg ging naar een congres en Suzannes koele wang die hij mocht kussen, droegen bij aan de kluwen van gevoelens die hij niet meer ontward kreeg.

Hij had de groep in heel voorzichtige bewoordingen geschreven over zijn worsteling en verwachtte half en half dat Catherine zou reageren op zijn mail, maar zij bleef stil, ze wilde hun groep blijkbaar zelf het werk laten doen. Toch zou juist een hart onder de riem van haar welkom zijn. Na Sonja's persoonlijke e-mail aan hem was het bijna een week stil, alleen Dee schreef een paar keer over de vorderingen rond de retraitereünie in Spanje.

De relatieve radiostilte werd abrupt doorbroken door een lange mail van Ola en, nog geen minuut later, van Sonja. Ze moesten het hebben gepland, dat kon niet anders. Ook de strekking van de lange lappen tekst was hetzelfde, sommige opvallende woorden waren precies op dezelfde manier gebruikt.

Hij geloofde zijn ogen niet en herlas beide mails verschillende malen voordat de inhoud volledig tot hem doordrong. Een diepe teleurstelling, grenzend aan wanhoop trok door hem heen alsof zijn laatste houvast onder zijn voeten weg werd geslagen.

'Lieve vrienden,' schreef Ola. 'Deze mail valt me extreem zwaar. In feite drentel ik al dagen om mijn laptop heen en is dit mijn derde poging. Ik heb getwijfeld of ik deze mail aan de hele groep moest schrijven of alleen aan Catherine, maar ik denk dat ik onze community op deze manier meer recht doe. Kort geleden heb ik een ontdekking gedaan die onze retraite voor mij in een wezenlijk ander licht stelt. Ik stuitte per ongeluk op een mailwisseling tussen Mariusz en jou, Catherine. Jij weet waar ik het over heb, maar voor de anderen: uit de* inhoud van de mails bleek dat Mariusz Catherine voorafgaand aan onze retraite heeft gevraagd mij warm te maken voor een relatie met hem. Zoals jullie je allemaal zult herinneren, was ik naar de retraite gestuurd door Mariusz, onder het mom dat ik een groei-impuls nodig had om een goede adjunct-directeur te worden. Uit de mailwisseling blijkt vooral een andere agenda: stoom Ola klaar als echtgenote!

Ik geef toe: dat heb je knap gedaan, Catherine. Even heb ik in de waan geleefd dat deze conclusie geheel uit mijzelf was ontsproten, maar terugblikkend besef ik dat jij me de woorden in de mond hebt gelegd. Manipulatie die me nu met huiver vervult. In een van de brieven aan Mariusz beloof je hem dat je je best zult doen en vraag je en passant of hij in de toekomst ook andere medewerkers naar je toe stuurt. Hij antwoordt hierop dat dit laatste afhangt van je succes met mij! Als wij een stel zouden worden als gevolg van mijn retraite, kon je rekenen op een vaste stroom consultants voor je retraites. Alles geschreven op een half grappende toon, maar evengoed werd over mijn rug een zakelijke deal gesloten en als ik er niet achter was gekomen, zou het je zijn gelukt.

De laatste mails tussen Mariusz en jou, Catherine, waren opgetogen: missie volbracht, Mariusz tevreden, Ola eindelijk aan de man, jij verzekerd van handel. Het lijkt zo onschuldig: iedereen blij toch? Maar op manipulatie, hoe goed bedoeld ook misschien – want zelfs nu geloof ik nog dat je inderdaad het beste voor hebt met ons, ook al is dit twijfelachtig vermengd met je zakelijke belangen en zucht naar invloed – bouw je geen zuivere relaties.

Uiteraard heb ik mijn relatie met Mariusz beëindigd. Een vent die de hulp inschakelt van een halfslachtige therapeut om een vrouw te veroveren, boeit me niet. Ik blijf adjunct-directeur, we hebben al jaren samengewerkt en dat blijven we doen. Ik wens geen deuk in mijn carrière als extra bonus op de andere schade.

Het tweede besluit valt me zwaar: ik trek me terug uit onze community zoals deze nu is opgebouwd, met Catherine als leider. Mijn vertrouwen in jou, Catherine, als professional, is onherstelbaar beschadigd. Je hebt enorme talenten en veel van de momenten die we hebben gedeeld in de retraite zal ik nooit vergeten, en daarvoor dank ik je, maar deze inmenging en manipulatie ontnemen mij het basisvertrouwen in jouw integriteit.

Ik besef dat ik harde woorden schrijf en wil benadrukken dat ik
jullie, Brad, Sonja, Dee en Luc, voor altijd in mijn hart heb gesloten.
Ik zou dan ook graag contact houden als goede vrienden. Vrienden
voor het leven wat mij betreft. Met liefde, Ola.'

Waarom nam Ola zo'n rigoureus besluit? Ze nam niet de moeite
het met Catherine door te praten, gaf geen ruimte voor wederhoor. Er moest een verklaring zijn voor Catherines mails aan Mariusz. Brad opende Sonja's bericht, scande vliegensvlug de regels
en wist dat hun groep definitief uit elkaar gevallen was. Alleen
haar aanhef al sprak boekdelen.

'Lieve Brad, Dee, Luc en Ola, Beste Catherine en Leilah,
De weken na de retraite heb ik veel nagedacht over onze tien da-
gen samen. Over de community building sessies, de bio-energetica
die ook mij heeft verlost van demonen. Juist mijn enorme bevrijding
deed me de ogen sluiten voor elementen waar ik over twijfelde.
Nu, enkele weken later komen bepaalde twijfels terug. Twijfels die
te maken hebben met de professionele integriteit van onze begelei-
ding in de retraite. Allereerst wil ik zeggen dat ik Catherine bijzon-
der erkentelijk ben voor mijn doorbraak, die ik op geen andere ma-
nier voor elkaar zou hebben gekregen. Jullie als groep ben ik dank-
baar voor de steun en onvoorwaardelijke vriendschap. Ik hoop dat
we deze vast kunnen houden, ook in zwaarder weer.
Mijn twijfels over de begeleiding hebben te maken met professio-
nele integriteit. Zoals jullie allemaal weten ben ik zelf psychothera-
peut en dus bekend met professionele standaarden. Enkele belang-
rijke daarvan zijn mijns inziens door Catherine genegeerd. Ik heb
overigens, via een bevriende psychotherapeut in Engeland nagetrok-
ken of Catherine Richards geregistreerd therapeut is. Haar naam is
op geen enkele lijst terug te vinden. Natuurlijk zijn er ook mensen die
therapeutisch werken zonder registratie en dat goed doen, maar dat
neemt niet weg dat ik de mate van diepgang van de interventies in de
retraite te hoog vind voor een ongeschoolde begeleider.
Terug naar de hoofdlijn: mijn redenen om te twijfelen aan Ca-
therines integriteit.
Catherine heeft bij mij gehandeld op grond van voorkennis die ze

van mijn echtgenoot had. Dat wist ik, natuurlijk. Maar wat ik niet wist, is dat ze voorafgaand aan de retraite met Kagysoo heeft gesproken en van hem details kreeg over mijn jeugd en mijn aversie om zelf moeder te worden. Met deze informatie heeft ze eenvoudig de juiste knoppen gevonden en dat heeft, zoals jullie inmiddels weten, het gewenste resultaat opgeleverd. Een resultaat waar Kagysoo Catherine om heeft gesmeekt. Zoals gezegd: ik ben er dankbaar voor, maar dat neemt niet weg dat ik er vanuit professioneel gezichtspunt grote moeite mee heb. Zelfs na de retraite heeft zij nog met Kagysoo gesproken over mij, wat ik ook laakbaar vind.

Daarnaast zijn er enkele andere punten die me doen besluiten in de toekomst geen gebruik meer te maken van Catherines hulp. Ik heb ervaren dat Catherines kracht groot effect heeft, maar in de laatste dagen van onze retraite ervoer ik deze soms als knellend. Ik heb enkele malen geprobeerd hier tegenin te gaan en had het gevoel dat dit niet werd gepikt en werd weggemanipuleerd. Het spijt me dat ik er toen de vinger niet op legde, maar de intense bewondering voor Catherine in onze groep was dermate sterk dat ik het niet durfde. Wat op zich voor mij veelzeggend is: doorgaans ben ik behoorlijk autonoom. Ook de afspraak om al onze mails aan iedereen te adresseren stond me tegen. Ik heb me er ook niet aan gehouden. Het laatste voorstel om een vakantie te vieren met alle Catherine 'volgers' was het sluitstuk van de cirkel die een voor mij haast sektarische omgeving vormt, waarin ik niet wil verkeren.

Brad, Dee, Luc en Ola: ieder van jullie is me dierbaar geworden als familie en jullie weten: daar heb ik weinig van. Ik besef dat ik onze band met deze mail onder druk zet, maar ik kan niet anders. Met heel mijn hart wens ik dat wij elkaar blijven zien, spreken, mailen: onze verbondenheid is groot en deze verliezen zou me een nieuw groot verdriet opleveren. Met alle liefs, Sonja Cronje.

Een dreun op zijn hoofd had Brad niet meer in verwarring kunnen storten. Wat was er gebeurd? De laatste keer dat ze samen waren, verliep euforisch en ook de mails in de afgelopen weken weerspiegelden die sfeer. Niets dat de venijnige toon van deze brieven nu had voorspeld. Vooral Sonja's brief was dodelijk, blijkbaar was zij zelf foutloos en heilig als therapeut. Dankzij Catherine ontving

Sonja over een maand of acht het belangrijkste geschenk dat een mens kon krijgen. Met een veeg van de pen wiste ze die enorme verdienste uit. Hoe kon ze zo hard oordelen? Alsof Catherine geen fouten mocht maken. Droefheid kropte samen in zijn keel. Deze groep had zijn vluchtoord gevormd, waar zijn immense vraagstuk op tafel mocht liggen.

Ola

De reis naar Gdansk verliep als in een droom. Flarden van haar gesprek met Mariusz twee dagen ervoor schoten door haar hoofd, zijn vertwijfeling toen ze de droom van een lang en gelukkig leven samen in enkele seconden aan diggelen sloeg.

'Ola, ik had het je heus wel verteld, maar het was nog te teer. Ik hou van je, zo lang al.'

'Mariusz, je bent een idioot. Waarom heb je het niet gewoon gezegd?'

'Omdat je me had afgemaakt.'

Waarschijnlijk waar, maar dat deed ze nu alsnog.

Vlak voor haar vertrek had ze de groep gemaild. Toen ze nog geen minuut later Sonja's mail zag binnenrollen, kreeg ze de slappe lach. Ze zouden denken dat ze een tijdstip hadden afgesproken!

'Timing is everything...' mailde ze Sonja.

'Inderdaad,' was het droge antwoord.

Natuurlijk hadden zij en Sonja elkaar hun tekst toegezonden ter beoordeling, voor die naar de groep ging, maar ze hadden geen tijdstip van verzenden afgesproken. Drukken op de sendknop voelde als een enorme daad. De vergelijking met een bom had zich aan haar opgedrongen, belachelijk, maar toch.

Door haar open dak drongen de geluiden van de zee geleidelijk door, naast het geronk van de motor van haar auto. Ze brachten haar gedachten tot tijdelijke stilstand. De zee. De zilte lucht, de harde wind die onbekommerd van zee afwaaide het land in maakte haar rustig. Alles kwam goed.

Er was iets veranderd aan het huis, al kon ze niet direct zeggen wat. Het was alsof de stenen, kozijnen en ramen samen besloten hadden hun oude glorie op te poetsen. Ze straalden haar tegemoet. De oprijlaan was aangeharkt, de bossen onkruid waren verdwenen.

'Alexandra!' Papa stond al in de deuropening en omhelsde haar.

Ze leunde even tegen hem aan. Vreemd dat haar afhankelijke vader een lijf had waar je in zou willen verdrinken. Hij rook vertrouwd naar appel en de kruidnagelen die hij altijd stukbeet, vermengd met een vleugje mufheid.

'Patrycja is er ook,' kondigde hij opgetogen aan.

Ze zuchtte. Al waren haar gevoelens ten opzichte van Sebastians vriendin wat milder nu, diep in haar hart was ze ervan overtuigd dat het niets kon worden.

'Naar binnen dan maar.'

Patrycja wachtte haar bij de keukendeur op als de vrouw des huizes. Ze straalde en greep haar handen. 'Ola, wat fijn je eindelijk te ontmoeten.' Tot haar schrik kreeg ze een kus op haar wang.

Geen mooi meisje, oordeelde ze in eerste oogopslag. Met haar ronde blozende gezicht, het donkerblonde haar in een vlecht en haar helderblauwe ogen zonder make-up leek ze het prototype gezonde boerendochter. Ze was mollig en middelgroot. Sebastian stond achter haar en glom van trots. Ze voelde een steekje toen ze zich realiseerde dat zijn trots Patrycja betrof en niet, zoals voorheen, zijn grote zus.

'Ola de Pola!' Hij geneerde zich niet voor het troetelnaampje. Sebastian noch haar vader had veel gevoel voor decorum. Ze kuste hem en hield hem even van zich af. 'Je bent gegroeid!'

Hij knikte. 'Patrycja is een superkok!' Weer die intens trotse blik.

'Dat maak ik graag mee, vanavond.' Ze hoorde zelf hoe stug het klonk.

'We eten borsjt.'

Dat had ze in geen eeuwen gehad. Om precies te zijn: sinds mama was vertrokken niet meer. Met moeite onderdrukte ze haar nijdigheid over deze menukeuze. Blijkbaar wilden ze haar laten beseffen dat de leegte die mama had achtergelaten eindelijk was opgevuld.

'Wil je thee, Ola? Je hebt vast dorst na die lange reis?' Patrycja's stem was zacht maar helder.

'Graag. Ik breng mijn tas even naar mijn kamer.'

Haar kamer was nog intact en ontegenzeggelijk schoon gemaakt. Het rook er naar allesreiniger. Het raam stond open en nieuwe auberginekleurige gordijnen wapperden zacht in de zeewind. Ze realiseerde zich ineens dat dit een van de dingen was die het huis deden stralen: de ramen waren kraakhelder en overal hingen nieuwe gordijnen van zijde. Wat mocht dat gekost hebben? Van de toelage die Ola elke maand trouw op haar vaders bankrekening stortte.

De gastvrouw schonk thee uit een nieuwe theepot van porselein in gloednieuwe theekopjes.

'Wat hebben jullie allemaal nog meer nieuw?' vroeg ze zo neutraal mogelijk.

Papa glom. 'Patrycja heeft ons strak aan de lijn, Alexandra.'

'Dat zie ik.'

Patrycja bloosde. 'Mannen hebben nou eenmaal geen gevoel voor een huishouden. Dat is normaal. Mijn vader was precies zo.'

'Was?'

'Hij is vorig jaar overleden.' Haar ogen kregen een droevige glans. 'Kanker.'

'Heb je nog een moeder?'

Patrycja schudde haar hoofd. 'Ik heb haar nooit gekend, ze is bij de bevalling gestorven.'

Hemel, in welk triest levensverhaal was ze beland? Ze reikte naar haar theekopje, blies over de dampende vloeistof en brandde alsnog haar huig.

'Het is niet erg, Ola,' zei Patrycja. 'Ik heb geen moeder gemist. Mijn vader was goed voor me.'

Ze knikte. 'Waar woon je?' Het leek een verhoor, maar ze kon het niet laten.

Patrycja bloosde weer. 'Eh, ik heb een appartement in de stad,' hakkelde ze.

'Patrycja woont bij ons, Ola,' onderbrak Sebastian zijn vriendin.

Ze trok een wenkbrauw op. 'Wat is het nou?'

Patrycja glimlachte nerveus. 'Het klopt allebei. Ik heb mijn woning nog wel, maar ben eigenlijk altijd hier.'

Ze trok een wenkbrauw op, maar zweeg. Ze kon haar niet hier

en nu confronteren, ze moest haar vandaag of morgen alleen zien te spreken. 'Nou het ziet er hier in elk geval een stuk gezelliger uit,' sloot ze haar verhoor af. 'En schoon ook.' Dat boerinnetje liet haar handen wel wapperen.

Het meisje leunde opgelucht achterover in de bank, Sebastian zat dicht tegen haar aan, een arm om haar heen. Hij was smoorverliefd, nooit eerder had ze hem zo gezien. Zijn dikke haar was goed geknipt en de paar kilo's extra stonden hem goed. Hij was altijd al een beauty, maar onverschillig waar het zijn uiterlijk betrof. Ook hierin had zijn vriendin blijkbaar een straffe hand.

Haar vader slurpte intens tevreden van zijn kopje thee. Hij leek gelukkiger dan sinds lange tijd.

Sebastian en Patrycja spraken zacht met elkaar over boodschappen die nog moesten worden gehaald. Het gaf haar gelegenheid het meisje beter te bekijken. Ze droeg eenvoudige kleren, maar ook van een paar meter afstand herkende ze de kwaliteit. Wie zou dat angoravest hebben betaald? Ze observeerde Patrycja's blikken naar Sebastian. Het meisje leek oprecht dol op hem.

Ze zuchtte.

'Waar gaat die zucht naartoe, meisje?' vroeg haar vader.

'Naar de zee, papa, die heb ik gemist.'

'Kom dan toch hier wonen. Er is hier ook werk.'

'Nee papa, niet weer die discussie.' Ze keek naar het stelletje op de bank. 'Ik heb een goed plan. Als de mannen nou eens de boodschappen doen, dan rijden Patrycja en ik naar de zee voor een wandeling. Dan kunnen we elkaar ook wat beter leren kennen,' voegde ze er huichelachtig aan toe.

'Zal ik rijden?'

Verbaasd keek ze Patrycja aan. 'Heb je een auto?'

'Natuurlijk,' het klonk neutraal, maar toch voelde ze zich terechtgewezen.

'Rij jij dan maar.' Kon ze gelijk zien welk slurpend monster van haar geld werd betaald.

De donkergroene minicooper stond in de garage, die sinds jaar en dag in ongebruik was geraakt.

'Gaaf autootje,' gaf ze toe.

'En superbraaf, nooit panne. Jammer genoeg moet ik uitkijken naar een grotere wagen, je vader en Sebas moeten zich opvouwen als we uitgaan.' Ze keek spijtig.

Voor een boerinnetje reed ze pittig. 'Je werkt bij Sebas, toch?'

'We waren directe collega's op het lab, ja. Ik ben overgeplaatst omdat onze baas het niet zo'n goed plan vond om ons in een team te houden. Ik werk nu een verdieping hoger, dus we kunnen gelukkig nog wel samen naar het werk reizen.' Ze blikte snel van rechts naar links en schoot toen de voorrangsweg over. 'Heb jij een vriend, Ola?'

'Niet meer.' Ze voelde er weinig voor in details te treden. 'Het hoofdstuk mannen loopt niet optimaal bij mij. Maar ik vind het prima zo, ik ben net adjunct-directeur geworden van een adviesbureau, dus ik heb wel wat anders aan mijn hoofd.'

Patrycja's neus rimpelde in ongeloof. 'Je ziet er niet uit als iemand die zonder man blijft, als ik zo vrij mag zijn.'

'Verliefde mensen willen altijd anderen overtuigen van de geneugten van de liefde. Laten we het liever over jou en Sebas hebben,' stuurde ze het gesprek onherroepelijk een andere kant uit. 'Wat zijn jullie plannen?'

Patrycja zwenkte de mini een parkeerterrein op. 'Plannen,' herhaalde ze traag en met een vraagteken aan het eind. 'Laten we eerst lopen, dat praat makkelijker.'

'Ik ga heel eerlijk tegen je zijn, Patrycja.' Ze stond abrupt stil en draaide zich naar haar toe. De zeewind blies haar woorden vooruit. 'Als je met Sebas trouwt krijg je mijn vader erbij en dan heb je naast eventueel eigen kroost twee grote kinderen om voor te zorgen.' Haar zelfverklaarde aanstaande schoonzus had haar net verlegen toevertrouwd dat Sebastian en zij volgend jaar wilden trouwen. 'We willen ook kinderen.'

Patrycja bloosde. 'Ik weet heel goed waar ik aan begin Ola, vergis je niet.' Het klonk onwrikbaar en voor het eerst bedacht ze dat onder het zachtaardige boerenmeisje wel eens een sterke vrouw verscholen kon zitten. Een geduchte tegenstander.

'Je vader en Sebas zijn bijzonder Ola, ik hou van ze allebei. Ik ken ze en ik herken ze.'

Wat een vage opmerking. 'Hoe bedoel je?'

Patrycja's helderblauwe ogen keek haar openhartig aan. 'Mijn eigen vader was autistisch. Hij was een schat van een man, maar volkomen onpraktisch en gesloten. We hebben altijd hulp gehad in huis, 24 uur per dag, een soort huishoudster. Ik weet niet beter of een vader was zoals hij.' Ze glimlachte. 'Hij leerde me alles waar hij zelf gek van was. Ik kan houtsnijden, ik ken alle films van Laurel en Hardy uit mijn hoofd en ik kan hoofdrekenen tot in het oneindige. Hij was er altijd en hij hield van me. Toen ik vijftien was heb ik een gesprek gehad met zijn psychiater die me uitlegde wat autisme is.'

Ze haalde diep adem en legde uit op een toon die verried dat ze dit vaak had moeten doen: 'Mensen met autisme vinden de wereld verwarrend en proberen orde te scheppen door hun vaste gewoontes te koesteren. Ze kunnen weinig nieuwe elementen toevoegen en zoeken houvast. Ze zijn sociaal vaak onhandig omdat ze de ongeschreven regels niet kunnen lezen.'

Ze onderbrak haar droge opsomming. 'Herken je het beeld, Ola?'

Ze knikte. Natuurlijk herkende ze het beeld, hoe vaak had ze haar vader en Sebas niet uitgescholden voor stelletje autisten, op de vele momenten waarop ze haar tot wanhoop dreven met hun gekmakende gewoontes en rigiditeit.

'Mensen met autisme zijn vaak trouw en lief. Ze zijn zoals ze zich voordoen. Ik voel me veilig bij ze.'

'Mijn vader en Sebas zijn nooit onderzocht, hoe weet je zo zeker dat ze autistisch zijn?'

'Dat weet ik niet, hoef ik ook niet te weten. Ik begrijp ze en voel me fijn bij ze.'

'Dat is toch geen gelijkwaardige basis voor een relatie?'

'Waarom niet, Ola? Wat is een basis voor een relatie? Hoeveel mensen die zogenaamd een gelijkwaardige relatie hebben, maken elkaar niet stuk? Voor mij is het genoeg dat Sebas van me houdt, dat hij altijd blij is me te zien. We hebben het goed. En je vader doet best veel in huis, je moet hem alleen een beetje op weg helpen.'

'Ben je een heilige?' vroeg ze sarcastisch.

Patrycja werd rood en in haar stem klonk ingehouden boosheid door. 'Nee Ola, ik ben een mens van vlees en bloed die toevallig van je broer houdt. Is dat nou echt zo onvoorstelbaar?'

Nu was het haar beurt om diep te kleuren. Lucs boze opmerking tijdens de retraite schoot haar te binnen. 'Ben jij de maatstaf Ola? Is er maar één soort man en één soort vrouw? Wat een beperkte blik heb jij!'

Blijkbaar had ze een lesje nederigheid nodig, en er kwam nog een schepje bovenop. Patrycja had alle nieuwe aankopen betaald, ze had een erfenis van haar overleden vader die ze in staat stelde om riant te leven naast het salaris van haar en Sebastian.

Toen ze de volgende dag vertrok, kuste ze haar nieuwe familielid en fluisterde: 'Zorg goed voor ze. Dank je.'

De rit terug naar Warschau leek eindeloos en eenmaal thuis voelde ze zich eenzamer dan ooit. Waarom lukte haar niet wat zelfs Sebas moeiteloos voor elkaar had gekregen? Haar witte leren bank voelde koud en ineens haatte ze haar klinisch ingerichte appartement. Ze snakte naar de warmte van de retraite. Ze hadden gelachen, gehuild, ze had genoten. Maar ook dat was voorbij na haar ontdekking en haar mail naar de groep.

Half verlangend, half angstig opende ze even later haar e-mail. Zou Catherine al gereageerd hebben op hun moties van wantrouwen?

Leilah

Ik geloofde mijn ogen niet toen ik die miezerige brieven las en herlas. Mijn hart kromp samen voor Cathy. Na alles wat zij voor die twee betekend had! Ik moest haar bellen, haar waarschuwen voor deze dolksteken, maar tegelijk aarzelde ik: moest ík haar de boodschap wel brengen? Wat zou ze ervan vinden? Waarschijnlijk onstak ze in woede om mijn bemoeizucht en duidde ze zelf deze giftige mails als een interessante fase in het groepsproces.

Gelukkig belde ze volstrekt tegen haar gewoonte in, nog geen uur nadat ik de brieven had gelezen. Haast nog meer dan de brieven raakte haar stem me. Onder de kalme oppervlakte hoorde ik, misschien wel voor het eerst sinds ik haar kende, een randje onzekerheid.

Die kutwijven! Ik schrok van mijn instinctieve reactie: nog maar pas geleden had ik van ze gehouden, immers.

'Wat gebeurt er volgens jou, Leilah? Waarom doen ze dit?'

Het zweet brak me uit. Ik had geen idee. 'Ze zetten zich af,' probeerde ik ferm.

Tot mijn verrassing stemde ze in. 'Mm, ja, daar heb je waarschijnlijk gelijk in.' Toen kuchte ze en vroeg: 'Wat vind je van hun kritiek?'

'Ik weet het niet, Cathy. Volgens mij ben je altijd open geweest over je betrekkingen met Mariusz en Kagysoo. Ola en Sonja moeten hebben geweten dat ze met jou spraken over hun verlangens.'

'Precies,' viel ze geestdriftig in. 'Ik maak er nooit een geheim van dat ik via via aan mijn klanten kom.' Ze zuchtte diep. Ik bedacht dat ze nog op niets had gekauwd tijdens dit gesprek.

'Laten we even wachten hoe de anderen reageren, schat.' Ik hoorde de plop van een kurk. 'We houden contact.'

'Trek het je niet aan, Cathy, ze weten niet wat ze doen,' haastte ik me voor ze ophing.

Ik opende wel tien keer per dag mijn mail, maar een week lang bleef het volstrekt stil. Hoe vaker ik de brieven van Sonja en Ola las, des te meer vervreemdde ik van de genadeloze inhoud. Ik belde Cathy vrijwel dagelijks, ze beantwoordde mijn boodschappen niet.

Razend van ongerustheid vertrok ik uiteindelijk naar Londen.

De eerste aanblik van haar stelde me bepaald niet gerust. Bleker en pafferiger had ik haar nog nooit gezien, zelfs niet aan het einde van een retraite.

'Leilah, een onverwachts genoegen. Wat kom je doen?' Het klonk haast onverschillig, toch deed ze de deur open en schommelde voor me uit naar haar woonkamer, waar de enorme televisie ter grootte van een bescheiden bioscoopscherm een oude zwart-witfilm vertoonde. Cathy was dol op ouderwetse romantiek.

Ze zeeg neer op de bank, strekte haar blote voeten voor zich uit en verdiepte zich weer in het verhaal.

Ik nam plaats op een van de smalle gastenfauteuils.

Alleen het trage sonore stemgeluid van Marcello Mastroianni en de licht smekende stem van zijn tegenspeelster onderbraken de lange stilte.

Bij de eerste regels van de aftiteling greep Cathy de afstandsbediening van het salontafeltje en zette de televisie abrupt uit. Haast vrolijk wendde ze zich naar me toe: 'Ik had bedenktijd nodig, Leilah. Even rust. Ik weet nu hoe het zit.'

Opgelucht haalde ik, hopelijk onmerkbaar voor haar, adem. 'Ik ben een en al oor.'

'Eerst een wijntje, Leilah.'

Haar hulp had de koelkast onlangs schoongemaakt en de flessen chardonnay lagen er keurig in opgestapeld. Ik maakte er een open en zette die naast twee kristallen wijnglazen en een schaaltje noten op een zilveren dienblad. Cathy had schitterende spullen.

Na een forse slok wijn en een handje pinda's keek Cathy me ernstig aan. 'De groep verkeert in een crisis, Leilah. Elke volgende stap is cruciaal, van wie dan ook, maar zeker van mij.' Ze grinnikte even. 'Alle ogen zijn op mij gericht, natuurlijk. De leider is altijd de lul.'

Ik knikte driftig, tot deze conclusie was ik zelf ook gekomen na dagen piekeren. In iets andere bewoordingen weliswaar.

'Dus heb ik bedacht dat ik me even gedeisd houd, maar jij kunt wel wat doen!'

Ik veerde op.

Dee

Het opwindende vooruitzicht van een retraite met alle mensen ze van wie hield werd ruw verstoord door de mails van Sonja en Ola. Zou het voor die tijd nog goed komen met de groep? Kwam het ooit weer goed?

'Het zijn pittige teksten van Ola en Sonja,' beaamde Jeff, 'maar maak je er niet zo druk om, Dee, zo'n groep houdt nooit stand.'

Ze had de brieven geprint en ze hem voorgelezen.

'Je hebt het echt niet begrepen, he?' Driftig keek ze hem aan. 'Het was niet zomaar een groep. Er was, er was... het was bijzonder. We accepteerden elkaar volkomen.' De venijnige mails van Ola en Sonja hadden haar geschokt, de doodse stilte erna was ronduit beklemmend. Waarom reageerde Catherine niet? En waar bleef Brad?

Jeff zweeg en dook terug in zijn cricketwedstrijd.

De afgelopen dagen had ze elk vrij moment haar mail gecheckt, ook op haar werk. Ben Dawson had haar vandaag achterdochtig aangekeken. 'Zeg Dee, je gaat me toch niet vertellen dat je verliefd bent?'

Haastig sloot ze haar mail. 'Ben je gek, een oud wijf als ik.'

'Onzin Dee.' Hij keek haar vorsend aan. 'Het heeft vast te maken met die week weg. Leuke mannen in de groep?'

Geërgerd kapte ze hem af. 'Gaat je niets aan, Ben. Hoe zit het met die notulen van het managementoverleg?'

Hij had gegrijnsd.

Was ze maar verliefd, dat zou een aangename spanning geven in plaats van dit zware gevoel.

Jeff keek op. 'Wat zucht je?'

'Ik weet het niet, die radiostilte baart me zorgen.'

'Schrijf dan zelf,' opperde hij, niet voor het eerst deze week.

'Ik durf niet.' Ze klonk als de oude Dee, schijterig benauwd en ze haatte het. Bruusk stond ze op. De deur van haar werkkamer stond open, het was er donker, alleen de lichtjes van haar computer brandden.

Ze begon aan een mail, maar kwam er met de aanhef al niet uit. 'Lieve vrienden' leek ongepast in deze crisistijd. 'Lieve allemaal' had een middelbare schoolklank. Terwijl ze hierover dubde, rolde Leilahs bericht binnen.

'Lieve community, waar zijn jullie? Blijf alsjeblieft in contact, vooral nu. Wat gebeurt er momenteel met jullie? Wat denken en voelen jullie? Deel het met elkaar! Met liefde, Leilah.'

De aanhef loste gelijk haar dilemma op. 'Lieve community' moest het natuurlijk zijn! Goed van Leilah om de stilte te doorbreken. Al zei ze in haar brief niets, dat hoorde ook zo. Leilah was immers geen groepslid, al leek het daar tijdens de retraite soms wel op. Ook Dee was klaar met afwachten. Ze had zichzelf spontaniteit beloofd. Haar terughoudendheid van deze week was oud gedrag en dat had ze verdomme afgeschud.

'Lieve community,
Dank je Leilah, voor je oproep. Je hebt gelijk: we zijn weer terug bij af. Herinneren jullie je de gespannen stiltes in onze eerste community buildingsessies? De zenuwen gierden door mijn keel. Dezelfde verlamming voel ik nu. Wat gebeurt er met onze groep? Sonja en Ola: waarom verbreken jullie de band met Catherine zo abrupt? Waarom valt er niet meer over te praten? Waar is de onvoorwaardelijke liefde?'

Haar vingers haperden boven het toetsenbord. Wat kon ze nog meer schrijven? Ze wilde niet smeken.

'Toen ik jullie brieven kreeg voelde ik me eerst verongelijkt, buitengesloten, overduidelijk als het was dat jullie elkaar gesproken hadden. De toon van de mails was vrijwel hetzelfde, net als het tijdstip van verzenden. Even was ik terug op het schoolplein, alleen gelaten door mijn vriendinnen. Een kinderlijk gevoel, zeker, maar het was er. Ons verbond leek in Holland zo sterk en ineens was daar een eenzijdig

verbreken. Over mijn kleinzielige verdrietje – waarom hebben ze mij niet gebeld – kom ik wel heen, maar de harde toon en de stelligheid waarmee Catherine wordt afgeschreven, voel ik tot in mijn tenen. Angst ook dat ik de groep kwijt ben waarin ik mezelf heb ontdekt én kon zijn. Ik hoop met heel mijn hart dat er een uitweg en een opening is om ons weer samen te brengen. Jullie Dee.'

Ze las het bericht nog een keer door en drukte op verzenden.

Luc

Toen Brad die avond belde, had Luc nog steeds zijn mail niet bijgelezen. Hij verwachtte dat zijn vriend hem verwijten zou maken over zijn digitale afwezigheid en werd volkomen overvallen door Brads sombere, verontwaardigde verhaal.

Na de eerste schrik raakte hij vervuld van een niet onaangenaam mengsel van vreugde, opwinding en angst en één allesoverheersende gedachte: Ola was weer vrij.

'We moeten reageren, man. Vind je niet? We zijn een groep, nog steeds.'

'Geef me even tijd, Brad. Ik moet het eerst zelf lezen.' Hij wilde zich zelf een mening kunnen vormen. 'Maar hoe is het met je? Ik mis je.' Hij schrok van zijn eigen ontboezeming en de waarheid erin. Brad was een vriend. Brad kende zijn depressies, wist van de grote grijze en hield toch van hem.

'Ik mis jou ook, man. Echt. Het leven is hier best zwaar. Ik doe mijn best mijn gezin te redden. Soms, ik weet niet, soms...' Brad stokte.

Wat kon hij zeggen? Hij was de laatste die een mening kon hebben over gezinsleven en relaties. 'Ik weet wat je bedoelt.'

Nadat hij de verbinding had verbroken, startte hij zijn computer op. Hij wist wat hij kon verwachten maar zette zich onwillekeurig toch schrap. Zijn ogen vlogen over de regels van Ola's mail. Hij balde zijn vuisten tegen zijn borstkas, hield zijn adem in bij haar verhaal over Catherines invloed en stootte zijn laatste lucht met een kreun uit toen hij las dat ze Mariusz de laan uit had gestuurd. Hij sloot zijn ogen en snoof een diepe teug lucht in die zijn keelholte, luchtpijp en ingewanden tot in elke uithoek vulde. Zelfs zijn vingers en tenen tintelden ervan.

Na het lezen van Sonja's brief, herlas hij die van Ola tot hij haar woorden *'Uiteraard heb ik mijn relatie met Mariusz beëindigd: een vent die de hulp inschakelt van een halfslachtige therapeut om een vrouw te veroveren, boeit me niet,'* uit zijn hoofd kende. Ze waren zó Ola!

Leilahs mail was een nietszeggende oproep om de stilte te verbreken. Dee schreef als de ingoede moeder die het gezin bij elkaar wilde houden.

Daarna was het stil gebleven. Brad had hem verteld dat hij Ola en Sonja individueel had geschreven. De clandestiene weg waarmee de groep werd gepasseerd.

Wat een situatie! Dee had gelijk: het was weer community building en hij had geen enkel idee wat hij kon bijdragen.

Toch was er geen druk toen hij in bed lag, alleen een vederlicht vlindertje dat kriebelend zijn grillige weg door zijn torso vond.

De volgende ochtend las hij alle mails nog een keer rustig door en probeerde zich zo objectief mogelijk een mening te vormen. Je bent sociaal wetenschapper, wat is hier aan de hand, sprak hij zichzelf toe. Een leiderschapsconflict zonder twijfel. Leiderschap en integriteit waren immers een en Ola en Sonja twijfelden openlijk aan Catherines integriteit. Was Catherine tekortgeschoten? Had ze bij alle cursisten met voorinformatie gewerkt?

Wat zou Bernard over hem verteld hebben? Zijn psychiater had hem immers aangemeld. Zou hij er moeite mee hebben als Bernard vertrouwelijke informatie had gegeven aan Catherine? Hij dacht er even over na.

Het antwoord was nee: een overdracht zou toepasselijk zijn, veronderstelde hij, tussen psychiaters. Maar volgens Sonja was Catherine een onbevoegde therapeut. Wat vond hij daarvan? Hij realiseerde zich nu dat hij het op een onbewust niveau al had geweten. Catherine had in de retraite een ruime mate van boerenslimheid getoond, maar geen wetenschappelijk intellect. Haar verhalen in de ochtend na de community building deden de theorie niet zelden geweld aan. Toch had het hem niet gestoord. Haar duidingen van het groepsproces voldeden in die setting en haar simplificaties leken hem toen nuttig. Nee, hij besloot dat hij haar het gebrek aan opleiding niet zou nadragen.

Zowel Ola als Sonja gebruikten het woord manipulatie. Natuurlijk manipuleerde Catherine. Alleen de meest traditionele psychoanalyticus deed dat niet. Daar had je dan ook gelijk geen donder aan. Manipulatie was best, mits die samenging met zuivere in-

tenties en onomkoopbaarheid. Zo kwam hij terug bij het sleutel-
woord. Integriteit. Was Catherine gecorrumpeerd door haar voorkennis en werd ze extra beloond voor het gebruik ervan?

Bij Ola leek het erop, Mariusz zou Catherine voorzien van nieuwe cursisten. Had ze Sonja het moederschap in gepraat uit eigenbelang? Daar was weinig aanwijzing voor.

Hoe ernstig waren de steken die Catherine had laten vallen in
het licht van haar enorme verdienste, ze was een mens, tenslotte?
Hij vond geen antwoord op die vraag.

Wel was het vreemd dat ze nog niet had gereageerd. Hij dacht
terug aan de cursussen groepsdynamica op de universiteit. Er brak
altijd een moment uit dat de docent de klos was en een lading kritiek over zich heen kreeg. Als docent nam je die uitingen serieus,
maar nooit persoonlijk, herinnerde hij zich. Catherines zwijgen
was lastig te duiden. Hij zou het morgen met Bernard bespreken.

Hij sliep die nacht zonder dromen en werd wakker met het gevoel alsof er een bundel licht vanuit zijn borst naar buiten straalde. Prozac, vertelde hij zichzelf, wat het gelukzalige gevoel niet
verminderde. De flauwe grijns bleef op zijn gezicht en in de metro
oogstte hij vriendelijke knikjes van wildvreemden.

Zijn vreugde werd weerspiegeld op Chevalliers gezicht. Zijn
psychiater was oprecht blij dat het beter met hem ging. De warmtebron in zijn romp werd een tandje hoger gezet.

'Prozac,' grijnsde hij.

'Ik zie het,' lachte Bernard.

Een uur later was hij op weg naar de Sorbonne. Chevallier had
hem niet een keer onderbroken, toen hij vertelde over de brieven van Ola en Sonja en hun bezwaren over Catherines handelen.
Toch had zijn psychiater zich beslist ongemakkelijk gevoeld. 'Wat
vind jij ervan, Luc?' had hij gevraagd. 'Daar gaat het om. Koers op
je eigen mening.'

'Ik vind niet zoveel, zoals gewoonlijk,' had hij wat verlegen toe
gegeven. 'Ik wacht op Catherines antwoord.'

Bernard knikte. 'Vraag haar om een antwoord,' zei hij kalm,
maar er lag een zorgelijke uitdrukking op zijn gezicht, alsof hij tegen zijn zin aan het denken was gezet.

Leilah

'Sonja is de bron,' begon Catherine haar betoog.

Op haar verzoek en onder protest van Gerald was ik weer afgereisd naar Londen. Sinds Ola en Sonja geschreven hadden waren er weken verstreken. De stilte na Dees mail was broeierig.

'Het gaat om macht. Zo'n spijkerharde afwijzing gaat meestal over macht. Sonja strijdt met me over expertise, maar in feite beschermt ze haar autonomie als een puber.' Ze keek ernstig. 'Jammer genoeg sleept ze Ola mee en met haar misschien de hele groep. Dat zou doodzonde zijn.'

'Vreselijk, wat is wijsheid nu?' Ik had zelf geen enkel idee. Ik had de groep opgeroepen te reageren, maar alleen Dee had daar tot nu toe gehoor aan gegeven.

'Ik kan niets doen, Leilah. Ze valt mij aan, maar het gaat niet om mij. Het gaat om Sonja Cronje zelf. Je ziet dit soort conflicten trouwens vaak bij psychotherapeuten.'

Blijkbaar vond Cathy Ola inderdaad volkomen ondergeschikt. Ik was verbaasd: tijdens de retraite had Ola me steeds getroffen als een zeer autonome persoon. Maar Cathy's hypotheses klopten altijd, in al die jaren had ik haar nooit op een miskleun kunnen betrappen.

'Wat kan ik doen?' Ik voelde me nutteloos.

Ze schudde beslist haar hoofd, waar het haar vettig omheen plakte. Haar hart was groot voor anderen, maar zichzelf deed ze chronisch te kort.Plotseling was ik woest op die Poolse trut en die Zuid-Afrikaanse kakmadam. Cathy had voor ze gezweet, geploeterd, te weinig geslapen en te veel gegeten om op de been te blijven. En als dank kreeg ze een dolk in haar rug.

'Even niets, Leilah. Even niets, we wachten.'

Luc was de eerstvolgende die reageerde. Gespannen opende ik zijn mail.

'Lieve vrienden, meestal ben ik de laatste die spreekt. Laat ik voor een keer die traditie doorbreken.

Tot mijn schaamte moet ik bekennen dat ik een tijdje mijn mail niet heb gelezen. Ik was down, miste jullie. Het gaat nu weer goed trouwens. Pillen doen wonderen. Zo kwam het dat ik pas kort geleden jullie brieven las, Sonja en Ola.

Dee, jij hebt gereageerd met je hart, zoals ik je ken. Ik zal proberen net zo eerlijk te zijn.

Ik kan moeilijk oordelen over de inhoud van jullie feedback, Sonja en Ola, simpelweg omdat ik alle ins en outs niet ken – sorry daar steekt de wetenschapper zijn kop op – maar ik voel wel dat jullie oprecht boos zijn. Ik bewonder jullie dapperheid om die emotie te uiten.

Wat ik moeilijk vind is de absolute beslissing om te breken met Catherine. We weten allemaal wat we hebben meegemaakt en welke rol Catherine hierin heeft gespeeld. Waarom slaan jullie de deur dicht? Hebben we als groep niet juist geleerd dat onvoorwaardelijkheid de sleutel is tot groei?'

Mijn hart sprong op. Luc stelde de harde boodschap van Ola en Sonja openlijk ter discussie. Ik voelde een sprankje hoop dat de groep behouden kon blijven en las gretig verder.

'De tweede grote vraag die me bezighoudt is voor jou, Catherine: waarom antwoord je Sonja en Ola niet? Ze steken hun nek uit: feedback geven is immers altijd een investering in de ander. Is dit niet de "tough love" waarover je sprak? Wat vind je van de inhoud van hun opmerkingen? Ik zou erg graag je reactie zien. Ik, noch een van de andere groepsleden volgens mij, ben in de positie om inhoudelijk in te gaan op het conflict dat er nu ligt, maar we hebben er wel last van.

Ik hoop van harte dat we dit kunnen oplossen als groep, want ik mis jullie. Luc.'

Mm, het staartje was een regelrechte uitdaging aan Catherine.

Ze klonk getergd. 'Ik heb beide dames geprobeerd te bellen, maar ze reageren niet. Sonja mailde me dat ze vond dat ik eerst aan de groep moest schrijven, pure powerplay.'

Sonja had me in de retraite een lichte angst ingeboezemd met haar voorkomen. Ik gooide het toen op mijn eigen onzekerheid, maar misschien had ik toch goed aangevoeld dat die dame niet voor de poes was.

'Volgens mij moet je antwoorden,' probeerde ik voorzichtig.

'Je hebt gelijk.' Ik hoorde haar aan de andere kant van de lijn diep zuchten. 'Het is tijd dat ik reageer.'

Sonja

Hij was niet boos dat ze zijn e-mail had geopend. 'Ik heb voor jou geen geheimen, Sonja.' Kwaad was hij wel op haar rigoureuze besluit. Geen buitje van een uur zoals gewoonlijk, nee, hij liet haar al weken niet los. Op zijn zachte vasthoudende manier bleef Kagysoo boos. 'Natuurlijk is Catherine geen heilige. Wat verwacht je nou? Ben jij dat wel als therapeut?'

'Het gaat niet om heiligheid, het gaat om integriteit.' Haar overtuigingskracht liet haar in de steek. Natuurlijk had Catherine niet ethisch gehandeld, zeker niet bij Ola, die ze beslist Mariusz' bed in had gepraat, maar haar grootste bezwaar was moeilijk hard te maken. Het was het beeld van Catherine als een dikke spin die vliegjes in haar web lokte om ze nooit meer te laten gaan. De goeroe die zich voedde met de adoratie van haar discipelen, een vampier...

Catherine zou het niet toestaan dat ze van haar sokkel werd gestoten.

'Natuurlijk manipuleert ze. Dat maakt haar zo effectief,' wierp Kagysoo tegen. 'Ze gebruikt haar intuïtie om anderen te helpen, wat is daar mis mee?'

Ook dit keer kwamen ze geen centimeter verder. 'Laten we stoppen, Kag.'

Hij schudde zijn hoofd, zijn mondhoeken trokken vastberaden naar beneden. 'Nee, Sonja, het is wezenlijk.'

'Weet je wat wezenlijk is?' Ze legde haar handen op haar buik. 'Dit is wezenlijk, Kag, en toch hebben we het al weken over die dikzak.' Ze kon het niet laten, al wist ze dat schelden haar positie verzwakte en Kag verder de kast op joeg.

Hij draaide haar zijn rug toe en liep de kamer uit. Een golf misselijkheid steeg op vanuit haar maag naar haar slokdarm en keel. De laatste week had ze niet meer overgegeven, maar nu moest ze weer rennen.

De tranen stroomden over haar wangen terwijl ze de pot omklemde. Catherines duistere krachten zouden de baby en Kagysoo tegen haar opzetten. Ze had Catherines toorn gewekt en die heks zou niet rusten tot zij, Sonja, was vernietigd. Uitgeput rustte ze even later met haar hoofd tegen de koele tegels. Waar kwamen die onzinnige gedachten vandaan?

'Sorry Son,' Kagysoo knielde naast haar en legde zijn handen op haar schouders. 'Ik ben een eikel, ik moet meer rekening houden met je toestand.'

Wat bedoelde hij? Dat ze opgehitst en onredelijk was onder invloed van hormonen?

Ze was te moe om verder te vechten en leunde tegen hem aan. Ze hadden al weken niet gevreeën. Kag was als de dood dat een stootje de baby los zou weken. Ze voelde zich zo langzamerhand een wandelende baarmoeder.

Hij wiegde haar en ze zwegen minutenlang. 'Ik krijg een koude kont,' doorbrak ze de stilte.

Ze kon wel gillen om de bezorgde blik in zijn ogen toen hij haar overeind hielp.

Midden in de nacht werd ze zwetend wakker. Ze wierp het dekbed van zich af en bleef zo stil mogelijk liggen tot haar lijf was opgedroogd. Haar handen dwaalden van haar borsten via haar buik naar haar liezen. Ze werd gek van verlangen, maar kon haar gêne niet overwinnen. Ze kon zichzelf onmogelijk bevredigen met haar slapende man naast zich. Voorzichtig draaide ze op haar rechterzij en legde haar linkerarm om Kags middel.

Hij zuchtte diep in zijn slaap.

Haar vingertoppen zweefden naar beneden en ontmoetten het topje van zijn stijve penis.

Hij kreunde en draaide naar haar toe.

Een kleine beweging verder lag ze tegen hem aan en duwde haar bekken omhoog. Ze was zo nat dat hij als vanzelf naar binnen gleed.

Toen hij wakker werd waren ze al te ver. Hij wilde zich terugtrekken, maar ze liet hem niet gaan. 'Sjj, het kan geen kwaad, kom maar,' suste ze hem als een baby.

Eindelijk was daar dan toch Catherines reactie op de mails van haar en Ola. In de weken stilte hadden alleen Dee en Luc een enkele mail gestuurd en natuurlijk Leilah, die ongetwijfeld orders van de baas had om de groep te verleiden tot uitspraken.

Ze trilde toen ze de mail opende, zonder ook maar enig idee te hebben waar ze bang voor was. Ze schrok van het belachelijk grote lettertype dat net zo buiten proportie was als de schrijfster.

'Lieve groep, ik weet dat jullie gewacht hebben op een reactie van mij. Dank je, Luc, voor je oproep. Ik heb de afgelopen weken vaak op het punt gestaan te antwoorden, maar ik bleef aarzelen, omdat het gaat om een groepsproces waarin ik als leider weliswaar onderwerp ben van gesprek, maar waarvoor de groep zelf zijn oplossingen moet genereren. Oplossingen die ons naar een hoger niveau tillen, óf beperkende oplossingen, waarbij het conflict niet wordt doorgewerkt. Ola en Sonja: waarom kiezen jullie voor een beperkende oplossing? Is de groep jullie niet meer waard dan dat? Zeker, ik lees dat jullie feedback vooral mij betreft, maar wat zeggen jullie ermee over de groep? Dat de anderen blinde volgers zijn en ik de almachtige god? Helaas, ik ben ook maar een mens en op geen enkele manier perfect. Koesteren jullie geen kinderlijke verwachtingen van een leider? Jullie afwijzing heeft me diep geraakt, te meer daar ik haar niet verwachtte.'

Ze zuchtte geërgerd. Catherine speelde op hun gevoel, wat ze als professional nooit zou moeten doen. Die vrouw werd verdorie dik betaald voor haar diensten, maar acteerde alsof ze moeder Teresa zelf was.

'Voor ik inga op jullie verwijten, eerst een paar algemene reacties. Dee, wat ben je toch een lieverd en een wijze vrouw bovendien. Ik moest glimlachen om je eerlijke en hartverwarmende mail. Ik zag jullie ook weer voor me, zwijgend en zwetend tijdens de community buiding. Net als toen wachten jullie ook nu op de verlossing. Kan ik die brengen? Kan iemand anders die ooit brengen? Jij Dee, hebt de handschoen opgepakt en ik bewonder je erom. Ik begrijp je gevoel van in de steek gelaten zijn op het schoolplein. Ook ik voel me afgeserveerd als op de meisjeskostschool waar ik mijn jeugd doorbracht.'

De misselijkheid kroop weer omhoog. Sonja zuchtte diep en sloot even haar ogen. Wat een walgelijke vrouw. Ze sloot bondjes met haar medestanders en toonde zich gekwetst naar haar en Ola, die haar van eerlijke feedback hadden voorzien.

'En Brad, jongen, waar zit jij? Ik mis je geluid en maak me zorgen om je. Ik weet dat het leven niet eenvoudig is nu, maar hou vol. Ik bel je een dezer dagen!

Luc, het is volkomen normaal dat je even uit het lood was na zo'n intensieve tijd, wat fijn dat je weer overeind gekrabbeld bent. De steun van pillen kan daarbij onontbeerlijk zijn. Je kent je eigen predispositie voor depressie als geen ander en al heb je in de retraite een grote stap gezet: onderhoud is broodnodig. Je schrijft een intelligente mail – zoals we je kennen! – en stelt twee hoofdvragen: waarom Sonja en Ola zo abrupt de relatie stoppen: daar kom ik zo op. Je tweede vraag is waarom ik nog niet heb geantwoord.

De reden voor mijn terughoudendheid is de volgende. Het conflict dat er nu ligt, is niet louter een conflict tussen mij en twee leden van de groep: iedereen is erbij betrokken. Hoe willen wij met elkaar omgaan? Vinden wij het terecht dat het contact eenzijdig wordt verbroken, zonder wederhoor? En, nog interessanter: is het tough love als dit gebeurt of is dit weglopen van een wezenlijk vraagstuk? Ik denk het laatste.

Toch is het goed dat ik op enkele van de thema's inga die Sonja en Ola aansnijden.'

Catherine noemde stelselmatig haar naam als eerste. Wat betekende dat? Was zij de boosdoener hier?

'Ola, je bent boos op me omdat ik volgens jou een verkapte koppelaarster ben. Ergens vleit het me: dat zou nog eens een broodwinning zijn! Niets is minder waar. Ik wist dat Mariusz je speciaal vond, maar op geen enkel moment was die informatie voor mij leidend in de retraite. We hebben gewerkt aan de relaties in jullie gezin en vooral het abrupte verlies van je moeder. Nu verbreek je op dezelfde manier de band met mij: ik voel je verdriet! Kan het zijn dat je met mij doet wat je moeder jou heeft aangedaan? Ik begrijp dat Ola, en hoop

dat er een moment komt waarop we dit samen kunnen doorpraten.
En nee, ik heb je niet gepusht. Ik heb je simpelweg de mannen in je
leven laten beschrijven en we hebben die relaties onderzocht.

Doe jij jezelf niet tekort Ola, door te stellen dat ik je naar Mari-
usz heb geduwd? Op geen enkel moment heb je me de indruk gegeven
van iemand die zich laat leiden. Sterker nog: ik denk dat de groep het
met me eens is als ik zeg dat je een sterke en onafhankelijke vrouw
bent, waar het om carrière en mannen gaat. Je hebt een kwetsbare
plek: vrouwen en vooral oudere vrouwen die je confronteren met je
eerste rolmodel, je moeder. Enerzijds snak je naar een moederfiguur,
anderzijds ben je als de dood. Zou het kunnen zijn dat zowel Sonja
als ik een moederfiguur voor je vormen? Dat je ons hebt afgesplitst in
een liefhebbende moeder (Sonja) en een levensbedreigende moeder
(ik) die je onontkoombaar zal verlaten?

Het zijn volstrekt begrijpelijke typologieën, maar het kinderlijke
karakter ervan helpt je niet. Ik wil je graag helpen met de balans
hierin. Ik ben niet heilig, helaas, maar ik geloof niet dat ik dat ooit
heb beweerd. Ik ben en blijf er wel voor jou.'

Belachelijk gezwollen taal natuurlijk, maar met een heldere boodschap: Sonja, de kwade genius in ons midden heeft de arme Ola
opgestookt! Haar hart sloeg over. Zo godvergeten oneerlijk. Ola
had haar gebeld notabene! En toch was Catherine slim: ze bood
Ola een eenvoudige escape terug naar de moederschoot en de
groep een plausibel verhaal voor de laaghartige actie van twee van
haar leden. Gespannen las ze verder.

'Sonja, mijn eerste reactie op jouw bericht was schok en aanvankelijk
ongeloof, gevolgd door diepe pijn. Niet alleen pijn voor mezelf, maar
ook haast fysieke pijn om jou. Wat moet je wanhopig zijn geweest
toen je deze tekst schreef, zo hard en onverbiddelijk. Je hebt het koel
over professionele integriteit, maar gaat het daarom, Sonja? Of gaat
het om verlies? Neem je wraak op wat jou is afgenomen? Eerst strafte
je Kagysoo met kinderloosheid. Heb ik je, door hem te vergeven, een
uitweg ontnomen voor je verdriet om Pieter?

Ik weet het niet, jij weet het zelf misschien niet.

Ik zal kort ingaan op je kritiek, al denk ik niet dat die de kern

raakt waar dit alles om draait. Wat betreft de registratie als psycho-
therapeut: ik heb alle cursussen gevolgd die er te volgen zijn, maar
in Engeland schrikken veel therapeuten terug voor de papiermolen
en de bedragen die met registratie gemoeid zijn. Velen besluiten hun
energie te richten op datgene waar ze voor gaan: hun cliënten. Zo
ook ik. Eerlijk gezegd vind ik het een zwaktebod van je, Sonja! Heb ik
ooit gepronkt met die belachelijke pauwenveren?

Mijn eerder professionele relatie met Kagysoo – je zegt het zelf al
Sonja – daar is geen enkele geheimzinnigheid over en ik snap niet
wat je bedoelt met handelen met voorkennis. Dat wist je immers.
Bovendien neem ik altijd de persoon voor me als uitgangspunt. Als je
dat op enig moment tijdens onze retraite onzuiver vond, had ik het
graag gehoord.

In je slotakkoord refereer je aan mijn dominantie. Ook hier geldt
weer, Sonja: dat is groepsdynamiek en in die zin een werkbaar gege-
ven. Op geen moment heb ik me volgens mij afgesloten van jullie als
groep en voor jullie inbreng. Zou het kunnen zijn dat dit machtsper-
spectief het jouwe is? Lieve Sonja, sluit je niet af. Ik wil graag deze
mogelijkheden met je doorpraten. Met je abrupte breuk doe je ons
allemaal, maar vooral jezelf, tekort. Ik weet dat je je niet goed voelt
nu, dat de zwangerschap alles van je vraagt en dat het overgeven en
de slapeloosheid je uithollen, maar jij, Kagysoo en de baby verdienen
het om met een echt schone lei te beginnen. Met deze beslissing start
je in de min, Sonja, ik kan het niet anders zeggen. Ik zou niets liever
willen dan je helpen en ik weet dat de anderen er ook zo over denken.
Geef ons en jezelf die kans, Sonja. Alle liefs, Catherine.'

De golf braaksel kwam zo snel dat ze te laat was. Haar avondeten met gestoofde tomaat spoot op het oranje gemêleerde mar-
moleum. Hijgend liet ze zich op haar knieën vallen. Het verraad
stuwde haar maag keer op keer omhoog. Die schoft had nog met
Catherine gebeld nadat zij met haar had gebroken! Ze had verder
aan niemand verteld of geschreven dat ze niet meer sliep en ook
haar uitputtende braken had ze de groep bespaard. Ze hoorde Kag
beneden de keukenkastjes dichtslaan. Hij was klaar met de afwas
en zou haar zo roepen voor thee. Ze sloop naar de badkamer en
griste een vuile handdoek uit de wasmand. Met grote halen dweil-

de ze er haar braaksel mee op. Terug in de badkamer spoelde ze hem uit en stopte hem onder in de wasmand. Morgenvroeg zou ze wassen.

Ze haalde een washandje over haar grauwe gezicht. Haar eigen ogen staarden haar hol aan in de spiegel. Ze kneep wat tandpasta op haar vinger, wreef het over haar tanden en spoelde met wat water na. Een tandenborstel in haar mond zou opnieuw een braakneiging oproepen.

Zacht sloot ze de gordijnen op hun slaapkamer en met kleren en al liet ze zich tussen de lakens glijden.

Toen Kagysoo haar even later riep en vervolgens verontrust naar boven stommelde, hield ze zich slapend. Ze voelde hoe hij het dekbed wat hoger trok en haar voorzichtig op haar kruin kuste. Slapen was goed voor de baby.

Rond middernacht kwam hij boven.

Klaarwakker waren haar gedachten glashelder: ze zou het nooit meer met hem over Catherine hebben en na verloop van tijd zou deze kwade geest haar huis verlaten door uitdoving.

Brad

'Je moet kleur bekennen. Ik kan dit niet langer zo.' Rod had alleen een T-shirt aan en zat op het hotelbed tegenover hem in een nogal afleidende pose.

Hij had geen antwoord, zijn minnaar had makkelijk praten. Rod bewoog zich sinds jaar en dag in homokringen en had geen gezin.

'Je kunt je niet blijven verstoppen.' Rod zuchtte. 'Je geeft me geen antwoord, Brad, wat ga je doen?'

Hij probeerde hem naar zich toe te trekken, maar Rod duwde hem beslist weg. 'Nee Brad, nu niet. Ik wil antwoord.'

'We hebben nog maar even,' sputterde hij tegen.

'Dat is het juist. Als het aan jou ligt hebben we altijd maar even. Even is misschien spannend en leuk, maar het heeft een beperkte houdbaarheid, Brad. Ik ben die gestolen uurtjes in bed zat. Ik kan je verdorie niet eens bellen als ik je wil horen.'

Hij knikte. De waarheid was te plat om uit te spreken: hij hield van Rod, was verslaafd aan hem, maar zonder zijn kinderen kon hij niet leven. Kon hij de groep maar even spreken. In Friesland had zijn dilemma eenvoudiger en zelfs oplosbaar geleken.

Maar de groep was geen groep meer.

'Ik wil antwoord, Brad. Je kiest niet. Ik weiger om als de minnaar van een getrouwde man door het leven te gaan. Nu ben ik nog jong en mooi. Voor jou tien anderen.' Het klonk bitter en verre van triomfantelijk. 'Je hebt een week.'

Hij boog zich voo, zich voorover en ze bezegelden het ultimatum met een lange kus die zijn bloed weer deed stromen en de gedachte aan een leven zonder Rod ondraaglijk maakte.

Catherines antwoord had lang op zich laten wachten. Wat een raar groot lettertype. Hij las de tekst een paar keer achter elkaar en liet de boodschap tot zich doordringen. Volgens Catherine lag er een uitdaging voor de groep. Ze had gelijk, natuurlijk. De groep kon weer samen komen. Op de een of andere rare manier was dit van levensbelang.

Kort na de dodelijke mails van Ola en Sonja had hij ze individueel geantwoord. De inhoud van zijn mail was een simpele vraag om hun besluit in heroverweging te nemen. Hij dubde nog over een groepsmail. Tijdens de community building was hij steeds de eerste die zijn mond opendeed, maar met de oceaan tussen hem en de anderen in blokkeerde hij, nu de spanning toenam. Dee had Sonja en Ola op haar bekende verbindende toon gesmeekt om bij ze te blijven. Luc was confronterender.

En nu dan eindelijk het antwoord van hun leider.

Brad wilde Catherine bedanken voor haar uitleg en haar begrip voor Ola en Sonja. Ze had vast gelijk: Ola en Sonja liepen ergens voor weg. Waarom zou je anders iemand zo afwijzen als zij met Catherine deden? Maar evenzeer wilde hij Sonja en Ola terughalen. Zonder hen was er geen groep.

Hij worstelde nog met zijn eerste zin toen Tim hem kwam halen voor het avondeten. 'Wil je me vanavond helpen met wiskunde, pap?'

Hij aarzelde even, die mail moest eruit, hij wilde zijn steentje bijdragen. De groep verdiende het. 'Wat is het?'

'Statistiek.' Tom zuchtte. 'Stompzinnig geneuzel, ik weet nu al dat ik na school nooit meer een som maak.'

'Ik help je zo wel.' Statistiek was het enige onderdeel van wiskunde dat hij echt snapte.

Zijn vrouw en dochter zaten al aan tafel. 'Wat was je nou weer aan het doen boven?' Suzannes gezicht stond nors. Het verplichte samen eten was de laatste tijd een opgaaf. Ze gingen beleefd maar volstrekt nietszeggend met elkaar om.

'Werk. We gaan weer eens reorganiseren.'

'Zorg dat je dit keer aan de juiste tafel komt.' Ze wilde al jaren dat hij promotie maakte. Elke kans die hij wist te missen, luchtte hem op en stelde haar diep teleur. Ze kon het ook niet helpen, haar opvoeding was doordrenkt van prestatiedwang.

Met tegenzin at hij een stukje rollade. Suzanne keek er misprijzend naar. 'Daar doe je dan je best voor.'

'Het is heerlijk,' haastte hij zich en vervolgde met een regelrechte leugen: 'Ik ben wat aangekomen.' Suzanne was erg van de gewichtsbeheersing. Ze was met haar aandacht direct bij het onderwerp. 'Lacy, jij moet ook een beetje oppassen.'

Instinctief schudde hij zijn hoofd. Pubermeisjes moest je met rust laten, voor je het wist ontwikkelden ze een eetstoornis.

Lacy werd rood en duwde haar stoel weg van tafel. 'Dank je wel ma, ik hoef al niet meer.'

'Stel je niet aan.'

Dat was het startsignaal voor Lacy, ze spoot weg alsof ze de honderd meter moest rennen.

'Blijf zitten,' riep Suzanne vergeefs.

'Laat haar maar,' probeerde hij zachtzinnig en met diepe spijt dat hij het onderwerp had aangesneden.

'Niks laten, ze hoort aan tafel.' Maar ook Suzanne bleef zitten in de wetenschap dat ze Lacy alleen bij haar haren nog aan tafel kon slepen.

Hij was blij dat hij even later met Tim naar boven kon. Huiswerk was heilig voor Suzanne en zelf had ze geen kaas gegeten van statistiek.

Geduldig legde hij zijn zoon de eerste som uit. 'Probeer het nu eerst even zelf, dan kijk ik het zo na,' moedigde hij hem aan.

Tim keek somber, maar pakte het potlood aan. Met zijn ogen strak op zijn sommen gericht vroeg hij kleintjes. 'Pap, eh. Je gaat toch niet weg bij ons?'

Hij schrok op. 'Hoe kom je daarbij?'

'O, ik weet niet.'

'Nee Tim,' zei hij na een korte stilte. 'Ik blijf bij jullie.'

Tussen de sommen door schreef hij de groep. Hij wilde niet smeken als Dee, maar kon niet verbloemen dat hij ze nodig had.

De dagen erna bleef het stil, de klok tikte gestaag door en het moment dat hij Rod uitsluitsel moest geven kwam onontkoombaar dichterbij. Daar kon niets of niemand iets aan veranderen. Het was een magische gedachte dat de groep hem kon behoeden.

Sonja verbrak de magie. Kort en krachtig.

'*Lieve vrienden, helaas ben ik de afgelopen weken bevestigd in mijn oordeel dat Catherine er andere professionele normen op na houdt dan ik. Zij heeft ook nu weer achter mijn rug contact gezocht met Kagysoo. Ik ervaar dat als zeer onethisch. Het is genoeg geweest. Ik wil vanaf nu graag verschoond blijven van groepsmails, wat niet betekent dat ik met jullie persoonlijk het contact verbreek. Dee, Luc, Brad en Ola: ik hou van jullie als familie en hoop dat onze band blijft. Sonja Cronje.*'

Ola had meer woorden nodig en met elke zin doofde de hoop dat er nog iets goeds uit deze crisis voort zou komen een stukje meer. Ze verweet Catherine opnieuw manipulatie en verdraaiing van feiten.

'*Met je lange stilte heb je voor mij elke geloofwaardigheid verloren, Catherine. Sonja en ik uitten harde kritiek, zeker. Maar waarom laat je anderen opdraaien voor je verdediging, en wacht je weken voor je uiteindelijk zelf de moeite neemt te antwoorden? Ik begrijp dit niet en vind dat het een oneigenlijke druk op de groep legt. Er ontstaat zo een verwrongen proces waarin iedereen het woord voert behalve de persoon om wie het draait. Als dit groepsdynamica is, gooi het dan maar in mijn pet. De inhoud van mijn kritiek wuif je vervolgens weg. Je zegt dat je me niet hebt gekoppeld aan Mariusz en gaat gemakshalve niet in op jullie mailwisseling waaruit dit klip en klaar blijkt. Bovendien, herinnert niet iedereen zich hoe je me naar het thema "man" leidde en in je vragen concentreerde op Mariusz? Hoe kun je dit ontkennen? Vervolgens schuif je me in de schoenen dat ik Sonja verkies als moederfiguur. Je doet voorkomen alsof Sonja de aanstichtster is die ik volg. Wat zegt dit over mij? Dat ik toch een volgzaam schaap ben, terwijl je tegelijkertijd zegt dat ik een sterke autonome vrouw ben? Gedraaikont, sorry dat ik het zeg.*

Je woorden aan Sonja zijn hard, haast dreigend en geven me een zure smaak in mijn mond. Op geen enkel moment neem je onze feedback serieus. Je wentelt en draait en maakt het tot een zoveelste community building waarin wij zweten en jij achteroverleunt. Dat schiet wat mij betreft tekort in het huidige conflict. Ik wens dan ook niet langer onderdeel te zijn van deze community. Met elk van de groepsleden afzonderlijk hou ik graag contact, al besef ik dat de scheur in onze groep dit wellicht onmogelijk maakt. Erg jammer en eerlijk gezegd reken ik dat jou als leider direct aan, Catherine. Leilah heeft nog wat geroepen als jouw secondant, en al kan ik het haar niet kwalijk nemen: ik vond het een zwaktebod voor de cursusleiding. Lieve Brad, Dee, Luc en Sonja: al zien wij elkaar nooit meer, jullie vriendschap heb ik als heel bijzonder ervaren. Met liefde, Ola Parys.'

Een dag later moest Brad de tweede warmtebron in zijn leven opgeven.

Ola

Had ze stiekem op applaus gerekend? Van wie dan? Van Catherine? Van Luc? Misschien wel van allebei. In plaats daarvan volgde er oorverdovende stilte op haar mail. Alleen Sonja belde haar kort. 'We zijn ervan af, Ola. Goed gedaan.'

'Het voelt kaal.'

'Dat gaat over, we hebben even in een droom geleefd. Wakker worden is soms katterig.'

'Wat vond je van Brads mail?'

'Ik maak me zorgen om hem. Hij heeft geen enkel antwoord gekregen tijdens de retraite en zijn dilemma is nog onverkort aanwezig. Hij probeert de groep vast te houden omdat wij zijn enige houvast vormen. Het is zo'n schat.' Sonja klonk warm en een beetje droevig. 'Ik ben bang dat we Brad kwijt zijn.'

'Ik ook. Dee in elk geval.'

'Dee kan tenminste nog op vakantie met Catherine,' giechelde Sonja ineens. 'O, sorry, Ola, het is niet leuk, maar ik zie het ineens voor me, die twee dobberend in een opblaasband aan de Spaanse kust.'

Ze lachte mee, maar het beeld deed een beetje pijn. Ze zou Dee waarschijnlijk nooit meer zien.

'En Luc?' vroeg Sonja voorzichtig.

Een steekje in haar hartstreek. 'Ik weet het niet. Hij zal wel de middenweg kiezen, vermoed ik.' Mensen die geen kleur bekenden, wekten haar ergernis en ook Luc deed dat in hoge mate met zijn air van wijsheid over zich.

'Ik ben blij dat ik jou heb, Ola. Ik zou me anders erg alleen voelen in dit gebeuren.'

'Ik ook. Ik kan er niet over uit dat de anderen niet zien wat Catherine doet. Het is zo doorzichtig. Ze steekt haar volgelingen de lucht in en schildert ons af als getraumatiseerde gekkinnen.'

Ze zwegen even.

'Hoe is het met jou en Kagysoo?'

Sonja gromde. 'Mm, we houden die dikke vampier buiten de deur en hebben het er niet meer over. Kag is bang dat ruzie de baby schaadt en ik laat de tijd zijn werk doen. Bizar dat haar invloed zover reikt dat we weken strijd hebben gehad. Onuitstaanbaar. Ik pik het niet.'

'Ze is slim, Sonja. Een intrigant.'

Pas toen ze ophing, realiseerde ze zich dat ze met het geroddel over Catherine hun eigen integriteit als lid van de groep ondergroeven.

Op het werk werd het ook niet eenvoudiger. Mariusz keek de hele dag als een gewond hert naar haar en er kwam niets, maar dan ook niets uit zijn handen. Ze was geen adjunct: ze runde de tent. *What else is new*, dacht ze cynisch.

Soms kwam hij in een flits naakt terug op haar netvlies. Haar, veel zwart haar, dacht ze dan snel. Maar soms was er een onverhoeds verlangen diep in haar buik, dat niets met hem te maken had, maar puur fysiek was. Hij was nou eenmaal de laatste man die haar had bevredigd. Die credits kwamen hem toe.

Volgens Dorota was ze gek dat ze hem de laan uit had gestuurd. 'Vanwege zo'n bloody goeroe! Laat dat mens stikken en hou die vent vast. Je zag er een paar weken geleden heel wat beter uit dan nu, Ola. Je kon gewoon zien dat je goed geneukt werd, je had goddomme haast vlees op je botten. In elk geval meer kleur op je wangen.'

'Hou je kop, Dorota. Ik maak mijn eigen keuzes, alsof jij ze op een rijtje hebt met die idiote vriend van je.' Dorota had al jaren een knipperlichtrelatie met een half schizofrene kunstenaar.

'Onder de gordel, Ola, flink van je. Ik probeer je te helpen, kreng.'

'Ik vraag je niks.'

Dorota hief haar handen op. 'Droog jij toch lekker op met je doos.'

Toen schoten ze beiden in de lach.

Lucs telefoontje overviel haar op een buitengewoon irritante wijze. Toen ze ophing schoten haar alle dingen te binnen die ze had moeten zeggen.

Hij belde midden op de dag via internet, wat ze nooit van hem had verwacht. Luc leek haar typisch iemand die met een vaste lijn vanuit Parijs naar een mobiel nummer in Polen zou bellen.

'Luc, wat een verrassing,' Oubolliger kon je moeilijk uit de hoek komen.

'Komt het uit dat ik bel?' vroeg hij beleefd in zijn beste school-Engels.

'Het kan wel even,' mompelde ze.

Zo worstelden ze zich door vijf minuten conversatie van het type dat je voerde met je hoogbejaarde oma.

'Waarom bel je eigenlijk?' vroeg ze toen maar bot.

'Ja, waarom?' herhaalde hij lijzig.

Geërgerd en gespannen zweeg ze.

'Eh, ik wilde zeggen dat ik wel contact wil houden.' Zijn stem klonk zwaarder dan ze zich herinnerde. Misschien was hij ook wel nerveus. Van die gedachte werd ze kalmer. 'O.' Nog steeds weinig tekst. 'Leuk.'

'Weer tientallen seconden stilte.

'Ja, dat was het eigenlijk,' zei Luc toen. 'Ik vind het jammer als de groep uit elkaar valt, maar ik zou het nog erger vinden als het contact helemaal stopt.'

Natuurlijk had ze moeten vragen hoe hij de dingen zag, maar haar mond was kurkdroog. 'Nou, dan doen we dat,' zei ze moeizaam.

Haar hele lijf prikte toen ze had opgehangen en de vlammen sloegen haar uit alsof ze een opvlieger had. Dwars door al die sensaties heen voelde ze een wonderlijke blijdschap.

Ze maîlde Sonja een dag later en de teleurstelling toen die antwoordde dat Luc ook haar had gebeld, was absurd. Wat had ze dan gedacht, suf wijf?

Leilah

Catherines brief aan de groep was indrukwekkend geweest in eenvoud, gelaagdheid en waarheid. Genadeloos en liefdevol had ze met haar woorden de diepere patronen van Ola en Sonja's handelen blootgelegd en ik kon me niet voorstellen dat iemand hier nog iets tegenin kon brengen. Voor de zoveelste maal bewees ze haar meesterschap. Stiekem hoopte ik dan ook dat Sonja en Ola bij zinnen zouden komen.

Toen die gifslangen zich kort daarop volledig afwendden van de groep had ik diep te doen met Catherine. Ik reisde direct af naar Londen en trof haar kleintjes aan. 'We zijn ze kwijt, Leilah.'

Zij zijn jou kwijt, dacht ik boos, maar ik hield de woorden binnen. 'Heb je al iets van de anderen gehoord?'

Ze schudde haar hoofd en zuchtte diep. 'Iedereen zit stil. Het hoort erbij Leilah. Leuk is het niet. Schenk eens wat in.' Ze lag languit op de bank, haar zwarte T-shirt spande om de bobbelige contouren van haar buik die haar borsten, een forse E-cup, haast deed wegvallen.

'En de vakantie?' vroeg ik zacht.

Ze maakte een ongeduldig ronkend geluid. 'Moet even wachten, Leilah.' Wat een sukkel was ik ook, dit was niet het moment om daarover te beginnen.

'Maar die vakantie komt er beslist,' ging Cathy een slok wijn later onverwachts optimistisch door. 'Met of zonder Sonja en Ola, maakt niet uit. Ik heb de afgelopen decennia een sterk netwerk opgebouwd. Twee deserteurs vallen in het niet bij het totaal van vrienden van de retraite.'

Ik moest wel geschokt hebben gekeken, want ze lachte me faliekant uit. 'Jezus, Leilah, je denkt toch niet dat ik eeuwig treur om twee verloren zielen? Dat is beroepsrisico, meisje. Het werk dat ik doe, kan onmogelijk zonder.' Haar reactie luchtte me op, maar gaf me ook een wonderlijk terneergeslagen gevoel.

'Wanneer moet ik weer actie ondernemen voor Spanje?' vroeg

ik na een paar minuten stilte, waarin Cathy haar aandacht volledig richtte op een herhaling van het BBC nieuws op televisie.

'Wacht even tot de anderen reageren.' De frons in haar voorhoofd was het teken dat ze zich bedacht. 'Als we over twee weken nog niets hebben gehoord, neem dan contact op met Dees man... hoe heet ie ook weer, en stuur de uitnodigingen. De retraitevakantie komt er.'

Ondanks Cathys vertrouwen bleef ik me ook de volgende dagen thuis zwaarmoedig voelen, alsof een naderend onheil een stokje voor onze plannen zou steken.

Luc

Al snapte hij wat ze deed, Catherines antwoord stelde hem teleur. Het gehalte 'de groep heeft een uitdaging en Ola en Sonja een probleem' voldeed wat hem betrof niet. Op geen enkel moment ging Catherine werkelijk in op de verleidingen en dilemma's van leiderschap. Nou ja, ze is dus zeer menselijk, dacht hij berustend.

De groep was geschiedenis en tot zijn eigen verbazing wende hij snel aan dit besef. Zolang hij contact hield met zijn vrienden was het eigenlijk wel oké. De ideale groep was een mythe.

Hij had Sonja als eerste gebeld, wat natuurlijk de makkelijke weg was. Die klonk opgelucht dat hij contact wilde houden. Wanneer en of ze elkaar ooit weer zouden ontmoeten bleef vaag, maar de vriendschap zou blijven.

Hij trilde toen hij Ola belde, het stomme microfoontje gleed telkens van zijn hoofd. Al klonk ze kortaf, hij hoorde naast schrik ook opluchting in haar stem. Net als bij Sonja, alsof ze beiden bang waren verstoten te worden. Dat kon nooit de bedoeling zijn van de retraite.

Ze hadden geen afspraak gemaakt, hij durfde het niet voor te stellen. Stel je voor dat ze nee zou zeggen.

'Luc, kom op. Zo gebeurt er nooit iets,' had Chevallier hoofdschuddend gezegd.

'Zij kan mij toch ook vragen?' wierp hij tegen.

'Oost-Europese vrouwen zijn erg romantisch,' hield Chevallier hem voor. 'En lang niet zo feministisch als onze Parisiennes. Vraag haar de volgende keer!'

'Ga je over op de directieve aanpak?' ontweek hij flauwtjes.

'Je hebt het nodig, Luc.' Chevallier keek streng.

Vermoedelijk had zijn psychiater gelijk, maar Ola zou niet verwachten dat hij snel weer belde. Dus eerst een goed verhaal verzinnen: een tentoonstelling in Parijs die ze beslist niet mocht missen. Die waren er altijd genoeg.

Hij zat in zijn werkkamer op de universiteit toen zijn computer laat die vrijdagmiddag met een vrolijke bliep het verschrikkelijke nieuws ontving.

Het benam hem de adem en kramp schoot door zijn borstkas. Niet drukkend, zoals bij de grote grijze, maar met felle pijnscheuten.

Fernand trof hem even later met zijn hoofd op zijn handen snikkend aan. 'Luc, wat is er met je?'

Woordeloos wees hij naar zijn computer.

Fernands ogen scanden de kale tekst snel en direct begreep hij de impact. 'Ga met me mee naar huis. Louise kookt vissoep vandaag. Je moet nu niet alleen zijn.'

Fernand had gelijk, hij had gezelschap nodig, anders grepen de spoken die op de loer lagen hun kans.

'Wil je naar de begrafenis?'

Sinds Juliettes dood ontliep hij elke begrafenis maar nu kon hij niet wegduiken. 'Ja.'

'Ik regel een ticket. Maak je geen zorgen over je colleges en werkgroepen. Ik zorg voor vervanging, al moet ik het zelf doen.'

Hij stond al voor eeuwig in het krijt bij Fernand, maar kon niet weigeren.

Net als in de periode van zijn depressie vóór de retraite sliep hij die nacht bij Fernand. De volgende ochtend werd hij wakker met een bonkend hoofd. Prozac en wijn verdroegen elkaar niet.

'Luc, jongen, wat zie je eruit.' Louise behandelde hem altijd alsof hij haar zoon was. Van haar kon hij het hebben, het gaf hem een geborgen gevoel, wat hij even toeliet. Even maar. Ze was zijn moeder niet, hij was alleen en het had geen zin dit te vergeten.

Ze zette sterke koffie en serveerde een warme croissant. 'Je hebt een vrouw nodig, Luc.' Ze was een van die vrouwen die tegelijk streng en zachtmoedig konden kijken.

'Ik weet het, Louise.' Zijn tekening van de retraite verscheen op zijn netvlies. De naïeve droom van een gezin. Een lieve blonde vrouw als moeder van zijn kinderen. Hij had de tekening opzettelijk vaag gehouden, want hij had de trekken van zijn droomvrouw toen al feilloos en herkenbaar voor alle anderen kunnen schetsen. 'Het komt goed met me,' zei hij, flinker dan hij zich voelde. 'Ik heb nu een dreun gehad, maar ik ben sterker dan je denkt Louise. Ik ben een overlever.'

Ze glimlachte warm en zei toen haast olijk. 'Dat is mooi, Luc, want als jij bezwijkt heeft mijn man een groot probleem.'

Fernand boekte de vlucht en regelde zijn vervanging. Hij pakte zelf zijn koffer, maar bleef ook de volgende nachten bij zijn vrienden. Maandagochtend heel vroeg reed Fernand hem in zijn Citroën naar het vliegveld. De nevel om Parijs gaf de stad een bovenaards aura. De avond voor zijn vertrek had hij de anderen nog gemaild, maar niemand had geantwoord. Stel je voor dat het een voze grap was? Nee, het mailadres was overtuigend en de toon van de brief klonk precies zoals hij zou hebben verwacht.

Vergeefs probeerde hij in het vliegtuig wat te slapen. Zouden ze er zijn? Flarden van de retraite kwamen boven. Brad en hij op het dijkje in Friesland, het kabbelende water, de intense verbondenheid op dat moment. Sonja met haar droge humor en haar bloedstollende verhaal over de gruwelijke doodslag in haar familie. Dee, lieve Dee, ook al een moederfiguur voor hem. En natuurlijk Ola met haar koele grijze ogen, haar bleke wangen en kleine handen. 'Welterusten Luc, slaap in overgave,' had ze een van de eerste avonden gezegd. Wat had hij zich graag overgegeven.

Catherine met haar dikke groteske gestalte die hen stuk voor stuk had gewiegd als haar kinderen. Welke fouten ze ook had gemaakt, ze had zich met huid en haar ingezet.

Miste hij iemand? De bleke Leilah natuurlijk, voortdurend ongrijpbaar en vluchtig aanwezig. In die tien dagen leek ze een klein maar onmisbaar schakeltje in hun ketting. In zijn terugblik kwam ze naar voren als een nutteloos en niet eens mooi aanhangsel aan het sieraad dat hun groep had gevormd. Toch was zij de eerste die hij ontmoette.

Dee

'Je bent genezen. Daar was het om te doen,' Jeff verloor bijna zijn geduld. 'Ik snap best dat het verdrietig is, Dee, heus, maar het leven gaat door.'

Ze snoot haar neus leeg in de grote bonte zakdoek die hij haar voorhield. 'Dat weet ik ook wel, maar ik mis ze. Ik had eindelijk broers en zussen die me niet treiterden. Ik mis mijn familie, verdorie.'

Hij fronste.

'Ik weet niet wat ik moet doen. Sonja en Ola willen contact houden. Hoe kan dat zonder Catherine? Zij is de persoon die ons samenbracht. Ik kan haar toch niet gewoon opzijschuiven en doorgaan met de anderen?' Ze veerde op en duwde met twee handen haar krullen achter haar oren.

'Waarom niet?' Ze hoorde dat hij de vraag nauwelijks durfde stellen.

Met recht, want haar boosheid borrelde snel op. 'Dat is verraad.'

'Je kunt toch ook met Catherine contact houden?'

'Dat in elk geval!'

Hij aarzelde weer.

'Zeg het maar,' drong ze aan.

'Ik vind het vreemd dat je zou moeten kiezen. Als twee ruziën, hebben twee schuld. Hou je er gewoon buiten.'

Hij begreep het werkelijk niet! 'We waren een groep,' hield ze vol. 'Er is geen tussenweg. Je bent een groep of je bent niks.'

Hij keek haar ongelovig aan. 'Wat een gelul.'

Nu werd ze dan toch boos. 'Je kent me Jeff, jezus, als er iemand nuchter is, ben ik het. Maar dit was een groep, geloof het of niet. En dan kun je niet zomaar doen alsof het er niet was en een nieuw pad inslaan. Dat gaat niet. De groep is wat ons bond.'

Hij zweeg even en keek haar vermoeid aan. Het was dan ook al de zoveelste keer dat ze dit gesprek voerden de afgelopen dagen.

Het geregel voor de retraitevakantie in Spanje had hij tot nader order stop gezet. 'Catherine reageert niet meer op mijn mails,' had hij geklaagd. 'En Leilah ook niet.'

'Die hebben wel wat anders aan hun hoofd!' had Dee gesnauwd.

Het was klote, allemaal.

Van alle routes voor slecht nieuws was de elektronische snelweg de beroerdste. De fatale woorden raasden in tientallen milliseconden in de lucht over alle werelddelen naar je toe en troffen je ongefilterd en snoeihard in je gezicht. En je kon ze niet geloven. Het was een fout, een vergissing. Het moest iemand anders zijn. Of een grap. Een hele foute weliswaar, maar sommige mensen hadden nou eenmaal een ziek gevoel voor humor. Wie kon ze bellen voor geruststelling? 'Nee, Dee, natuurlijk is het niet waar. Ga lekker slapen, meid.'

Het verdriet was rauw. Niet alsof iemand die je net kende van je was weggerukt, nee, het was alsof haar naaste was weggevallen. En ook dat was weer niet te volgen voor Jeff.

'Tuurlijk, jullie hebben veel meegemaakt, maar kom op Dee, deze persoon maakte geen deel uit van je dagelijks leven.'

Ze moest vakantie opnemen, wat ook al niet goed viel. 'Jezus Dee, dat kost ons een halve week samen.'

'Het is mijn familie, Jeff, al denken jij en mijn specialisten daar anders over. Ik ga ernaartoe.'

Zouden de anderen ook gaan?

De dagen vlogen voorbij in koortsachtig geregel. Ben Dawson vertrok geen spier toen ze hem die vrijdag vertelde dat ze van maandag tot woensdag afwezig was. 'We hebben het eerder overleefd, Dee. Doe wat je moet doen.'

Er was geen keus. Je ging gewoon. 'Ik ga,' verbeterde ze zichzelf. Ze moest stoppen met over zichzelf in de derde vorm te praten. Het werkte vervreemdend en eindigde ermee dat ze voor de trein wilde springen.

Het hele weekend werkte ze door en die zondagavond mailde ze de laatste stukken naar Ben.

'Brave meid,' mailde hij spottend terug. 'Goede reis, Dee, neem

277

zakdoeken mee en kom veilig thuis.' Hij begreep haar verdriet beter dan Jeff. Een lieve homo, daar had je wat aan in tijden van nood.

Belachelijk, onzinnig zelfs, maar ze verwachtte de anderen half en half op het perron naar Londen, alsof Oxford het vertrekpunt was van alle onzichtbare wegen naar de plaats van hun gedeelde verdriet.

Zou zij de enige zijn die ging? Ze had ze niet durven bellen na alles wat er gebeurd was.

Jeff zwaaide haar na tot ze door de poortjes was. Ze wuifde nog een keer ongeduldig en draaide hem toen haar rug toe. Toen ze zich enkele seconden later bedacht en hem een kushandje wilde toewerpen, zag ze nog net hoe hij zich door de menigte naar de uitgang haastte. Hij was opgelucht, flitste door haar heen. Je kon het hem niet kwalijk nemen. Maar dat doe ík wel! verbeterde ze zichzelf.

Leilah

Ik droomde soms dat Cathy een hartaanval kreeg en voor mijn ogen bezweek. Mijn jaarlijkse EHBO-cursus zadelde me op met angstdromen waarin Cathy stierf voor mijn ogen, blauw, amechtig en smekend met haar ogen: doe iets Leilah, red me. Mijn lijf was in die nachtmerries steevast verlamd.

Eenmaal wakker uit deze repeteerdroom was mijn slaap doorgaans over en bracht ik uren wakend door in de angstige wetenschap dat ik te afhankelijk was van Cathy. Ik zou haar overleven, dat kon haast niet anders. Cathy's leeftijd was wellicht een van de best bewaarde geheimen van Engeland, maar heel soms ving ik een glimp op van de decennia, die zich als ringen in de stam van een boom openbaarden als ze even brak.

Toen de telefoon die vrijdag tegen middernacht ging, was ik direct gealarmeerd. Niemand belde ons rond dit tijdstip. De laatste keer dat ik 's nachts uit bed werd gebeld, was het de huisarts van mijn ouders die me vertelde dat mijn vader was overleden. Ik zag dat het Cathy's nummer was en mijn hart sloeg over. Naast me kreunde Gerald in zijn slaap.

Fluisterend, er kwam nauwelijks geluid uit mijn keel, nam ik op. 'Cathy? Zeg alsjeblieft dat jij het bent.'

Nog voor ze wat zei, herkende ik haar licht hijgende ademhaling.

'Wat is er Cathy, ben je ziek?'

'Leilah, wacht even,' haar stem klonk traag en moeizaam. Ze schraapte haar keel.

'Ik kom net thuis en lees het bericht.' Er viel een korte stilte.

Ik zakte terug in de kussens en zuchtte van opluchting, ze leefde nog. 'Wat, wat?'

'Heb je je mail niet gelezen vandaag?' Ze klonk nu voorzichtig.

Toen Gerald en ik tegen elven thuiskwamen na een bezoek aan zijn moeder, die een nieuw appartement had betrokken, waren we vrijwel meteen naar bed gegaan. De verleiding om mijn computer op te starten was er zeker, maar ik bood er weerstand aan. Voor het slapen gaan wilde ik geen nieuwe indrukken meer. Het bezoek aan mijn nukkige schoonmoeder die zich eeuwig tekortgedaan voelde, was intensief genoeg verlopen.

'Wat is er Cathy?' Als die twee heksen maar geen nieuwe pijlen op Cathy hadden gericht. Enkele seconden later wenste ik dat het nieuws had bestaan uit aantijgingen van Sonja en Ola.

Brads dood was overweldigend verdrietig. Die kleine hartelijke Amerikaan die snakte naar liefde, misschien wel de meest geliefde van de vijf. Ik zag hem weer voor me, in Cathy's armen die hem wiegden als een baby. Zijn hoopvolle gezicht toen zijn taxi vertrok uit Friesland.

Met een schokje herinnerde ik me zijn afscheidsgeschenk aan mij: de roze bank die trilde en me totaal zou ontspannen. Die lieve, lieve Brad. Wat was er met ons gebeurd in die tussentijd?

Gerald werd wakker van mijn gekreun, dat van diep uit mijn buik vrij kwam.

Anderhalve dag later zaten we samen in het vliegtuig. Cathy nam een slaappil die haar de hele vlucht in slaap hield en ik probeerde te mediteren. Af en toe keek ik even opzij. Wat zag ze er slecht uit. Haar mond hing halfopen, haar korte wimpertjes trilden voortdurend tegen de dikke wallen die haar gezicht een trieste, maar vooral verlopen uitdrukking gaven.

Ze had zich flink gehouden tegenover mij. 'Het is toeval, Leilah, beroerd toeval. Maak er in godsnaam niet meer van dan dat.'

Ze kende me zo goed! Natuurlijk waren mijn overspannen gedachten al lang in een vrije val geraakt, waar vervloeking, duivelse krachten en zwart noodlot regeerden.

Wie zouden er zijn van de groep? Amerika lag voor niemand naast de deur. Brad was een geografisch buitenbeentje geweest. Ik hoopte dat ze er allemaal zouden zijn en was tegelijkertijd doodsbang. Mijn hoop droeg een visioen van Sonja en Ola die huilend zeiden: 'Het is niet meer belangrijk, laten we onze harde woorden vergeten. We zijn een groep.'

In het licht van de dood leek alles onbelangrijk.

Ik vreesde echter een kille en ongenaakbare reünie, waarin verwijten de boventoon zouden voeren. Verwijten die Cathy en de mooie herinneringen aan die tien dagen verder zouden kaalvreten, tot op het bot.

Sonja

Ola reisde via Amsterdam en vanaf Schiphol zouden ze samen de oversteek maken met de KLM. Ze had het haar niet durven vragen, maar toen Ola haar belde met het voorstel om samen te gaan, voelde ze een diepe opluchting. Niet alleen schudde ze zo Kagysoo van zich af, hij was wel de laatste die ze mee wilde hebben, maar ook zou de confrontatie met de groep makkelijker zijn met Ola samen. De twee dissidenten.

Kagysoo reed haar naar het vliegveld. 'Probeer te slapen in het vliegtuig.'

'Dat is zesentachtig keer, Kag. En ja, ik hou me rustig en als het me te veel emotioneert trek ik me terug. Ik eet goed en ik drink geen wijn. Amerikanen hebben sowieso geen gevoel voor wijn, wel voor whisky.' Ze klikte verlangend met haar tong tegen haar verhemelte.

Hij keek nors, maar zweeg.

Ola was nog smaller dan tijdens de retraite. Ze voelde zich reusachtig toen ze haar armen om de tengere schouders sloeg.

'Wat vreselijk hè,' zuchtte Ola. Ze beefde.

Voor het eerst kwamen er ook bij haar tranen omhoog. 'Ik kan het me nog niet voorstellen. Niet onze Brad, die schat.'

'Het is onwerkelijk, Sonja.' Ola maakte haar armen voorzichtig los. 'Maar Son, hoe is het verder met je?' Liefdevol veegde haar jonge vriendin een traan uit haar ooghoek weg, pakte haar middel beet en duwde haar op armlengte van zich af. 'Ik zie al een buikje.'

Kagysoo legde een bezitterige hand op de lichte bolling.

'Ah, de papa,' zei Ola en stak hem haar hand toe. 'Ola Parys.'

'Kagysoo...' Ola's kleine hand verdween volkomen in de zijne. 'Pas je goed op de moeder van mijn kind?' vroeg hij toen ernstig.

'Kag, hallo! Ik ben er zelf ook nog bij,' protesteerde ze en snoot haar neus in een verfomfaaid papieren zakdoekje uit haar broekzak.

'Een bezorgde papa, dus,' vergoelijkte Ola.

Dat kon je wel zeggen.

Terwijl zij incheckten, haalde Kag wat te drinken.

'Mooie man, Sonja,' zei Ola.

'Mm, ja.' Ze wreef over haar buik.

'Hoe gaat het tussen jullie?'

'Het vlekje van de retraite is nog niet helemaal weggepoetst en hij zit boven op me vanwege die zwangerschap.' Na de ontdekking dat Catherine met Kagysoo had gebeld, had ze net zolang gewacht tot haar woede hanteerbaar was. Catherine zou geen wig drijven tussen haar en haar man. Kagysoo had schuld én kleur bekend. Hij zou geen contact meer zoeken met Catherine. 'Die dikke spin hebben we het huis uit gezet, het komt weer helemaal goed.'

'Mooi.' Ola keek verdrietig.

'Ik zie dat je blij voor me bent,' schoot ze in de lach.

Ola lachte mee. 'Sorry, ik meen het echt maar, nou ja..'

Ze wuifde met haar hand. Het was fijn om weer eens te lachen met iemand, ondanks alle shit.

De misselijkheid en moeheid waren de laatste week minder geworden. In het vliegtuig waagde ze zich weer eens aan zoute nootjes. Heerlijk. Na het opstijgen maakte ze de riem los en zakte onderuit. De knoop van haar broek ging al niet meer dicht, ze duwde de rits een endje verder omlaag en trok haar trui over de lichte bolling heen. 'Heb jij nog iemand gesproken?'

Ola schudde haar hoofd.

'Zouden ze allemaal komen?'

'Catherine is er vast, ze heeft geld zat en tijd ook als je het mij vraagt. Een paar keer per jaar zo'n tiendaagse en ze kan er weer tegen.'

'Ben je bang?'

Ola giechelde. 'Doodsbang!'

'Ik ook en ik haat het! Ik ben een volwassen vrouw, goddomme!'

'We blijven kinderen die de toorn van de moeder vrezen, Sonja, dat heeft die dikke ons zelf geleerd.'

'Tijd om daar bovenuit te groeien,' gromde ze. Idioot, die angst voor een goeroe die zelf niets van haar leven bakte.

'Wat is er met Brad gebeurd, denk je?' vroeg Ola zacht. 'Een noodlottig ongeval kan van alles betekenen.'

'Wat denk je?'

Ola keek ernstig. 'Brad was wanhopig. Ik denk dat de breuk in de groep ook houvast wegnam.'

'Denk je dat hij zelf...'

'Ik weet het niet. Hij was zo alleen.' Ola kreeg tranen in haar ogen en zweeg.

Sonja aarzelde over haar volgende woorden, maar liet ze toch komen. 'Hij is niet echt geholpen in de retraite, Ola. Achteraf ook vreemd dat Catherine hem min of meer adviseerde in die pat-stelling te blijven. Voor de kinderen, maar intussen droogde Brad op.'

'We waren zo blij na die tien dagen, waarom zagen we toen niet in dat er niets was opgelost?'

'Niet alles in elk geval. Sommige dingen wel.' Het kikkervisje in haar buik roerde zich.

Ola keek treurig. 'Ik ben nog steeds een workaholic zonder man. Brad is dood en Luc stuitert volgens mij ook nog van dal naar dal. Pff, als dit mijn succesrate was ging ik wat anders doen.'

Het kerkje leek zo uit een Amerikaanse familiefilm weggelopen. Klein, witgepleisterd met een lange smalle toren, waarin koperen klokken Brads uitvaart aankondigden. Het was nog vroeg, maar alle banken zaten vol en een paar mannen in zwarte pakken waren rijen klapstoeltjes aan het uitstallen.

Tientallen mensen wachtten geduldig.

'Jij moet in elk geval kunnen zitten,' zei Ola beslist. Kordaat stapte ze op een van de mannen toe. 'My friend here is pregnant, can she have a seat?'

Sonja geneerde zich maar blies toch haar buik een beetje naar voren toen de man haar direct naar een stoel loodste.

Ola ging naast haar zitten. 'Ik moet er toch bij zijn als je flauw-valt.'

Ze kon geen glimlach meer tevoorschijn toveren en ook Ola viel stil toen de orgelmuziek inzette. Naast en achter hen vulden de stoelen zich vrijwel geruisloos. Voorzichtig blikte ze om zich heen. De cape met de konijnenstaartjes herkende ze uit duizenden, en bovenal het kleine hoofd met het geverfde korte haar. Naast haar de frêle Leilah en tot haar verrassing herkende ze aan Catherines andere zijde Lucs donkere krullen. Fluisterend wees ze Ola op hun aanwezigheid. Die werd eerst knalrood en toen heel bleek.

'Gaat het?' vroeg ze bezorgd.

'Confronterend,' fluisterde Ola.

Ja, het was confronterend. De laatste keer samen waren ze nog vol hoop en diepe vriendschap.

'Heb jij Dee al gezien?'

Ola schudde haar hoofd.

De orgelmuziek zwol aan en de mannen in zwarte pakken verzochten iedereen te gaan staan. Vanuit een zijdeur kwam de familie binnen. Vooraan een magere vrouw in een zwart mantelpak met een zwart dophoedje met voile, dat moest Suzanne zijn. Brads twee kinderen liepen pal achter haar, ook zij waren in het zwart. Daarachter liep een ouder hippiestel, Brads ouders. Ze waren in het roze gekleed en de man droeg een grijze paardenstaart. Ze staken volkomen af bij het oudere echtpaar met zilvergrijs opgekamd haar en stemmige kleding dat de rijen sloot. Vast Suzannes ouders.

De dominee begeleidde ze naar de voorste rij en betrad toen de kansel.

Nog voor hij zijn eerste woorden sprak kwamen her en der de zakdoeken tevoorschijn. Er zaten opvallend veel jonge mensen in de zaal, mannen en vrouwen, allemaal strak in het pak. Brad moest veel vrienden hebben gehad. Dat kon ook haast niet anders.

De Bijbelse teksten die over de aanwezigen werden uitgestort, beroerden haar niet.

Als eerste persoonlijk betrokkene sprak Vincent Donovan, directeur van het bedrijf waar Brad had gewerkt.

'Brad Stevens was een van de werknemers die ons bedrijf groot maakten. Hij deed dat op een heel bijzondere manier. Hij was geen rijzende ster die in no time de carrièreladder beklom.' Zijn stem daalde. 'Nee. Brads ster straalde permanent. Hij was deel van het onmisbare cement dat elk bedrijf nodig heeft.'

Ze dacht aan Brads eindeloze gepraat de eerste dagen, waarmee hij had geprobeerd de stilte te vullen. Cement.

'Brad was de personificatie van Human Resource Management en een voorbeeld voor heel veel van onze jonge mensen, die hier vandaag ook in groten getale zijn.' Dat waren de jonge pakken!

'Ons bedrijf rouwt.' De kleine man sloeg een kruisje en sloot zijn ogen.

Na Brads directeur sprak een sportvriend met veel moeite door zijn tranen heen. Brads kinderen Tim en Lacy lazen elk een passage uit de Bijbel. Dat moest ze zijn ingefluisterd door Suzanne.

Het roze meisjesvrouwtje was inderdaad Brads moeder. Ze hield een warrig spiritueel verhaal, intussen voortdurend haar ogen deppend. Arme, arme vrouw.

Er werd wat afgesnotterd in de zaal en Sonja voelde haar eigen ogen ook vollopen. Moeders hoorden hun kind niet te verliezen. Haar moeder had afscheid moeten nemen van Pieter zonder de troost van haar dochter, omdat die gevlucht was met de man die haar zoon had gedood. En nu werd ze zelf moeder. Ze huiverde en legde onwillekeurig haar handen op haar buik.

Suzanne sprak niet.

Aan het einde van de dienst, toen ze allemaal weer stonden en de kist door de mannen in pak over het middenpad werd gereden, gevolgd door de familie, ving ze een glimp op van het gezicht van Suzanne. Ze schrok van de verbeten uitdrukking erop die geen verdriet toonde, maar eerder iets wat op haat leek.

Tranen sprongen in haar ogen en een diep schuldgevoel borrelde omhoog. Zij had tijdens de retraite al geweten dat Brad gevangenzat in een liefdeloos huwelijk. Ze had moeten protesteren toen de uitkomst van zijn bio-energeticasessie was dat hij in die koude situatie moest blijven, louter voor zijn kinderen. Dat was nooit een optie. Ook de afgelopen maanden had ze zijn worsteling gevoeld in het mailverkeer. Ze had hem moeten waarschuwen. Ze had hem gemaild, in plaats van hem te bellen. Ze had hem in de steek gelaten. Ze hadden hem allemaal in de steek gelaten.

Ola pakte haar hand, ook zij huilde.

Stom dat ze over Dee hadden heen gekeken, maar dat kwam door dat gekke hoedje. Ze had de hele dienst twee rijen voor ze gezeten. Dees neus had de kleur van een tomaat door al het snuiten en nog steeds stroomden er tranen uit haar ogen. Toen ze haar en Ola zag, strekte ze haar armen uit in een gebaar van verlangen. Ze omhelsden elkaar en Dee zei keer op keer. 'Ik ben zo blij dat jullie er zijn.'

'Ik ook, Dee. Natuurlijk zijn we er.'

Ze schuifelden naar de uitgang van de kerk, waar de stoet naar de begraafplaats begon.

'Zullen we op de anderen wachten?' Dee klonk onzeker.

Al was haar verlangen om Catherine te zien nihil, dit moesten ze nog als groep doen. 'Ja, we wachten.'

Ola knikte instemmend.

Catherine liep licht wankel, maar sloeg Leilahs arm af toen ze het trapje af daalde. Luc liep achter ze. Zijn ogen stonden helder in een bleek gezicht.

Toen stonden ze tegenover elkaar.

Catherine was kleiner dan ze haar in gedachten had gemaakt. Feitelijk was zij een kop groter, merkte ze op in de omhelzing, waarmee Catherine haar overviel. 'Sonja, goed dat je er bent.' Haar stem klonk vast en vergoelijkend.

Leilahs begroeting was koel met een afstandelijke hand en een bevroren 'Sonja, Ola.'

Uit haar ooghoeken had ze gezien hoe Luc Ola omhelsde en zijn ogen even sloot.

Ze sloten aan bij de lange stoet en spraken niet, tot ze een eeuwigheid later hun laatste groet brachten aan Brad.

Ze spitste haar oren en hoorde Catherine zeggen. 'Dag Brad, lieveling. De aarde zal je verwelkomen, je bent nooit meer alleen.' Hoe durfde ze!

'Welterusten vriend. Ik mis je.' Luc stak zijn hand uit in de richting van het gat waar de kist in was gezakt. Ola, vlak achter hem, pakte zijn hand en hield hem vast toen ze zelf een korte groet bracht in het Pools.

Haar eigen stembanden weigerden dienst en in een fluistering kwamen de woorden eruit. 'Dag lieve Brad, het spijt me.'

Dee snikte iets onverstaanbaars.

Het kleine zaaltje waar de familie de condoleances in ontvangst nam, puilde uit toen zij er eindelijk aankwamen. Zwijgzaam wachtten ze buiten op hun beurt. Het was een mooie nazomerse dag, het groen aan de bomen en struiken was over zijn beste tijd heen, maar nog niet verkleurd door de herfst.

'Bent u mevrouw Catherine Richards?' Een knappe jongeman kwam naar hun groepje toe gelopen. Hij had dik donkerbruin haar, zijn wangen waren mager en er lagen diepe kringen onder zijn ogen, alsof zijn slaapgebrek geen nachten maar maanden oud was.

'Ja, dat ben ik,' zei Catherine en ze toverde een glimlach op haar gezicht, die er even snel van afgleed toen de man sneerde. 'Fijn dat ik de charlatan ontmoet die mijn geliefde de dood in heeft gejaagd. U durft nogal om hier te zijn vandaag.'

'Rod,' zei Catherine, wat behoorlijk alert van haar was. 'Ik begrijp dat je verdriet enorm is.'

'Hou op, u begrijpt helemaal niets. U hebt Brad aangeraden in zijn huwelijk te blijven. Het heeft hem verwoest. Denkt u nou echt dat het een ongeluk was? Brad heeft het stuur laten glippen uit wanhoop. Hij kon niet leven in dat koude harnas dat u hem hebt aangepraat. Waarom?'

Een beschuldiging van moord was niet niks. Catherine keek ernstig, maar leek niet echt van haar stuk gebracht. 'Ik praat niemand iets aan, Rod. Dat ligt niet in mijn vermogen.'

'Houd je kop, heks.' Rods keek haar minachtend aan. 'Ik heb van meet af aan gezegd dat Brad zijn eigen gezonde verstand moest gebruiken. U bent toch ingeschakeld door die fijne echtgenote van hem? Betaalde zij die tien mille? Alles voor de schone schijn. Hebt u haar wel eens gesproken? Hebt u gezien hoe koud ze keek toen de kist zakte?' Zijn stem brak en hij balde een machteloze vuist in Catherines richting, die geschrokken een stapje achteruit deed.

Leilah werd lijkbleek. 'Nee, Rod, je ziet het verkeerd. Cathy heeft alles gedaan om Brad te helpen. Als Brad al in een vlaag van wanhoop heeft gehandeld, dan komt het door die twee daar.' Ze wees naar Ola en haar. 'Die hebben Brads steunfront uit elkaar laten klappen.'

Voor ze verder kon gaan, snoerde Catherine haar de mond. 'Leilah, stop. We zijn allemaal emotioneel. Rod, geloof me, wij ook. We hielden van Brad, en we missen hem. Maar zijn dood is niemand aan te rekenen. Was het maar zo!' Ze fluisterde de laatste woorden haast. Toen werd haar stem wat voller, haast zalvend. 'Een mens met pijn wil slaan. Dat doen we allemaal. Maar laten we daar Brad niet voor misbruiken. Brad was onlosmakelijk onderdeel van onze groep en zijn dood is een amputatie.' Ze raakte op dreef, maar Rod hield het voor gezien. Hij keek Leilah en Cathy met walging aan: 'Jullie zijn nog erger dan ik dacht.' Hij draaide zich om en wilde weglopen.

'Rod?'

Bij het horen van Lucs stem, wendde Rod zijn hoofd om.

'Rod, ik ben Luc.' Hij stak zijn hand uit en na een korte aarzeling pakte Rod die aan. 'Luc, Brad heeft over je verteld.'

'Brad hield van je,' zei Luc. 'Je hebt hem veel gegeven.'

Rods ogen vulden zich met tranen. 'Ik had hem alles willen geven, als hij maar had gekozen.'

Catherine zond hem een professionele blik vol mededogen. Leilah pakte haar arm en zei zacht. 'Kom Cathy, we gaan even naar de familie.'

'Ja, ga maar gauw naar je geldschieter,' zei Rod bitter.

Catherine duwde Leilahs arm weg. 'Ik snap het, het geeft niet.' Ze glimlachte naar de anderen. 'Ik zie jullie zo.'

Rod keek woest.

Toen Catherine en Leilah weg waren, stelden zij zich ook voor aan Rod.

'Weird dat ik jullie nu in het echt zie. Ik vond het een beetje een enge toestand, die retraite,' zei Rod. 'Ik wilde het wel begrijpen, maar het klonk me iets te... te sektarisch.'

Dee glimlachte. 'Viel wel mee, Rod. We zijn allemaal behoorlijk gewoon.'

'Denk je echt dat Brad zelfmoord heeft gepleegd?' Ola ging recht op haar doel af.

Rod keek gepijnigd. 'Het blijft door mijn hoofd spelen. Hij was een goede chauffeur en er is geen reden waarom hij plotseling van de weg zou raken.'

'Ben je boos op ons?'

'Eh, Sonja, toch?'

Ze knikte.

'Nee, Sonja, jullie waren belangrijk voor Brad. En jullie zaten in hetzelfde schuitje met die Catherine. Zij heeft Brad laten barsten in zijn ellende. Er was geen enkele nazorg. Ze heeft hem gewoon teruggestuurd in het woud.'

Direct zag ze Brad weer voor zich, zijn kleine compacte gestalte verend op zijn witte sneakers tijdens een van hun wandelingen door het minibos in Friesland. 'Ik mis Rod,' had hij gezegd. En Dee had prompt gevraagd of hij homo was. Ze schoot weer in de lach bij de herinnering.

Rod keek haar verbaasd aan en ze vertelde hem het voorval.

'Wat was zijn antwoord?' vroeg Rod gespannen.

'Dat hij er al maanden over piekerde en dat hij het antwoord net zomin wist als ik weet of ik in het juiste leven zit,' riep Dee spontaan.

Rod lachte verdrietig. 'Ja, dat was wel een Brad antwoord.'

Na de condoleance namen ze afscheid van Catherine, Dee en, je zou haar zomaar vergeten, van Leilah. Het was eenvoudig. Je zei gewoon dag en goede reis.

Dee knelde haar vast. 'Sonja Cronje, zowaar als ik hier sta, ik kom op kraambezoek.'

'Als je dan maar een echt Engels babypakje meeneemt.'

'Bloemen voor een meisje, Schotse ruit als het een jongen is,' beloofde Dee.

Catherines omhelzing had noch de kracht noch de warmte van haar armen in de retraite. Ze veinsde een glimlach. 'Het ga je goed, Sonja, mijn hartelijke groeten aan Kagysoo. Ik hoop dat we elkaar nog eens spreken. Ik ben er voor je, dat weet je.'

Ze mompelde wat onduidelijks terug en wenste haar een goede reis. Ze zou haar nooit meer zien.

Trouwe Dee haakte een arm in bij Catherine en samen liepen ze

naar de taxi. Leilah sukkelde erachteraan. De drie vlogen nog vannacht op Heathrow.

Lucs vlucht stond de volgende ochtend geboekt, die van Ola en
haar pas na het middaguur. Zijn idiote idee om de nacht door te
brengen op het vliegveld gaf Luc onder hun luide protest op. Samen reden ze naar het Holiday Inn.

Na het inchecken bij de riante lobby van het hotel ging ze even
liggen. Ze zouden om halfnegen dineren. Luc en Ola togen naar
de bar.

Om acht uur werd ze huilerig en intens moe wakker. Een kwartier lang streed ze vergeefs om op te staan. Toen Ola haar kwam
halen lag ze nog in bed.

'Ik wil doorslapen. Sorry.'

'Het tijdsverschil nekt je, Sonja, het is midden in de nacht in
Amsterdam,' zei Ola. 'Ik ben zelf hyper, maar zal morgen de klap
wel krijgen.'

'Ga lekker met Luc eten, jullie kunnen best zonder mij,' mompelde ze.

Toch kwam ze moeilijk weer in slaap. Haar hersens wilden er
nog niet aan dat ze vandaag Brad hadden begraven. Steeds moest
ze tegen zichzelf zeggen dat het waar was. Brad was dood. Ze dacht
aan Catherine en aan Rods verwijten die dicht tegen die van haar
en Ola aan lagen. Toch voelde ze geen enkel verlangen meer naar
de boosheid die ze tot voor kort gekoesterd had. Wat ze nu voelde
leek op medelijden, of droefenis. Vreemd.

Ze krulde op haar zij en legde haar hand op haar buik. Ze miste
Kagysoo en heel even zelfs zijn bezorgdheid om haar en hun kind.
Hij kon tevreden zijn, geen drank en vroeg naar bed. Glimlachend
voelde ze de slaap dichterbij komen.

'Wat jammer dat ik Luc niet meer heb gezien.' Met licht afgrijzen staarde ze naar het uitgebreide Amerikaanse ontbijt voor zich
op tafel. Luc zat inmiddels waarschijnlijk al in zijn vliegtuig. 'Hoe
was het gisteravond?'

Ola keek haar uitgestreken aan.

'Ola, je gaat me niet vertellen...'

'Ik ga je niets vertellen,' grijnsde die.

'Ik ben je vriendin, je kent al mijn geheimen,' klaagde ze.
Ola blikte onschuldig omhoog. 'Mooie lamp.'

Dee

De retraitevakantie kwam er vast niet, de afgelopen maanden waren de contacten met haar eigen groep verder verstomd en ook deelnemers aan vorige retraites reageerden nauwelijks op hun uitnodiging.

Tot haar verbazing hakte Jeff de knoop voor zichzelf door. 'Ik ga in retraite.' In januari was een deelnemer uitgevallen en Catherine had hem gebeld toen Dee op haar werk was. Of hij ervoor voelde die plek in te nemen. Waarom het haar ergerde begreep ze zelf niet.

Lucs bericht bracht even haar eigen retraite terug.

'Lieve vrienden, ik denk nog elke dag aan jullie. Is het alweer twee maanden geleden dat we elkaar zagen bij Brads begrafenis? Ik mis hem elke dag, het besef dat hij als onmisbare schakel uit onze eenheid is gevallen doet pijn. Ik weet dat jullie hetzelfde voelen.

Mij gaat het goed, het lijkt erop dat de liefde mij na zo lang heeft gevonden, en ik haar. De liefde heeft de vorm van een onwaarschijnlijk mooie vrouw, zo lief als ze kattig is. Ze heet Ola.'

Opgetogen schreef ze een impulsieve mail terug.

'Lieve Luc en Ola, het beste nieuws in maanden. Heerlijk dat onze retraite nog meer liefde heeft gebracht.'

Haar vingers stokten. Als ze terugdacht aan de tien dagen in Nederland kon ze het gevoel eenvoudig oproepen. De talloze groepsknuffels, de indrukwekkende bio-energeticasessies, de uitgelaten stemming na een doorbraak.

Maar koesterde ze de herinneringen niet te veel in haar verlangen naar de utopie? Was liefde niet eerder de kracht die de dagelijkse sleur en beslommering het hoofd bood in haar huwelijk met

Jeff en zelfs in haar zakelijke contact met haar secretaris Ben Dawson?

Tegen haar gewoonte in mailde ze slechts twee zinnen, ondertekend met haar naam. Ze deed trouw een cc aan de hele groep, inclusief Ola en Sonja.

De kerstdagen hadden de vertrouwde planning. Haar jongste, Felicia, vroeg nadrukkelijk wanneer haar zus kwam. Rachel zou op kerstavond arriveren en na het diner op eerste kerstdag teruggaan naar Londen.

'Ik kom tweede kerstdag,' besloot Felicia.

Jeff deed alle boodschappen en haalde Rachel op van de trein. Zij versierde de boom die ze al vier jaar lang op de dag voor kerst uit de tuin groeven en er op Driekoningen weer in terug stopten.

'Mam, lieverd, wat zie je eruit.' Rachel plukte wat dennennaalden uit haar haar, nog voor ze haar kuste. 'Ga even in bad, ik maak het wel af.'

'Jij komt net aan, wie moet hier in bad?' protesteerde Dee.

'Mam, je ruikt onder je armen,' snuffelde Rachel.

Geschrokken trok ze haar shirt vanuit haar oksel naar haar neus, maar haar dochter sloeg het uit haar hand. 'Geintje, mam. Chop, chop, naar boven jij. Pap en ik moeten de wijn voorproeven.'

Bij die uitdrukking verscheen natuurlijk Catherine voor haar ogen.

Toen ze weer beneden kwam, hingen Rachel en Jeff onderuitgezakt op de bank. De boom was af, zelfs de lichtjes brandden en de geur die uit de keuken kwam, vertelde haar dat Jeff zich niet onbetuigd had gelaten. Haar glas stond al klaar. Jeff vulde het nog voor ze erom vroeg.

'Op wat?'

'Maakt niet uit,' zei Dee droog. 'Als we elkaar maar aankijken.'

'Op mijn nieuwe amourette,' onthulde Rachel.

'Kijk ons in godsnaam goed aan, dan.'

Hij heette Freddy en was makelaar. Je kon niet alles hebben. Rachel had hem ontmoet toen ze een nieuwe woning zocht na haar vertrek bij Tom. Freddy was een gescheiden vader en vierde eerste kerstdag met zijn kinderen. Morgen zouden hij en Rachel samen intiem dineren.

Later die avond vertelde Jeff hun dochter over zijn voornemen om in retraite te gaan.

'Pap, wat gaaf. Het zal je goed doen. Je ziet het aan mam en mij! Catherine verandert je leven.'

'Niet in essentie,' protesteerde Dee.

'Juist wel in essentie,' weersprak Rachel.

'Eh ja, tuurlijk, maar ik bedoel...' Wat wilde ze zeggen? 'Ik ben nog steeds gelukkig getrouwd en ziekenhuisdirecteur.' Het klonk zwakjes.

Rachel glimlachte. 'Je bent bang dat pap verandert, mam!' Het inzicht en de scherpe tong waren beslist een nadeel van de retraite. Zowel Rachel als zij namen veel minder een blad voor de mond.

Eerste kerstdag vulde zich traditiegetrouw met eten. Jeff was een echte lekkerbek en schuifelde moeiteloos van ontbijt naar warme lunch, high tea in de middag en het vijfgangendiner. 'Wacht maar tot je in retraite bent,' gniffelden Rachel en Dee. 'Veel eten en hard werken.'

'Echt iets voor mij.' Jeff leek er oprecht zin in te hebben.

Net toen Dee de geflambeerde flensjes doofde, ging Rachels mobiele telefoon. 'Schatje, hoe is het. Haal je me op vanavond?... Wat? O, ja... nee. Tuurlijk... Wat vervelend voor je... ja schatje, nee, natuurlijk. Bel je me morgen?' Kusjes in de hoorn.

Freddies zoon was die avond opgenomen met een acute blindedarmontsteking en hun plan voor tweede kerstdag viel daarmee in duigen. 'Zie ik Felicia ook nog eens,' Rachel gaf haar en Jeff een knipoog. 'Zal mijn kleine zusje blij verrast mee zijn.'

De koele verhouding tussen haar twee dochters was al jaren voelbaar, maar nooit uitgesproken. Belachelijk dat ze dan toch overwoog Felicia te waarschuwen. Alleen het woord al.

De uitdrukking op het gezicht van haar jongste dochter maakte duidelijk dat ze beter wel had kunnen bellen. 'Rachel, ik dacht dat jij er gisteren zou zijn?' Felicia's stem klonk kil, haar kleine gestalte spande zich alsof ze zich wapende.

'Zusje, wat fijn dat je er bent.' Rachel kuste haar hartelijk.

Felicia kuste niet terug. Even dacht Dee dat haar jongste direct weer zou vertrekken en misschien had ze dat ook gedaan, als haar vader haar op dat moment niet in zijn armen had getrokken. 'Dag pop. Kom eens bij je oude vader.'

Tegen Jeff had Felicia nooit weerstand kunnen bieden. Dee had soms de verontrustende gedachte dat haar dochter alleen nog voor haar vader thuiskwam. Toen Jeff na zijn hartaanval in het ziekenhuis lag, waren er harde woorden gevallen. 'Jij denkt alleen maar aan jezelf, mam, je bent nooit thuis. Je had het moeten zien aankomen,' had Felicia gesnauwd.

Natuurlijk vergaf ze haar die woorden, Felicia was nu eenmaal een uitgesproken vaderskind en uit angst hem te verliezen werd ze onredelijk. Toch had ze de woorden niet kunnen wegpoetsen uit haar geheugen.

Om vijf uur trok Jeff de wijn open, na een lange wandeling waarin Dee en Rachel vooropgingen en hij en Felicia achter ze aan slenterden. Stelselmatig liep de afstand tussen hen op tot honderden meters, al wachtten Rachel en zij na elke bocht.

'Eindelijk weer eens kerst met zijn viertjes,' toostte Jeff.

Felicia weigerde ze aan te kijken en bracht nors het glas naar haar lippen.

'Ja, Felicia, fijn dat je er bent. Soms weet ik niet hoe ik je te pakken kan krijgen.' Rachel bloosde na haar spontane woorden. Felicia keek donker.

De stilte was drukkend. 'Het lijkt wel community building,' zei Dee ten slotte.

Rachel lachte. 'Wat een hel, die avonden. Maak je borst maar nat pap.'

'Waar hebben jullie het over?' vroeg Felicia geërgerd.

Razend was ze. Haar ingehouden bleke gezicht vertrok in een haast pijnlijke grimas. 'Godverdomme, de enige die normaal is in dit kutgezin helpen jullie naar de kloten. Dat jullie je laten hersenspoelen verbaast me niet. Maar van pap blijf je met je poten af.'

'Hij wil het zelf,' protesteerde ze.

Felicia lachte schamper. 'Hij wil het zelf! Laat me niet lachen

mam, alsof pap ooit iets zelf heeft gewild. Jij bepaalt zijn hele leven. Net als dat van ons, ook al was je er nooit.'

Ze werd duizelig en zette haar wijn neer. Waarom schoot Jeff
haar niet te hulp?

'Lekker makkelijk, Felicia, word eens volwassen. Hou toch eens
op met mam van alles de schuld te geven.'

'Dat heeft er geen reet mee te maken. Ik erger me blauw aan dit
klotesysteem dat we ons gezin noemen. Jij vraagt altijd alle aandacht met dat gewapper met je haar en je hysterische verhalen
over je vriendjes. Mama is er nooit. En zelfs als ze er is, zit ze met
haar hoofd in haar werk. Papa is jullie speelbal en ik ben lucht.' Felicia zette haar woorden met een wuivend handgebaar kracht bij.

'Slachtoffer.' Rachel zei het woord zacht. 'Zusje, stop ermee.'

'Stop jij met je ge-zusje! Ik wil jou helemaal niet als zus en jij
mij ook niet. Laten we in godsnaam stoppen met die farce.' Felicia's blik was giftig.

Nu greep Jeff in. 'Meiden, allebei stoppen nu! Zijn jullie bela-
zerd. Ieder mens maakt fouten, je moeder ook vast. Maar is dit nu
de dag om daar zo over te bekvechten?' Zijn toon was als die van
een vader tegen puberende dochters en voldeed in de verste verte
niet meer, maar toch zakte Felicia terug in haar stoel en zweeg, zoals altijd wanneer papa sprak.

Rachel stond op. 'Ik ga koken.' Het klonk vermoeid, alsof haar
gebruikelijke vechtlust onder Felicia's haat was gesneuveld.

'Doe voor mij geen moeite, ik ga.' Alleen Jeff kreeg een kus. Zij
en Rachel zelfs geen blik.

'Ik voel me zo mislukt.' In het donker kroop ze dicht tegen hem
aan.

'Het gaat weer over,' zei hij, maar het klonk weinig overtuigend.
'Felicia heeft groeistuipjes.'

'Ze haat me.'

'Welnee. Moeders en dochters, dat weet je toch?'

'Ik was er toch best wel eens vroeger?' vroeg ze kleintjes.

Hij was even stil. 'Ja, natuurlijk, maar je had een drukke baan.
Felicia studeert nu nog maar als ze eenmaal werkt, begrijpt ze
dat.'

'Ben ik bazig?'
'Best wel.'

Tot haar opluchting brak derde kerstdag aan. Door Brads begrafenis had ze haar laatste vakantiedagen verspeeld en dus mocht ze weer aan het werk.

Rachel reisde met haar mee naar Londen. Haar rossige haren pluisden om haar bleke gezicht dat de sporen van ettelijke glazen wijn droeg. Langzaam zakten haar oogleden. De rest van de reis rustte haar hoofd tegen Dees schouder. Ze staarde met droge ogen naar het doffe wintergroen buiten.

Na Felicia's overhaaste vertrek hadden Jeff en Rachel tegen elkaar op gedronken, intussen de situatie analyserend. Dee zat kleintjes naast ze. Wie waren ze? Was de frêle furie die de vorige dag stampvoetend haar huis had verlaten echt haar jongste dochter? Had ze haar als baby gevoed, verschoond en geknuffeld? Ze herinnerde het zich niet. Niet echt. Was ze echt zo vaak weg, vroeger? En de weekends dan? Ze was er elk weekend, een tas met rapporten binnen handbereik, maar ze was er. Wat had ze over het hoofd gezien?

Haar oudste dochter was als kind al eigenwijs en betuttelend, en Dee had er haar oudere broers en zussen in herkend. Haar afkeer van Rachels dominantie had ze steeds onderdrukt, net als haar stille voorkeur voor Felicia. Bewust greep ze niet in tussen haar dochters. Felicia moest zelf leren vechten, net als zij had gedaan. En nu haatte Felicia haar en bleef zij met lege handen achter omdat ze, net zomin als met haar eigen broers en zussen, met haar dochters een band had opgebouwd. De reproductie van haar onvermogen schrijnde en terwijl Rachel zich zuchtend dieper tegen haar schouder nestelde, veegde Dee voorzichtig de tranen uit haar ogen. Mislukt.

'Mam, trek het je niet te veel aan. Het is Felicia's proces. Wie weet wat er verder in ons gezin verschuift als pap in retraite is geweest.' Rachel kuste haar op Paddington Station. Braaf knikte ze en zwaaide haar dochter na. Het lege gevoel hield dagen aan, maar op geen moment ontstond de neiging om voor de trein te springen. Zoveel winst was geboekt.

Ze sukkelde januari in met begrotingen die allemaal waren goed-gekeurd. Sinds ze terug was van haar eigen retraite en haar spier-ballen had laten rollen, waren haar specialisten vrij timide. Ook Ben Dawson klaagde over gebrek aan spanning. 'Zelfs de inspectie was tevreden in hun laatste bezoek.' Hij wapperde een concept-rapportage voor haar ogen op en neer. 'Drie aanbevelingen, een lachertje!'

Ze gaapte. 'Sorry, ik kan er ook niets aan doen.'

'Dat kun je wel, Dee. Het loopt te goed. Zo meteen ontsla je me nog.'

'Nooit. Zonder jou verveel ik me hier helemaal dood.' Nu over-dreef ze. Er was altijd wel wat, maar Ben had gelijk, de laatste maand was ongewoon rustig. 'Jeff gaat dezelfde cursus doen als ik,' flapte ze eruit. 'Volgende week.'

Ben keek even verbaasd, voor hij ad rem opmerkte: 'Kijk maar uit voor je huwelijk, Dee. Misschien gaat hij daarna wel net zo te-keer tegen jou als jij tegen de dokters.'

'Als het in bed is, vind ik het best.' Tevreden merkte ze op dat die opmerking een halfjaar geleden niet over haar lippen zou zijn ge-rold. Ze hadden het overigens al in geen weken meer gedaan. Zijn tijdelijke desinteresse luchtte haar stiekem op. Sinds zijn hartaan-val was ze nooit meer helemaal losgekomen van de angst dat de opwinding hem fataal zou worden.

Dat ze zo aan hem gehecht was, viel haar van zichzelf tegen. Er-gens had ze zich stiekem verheugd op tien dagen het rijk alleen. De eerste avond al miste ze hem. Het was unheimisch in de cot-tage en ze checkte de sloten wel drie keer.

Pas na vier dagen belde hij. 'Het is fantastisch Dee, je had gelijk. Ik weet nog niet wat het voor me gaat doen, maar ik geef me over.' Jeff klonk eufoor.

'Hoe vind je de community building?'

'Vreselijk.'

Ze lachte nerveus, waarom was ze zo gespannen? 'En je teke-ning?'

'Eh, daar zijn we nog mee bezig.'

Vaag antwoord. 'Je komt toch wel terug?' Ze bedoelde het als een grapje, maar door die vreemde spanning kwam het er veel te ernstig uit.

'Dee, ik moet hangen. Ja, ik kom,' klonk hij ineens ver weg.

Nachtenlang waakte ze. Elk kraakje in de muren en sponningen van de cottage alarmeerde haar zenuwen. Overdag sleepte ze zich naar Londen.

Ben Dawson keek haar na een week kritisch aan. 'Je begint weer op de Dee te lijken van voor je cursus. Ik bid dat die man van je snel terugkomt. Hoe gaat het met hem?'

'Ik weet het niet,' bekende ze kleintjes. 'Hij heeft pas één keer gebeld.'

'In een hele week?' Ben trok een wenkbrauw op. 'Frank zou me elke dag tien keer bellen.' Hij sloeg direct zijn hand voor zijn hoofd. 'Sorry Dee, stomme opmerking. Nichtengedrag.'

Dat was het niet. Normaal gesproken zou Jeff ook voortdurend aan de lijn hangen. Ze haalde haar hand door haar stugge krullen, die van frustratie, maar vooral van gebrek aan aandacht alle kanten op stonden. 'Hij heeft geen seconde tijd over,' zei ze toen ferm. 'Ik ben er zelf geweest en je wordt afgebeuld.' Haar eigen woorden bevatten zoveel waarheid dat ze er rustiger van werd. Zo was het immers! Van acht uur in de ochtend tot tien uur 's avonds werd je door de mangel gehaald, daarna was er met een beetje mazzel de bar en dan bed. Waarna het uitputtende programma opnieuw begon.

Vanaf dat moment ging het beter en toen het eindelijk zaterdag was, had ze zowaar twee nachten goed geslapen.

Na haar retraite had ze wat rijlessen genomen en vandaag zou ze Jeff met de auto ophalen van Heathrow. Hij verwachtte haar niet, ze had hem laten weten dat ze hem in Oxford van de trein zou halen. Ze verkneukelde zich al over zijn gezicht als hij uit de douanepoort kwam.

Ze had wat kleine ritjes gemaakt met de Volvo, maar dit werd haar vuurproef. De V70 startte met het vertrouwde geluid en traag maar welwillend trok de automaat op. Zaterdagochtend was een goede ochtend om naar Londen te reizen. Autominnende forenzen sliepen eindelijk uit na een week filerijden en toeristen gingen vaak met de trein.

Ze was uren te vroeg op Heathrow en doodde de tijd met winkelen. Ze kocht een lipstick in een kleur waar ze er al een dozijn van had en paste een donkerblauwe kanten bh, waar haar borsten uitpuilden. Zuchtend gaf ze hem terug aan de verkoopster. Met haar maatvoering kon ze helaas beter bij Rigby & PelleR terecht. Ze eindigde bij Starbucks en dronk er drie cappucino's. Hoe zou hij eruitzien? Absurd, alsof de man met wie ze al dertig jaar samen was in tien dagen een metamorfose zou hebben ondergaan. Ben Dawson had haar verandering daarmee vergeleken...

Jeffs vlucht landde een paar minuten te vroeg. Ongeduldig drentelde ze heen en weer voor de schuifdeuren. Ze hield haar ogen niet af van de ingang. Jammer dat ze af en toe moest knipperen. Dertig minuten na zijn landing zag ze hem. Er hing iemand om zijn nek.

Ola

Sonja liet die avond in bar van het Holiday Inn, na Brads begrafenis verstek gaan en eerst voelde Ola zich ongemakkelijk, overgeleverd aan Luc en hun gebrek aan woorden. Maar zoals altijd in zijn aanwezigheid viel die last snel van haar af. Al praatten ze niet over hem, Brad was er voortdurend. Ze namen af en toe een slokje wijn, aten vrijwel niets en spraken nog minder.

'Friesland voelt erg ver weg,' had Luc ten slotte gezegd.

Ze knikte. De retraite, Catherine, Mariusz, hun verraad: alles leek ver weg.

'Was het zo belangrijk voor je?' vroeg Luc weer minuten van stilte later.

Ze wist wat hij bedoelde en aarzelde. Was het zo belangrijk, had ze zich van Mariusz en Catherine afgekeerd om de leugen, de manipulatie?

'Zelfs al houdt Mariusz echt van je?' Zijn donkere ogen zochten verlegen de hare, maar hielden ze vast tot ze antwoord gaf.

De diepere vraag achter zijn vraag achtervolgde haar al sinds de retraite: koos ze voor gelijk of geluk? De woorden hadden haar pas geleden nog in het gezicht geslagen, toen ze de brief aan zichzelf ontving. 'Het gaat niet over gelijk,' zei ze zacht. 'Ik hou niet van Mariusz. Nooit gedaan.'

Luc kon het niet verbergen, zijn gezicht ontspande, zijn lippen verzachtten. Op dat moment had ze nog terug gekund. Zijn kwetsbaarheid had ze kunnen negeren, ze had een grap kunnen maken: 'In een volgend leven maak je een goede kans, Luc.' Maar de glans in haar ogen had haar verraden. Ze kon niet anders dan haar hand op zijn wang leggen. Wie zich als eerste voorover boog kon ze niet navertellen. Er was geen ontkomen aan. Boven de etensresten op hun borden vonden ze elkaar. Geen droge kus als voorbode, zijn lippen waren open en zijn tong was een stuk minder verlegen dan hij. Ze redden het ternauwernood naar haar hotelkamer.

Hij was mooier dan menselijkerwijs mogelijk was.

Zacht. Ze kuste zijn buik en liet haar lippen afdwalen naar het dunne strookje haar dat van zijn navel naar beneden liep.

De eerste keer. Hun beider harten bonzend als gekken, dwars door hun dunne borstkassen heen, verbonden in één ritme.

Te snel.

Hij had daarna gehuild en ze had hem dicht tegen zich aan getrokken. Na Juliette was er niemand meer geweest.

Haar eigen tranen liet ze stiekem wegglijden.

Toen hij die ochtend heel vroeg naar Parijs vertrok, had ze zich aan hem vastgeklemd. 'Zie ik je nog?'

'Binnenkort elke dag,' had hij geantwoord, 'Ola Parys, al moet ik je aan je haren ontvoeren, jij komt naar de stad die jouw naam al eeuwen draagt.'

De stad was magisch, ze zou er gaan wonen. Tot dat moment pendelde ze de weekends op en neer, nam intensieve Franse lessen en stuurde haar curriculum vitae naar elk internationaal consultancybedrijf dat een vestiging in Parijs had.

Het regende uitnodigingen voor sollicitatiegesprekken.

Haar vader en Sebas hadden haar niet nodig, Patrycja zwaaide de scepter in het oude huis in de Jaskowa Dolinastraat dat nog nooit zo goed onderhouden was. Haast plichtmatig vroeg haar vader haar elk telefoontje of ze ook weer in Gdansk kwam wonen om zo een grote gelukkige familie te vormen, maar zelfs hij wist dat er van haar thuiskomst niemand beter werd.

Mariusz was ontroostbaar toen ze haar ontslag indiende. 'Je hoeft niet weg, Ola. Ik kom er wel overheen. Laten we in elk geval ons bedrijf redden.'

Twee maanden geleden had hij haar met dit argument nog kunnen raken, nu schudde ze haar hoofd. 'Mariusz, nee.' Ze moest het hem vertellen. Ze haalde diep adem. 'Ik hou van iemand. Ik ga bij hem wonen.'

Hij was geschokt en dat was naar, maar dat stond in geen verhouding tot Lucs kwetsuur. En buiten dat: ze had geen keus! Er was maar één vervulling voor het verlangen heel diep in haar buik en haar borstkas, daar waar haar hart zat.

Dees telefoontje kwam bar ongelegen. Ola probeerde net haar

koffer dicht te duwen met daarin haar mantelpakjes geperst en gestreken voor de tweede ronde gesprekken met het bedrijf dat haar een baan had aangeboden als financieel adviseur. Ze stond op het punt een taxi bellen die haar naar het vliegveld van Warschau moest brengen voor een weekje Parijs. Komende week moest niet alleen het arbeidscontract gesloten worden, maar zouden zij en Luc ook op jacht gaan naar een appartement om in samen te wonen.

Dee belde nooit.

'Dee!'

'Ola, lieve schat. Wat heerlijk om jouw stem te horen! Ik heb hier ook Sonja aan de lijn. Heb je tijd voor een gesprek met zijn drietjes?'

Catherine

Beroepsrisico's had je nou eenmaal. De toestand met Ola en Sonja viel daaronder. Toch hadden de vrouwen haar diep gekwetst. Juist omdat deze groep zo hecht was. Ze was trots geweest, bovengemiddeld trots. Elke groep had zijn eigen dynamiek met hoogte- en dieptepunten, maar de kleine groep van juni vorig jaar was speciaal. De laaghartige aanval in de rug was onverwacht gekomen en daardoor extra pijnlijk.

Brads dood was vreselijk, maar niet haar schuld. Hij had een eigen verantwoordelijkheid. Bovendien was het onduidelijk of zijn dood een ongeluk was of niet.

Alleen van Luc en Dee hoorde ze af en toe nog iets.

Het gebrek aan animo voor de retraitevakantie was een teleurstelling geweest, maar de succesvolle tiendaagse in het najaar had haar getroost.

In december had ze Dees echtgenoot benaderd of hij deel wilde nemen aan de januarigroep. Even had ze hierover geaarzeld. Nooit eerder had ze van zo'n connectie een punt gemaakt, maar Dees groep had haar integriteit ter discussie gesteld. Moest ze Jeff wel benaderen?

Tijdens haar aarzeling had ze teruggedacht aan hun telefoongesprek enige tijd daarvoor. Jeff had haar in sobere bewoordingen over zijn worsteling met het leven verteld. 'Ik heb nooit iets gepresteerd en sinds mijn hartaanval ben ik gedegradeerd tot huisman. Ik eet en drink te veel.' De herinnering aan zijn sombere stemgeluid gaf de doorslag en streng had ze zichzelf toegesproken: 'Gelul, Cathy, help die man.'

Jeff was een onbeholpen schat, maagdelijk in zelfreflectie. Elke interventie had maximaal effect gesorteerd. Natuurlijk was ze voorzichtig met hem omgegaan. Ze had hem net als Dee los willen schudden, zodat die twee gelijkwaardig verder konden. Maar haar woorden waren in een verkeerd pulletje geschoten.

Jeff was een zachtaardige man, die ondanks zijn forse postuur beschermende gevoelens opriep bij vrijwel alle vrouwen in de januarigroep. Stuk voor stuk streelden ze zijn bescheiden ego, dat opgebloeid was onder al die aandacht. De Brits Indiase Jaika was als een blok voor hem gevallen. En kort daarna hij voor haar.

Verliefdheid in een groep kwam wel vaker voor, maar nooit zo onhoudbaar als de vonk tussen die twee.

Vergeefs hadden Cathy en Leilah geprobeerd hun relatie te kanaliseren door die te duiden als een fase in hun individuele proces en de groepsdynamiek. De laatste dagen van de retraite had ze Leilah voortdurend gepolst om bevestiging. Haar assistente was erdoor gegroeid. 'Zoveel invloed heb zelfs jij niet, Cathy. Al denk je dat soms.' Leilah werd knalrood na die opmerking, maar zijzelf was in lachen uitgebarsten. Misschien kwam het nog wel eens goed met Leilah.

Ze had lang gedubd of ze Dee moest bellen en legde het uiteindelijk aan Leilah voor.

'Catherine, vraag je me dat nou echt?' Leilah had gezucht.

Ze had gelijk, natuurlijk moest Jeff zelf de boodschapper zijn.

Het had een diepe schaduw op de laatste retraite geworpen.

Terug in Londen voelde ze zich nog ouder dan ze was. Ooit moest ze toch met pensioen gaan. Waarom deed ze dat niet? Een gewetensvraag met verschillende antwoorden, die ze nooit uitputtend had onderzocht.

Haar hulp kwam drie keer per week. Zij gaf haar orders vanaf de bank en stond alleen even op als deze gezogen moest worden. De boodschappenlijst lag van tevoren klaar en zodra haar hulp de deur achter zich sloot, liep ze naar de koelkast en voorraadkast. Heerlijk, ze was weer veilig voorzien voor de komende dagen. Dat had ze verdiend.

De eerste dagen na een retraite sliep ze altijd veel. In de uren die overbleven at ze en keek ze oude films. Dit keer was ze vermoeider dan anders. Ook voor de televisie viel ze voortdurend in slaap. Op dinsdagmiddag zette ze *Gejaagd door de wind* maar weer eens op. Scarlett verveelde haar, maar Rhett bleef om in te bijten. Haar trek viel tegen vandaag, haar ogen werden voortdurend zwaar. Ze voelde de druk op haar borstkas. Ze had zichzelf te veel uitgeput.

De bel was zeker drie keer gegaan voor ze zich met tegenzin overeind hees. Ze moest nodig wat gewicht verliezen, maar het laatste jaar kwam er alleen maar bij.

Ze verwachtte niemand en gluurde door het spionnetje. Een bos rode krullen zwaaide opstandig heen en weer. Dat was zo ongeveer de enige persoon die ze nu niet voor haar deur kon laten staan.

De schok toen ze de deur opende en niet alleen Dee, maar ook Sonja en Ola als wrekende godinnen voor zich zag staan, deed Cathy bijna wankelen. Ze voelde iets dat op angst leek. Onzinnig. Rustig blijven, hield ze zichzelf voor, ze zijn boos, maar sinds wanneer ben jij daar bang voor? Ze ging de vrouwen voor naar haar huiskamer en bood ze een stoel aan.

Ze weigerden.

Zij liet zich op de bank zakken omdat haar benen haar niet meer wilden dragen.

'Een deel van jou wil niet getrouwd zijn met Dee. Dat heb je tegen Jeff gezegd. Dat klopt toch?' De kleine vrouw stond voor haar, geflankeerd door haar andere twee rechters, van wie er een hoogzwanger was. Was dat niet ook dankzij haar?

Haar hart werd zwaar. 'Je kunt mijn woorden niet uit de context van het moment halen, Dee. Je weet hoe ik werk. Het spijt me meer dan ik kan zeggen. Ik heb het niet gewild en ook niet voorzien, maar het is Jeffs keus.'

'Sonja en Ola hadden gelijk. Je bent een charlatan. Je had die vraag nooit mogen stellen aan Jeff. Je kende mij.'

Drie paar ogen, strak op haar gericht. De druk nam toe. Ze werd misselijk. Vlak voor hun onverwachtse bezoek had ze pannenkoeken met ahornstroop gegeten. Niet van die warme verse deegflappen zoals in Nederland, maar instant magnetronexemplaren. Ze had er een te veel genomen. Het zuur brandde. 'Jeff komt vast weer bij zinnen, Dee. Hij heeft een midlifecrisis, die zat eraan te komen.' Haar stem klonk niet overtuigend, te benauwd.

'Een midlifecrisis!' Dee lachte bitter. 'Je wordt bedankt Catherine. Jeff weet nu in elk geval dat hij al dertig jaar ongelukkig is. En ik besef dat ik al die tijd in een leugen heb geleefd. Heel verrijkend.'

Sonja en Ola hadden nog geen woord gezegd. Sonja's linkerhand lag beschermend op haar dikke buik.

Het zuur brandde scherper. De vlam breidde zich uit in haar borstkas. Ze snakte naar adem en dacht aan Luc. Een olifant op haar borstkas, zijn zware poot die steeds harder drukte en kneep tot hij een kreet van ondraaglijke pijn uit haar duwde.

'Ik ben alles kwijt Catherine, besef je dat?' ging Dee onverbiddelijk door. 'Jij hebt nooit iets gehad behalve je volgelingen, maar ik wel. Ik had een gezin. Mijn man is weg, mijn jongste dochter ook en mijn oudste dochter neemt het voor jou op, dus daar heb ik geen zak aan. Weet je wat dat betekent, Catherine?' Dee staarde haar aan, bleek, kalm in afwachting van een antwoord.

Cathy zakte verder weg in de bank en probeerde te antwoorden, maar de pijn maakte het onmogelijk. Ze probeerde te knikken. Ze wist als geen ander wat het was om niemand te hebben. Ze zag hoe Ola Dees hand greep in een gebaar van steun.

'Het komt erop neer, Catherine, dat je god niet bent,' zei Sonja, 'en zo gedraag je je wel. Je peurt in levens en je speelt met vuur.' Ze streek over haar buik. 'Ben ik ondankbaar? Nee, Catherine, ik ben blij met mijn kind. Maar ik zweer je, voor hetzelfde geld was ik knettergek geworden en had ik me net als Brad aan gort gereden.'

Zweet brak haar uit, ze begon onhoudbaar te beven, haar hand greep naar haar borst waar de felle pijnscheuten als de bliksem insloegen.

'En mij had je bijna aan een harige veertiger geholpen,' zei Ola cynisch.

Hun verwijten ketsten af op haar paniek. 'Help,' perste ze er uit. Dee was dokter. 'Dee, wees professioneel,' kermde ze.

Dee keek op haar neer. 'Jij durft wel om me aan te spreken op mijn professionaliteit, Catherine.'

Ze snakte naar adem, de felle kramp in haar hartstreek was ondraaglijk. Ook haar darmen roerden zich nu. Ze zou gevonden worden in haar eigen ontlasting. Haar lijf was nat, haar mond kurkdroog, haar vingers tintelden en verkrampten. 'Bel 999,' fluisterde ze, een echo van de woorden klonk in haar hoofd, maar of ze echt geluid produceerde, wist ze niet.

Even leek Dee te aarzelen, toen bukte ze voorover en voelde eerst haar pols en toen haar voorhoofd. 'Mm.' Ze leek te dubben en legde haar vingers in Cathy's hals en drukte ze tegen haar slagader. Ze keek als een echte dokter.

Ze hijgde benauwd, maar Dee zou haar vast helpen.

'Mmm,' mompelde Dee weer terwijl ze haar vingers terugtrok. 'Medische hulp is zinloos, absoluut zinloos. Je bent niet te redden, Catherine. Naar mijn professionele mening biedt alleen een zak nog uitkomst.'

Wat bedoelde ze? Op Cathy's netvlies verscheen het beeld van een lijkzak die zich boven haar hoofd dichtritste en ze snakte naar adem.

Doodrustig deed Dee een stap naar achteren en gaf Ola en Sonja een knipoog. De wreedheid van dat gebaar bracht tranen naar Cathy's ogen. Ze had in geen honderd jaar gehuild.

Als één front keken ze haar laatdunkend aan. Toen knikte Dee betekenisvol naar Ola en Sonja en op dit teken draaiden de drie zich tegelijk om.

De voordeur klikte zacht achter ze in het slot en met dat geluid stierf haar hoop op een goed einde.

Epiloog

'Hyperventilatie?'
   'Absoluut.'
   Hun lach knalde de Londense lucht in en droeg tot in Hyde Park.

DANKWOORD

Allereerst dank ik Anton Oskamp, voormalig directeur en oprichter van schrijversschool Script voor zijn geloof in mijn werk en zijn liefdevolle begeleiding. Femke Leemeijer dank ik voor haar professionele adviezen en vooral voor haar warme steun.

Marja Duin en Janine van der Kooij dank ik voor hun ondersteuning als redacteur, maar bovenal voor hun humor en relativeringsvermogen.

Mijn vriendinnen Paula Hoynck van Papendrecht, Edmee Maas, Hermine Reuchlin, Peta Schotanus, Lidy Stassen, Patricia Zeldenrust en Pauline Zwinkels hebben als proeflezers en klankbord bijgedragen aan *In retraite*. Dank voor jullie rotsvaste vertrouwen! Jaap Kemkes dank ik als mannelijke lezer van het eerste uur voor zijn oprechte feedback.

From the bottom of my heart I thank my sisters 'in crime': Riana Taylor, Alexandra Aubertin, Agnieszka Nowotka en Erika van der Wateren, for all we've been through together and all the lovely moments we will share in the future. I could never have written *In retraite* without you.

Mijn lieve schoonouders vormen als opa en oma een onmisbare schakel in mijn gezin in tijden van nood. Heerlijk zijn de momenten van thuiskomen als de strijk en de tuin aan kant zijn en de wijn klaar staat.

Mijn grootste dankbaarheid gaat uit naar mijn gezin. Fernand, altijd mijn eerste proeflezer, toetssteen en steunpilaar: met je kritiek sla je steeds de spijker op zijn kop, maar bovenal geef je me de liefde, de lol en de ruimte die ik nodig heb. Berend en Stella: dank voor jullie eindeloze geduld met je moeder die lijfelijk aanwezig is maar in haar hoofd vaak mijlenver. Deze is voor jullie.